UNE DYNASTIE D'ESPIONS

TITRE ORIGINAL

Dynasty of Spies

44, quai Henri-IV – 75004 Paris
ISBN : 978-2-38094-373-3
Dépôt légal : mars 2023

SANG-FROID N° 2

Dan Sherman

UNE DYNASTIE D'ESPIONS

Traduit de l'anglais (États-Unis) par Daniel Lemoine

S A N G ▪ F R O I D

PREMIÈRE PARTIE

CHAPITRE 1

Peut-être cette histoire appartient-elle, en fait, aux historiens, aux archivistes du monde des services secrets. Manifestement, c'est leur conception de l'affaire qui prévalut, conception résumée dans un paragraphe contenu dans un des derniers rapports. Dans ce passage, on compare la famille Dancer à une bobine dont le fil serait d'innombrables mensonges. Ce n'est qu'au moment où le dernier morceau de fibre fut déroulé que l'on comprit que la vérité était restée cachée pendant quatre-vingts ans.

Toutefois, quel que soit le point de départ que l'on choisisse d'adopter, une chose était indéniable : le passé était essentiel. Tout dépendait de ce qui précédait, car il y avait eu trois générations de Dancer et la dernière était la conséquence de la première.

Tout d'abord, il y eut John, qui quitta Londres en 1917 et entra en Russie par une gare finlandaise. Aujourd'hui encore, personne ne sait exactement ce qui s'est passé. On sait seulement qu'il a été recruté par les services secrets britanniques et que sa mission était liée aux efforts des alliés pour amener les Russes à rester en guerre. Puis, les choses ont mal tourné et un homme a été fusillé contre un mur de Petrograd. Mais cela appartenait au passé. L'important, en fait, c'était que John Dancer avait été le premier espion.

Ensuite, il y eut Allen, l'espion accompli. Il était courtois, élégant, et ne se départissait jamais de son large sourire. Il donnait perpétuellement l'impression d'être sur le point de partir pour une ville lointaine. On le rencontrait dans les couloirs du quartier général de la CIA, marchant à grands pas, disant au revoir sans s'arrêter. Ses vêtements étaient toujours parfaits.

Sa carrière débuta en Espagne, un peu avant la Deuxième Guerre mondiale. Il prétendit qu'il était devenu l'ami d'Hemingway et de Jean-Paul Sartre, ce qui était peut-être vrai parce qu'Allen comprit très jeune que l'amitié est un moyen d'atteindre un but, non une fin en soi. Ou la conséquence d'un jugement. Fidèle à ce principe, il se lia également à quelques officiers de renseignement nazis. Plus tard, il se servit de ces nazis pour tenter de conclure une paix séparée avec l'Allemagne. Selon ses collègues, Allen jouait toujours les deux extrêmes contre le milieu. Toujours selon eux, il n'avait ni moralité ni opinion politique. Il mentait à tout le monde. Pourtant, on pardonnait tout à Allen, parce qu'il fut le premier, et le seul, à disposer d'un contact au Kremlin. On disait que son lien avec le Kremlin était magique, c'est pourquoi on le baptisa : le Magicien. Par la suite, tout ce que fit Allen, il le fit en toute impunité du fait que, dans le monde des services secrets, seul le résultat compte.

Enfin, il y eut le fils d'Allen, Jessie. À première vue, on ne l'aurait jamais pris pour un Dancer. On disait de Jessie que c'était une sorte de fantôme maussade et terrifiant. On racontait que, lorsqu'il parlait, il donnait l'impression d'être à des années-lumière de son interlocuteur. On disait, en plaisantant, qu'il dormait les yeux ouverts et que, lorsqu'il haïssait quelqu'un, il souhaitait véritablement et sincèrement sa mort.

Selon certains, le Vietnam avait détruit Jessie Dancer. On se souvenait qu'il avait été un jeune homme grave, poli, au sourire fragile et à la gentillesse désarmante. Mais la guerre avait fait l'effet d'un électrochoc. Elle avait, apparemment, transformé sa personnalité, avant de la figer et de la fermer. Jessie, selon eux, donnait l'impression d'avoir été élevé par des loups.

Selon d'autres, Jessie avait mal tourné parce qu'il n'avait pas su s'élever au niveau de son père et de son grand-père. Il avait été victime de son nom. On attendait trop de lui. D'abord, il y avait eu John qui, pendant près de cinquante ans, avait été un des premiers personnages des services secrets américains. Puis Allen, roi inconstant et intouchable du service des affaires soviétiques, dont le Magicien était la couronne, lui avait succédé. Alors, que restait-il à Jessie ? Toutes les montagnes avaient été gravies, toutes les rivières avaient été traversées.

Et il y avait ceux qui croyaient que Jessie avait toujours été mauvais. On racontait qu'il était né avec des dents… encore l'image du loup. Avant le Vietnam, le mal était resté caché de sorte que, lorsqu'il finit par apparaître, plus tard, tout le monde l'attribua à la guerre. Mais, selon les adeptes de cette théorie, le Vietnam n'avait pas détruit Jessie : il l'avait révélé.

Et, enfin, il y avait ceux qui disaient que la dernière génération de Dancer n'était que la conséquence de la première. Partons de là.

Comme presque tous les événements importants de la vie de Jessie se sont déroulés en hiver, il n'est pas surprenant que tout ait commencé à l'automne. Novembre était gris et la pluie chuintait continuellement dans les forêts de Virginie occidentale. Finalement, une neige précoce tua les dernières roses et recouvrit les pelouses du complexe de Langley.

Jessie était absent depuis plusieurs années. La guerre était bien terminée et presque tous ceux qui l'avaient faite étaient partis. Certains avaient été mis à la porte pendant la grande purge. D'autres, dégoûtés, avaient démissionné. Stansfield Turner présidait aux destinées de la Compagnie. On le surnommait Sturdy Stan[1]. Sturdy Stan, le Marin, qui n'avait pas la moindre idée de ce qu'il faisait. Huit cents personnes environ, la crème des services clandestins, furent mises à la porte par Turner. Ensuite, les choses allèrent lentement. L'ordre établi avait été brisé et le nouveau manquait d'entrain.

À la suite de son incapacité à prévoir la chute du Shah, nombreux furent ceux qui commencèrent à douter des aptitudes de Langley à se procurer des renseignements. Oui, Turner avait amélioré l'image de marque de l'Agence. Personne ne croyait plus la CIA capable de dévorer les gens tout crus, mais, au lieu de museler le fauve, Turner lui avait arraché les dents.

Néanmoins, il restait des zones d'intelligence véritable. Turner n'avait pas envoyé de papier rose au célèbre Lyle Severson et le petit Humphrey Knolls n'avait pas été remercié. Et, naturellement, personne ne pouvait atteindre

1. *Sturdy* signifie à la fois vigoureux et résolu.

Allen Dancer, pas même indirectement, par l'entremise de son père ou de son fils.

Donc, lorsque tout commença, une neige précoce était tombée parmi les ronces et les arbres, et cette neige s'attardait, parfois prête à geler, parfois prête à fondre. L'année entrait dans sa période grise et trois générations de Dancer travaillaient encore à la CIA.

Il y avait de l'orage, la nuit où l'histoire de Jessie débuta, un orage qui devint un des éléments de l'ouverture parce que le premier pion avancé fut un sale petit soldat de la jungle, un nommé Dusty Yeats, qu'il fut impossible de localiser, dans le vent et la pluie torrentielle, lorsqu'il eut atteint la forêt de Langley.

Jusqu'à cette nuit d'orage, personne n'avait fait attention à Dusty Yeats. C'était un jeune homme simple et tranquille, aux cheveux roux et au visage enfantin. Il venait d'un poste avancé, proche de la frontière cambodgienne, en Thaïlande. Rares étaient ceux qui savaient ce qu'il y faisait, et ceux que cela intéressait étaient plus rares encore. Dusty parlait peu, mangeait seul et vivait seul. Le samedi, il faisait de l'haltérophilie. Il était plutôt petit, mais taillé en boxeur. Personne, à ce stade, n'aurait soupçonné qu'il travaillait pour Jessie Dancer.

Il avait été affecté au Mirador, où il notait les télex en provenance des théâtres d'opérations. C'était un travail ennuyeux, d'autant plus qu'il assurait la permanence de la période creuse : de minuit à huit heures. Les messages étaient peu nombreux, mais cela n'avait rien de surprenant. La plupart des agents ne se fient ni aux lignes de télex ni aux jeunes gens endormis qui en sont responsables.

Ensuite, il fut affecté aux Services des Opérations, où on lui confia un travail de renseignement de seconde zone concernant les pays du bloc soviétique. Son travail consistait à ordonner et à classer les documents en vue de leur analyse. C'était également une tâche monotone. Les rapports étaient étiquetés en fonction du pays d'origine et de la source d'information, puis sommairement analysés.

En réalité, Dusty n'était qu'un employé de bureau.

Le service du personnel l'avait logé dans un petit studio situé dans un mauvais quartier de Washington. Au coin de la rue, il y avait un marchand de hamburgers chez qui il mangeait lorsqu'il ne faisait pas chauffer des repas surgelés ou des boîtes de viande. Ceux qui connaissaient Dusty le trouvaient bien élevé et ses supérieurs considéraient que son travail était passable. Il était lent mais partait souvent tard, pour rattraper le temps perdu.

D'après lui, le soir de l'orage, Dusty était resté afin de terminer le dépouillement d'un ensemble de documents en provenance d'Allemagne de l'Est. C'était un mensonge. Le gardien de nuit, un marine efflanqué nommé Jasper, surprit Yeats tandis qu'il fouillait dans les dossiers du fichier central. Jasper faisait sa ronde dans les couloirs, où l'éclairage était réduit, lorsqu'il aperçut Yeats par les doubles portes de verre. Le jeune homme fourrait une chemise de plastique sous sa veste. Jasper demanda à voir le dossier et Yeats entra en action. Le premier coup fut violent et inattendu : une puissante gifle du dos de la main. Puis Dusty frappa une nouvelle fois, au niveau de l'oreille. Jasper s'effondra et Yeats prit la fuite.

Dehors, la nuit secouait furieusement les kilomètres de forêt environnante. Les arbres se balançaient et se cognaient les uns aux autres. Des branches furent arrachées et le vent poussait des rameaux sur les pelouses. Il pleuvait à verse. Après avoir mystifié les gardiens du portail, Dusty sprinta sur deux cents mètres, entre les arbres, ne s'arrêtant que dans une zone noire. Puis il s'enfonça jusqu'aux genoux dans la boue et sortit péniblement d'un fossé peu profond.

Les recherches durèrent sept heures. Une trentaine de gardiens y participa et les taillis furent systématiquement fouillés, à la lumière de projecteurs montés sur des jeeps. Les éclairs déchiraient le ciel, peuplant la forêt d'ombres bleuâtres. Une camionnette s'enlisa dans un chemin inondé. Un homme eut le visage lacéré par des branches. Finalement, à l'aube, les gardiens abandonnèrent. Yeats devint un gibier pour chasseurs professionnels.

En ce qui concerne Dusty, la nuit se réduisit à quelques images grossières et fragmentaires. D'abord la course à l'aveuglette dans la forêt trempée, puis la route nocturne où il fit de grands signes aux voitures. Mais personne ne voulait le sortir de son cauchemar. Il devait faire peur, dans la lumière des phares et la pluie.

Trois kilomètres plus loin, finalement, une camionnette s'arrêta sur l'accotement, dans un crissement de gravier. Un jeune homme timide, aux cheveux fins et au rictus terriblement mauvais, était au volant. Il dit :

– Je m'appelle Dog. Tu vas où ?

Il faisait noir, dans la cabine. Le tableau de bord n'était pas éclairé. La nuit n'était qu'une tache mouillée, derrière le pare-brise battu par la pluie.

– Peux-tu me conduire en ville ? demanda Dusty.

– En ville, hein ? Tu as pas l'air d'un gars de la ville. Tu as l'air d'un gars de la campagne.

Je devrais surtout, se dit soudain Yeats, retourner dans la jungle. La Thaïlande, le Vietnam, le Cambodge… Il n'y a pas pire jungle que celle-ci.

– D'un autre côté, insinua le jeune homme, on a parfois besoin de la ville. Comme maintenant. J'ai besoin de la ville pour avoir un peu de poudre à rêver.

– Hein ?

– Tu sais. (Le jeune homme serra le poing, faisant saillir les veines de son bras. Puis il feignit d'enfoncer le doigt dans la plus grosse.) La seringue.

– Ah, ouais, grogna Dusty. C'est chouette. C'est vraiment chouette. Il y a pas plus chouette que la seringue.

– Pas en ce bas monde, c'est bien vrai.

– Alors, comme ça, tu vas au ravito ?

– Exact.

– Et tu as du fric sur toi ?

Dog eut à nouveau son mauvais rictus.

– Fais gaffe, mon pote. Je suis pas un enfant de chœur.

– Oh, je m'en suis aperçu, fit Yeats avec un sourire. Aucun doute là-dessus.

Mais, tandis qu'ils ralentissaient, à l'entrée du virage suivant, Yeats prit appui contre le tableau de bord. Du bout des doigts, le jeune homme tripotait la commande des essuie-glaces. L'ombre des arbres balaya la cabine et les bras repliés de Dusty se détendirent, sa paume s'écrasant sur le visage ingrat du jeune homme.

Le pare-brise arrière vola en éclats et la camionnette dérapa. Des trombes d'eau pénétrèrent dans la cabine, mais Yeats ne renonça pas à enfoncer le coude dans les côtes du jeune homme. Lorsque, finalement, la camionnette s'arrêta, le jeune homme, replié sur lui-même, gémissait.

Tout en fouillant les vêtements de sa victime, Dusty ne cessa de marmonner. Puis il ouvrit la portière d'un coup de pied et traîna le jeune homme sur le bas-côté. Lorsqu'il enclencha la première et s'éloigna, il eut la désagréable impression d'apercevoir le jeune homme à quatre pattes, comme un animal blessé. Souvenirs.

Dusty, une fois en ville, abandonna la camionnette dans une impasse crasseuse. Ses vêtements étaient encore mouillés et couverts de boue. Il avait trouvé quatre-vingts dollars dans le portefeuille du jeune homme. Cette somme lui permettrait largement de tenir jusqu'au lendemain matin mais, lorsqu'il avait compté les billets, il avait eu terriblement honte.

Il prit une chambre de camé, dans un hôtel miteux où le réceptionniste ne posa pas de questions. La chambre coûtait douze dollars, mais il n'y avait qu'un lit dur, un bureau, une chaise et une lampe. Il aurait donné n'importe quoi pour un poste de télévision, mais il se souvint que les camés n'en ont pas besoin. Une fois shooté, on peut passer la journée dans un placard et, pour ainsi dire, prendre son pied.

Dehors, à minuit, Dusty se sentait complètement épuisé. Les muscles de ses jambes se contractaient convulsivement. Il y avait un bar, au coin de la rue, mais il était plein de noirs et les regards haineux qu'ils lui adressèrent lui déplurent. Finalement, il entra dans une petite épicerie crasseuse, acheta des gâteaux au chocolat et du gin bon marché, puis regagna sa chambre en rasant les murs. Au matin, réveillé par la vibration d'une plomberie fatiguée contre une cloison, clignant des yeux dans la lumière épaisse, il eut du mal à se convaincre qu'il n'avait pas rêvé. Puis il fut soudain pris de panique, lorsqu'il se souvint qu'il avait toujours la chemise de plastique volée au fichier central. C'était une folie impardonnable de l'avoir conservée.

Il prit sa veste et sortit le dossier. À l'intérieur, il y avait une vingtaine de feuillets tapés à la machine, dont les marges s'ornaient de chiffres rouges. Il savait qu'il aurait dû les lire, mais il avait trop peur. Il n'avait qu'une seule idée : s'en débarrasser. Il resta longtemps debout, à demi nu, examinant le plafond et le plancher. Puis il décida que la chambre ne convenait pas, s'habilla et descendit l'escalier nauséabond.

Derrière l'hôtel s'étendait un terrain vague partiellement dallé et parsemé d'ordures. À l'extrémité du terrain se dressait un mur de briques couvert de suie. Il s'assura que personne ne regardait et se mit en quête de briques descellées. Puis il aperçut un tube, fixé au pied du mur. Le tube était rouillé, mais parfaitement sec. Il ne servait probablement à rien. Il roula le dossier et le glissa dans le tube, aussi profondément que possible. Puis, pendant quelques instants, une vague exaltation s'empara de lui. Il eut même un sourire désabusé. C'était l'oubliette parfaite. Dieu ne sert à rien, disait souvent Jessie. Il faut se débrouiller seul, faire son trou tout seul. C'est pourquoi Yeats prit le risque d'appeler un arriviste nommé Danny Grimes.

Yeats et Grimes s'étaient connus pendant la guerre. Grimes était alors négociant à Saigon ; maintenant, il travaillait occasionnellement pour les services spéciaux. Il menaçait les gens, mais les touchait rarement.

Dusty fut obligé de supplier, de mentir, nu sur le lit, le téléphone collé à l'oreille. Finalement, Grimes accepta de le rencontrer dans un bar situé neuf rues plus loin. Suivirent quelques minutes frénétiques pendant lesquelles il essaya de débarrasser ses vêtements de la boue qui les maculait. Après avoir déchiré le tissu, sur l'épaule, il abandonna.

Le bar était un trou étouffant, avec une table de billard et des boxes en plastique. Il n'était pas encore midi et, déjà, sept ivrognes occupaient les tabourets. Installé à une table du fond, Grimes attendait. C'était un petit homme sec, au visage allongé et aux dents enfantines. Yeats trouva qu'il avait perdu des cheveux, depuis leur dernière rencontre.

– Je te remercie, Danny. Vraiment, dit Yeats. (Il se glissa dans le box, en face de Grimes. Il ne put s'empêcher d'enfoncer les ongles dans la flaque de cire de bougie sèche.)

– Je ne devrais même pas te parler, mon petit Dusty. Tu es au hit-parade. Ils sont après ton cul. On est censé t'abattre à vue.

– Ouais, c'est vrai, j'ai des ennuis. Tu es au courant ? Il faut que je m'éloigne quelque temps. Alors, je me suis dit que tu pourrais peut-être m'aider.

Grimes fronça les sourcils.

– Qu'est-ce que tu veux, au juste ? La charité ? Tu as besoin d'un passeport, d'un peu de fric et d'un billet, mais tu n'as même pas de quoi me téléphoner encore une fois.

– Écoute, Danny, qu'est-ce que tu veux que je te dise ? J'en ai besoin. Terriblement besoin. Dès que j'aurai pu m'en procurer, je t'enverrai le fric mais, pour le moment, j'en ai besoin.

– Tu as combien en banque ?

– Je ne sais pas. Deux mille. Mais je ne peux pas aller à la banque. On m'y attendra.

Derrière le bar, un noir maussade lavait le plancher. Dusty comprit soudain qu'il était sans doute employé par

Grimes. Ce bistrot appartient à Danny, se dit-il. C'est pour ça qu'il m'a fait venir. Le noir jetait continuellement des coups d'œil.

– Très bien, fit Grimes. Tu es franc avec moi et je serai franc avec toi.

– Je suis franc.

– Ouais ? Comment ça se fait que tu m'as appelé, moi ? Tu ne peux pas me sentir.

Yeats secoua la tête.

– Écoute, réponds-moi oui ou non, c'est tout. Il me faut un passeport, de l'argent, des vêtements et un billet d'avion. Je te rembourserai le tout, avec intérêt. Quelles que soient les conditions. Réponds oui ou non, Danny. Je ne peux pas traîner dans le coin plus longtemps.

– À ce point-là ? (Grimes sourit.) D'accord, je marche comme ça. Ce sera un passeport ordinaire. Je connais un type qui peut t'en faire un. Même s'il n'y a pas de contrôle serré, il ne sera valable que deux ou trois jours, mais il te permettra au moins de t'en tirer. Je peux te fournir mille dollars en liquide et un billet pour Mexico. Les vêtements, tu peux les acheter tout seul. Je ne suis pas garçon de course. Le tout coûtera dix mille. Appelle-moi ce soir à huit heures.

– Je te remercie, Danny. Vraiment.

– Sûr. Comme tant d'autres.

– Et je t'enverrai le fric. Juré. J'ai des amis.

– Ouais, je connais tes amis. À commencer par Jessie Dancer.

– Jessie est un type bien.

– Ouais ? Est-ce qu'il est dans le coup ?

– Allons, Danny, ne pose pas ce genre de question.

– Parce que si Jessie Dancer est dans ce coup, tu es encore plus mal parti que tu ne le penses. Jessie est le fils unique du diable. Tu vois ce que je veux dire ? Il te mettra exactement entre le marteau et l'enclume. Il y a Jessie d'un côté, son vieux de l'autre, et ça, c'est les hautes sphères. Allen Dancer a le bras long, Dusty. Tu comprends bien ce que je veux dire ? Le marteau et l'enclume. Jessie Dancer roule sur la jante.

Pendant les heures suivantes, Dusty Yeats eut le sentiment de vivre dans une bouteille de verre fêlée. Les impressions semblaient incohérentes. Il y avait le grondement de la circulation, le reflet haché du soleil sur les chromes. Des femmes étaient suspendues aux fenêtres des immeubles. De jeunes voyous buvaient du vin sur les perrons. Les jeunes blancs pouvaient passer leur existence entière dans la rue sans jamais comprendre ce que signifiaient les signes secrets des noirs et des Portoricains.

Yeats passa l'après-midi au lit. Lorsqu'il voulut dormir, l'image du jeune homme à quatre pattes au bord de la route s'imposa à lui. Finalement, il marcha de long en large, regarda par la fenêtre, guetta les bruits de pas dans le couloir. Il avait la bouche pâteuse, à cause du chocolat et du gin. Il aurait aimé avoir une brosse à dents.

Au crépuscule, Yeats laissa l'obscurité envahir la pièce. À huit heures, il téléphona à Grimes puis sortit, descendit l'escalier et se retrouva dans la rue. Le ghetto donnait l'impression d'avoir été bombardé. Il y avait des boutiques vides et des vitrines cassées. Sur les immeubles, on avait peint, à la bombe, les anagrammes des bandes locales. Trois rues plus loin, il aperçut Grimes, qui le regardait fixement, derrière le pare-brise d'une Cadillac.

Grimes conduisait par à-coups, démarrant en trombe puis freinant brutalement. Ils roulaient parmi les usines. Les rues étaient mal éclairées. Tout au bout se trouvait un embarcadère coincé entre deux murs de brique. Puis ils furent entourés de chaînes et de ciment.

– Le type des passeports travaille ici, expliqua Grimes.

– Je ne suis pas tranquille, Danny. Peux-tu aller le chercher toi-même ?

– Il faut qu'il te photographie. Qu'est-ce que tu crois ? Il faut une photo, sur un passeport.

Ils traversèrent une entrée et gravirent un escalier de bois. Le cœur de Dusty se mit à battre. D'un bout à l'autre du couloir crasseux, il s'essuya les mains sur le fond de son pantalon.

Ils s'arrêtèrent devant une porte déglinguée, pourvue d'une vitre en verre cathédrale. Grimes frappa deux coups, puis sourit.

– Sois content. Tu es presque rendu, maintenant.

Mais, sans raison, Dusty avait l'estomac noué. Puis Yeats entendit un crissement de semelle, presque imperceptible, dans le couloir. Il se retourna, mais il y avait une silhouette accroupie à chaque extrémité du couloir. Elles étaient sur le qui-vive et tendaient le bras. Dusty comprit lorsqu'il aperçut les armes. Il aurait remué ciel et terre pour les foutre en l'air encore une fois, mais il n'avait que Grimes sous la main. Il le souleva par le col de la chemise et lui cogna la tête contre la vitre, qui vola en éclats. Puis tout explosa.

À la fin, le temps se liquéfia. Il ne resta plus que des formes molles et lentes. Il aperçut la tête rasée d'un chasseur de Langley ; un autre, vêtu d'une veste à carreaux rouges, se tenait derrière lui. Grimes, à genoux, essuyait son sang avec sa manche. Quant à lui, il était tombé et respirait péniblement, à la suite d'un coup de pied au bas-ventre qu'il n'avait pas vu venir.

Il était, lui aussi, à quatre pattes, comme le jeune homme.

On conduisit Dusty Yeats au centre de détention, ensemble de bâtiments bas et massifs. Tout était en béton et d'un gris terne. Mais, derrière la clôture à mailles en losanges, s'étendait une grande prairie de hautes herbes et d'althéas. Au-delà se dressaient des arbres, conifères et lauriers. Les journées étaient froides, mais claires. De fins nuages passaient, effilochés par les alizés. Une nouvelle fois, ces jours de beau temps ont dû être un présage pour Yeats, parce qu'il fut bientôt confié au doux Humphrey Knolls.

On racontait qu'autrefois, Humphrey était tombé amoureux d'une jeune femme exceptionnellement belle qui l'aimait également, mais comme un frère. Elle le surnomma Humpty-Dumpty, puis partit avec un tueur silencieux, nommé Robin Turner. Knolls était prématurément atteint par l'âge mûr. C'était un petit homme rond, pas particulièrement soigné, au visage joufflu et aux cheveux roux, légèrement clairsemés. Il habitait un petit studio aux meubles quelconques. Il portait des chemises en nylon et avait une douzaine d'habitudes casanières. Seules les femmes véritablement compatissantes étaient gentilles avec lui.

Selon les historiens de Langley, le rôle d'Humphrey Knolls est celui du déclencheur, car c'est lui qui interrogea Yeats et rédigea les premiers rapports. Mais, de nombreuses années plus tôt, Humphrey avait été lui-même historien et il avait aimé ces chroniques comme seul un érudit opiniâtre sait le faire. Il avait même aimé l'immense salle poussiéreuse où les archives étaient classées, à cette époque, sur d'innombrables étagères et, bien que Knolls appartînt depuis quinze ans au groupe de contre-espionnage de Lyle Severson, il n'avait jamais perdu le sens du passé caractéristique des historiens. Cela allait lui servir.

Officiellement, Humphrey eut à connaître de l'affaire Dancer le lendemain de la capture de Yeats, parce que c'est à ce moment-là que le contre-espionnage fut alerté. Mais, pour Humphrey, l'affaire avait commencé plus tôt. La nuit de l'arrestation de Yeats, un moineau était entré dans sa chambre à coucher, par la fenêtre, fracassant la vitre et se tuant. Le choc et le tintement du verre brisé avaient tellement effrayé Knolls qu'il n'avait pas pu se rendormir. À l'aube, lorsqu'on lui avait téléphoné, il était toujours assis sur son lit escamotable, regardant fixement la vitre brisée. L'oiseau gisait au milieu d'une tache mouillée. Derrière, semblable à une sculpture, se dressait un chêne noir. À travers ses branches, on apercevait des pelouses bien entretenues et des clôtures. Il y avait de la gelée blanche sur les pare-brise des voitures. Tout était immobile, surtout le moineau mort.

Il fallait dépasser le complexe de Langley pour atteindre le centre de détention. Un ruban de goudron noir serpentait dans les vallons boisés. Knolls, au volant de sa Rambler fatiguée, prit ce chemin. Des plaques de brume dérivaient entre les collines.

Il s'arrêta à quelque distance du poste de garde de l'entrée et aperçut au loin, indistinct, Lyle Severson qui, penché, bavardait avec un gardien en uniforme. Sa respiration se condensait à l'air. Ils entendirent probablement le crissement des semelles de cuir de Humphrey, sur les graviers, car ils se retournèrent. Humphrey se dirigea vers l'homme maigre qui se tenait sur le chemin, entre l'herbe et les fougères mouillées.

Lyle était âgé, presque aussi âgé que John Dancer. Il habitait une maison pleine de courants d'air, aux escaliers grinçants, avec des coins pleins de meubles patinés et des pièces dans lesquelles il n'entrait pratiquement jamais. Il avait souvent du mal à dormir et la nuit de l'orage avait été exceptionnellement mauvaise.

– J'ai cru que le toit allait s'envoler, dit-il. À cause du vent.

Le froid et la lumière pâle accentuaient son aspect squelettique. Il portait un pardessus noir et un cache-nez, qu'on lui avait offert de nombreuses années plus tôt.

Les deux hommes dépassèrent le poste de garde et pénétrèrent dans l'enceinte. Les bâtiments de béton se trouvaient juste devant eux. Au-delà s'étendait un paysage idyllique de feuilles rouges et d'herbe verte, dans la brume.

– Moi non plus, je n'ai pas bien dormi, répondit Humphrey. (Il pensa à l'oiseau dans la tache mouillée.)

– Vous pourriez bien avoir encore quelques nuits sans sommeil, dit Lyle.

– C'est grave à ce point ?

Lyle acquiesça.

– Avez-vous entendu parler d'un nommé Dusty Yeats ? Un dur. Unités spéciales au Vietnam, puis le Cambodge jusqu'à ce qu'on lui trouve un emploi ici.

– Non, soupira Humphrey. Je ne le connais pas.

– Cela ne me surprend pas. Je ne le connaissais pas davantage. Ce n'était qu'un rapatrié d'Orient parmi d'autres. Mais c'est un méchant. Il n'arrête pas de dérouiller ses contemporains.

Au-delà du grand cercle dallé, un chien se mit à aboyer et le vent fit onduler les hautes herbes, derrière la clôture.

– Tout a commencé au fichier central, expliqua Lyle. Un veilleur de nuit l'a surpris à fouiller. Il tentait de cacher des documents sous sa veste. Quand le gardien a voulu lui demander des explications, il est devenu méchant. Il y a également eu un petit drame, pendant sa fuite. Apparemment, il a arrêté une camionnette et a sévèrement battu le conducteur. Finalement, on l'a arrêté alors qu'il tentait d'acheter un passeport. Il a contacté un trafiquant du coin, mais le trafiquant l'a donné. Il a la figure pleine de points de suture, pour la peine.

– Qu'a-t-il pris, au fichier central ?

Lyle secoua la tête. Des mèches de cheveux blancs lui tombèrent sur les yeux.

– Nous ne le savons pas encore. Nous n'avons rien retrouvé et les vérifications ne sont pas terminées. Toutefois, il semblerait qu'il s'agisse d'une liste de production. Ancienne, naturellement, mais peut-être d'une liste du Magicien.

– Que voulait-il faire d'une liste de production ?

– Il a prétendu qu'il avait agi sur les instructions d'Harold Pimm. Quand cela a été démenti, il s'est complètement tu. À mon avis, il a simplement mal tourné. Il voulait se faire un peu d'argent de poche au marché noir et il a pris le premier document qui lui soit tombé sous la main.

Knolls soupira à nouveau.

– Pauvre imbécile. Il aurait pu trouver mieux que le fichier central, s'il cherchait quelque chose de négociable.

Il aurait dû choisir Science et technologie. Il y a toujours des acheteurs pour ça.

Severson haussa les épaules.

– Apparemment, il n'est pas assez malin pour ça.

À l'extrémité de la prairie battue par le vent, avançaient les silhouettes indistinctes d'un gardien et de son chien, ce qui rappela à Humphrey son basset grassouillet, qu'une bande de gamins avaient tué, il y avait bien longtemps. Les chiens, les moineaux…

– Je ne suis pas certain que nous ayons un bon moyen de pression, poursuivait Severson. Ses parents sont morts et il ne faut pas compter pouvoir utiliser cette approche. Toutefois, il a une sœur et j'ai cru comprendre qu'ils étaient très proches. En revanche, elle n'a que seize ans et je ne voudrais pas l'impliquer dans cette affaire si ce n'est pas absolument nécessaire. Mais vous pourriez avoir besoin d'y faire allusion.

– Une sœur, fit Knolls d'une voix lointaine. Yeats a une sœur ?

– Elle est serveuse dans un restaurant. Elle habite la Californie.

– Je m'excuse, mais je ne vois pas en quoi cela nous intéresse.

– Eh bien, vous pourriez avoir besoin d'y faire allusion, pour le secouer un peu, vous comprenez ?

– Ah.

Parfois, Humphrey Knolls détestait franchement son métier.

L'interrogatoire commença le matin même. Humphrey posa les questions tandis que Lyle, dans la pièce voisine, s'occupait des bandes. La cellule était petite et carrée. Les murs étaient vert foncé, la porte métallique était capitonnée. Il y avait un lit étroit, deux chaises et un bureau rudimentaire. L'unique ampoule était scellée au plafond. Pas de fenêtre, évidemment.

Il faisait tellement froid, dans la cellule, que Humphrey garda son imperméable. C'était une vieille chose marron et froissée, aux poignets effilochés, et qui n'avait plus tous ses boutons. Il avait mouillé ses chaussettes, en marchant dans l'herbe couverte de rosée et c'était à peine s'il pouvait s'empêcher de frissonner. Mais, surtout, il y avait les yeux du jeune homme.

Yeats était tassé à la tête de son lit. Il avait ramené les genoux contre la poitrine. Il avait l'immobilité de l'assassin sur le qui-vive et Knolls ne parut pas l'effrayer, pas le moins du monde. Lorsque Knolls pénétra dans la cellule, il eut l'impression d'être venu trop tôt. J'aurais dû lui donner le temps de gamberger, se dit-il.

La première heure fut difficile. Yeats se montra intraitable. Knolls demanda ce qu'étaient devenus les documents volés par Yeats et Yeats, sans la moindre hésitation, répondit qu'il les avait perdus dans la forêt.

– À quel endroit ? s'enquit Knolls.

– Comment est-ce que je le saurais ? J'ai dit que je les avais perdus. Perdus, ça veut dire que je ne sais pas où.

– Croyez-vous qu'ils soient tombés de votre veste ?

– Non, ils se sont sauvés. Ils supportaient pas l'odeur. Merde ! Bien sûr qu'ils sont tombés.

– Quand avez-vous constaté leur disparition ?

– Je ne sais pas. Le lendemain, probablement.

– Pourquoi avez-vous volé ces documents-là et pas d'autres ?

– Je ne sais pas. Ils avaient l'air important, ils devaient avoir de la valeur.

– Savez-vous ce qu'ils contenaient ?

– Non. Je n'ai pas eu le temps de les lire.

– Eh bien, c'était une liste de production, Dusty. Savez-vous ce qu'est une liste de production ?

– Ouais, c'est une liste de renseignements obtenus sur le terrain.

– C'est exact. Tous les éléments sont numérotés et résumés. Les listes sont établies en fonction des projets ou des opérations et elles sont, en général, chronologiques. Alors, Dusty, à votre avis, pourquoi cette liste vous a-t-elle semblé plus digne d'intérêt qu'une autre ?

– Parce qu'il y avait des nombres rouges, dessus.

– Des nombres rouges ?

– Ouais. Il y avait des petits nombres rouges sur toutes les pages.

– Et savez-vous ce que signifient les nombres rouges ?

– Ouais, ça veut dire que la liste est secrète.

– C'est exact. Elle l'était. Et savez-vous pourquoi ?

– Tout est secret, dans cette baraque.

– Cette liste était secrète, Dusty, parce qu'elle émanait du Magicien.

– Ah, compris. Je suis sur un terrain dangereux. Dès qu'on touche au Magicien, on a tous les gros pontes sur le poil. C'est pour ça qu'on vous a choisi, Knolls ? Parce que vous êtes un gros ponte ?

La seconde étape fut plus facile. Knolls trouva le fil d'un récit et le tira lentement. Le jeune homme dit qu'il s'était introduit au fichier central afin de se procurer des renseignements. Il travaillait seul. Personne ne l'avait mis sur le coup.

Il avait l'intention de prendre des documents de valeur et de les vendre au premier acheteur.

– Aviez-vous un acheteur en tête ? demanda Humphrey.

Sa voix était toujours douce, mais ses lunettes s'embuaient continuellement. Chaque fois qu'il les quittait pour les essuyer, il avait l'impression que ses yeux étaient nus, mouillés.

– Il y a un type, à Paris, répondit Dusty. Un receleur. Des tas de types lui vendent des trucs. Je me suis dit que j'allais d'abord essayer chez lui.

– À mon avis, il ne vous aurait pas offert le meilleur prix, fit remarquer Humphrey et, pendant un instant, il donna l'impression d'être réellement désolé.

– Ouais. Eh bien, on fait ce qu'on peut, pas vrai ?

– Et le document lui-même ? Y avait-il une liste ? Aviez-vous quelque chose de spécial en tête ?

Yeats eut un sourire ironique.

– Bon sang, je ne suis pas un syndicat. Je ne fais pas de plans, je me contente d'agir. J'avais l'intention de prendre ce qui me paraîtrait valable, un point c'est tout.

– Alors, pourquoi le fichier central ? Il me semble que le fichier central est un peu à l'écart des préoccupations actuelles. En fait, c'est un entrepôt et certains documents remontent à… oh, je ne sais pas… Cinquante ans ou davantage. Vous auriez certainement trouvé des documents plus intéressants aux services techniques.

– Eh bien, vous êtes certainement un con, monsieur Knolls ; je suis peut-être un crétin, mais je ne suis pas un salaud. Je ne voulais faire de mal à personne, je n'avais pas l'intention de mettre un pauvre type dans la merde. Je voulais seulement vendre un truc dont tout le monde se foutait de toute manière. Pigé ? Il me fallait un peu de fric. Je ne suis pas un type important. J'aime mon travail. (Il eut, à nouveau, son sourire ironique.)

– Pourquoi vous fallait-il de l'argent, Dusty ?

– Parce que j'en ai marre de vivre comme un nègre.

– Était-ce pour votre sœur, Tracy ? L'argent était-il pour elle ?

Yeats ouvrit de grands yeux et son souffle se précipita.

– Ouais. Il m'en fallait pour payer l'opération, la sortir de cette saloperie de chaise roulante. Je ne vous l'ai pas dit ? On est orphelins, Tracy et moi, et elle, c'est la pauvre handicapée.

Knolls revint à la charge sans se départir de son calme.

– Votre sœur sait-elle ce que vous faites, Dusty ?

– Ouais, bien sûr. Je lui dis tout. Elle me prend pour James Bond.

Avant de s'en aller, Knolls demanda une nouvelle fois où se trouvaient les documents volés, mais Yeats répéta qu'il les avait perdus dans la forêt. Alors Knolls se leva, gagna la porte de la cellule et frappa deux fois, afin que le gardien le fasse sortir. Une fois la porte refermée, Knolls demanda au gardien de donner au prisonnier tout ce qu'il désirait. Cigarettes, chocolat, revues. Le gardien devrait lui fournir tout ce qu'il demanderait. C'était, évidemment, une technique d'interrogatoire classique, mais c'était également davantage. La gentillesse n'avait jamais été absente de la vie bizarre de Humphrey Knolls.

Les jours se succédèrent. Humphrey s'installa au centre, dans une pièce à peine moins austère que la cellule de Dusty : même genre de lit, même ameublement métallique et grossier, même plancher de linoléum terne. Mais Knolls avait une fenêtre, carré vitré donnant sur une aire goudronnée et, au-delà de la clôture, sur les collines. Derrière la forêt, on apercevait les tours de Langley, au-dessus des arbres.

Les journées étaient à nouveau grises. Parfois il pleuvait, parfois il neigeait légèrement. Après le premier coup de froid, Knolls fit installer un radiateur électrique dans la cellule de Dusty. Le jeune homme ne le remercia pas et l'assouplissement que Humphrey avait espéré ne se produisit pas. Yeats resta de marbre. Il ne renonça pas à affirmer qu'il avait agi seul et qu'il n'avait voulu prendre, au fichier central, que des documents susceptibles d'être vendus.

Knolls se plongea donc dans les dossiers. Il travaillait surtout la nuit, souvent jusqu'au petit matin. À la fin de la semaine, les premières traces de fatigue apparurent. Sa peau était pâle. Ses yeux étaient bordés de rouge. Severson lui dit qu'il avait un air bizarre, mais Humphrey ne s'en souciait pas car il avait déjà perçu l'ampleur de ce qui l'attendait. Plus tard, il écrirait que c'est à cette époque que le chemin conduisant à l'histoire des Dancer s'était élargi. Il ne tarderait pas à découvrir un paysage aussi illimité et inhospitalier que le fond des océans.

Son premier indice, Humphrey le découvrit dans le livre du Mirador. Dusty, de son écriture d'écolier, y avait enregistré tous les télex. Pourtant, c'est dans ce travail de routine que Knolls discerna les premiers éléments d'une logique. Des nuits plus intenses suivirent. Souvent, couché sur son lit, Humphrey lisait, dans la lumière jaune d'une lampe articulée. Certaines nuits, la pluie martelait les toits des bâtiments. D'autres nuits, le vent sifflait dans les losanges de la clôture. Une fois, il neigea et, lorsque Humphrey alla à la fenêtre, il découvrit tout un paysage étincelant dans les premières lueurs de l'aube.

Mais, le plus souvent, les dossiers le rivaient à son lit. Il avait laissé le Mirador derrière lui et s'était engagé dans le Service des Opérations. Dusty ne s'était occupé que d'affaires mineures mais, une nouvelle fois, le livre trahit une logique. Certains rapports avaient été considérablement ralentis, lorsqu'ils avaient attiré l'attention de Dusty. En outre, on avait donné au jeune homme le droit d'effectuer certaines recherches, afin qu'il lui soit possible de confronter les points litigieux aux archives centrales, et Humphrey put suivre la piste grâce à l'enregistrement des bordereaux de demande.

D'abord, il s'était procuré une étude, réalisée par Allen Dancer, concernant les systèmes de transmission des documents en Europe. Ensuite il avait demandé, au service des recherches, un rapport sur le Kremlin, rédigé de nombreuses années plus tôt par John. Enfin, il avait étudié les dossiers personnels des proches collaborateurs des Dancer ; et cela continua, au fil des nuits, jusqu'au moment où la petite cellule de ciment de Humphrey fut emplie de possibilités et de l'ombre gigantesque des Dancer.

Finalement, le temps se leva, provisoirement du moins. Les alizés chassèrent les nuages, prairies et forêts parurent cristallisées, ou bien doucement caressées par la brise. Knolls avait atteint le premier palier. Les archives, un jour, l'attesteront, lorsque les historiens pourront examiner son mémo à Lyle Severson, celui qui contient la première allusion au Magicien.

Au matin de ce premier jour de beau temps, Knolls et Lyle se rencontrèrent au centre. Ils suivirent la clôture jusqu'aux premiers arbres. Presque involontairement, ils avaient quitté la route et s'étaient engagés sur un océan d'herbe humide.

Les arbres étaient nus et couverts de rosée. Le soleil était pâle et ovale. Ils s'arrêtèrent au flanc d'un monticule. Humphrey était essoufflé.

– C'est un problème d'interprétation.

– Cela me semble plutôt mince, grogna Lyle.

Tout autour d'eux s'étendaient des champs de hautes herbes et de fougères touffues.

– Il faut voir les choses sous un certain angle, dit Knolls. Yeats était un rat. Il grignotait continuellement. Il était notamment obsédé par certains domaines, les domaines liés à l'Union soviétique.

Lyle, les lèvres serrées et les yeux humides, faisait face au vent.

– Je présume que vous savez que vous avez une sale tête, fit-il.

– À quoi vous attendiez-vous ? Je n'ai pas dormi de la nuit.

Le bruit du vent, dans les herbes, était devenu étrangement obsédant. Ils auraient pu se croire au bout du monde.

Enfin, Knolls dit :

– Pourquoi ne raconterais-je pas toute l'histoire ?

– Bien sûr, toute l'histoire. (Lyle toussa.)

– Bien. Tout a commencé il y a six mois, commença Knolls. Yeats était en Thaïlande. Yeats était vaguement attaché à un poste d'écoute mineur, mais il était également engagé dans une organisation paramilitaire quelconque. Je ne sais pas, au juste, laquelle. Puis, un jour, il a envoyé une demande au service du personnel. Selon lui, il en avait assez d'être loin. Il voulait se faire une situation, appartenir vraiment à la Compagnie. Bien, le Service du Personnel comprend sa position, mais rejette sa candidature. On lui répond qu'il n'y a pas de poste disponible pour le moment. Vous connaissez leurs lettres. En réalité, sa candidature est rejetée pour des motifs psychologiques. Son profil est trop instable. Mais, naturellement, Yeats fit une nouvelle demande et obtint un poste ici. L'important est que nous arrivons là au premier nœud bizarre. Les Dancer. Allen, John et, finalement, Jessie. Jessie surtout. Au début, j'ai eu du mal à le placer dans le tableau. Puis j'ai examiné le dossier de Dusty. Jessie et Dusty se sont rencontrés en Thaïlande. Ils s'étaient même rencontrés au Vietnam. Lorsque le Service du Personnel a rejeté la première candidature de Yeats, Dancer a écrit à son père, Allen, en lui demandant d'appuyer Yeats. De sorte que nous avons là de quoi faire un joli petit nœud.

Lyle s'était figé. Ses mains étaient profondément enfoncées dans les poches de son manteau. Il regardait les champs d'herbes courbées.

– Ce sont des faits, Lyle. Il nous faut tenir compte des faits et c'est un fait que Yeats a volé des documents contenant la liste des contributions du Magicien sur une période de neuf mois. Yeats prétend qu'il ignorait que ces documents avaient trait au Magicien, et je suis sûr qu'il ment, parce que tous les éléments concordent. Yeats n'a jamais eu l'intention de rester au sein de la Compagnie. Il voulait des informations. Il essayait de découvrir comment Allen Dancer dirigeait le service des affaires soviétiques et, plus précisément, il tentait d'obtenir des indications sur le Magicien.

Brusquement, Lyle tourna la tête.

– Vous vous engagez sur un chemin extrêmement périlleux. Un chemin infesté de serpents. Comprenez-vous, Humphrey ? Comprenez-vous bien ?

– Oh, je crois, je crois que je connais les implications...

– Très bien, soupira Lyle. Alors, jusqu'où exactement voulez-vous aller ?

Humphrey se fit l'effet d'un élève obtus. Le vent lui avait rougi les joues.

– Je voudrais poser la grande question, répondit-il. Je voudrais mettre le Magicien sur le tapis et voir comment Yeats réagit. Je voudrais également lui parler de Jessie. À mon avis, il faut que nous sachions exactement quel rôle joue Jessie.

Lyle hocha la tête avant de parler :

– Je veux qu'il y ait un gardien derrière la porte, lorsque vous le ferez. Et ne l'appâtez pas. Vous pouvez lancer la ligne, mais s'il ne mord pas, ne l'appâtez pas. En outre, n'espérez pas que j'enregistrerai la conversation. Nom de Dieu, je n'ai pas envie qu'Allen Dancer me saute à la gorge.

Dusty semblait plus calme. Lorsque Humphrey entra, il était assis au pied de son lit et jetait des pièces contre le mur. Il ne leva pas la tête à l'arrivée de Humphrey. Il se contenta de chantonner :

– Qu'est-ce qu'il se passe, Knolls ?

– Comment allez-vous, Dusty ?

– Moi, je suis souple, Knolls. Vos acolytes ont réussi à me rendre souple.

Cela devait être vrai parce que Humphrey se sentait particulièrement maladroit et gras.

– Je voudrais que nous retournions un peu en arrière, ce matin, dit-il. Si cela vous convient, Dusty. (La comédie de l'amitié était alors devenue un élément indissociable du rituel.)

– En arrière, en avant ; je m'en fiche complètement. Je suis un livre ouvert. J'ai vu la lumière. (Il secouait ses pièces.)

– Très bien, retournons en Thaïlande.

– Sûr. (Dusty haussa les épaules.) Je suis un héros, là-bas. J'aide les nationalistes à botter le cul au Pathet Lao et aux Vietnamiens.

– En fait, vos amis m'intéressent davantage. Vos amis américains.

– Ahhh ! Faut qu'on vous donne une médaille. Le gros coup, hein, Knolls. Alors, maintenant vous savez que je faisais les quatre cents coups avec le fiston du célèbre Allen Dancer, hein ? La belle affaire !

– Vous étiez assez proche de Jessie, n'est-ce pas ?

– Sûr. J'étais son meilleur ami.

– Et c'est grâce à lui que vous avez obtenu votre poste, n'est-ce pas ? Il a demandé à son père de vous faire entrer à Langley. Est-ce exact ?

– Vous avez trouvé, Knolls.

– Et avez-vous jamais parlé de son père à Jessie ?

– Si. Vous savez... De temps en temps, Jessie mettait le célèbre Al Dancer sur le tapis.

– Et vous a-t-il jamais dit ce que fait Allen ?

– Bien sûr. Il combat le communisme. N'est-ce pas ce que nous faisons tous ?

– J'entends : précisément. Que fait Allen Dancer, précisément ?

Dusty avait jeté toutes ses pièces. Il tirait les fils de la couverture vert olive de l'armée. Il se passa la main dans les cheveux.

– Écoutez, Knolls, qu'est-ce que vous voulez, hein ? Comment pourrais-je savoir ? Je pataugeais dans les bourbiers puants de la jungle pour mille dollars par mois. Comment aurais-je pu savoir ?

– Mais, Dusty, vous connaissiez l'existence du Magicien. Il n'y a aucun doute là-dessus.

La pièce fut soudain parfaitement silencieuse. Puis Yeats dit :

– J'avais confiance en vous, j'avais vraiment confiance en vous, Knolls. Et vous me sortez ce genre de connerie. Pourquoi ne pas m'avoir dit franchement que je suis grillé ? Vous n'étiez pas obligé de jouer ce petit jeu minable…

Humphrey se mordit la lèvre inférieure jusqu'à ce que la peau devienne blanche, mais sa voix resta douce et unie.

– Très bien, Dusty, je vais vous dire ce qui, selon moi, s'est passé. À mon avis, tout a commencé en Thaïlande, où Jessie vous a mis dans le coup. Ensuite, il vous a obtenu un poste dans les services de son père, afin que vous puissiez vérifier de l'intérieur.

Il parut s'affaisser. Il loucha vers le linoléum usé.

– Jessie disait qu'il ne pensait jamais beaucoup au Magicien. Cela ne l'intéressait pas. Il savait seulement que cette opération était la grosse artillerie de son père. C'est elle qui a hissé Al Dancer au sommet et l'y a maintenu pendant combien ? Trente ans ? Il savait également que l'origine du Magicien remontait à son grand-père, John Dancer. Alors, Jessie m'a dit : « Infiltre-toi à Langley. Ensuite, nous les mettrons en pièces. »

– Que voulez-vous dire, Dusty ?

Yeats se mit à pianoter sur sa cuisse.

– Jessie sait beaucoup de choses sur le Magicien. Il sait comment fonctionne le système de récupération, qui apporte les renseignements et d'où ils viennent. Selon lui, il sait également qui est le Magicien. Enfin, qui est le type de Moscou. Il ne m'a pas dit comment il a appris tout cela, mais il m'a dit qu'il ne pouvait rien faire sans une liste de production, ou un renseignement quelconque en provenance de Moscou. C'est pour cette raison que je suis venu. Tout ce qui concernait le Magicien était bon à prendre.

– Voilà donc ce que vous faisiez au fichier central ? Vous vous y êtes introduit dans l'intention de voler une liste de production et vous avez réussi.

– Ouais. Exact.

– Et tout ce que vous avez fait avant était seulement destiné à localiser les listes de production ?

– Bravo ! Accrochez-vous une médaille, Knolls. Vous êtes vraiment un malin.

Mais Humphrey ne se laissa pas ébranler, malgré la chaise instable qui vacillait chaque fois qu'il changeait de position.

– Je me demande pourtant, dit-il, ce qui vous a poussé à accepter ? Vous connaissiez certainement les risques que cette opération comportait. Alors, pourquoi ?

– Parce que Jessie Dancer est mon ami, persifla Yeats.

– Que pensez-vous de lui, maintenant ?

Yeats le dévisagea. Il ne jouait plus la comédie.

– Pourquoi ne mettez-vous pas cette question de côté pour le jour où Jessie reviendra ?

Humphrey ne retourna voir Yeats que vingt-quatre heures plus tard. Il griffonna et flâna dans les jardins du centre, ainsi que sur la route, parmi les collines herbues. Le soir, il se promena en compagnie de Lyle et ils conclurent que les éléments de base de l'affaire étaient établis. Le rôle de Jessie Dancer était défini. Il avait introduit Dusty au cœur de l'univers de son père et ses intentions étaient manifestement hostiles.

Curieusement, en une journée, Dusty semblait avoir beaucoup vieilli. Il n'était pas rasé. Il y avait une nouvelle odeur, dans la cellule : celle de la transpiration. Knolls trouva le prisonnier allongé sur son lit. Lorsque le jeune homme s'assit, son nez se mit à couler. Il se moucha et toussa dans un morceau de tissu.

– Il faut que vous me parliez de Jessie, dit finalement Humphrey.

Le jeune homme renifla et s'essuya le nez avec sa manche.

– Jessie Dancer, hein ? Eh bien, vous n'avez jamais rencontré un type comme Jessie. Je peux vous l'affirmer.

Oui, se dit Humphrey, c'est sans doute vrai.

– En plus, vous ne plairiez pas à Jessie, Knolls. Il déteste les gros.

Humphrey se contenta d'encaisser. Il était accoutumé à ce type de réflexion. Lorsqu'il était enfant, on se moquait toujours de lui...

– Et son père ? demanda-t-il. Jessie déteste-t-il aussi son père ?

Dusty sourit.

– Ah, voilà la pièce manquante. Vous ne comprenez pas pourquoi. Jessie m'envoie ici pour foutre la pagaille dans les affaires de son vieux, et vous ne comprenez pas pourquoi.

– On dit que Jessie et son père ne s'entendent pas.

– Qu'ils ne s'entendent pas, hein ? C'est ce qu'on dit ? Qu'ils ne s'entendent pas ? Seigneur, Knolls, vous n'y comprenez rien, pas vrai ?

Humphrey prit conscience du spectacle qu'il offrait : un gros homme sur une chaise instable.

– Je ne les connais ni l'un ni l'autre, dit-il. J'ai rencontré brièvement le grand-père, John, mais je ne connais ni Allen ni Jessie.

Dusty regarda Humphrey droit dans les yeux.

– Je vais vous dire quelque chose, Knolls. On prétend que Jessie Dancer est dingue, qu'il marche à côté de ses pompes. Eh bien, si c'est vrai, il y a au moins un point sur lequel il parle avec bon sens… Quand il dit à quel point il déteste son père.

La confession entraîna une liberté nouvelle et Dusty fut autorisé à se promener dans le centre, lorsque les gardiens étaient à leurs postes. Les matins où il était agité, Humphrey et lui faisaient le tour de la clôture à mailles en losange. D'autres matins, les regrets s'emparaient de lui et ils s'asseyaient sur un banc installé sous la véranda. Mais, en général, il parlait librement et Humphrey enregistrait leurs conversations grâce à un micro caché sous son manteau.

Trois semaines plus tard, ils étaient en Asie et le fil conducteur était Jessie Dancer. Dusty l'avait rencontré au Vietnam. Jessie dirigeait une station Delta, dans une région où les communistes s'infiltraient toutes les nuits. La station elle-même était blanche, vieille et coloniale. Il y avait des grilles d'acier aux fenêtres et du fil de fer barbelé au sommet du mur d'enceinte. Le portique était équipé d'écrans destinés à détourner les grenades et il y avait un peuplier dans le jardin.

Selon Dusty, Jessie et lui tuaient les journées, couchés sur des matelas puants, à compter les rotations du ventilateur suspendu au plafond. Après un joint ou deux d'herbe locale, les moisissures du plafond semblaient gonfler dans une brume jaune. Dusty aimait regarder fixement les coins de la pièce, jusqu'au moment où le plâtre se mettait à onduler. Jessie, toutefois, ne se droguait pas. Selon lui, la drogue affectait la vision nocturne et, dans le delta, tout se passait la nuit.

Il conservait des images nettes, précises, du drame pervers qui se jouait, une fois la nuit tombée, dans la jungle des collines. Tapis dans la forêt, ils détruisaient l'ennemi, le mal, avec des poignards et des cordes de piano... C'était comme une mission religieuse pervertie.

Yeats se souvenait qu'ils s'asseyaient sous le porche de bambou et s'enduisaient solennellement le visage de maquillage noir. Une fois prêts, ils s'enfonçaient dans le vert crépusculaire. Lorsque l'obscurité s'étendait sur la forêt, ils étaient déjà tapis dans les arbres, aussi immobiles que des serpents. Puis les Viêt-cong arrivaient et on entrait en transe, les feuilles frémissant et les silhouettes s'éparpillant, en bas.

– Il fallait une seconde pour tirer un chargeur, avec le M 16 en automatique. Et trois pour recharger, mais, pendant cette première seconde, on jouissait vraiment.

Après un mois de patrouilles nocturnes, la guerre devint leur propriété. Ils vivaient la nuit, comme les vampires. Les tâches ordinaires d'une station furent délaissées. C'était à peine si Jessie prenait la peine de rédiger son rapport hebdomadaire. En outre, il ne resta pas en contact avec le conseiller de province. Du point de vue du conseiller, il n'y avait rien à tirer de l'unité de Dancer.

– Mais de notre point de vue, dit Dusty, nous faisions notre boulot. On connaissait les règles du jeu et on se foutait des conneries qu'on voulait nous faire avaler. On était là pour tuer des types et c'est exactement ce qu'on faisait.

Il fut difficile de cesser de tuer. Dusty se souvenait que Jessie avait refusé de partir, même lorsque l'armée régulière du Nord Vietnam était arrivée.

– Il voulait rester. Il voulait se replier dans la jungle et continuer de les harceler...

Mais la guerre prit fin et Jessie fut obligé de partir. Puis, vinrent les années perdues. Jessie regagna Londres et travailla à l'ambassade américaine. On lui donna un travail qui ne demandait pas le moindre effort de réflexion. Dusty retourna en Californie. Sa mère était décédée et il lui fallut subvenir aux besoins de sa sœur. Il trouva un emploi de vigile de nuit dans une banque.

– Parfois, je pouvais à peine m'empêcher de descendre des types avec le 38 Spécial de comédie qu'on m'avait donné.

Puis Jessie revint. Il arriva à l'automne, à la fin d'une période inhabituelle... Une vague de chaleur. Yeats venait de sortir de sa caravane, cylindre métallique gris et déglingué qu'il partageait avec sa sœur. Sur le chemin poussiéreux, il se dirigeait vers sa Chevy. Il faisait noir et d'innombrables criquets chantaient. Puis un doigt lui effleura l'oreille. Il pivota sur lui-même, mais ce n'était que Jessie, souriant, parmi les feuilles.

– J'ai une autre guerre à te proposer, mon petit Dusty.

Il s'agissait, expliqua Yeats, d'aider les guérilleros cambodgiens à harceler les Vietnamiens. Depuis que les Vietnamiens avaient envahi le Cambodge, les anticommunistes, réfugiés en Thaïlande, les combattaient. Les unités étaient petites mais, selon Dancer, avec le soutien de la CIA, le conflit allait s'étendre. Il croyait qu'il n'y a pas de meilleur catalyseur que les armes modernes.

Pour des raisons évidentes, le projet était secret. Il ne fallait pas qu'on sache que des unités spéciales américaines étaient engagées dans une nouvelle guerre asiatique. Les armes et le ravitaillement passeraient par Bangkok et Jessie supposait que l'argent y serait également blanchi. La Compagnie paierait deux mille dollars par mois mais ne prendrait pas l'assurance en charge.

Les engagements furent sporadiques, brefs, se limitant souvent à un échange de coups de feu avec les patrouilles communistes. Les guérilleros avaient un moral d'acier. La plupart d'entre eux étaient jeunes : de seize à vingt ans. Au mépris de la loi cambodgienne, ils avaient les cheveux longs. Certains les attachaient sur la nuque, d'autres portaient un bandeau, comme Che Guevara. L'ironie de la situation n'échappa pas à Dusty. Au Vietnam, il était l'envahisseur combattant la canaille soi-disant idéaliste. Au Cambodge, les positions étaient inversées. Il commença même à croire lui-même aux idéaux. Jessie, pour sa part, n'avait aucune conviction. Un jour, il confia à Yeats qu'il aimait le combat parce que c'était le seul moment où il avait l'impression de participer à une action capable de le faire sortir de son esprit. C'était, selon lui, un soulagement.

Des journées mornes suivirent. D'innombrables nuages arrivèrent par l'est, l'air devint tiède et humide. Les feuilles pendaient et les orages étaient fréquents. Yeats parlait librement. C'est à peine si Humphrey avait besoin de l'y pousser. Mais, avec chaque confession, un peu plus chaque jour, Dusty semblait mourir un peu. À la fin, Knolls le trouvait souvent paresseusement couché dans un coin isolé du centre.

Le vingtième jour, Yeats ne prit même pas la peine de se retourner en entendant Knolls arriver. Il attendit que ses pas aient atteint le goudron, puis il dit :

– Vous allez bientôt vous débarrasser de moi, pas vrai ?

Humphrey s'immobilisa près du prisonnier. Ils se tenaient tous deux face aux hautes herbes et aux arbres.

– Qu'est-ce qui vous fait croire cela ?

Yeats haussa les épaules.

– Ce matin, je me suis levé et j'ai frappé à la porte. Jake m'a fait sortir. J'ai fait un pas et une saloperie d'oiseau m'a chié sur la main. Juste ici. (Il montra son poing à Humphrey puis le laissa retomber sur sa cuisse.) Mauvais signe, ça, Knolls. Avez-vous déjà calculé ce genre de probabilité ? Un oiseau et un type dans tout cet espace. Peut-être la vie de l'oiseau suivait-elle un chemin parallèle à la mienne. Puis, vient un jour où je sors et où il me touche. C'est un mauvais signe, ça, vous savez.

Il a encore des regrets, se dit Humphrey. Beaucoup regrettent, après avoir parlé.

– Je suis peut-être un petit con, poursuivit Dusty, mais je sais reconnaître les signes.

– Et Jessie ? demanda Humphrey. Savait-il reconnaître les signes ? (C'était un mauvais début, mais il lui semblait nécessaire de changer rapidement de sujet.)

– Jessie n'a pas besoin de reconnaître les signes. Il s'en fabrique.

Ils suivaient le périmètre du centre. Dusty avait arraché une longue branche de vigne vierge et la traînait derrière lui. Finalement, il se remit à parler de Jessie. Il dit que son ami n'avait pas de superstitions, du moins pas de superstitions banales. Jessie ne craignait que les objets.

– Quels objets ? (Ils regardaient à nouveau la ligne d'arbres. Humphrey avait enfoncé les mains dans les poches.)

– Les objets ordinaires. Les objets, vous voyez bien. Cela pouvait être une poignée de porte ou une bouteille vide. Mettons qu'il entre dans une pièce et qu'il n'y ait qu'une table et deux chaises. Supposons que, sur la table, il y ait une bouteille vide et un plat. Il s'asseyait à table, regardait la bouteille et le plat, mais ne pouvait les toucher. Un jour, il m'a dit que tout ce qu'on touche est couvert d'une boue invisible. Mais il ne l'a pas dit comme ça. Il disait que les objets ont un côté diabolique. Et ils le dégoûtaient. Il prétendait qu'il haïssait les objets parce qu'ils étaient plus réels que lui. Les bouteilles, les tables, les chaises… Ils étaient trop denses, trop solides. Ils étaient là, ils existaient et c'est pour ça qu'il les haïssait. C'était bizarre mais, comme je vous l'ai dit, Jessie était très spécial, étrange…

– Avait-il la même attitude vis-à-vis des gens ?

– Parfois, mais c'était différent avec les gens. Jessie détestait les gens pour d'autres motifs. Un jour, je me souviens, nous avons surpris une colonne de types dans une forêt de manguiers. Ils entraient dans la forêt de manguiers et nous les avons eus à découvert… Du premier choix. Mais trois d'entre eux ont réussi à s'échapper. Eh bien, Jess les a poursuivis sur plus d'un kilomètre pour les avoir. Alors, je lui ai demandé pourquoi. À quoi bon se crever pour trois types ? Et il m'a répondu qu'il fallait qu'il les ait parce qu'ils étaient mauvais. C'est tout ce qu'il a dit. Ils sont mauvais. Au début, j'ai cru que c'était une plaisanterie, puis je me suis rendu compte qu'il était sérieux. Il croyait vraiment qu'il y a des mauvais, dans le monde.

– Jessie pensait-il que son père est mauvais ?

– Bien sûr. Qu'est-ce que vous croyez ?

– Et le Magicien ? Jessie pensait-il que l'opération est mauvaise ?

– Complètement pourrie.

– Vous a-t-il expliqué pourquoi ?

– Seigneur, Knoll, vous n'abandonnez jamais, pas vrai ?

Le vent s'était levé, apportant le parfum de la forêt mouillée et la pluie. Déjà, de gros nuages noirs et cotonneux surplombaient les collines, au loin. Bientôt, le paysage se figerait dans une immobilité lourde, puis le tonnerre éclaterait.

Finalement, Knolls dit :

– Nous pourrions faire une pause, si vous voulez.

– Non, je veux en finir.

– Très bien. Alors, revenons au Magicien. Pouvons-nous parler de lui pendant un moment ?

– Ouais, soupira Dusty. Le Magicien. Le Magicien, c'était le gros truc. Selon Jess, tout ce que sa famille avait, c'était grâce au Magicien. Même quand Jessie était enfant, le Magicien payait le loyer. Personne ne pourrait toucher Al Dancer aussi longtemps qu'il contrôlerait le Magicien.

– Et, d'après lui, qui était le Magicien ? Précisément, j'entends.

– Précisément, hein ? Très bien, Knolls, je vais faire ça pour vous. Selon lui, le Magicien était un officier de renseignements soviétique qui donnait des informations à Allen. Les documents étaient acheminés grâce à un système de messagerie passant par une ou plusieurs maisons sûres. La plus importante s'appellerait le Sorcier et se trouverait à Zurich. Les messagers et les maisons sont financés par un programme baptisé : la Forêt enchantée. Selon Jessie, tous les renseignements que je pourrais obtenir sur la Forêt enchantée seraient utiles, mais il lui fallait surtout une liste de production.

– Vous a-t-il dit pourquoi ?

– Non.

– La liste que vous avez volée avait environ trois ans, le saviez-vous ?

– Ouais mais, d'après Jess, ça n'avait pas d'importance. Il voulait simplement une liste de renseignements fournis à Allen Dancer par le type de Moscou. Selon lui, je pouvais prendre aussi bien la liste qu'un échantillon de renseignement fourni par le Magicien, mais je jure devant Dieu que je ne sais pas ce qu'il voulait en faire.

Knolls s'était figé. Il respirait silencieusement, à petits coups.

– Et les origines du Magicien ? demanda-t-il enfin.

– Que voulez-vous dire ?

– Jessie vous a-t-il raconté comment tout cela a commencé ?

– Il ne le savait pas. D'après lui, aussi loin que remontaient ses souvenirs, le Magicien avait toujours été là. Même dans son enfance, il avait toujours entendu parler de lui ; c'était le grand secret de famille, l'armoire au trésor. Le

Magicien, disait-il, mets la main là-dessus et tu mèneras la danse.

– Est-ce là ce que veut Jessie ? Veut-il s'approprier le Magicien ?

Yeats gonfla les joues et eut un sourire affecté.

– Je n'ai pas dit ça, Knolls. Je vous ai seulement raconté le mythe du Magicien… comme disait Jessie. Selon lui, le Magicien était comme un vieux mythe. Comme la Toison d'Or ou un truc du genre. Avez-vous vu le film ? Tous les personnages essaient de s'emparer de ce trésor qui les rendra riches et célèbres, et cela s'applique parfaitement au Magicien. Mais Jess ne voulait pas se l'approprier. Il voulait seulement le détruire.

Alors, d'une voix à nouveau très douce :

– Mais pourquoi, Dusty ? Pourquoi Jessie voulait-il détruire le Magicien ?

Il y eut un long silence. Puis Yeats murmura des paroles que Knolls ne comprit pas entièrement. Il y était question d'une fille.

– Une fille ? fit Knolls.

– Ouais, il y avait une fille.

– Quelle fille, Dusty ? Qui était-ce ?

– Sara.

– Sara ? Sara comment ?

– Moore. Elle s'appelait Sara Moore.

– Et qui était-ce ?

– Seulement une fille. Jessie l'a rencontrée à Londres.

– Et c'est à cause de cette fille que Jessie s'attaque au Magicien ?

– Ouais, c'est ça.

– Mais pourquoi ?

– Parce que le Magicien l'a enlevée. C'est ce que dit Jessie. Il dit que le Magicien l'a enlevée, comme il a enlevé des tas de gens. D'après lui, l'affaire du Magicien n'est qu'un tissu de mensonges et il y a des gens qui souffrent sans raison. D'après lui, le Magicien est le moyen qu'ont mis au point les vrais mecs pour contrôler tous les autres. Dingue, hein ?

Ce soir-là, Humphrey ne retourna pas au centre. En fin d'après-midi, il parcourut plusieurs kilomètres, sur la route tortueuse, et ne s'arrêta que lorsqu'il se trouva au milieu de sapins frémissants. La rosée tombait sur la clairière. Les dénouements étaient toujours moroses et celui-ci était particulièrement triste parce que Knolls s'était pris d'affection pour le jeune homme, sans très bien savoir pourquoi.

Plus tard, il regagna la ville et dîna dans un petit restaurant italien terne, où il n'était jamais allé. Il y avait des nappes rouges, sur les tables, et des bouteilles de chianti couvertes de bougie sèche. Les pâtes étaient collantes. Le serveur était un jeune homme maussade. Les seuls clients étaient de vieux messieurs desséchés.

Ensuite, il marcha dans les rues, parmi les usines et les complexes industriels. Partout, des ordures étaient éparpillées sur les trottoirs. Il aperçut un jeune homme appuyé contre un lampadaire. Il y avait des nuages et il faisait froid, mais il était en sueur lorsqu'il regagna son appartement.

Il entreprit de taper le résumé de l'interrogatoire de Yeats peu après minuit. Le travail avança correctement, au début, et il tapa régulièrement, avec deux doigts, sur sa vieille Royal. Puis le rythme ralentit. Ensuite, il perdit une heure entière, les coudes appuyés sur son bureau de contreplaqué, gêné par le désordre de livres et de papiers, de vêtements jetés sur les chaises, d'emballages de bonbons roulés en boule. Mais il était peut-être également gêné par l'ombre immense d'un Jessie Dancer insaisissable.

Puis dimanche arriva et Knolls retourna chez Severson. Lyle lui offrit des œufs pas assez cuits, des toasts et du café sans goût. Ils mangèrent sur la terrasse, au milieu d'un jardin sauvage plein de hautes herbes et de lierre.

– J'ai commencé mon rapport, la nuit dernière, dit Humphrey, mais il ne put expliquer clairement comment il avait lutté avec le fantôme de Jessie.

– Je ne veux pas de cela, fit Lyle en fronçant les sourcils. Je déteste les rapports où l'on prétend exposer de grandes idées. Je déteste les fantaisies. (Il paraissait lui-même un peu fantasque, ce jour-là, maigre et fragile.)

Seule la lumière était claire. L'ombre des plantes grimpantes était nette, sur la pelouse. Des insectes filaient à toute allure dans les tunnels de végétation.

– Je ne cherche pas à être obscur, répondit Knolls. Je cherche seulement à vous donner un aperçu du problème.

– Oh, je crois que je connais le problème, répliqua Lyle avec impatience. Vingt pages de renseignements fournis par le Magicien se promènent dans la nature et si cette liste trouve le chemin de Moscou, il ne leur faudra pas longtemps pour découvrir qui fournit des informations à Al Dancer.

– Yeats prétend toujours qu'il les a perdues dans la forêt.

– Eh bien, nous ne les avons pas trouvées, n'est-ce pas ? J'ai fait fouiller toute cette saloperie de forêt et je ne les ai pas encore retrouvées.

– Cela ne signifie pas que Yeats ne dit pas la vérité. Après tout, il y avait de l'orage, n'est-ce pas ?

– Il y aura un orage foutrement plus grave si cette liste trouve le chemin de Moscou.

– Oui, je comprends mais pour le moment, à mon avis, nous devrions oublier la liste et nous intéresser à des problèmes plus généraux.

– À savoir ?

– Eh bien, Jessie Dancer, d'abord.

– Oh, Humphrey, ne pourrions-nous pas le laisser en dehors de cela ?

– Non, je crains que cela ne soit impossible. C'est lui qui a envoyé Yeats ici. C'est lui qui lui a demandé de voler la liste. Nous ignorons pratiquement tout de lui et, franchement, ce serait une erreur impardonnable de ne pas tenir compte de lui, au stade où nous sommes.

Severson soupira.

– Très bien, Humphrey, que savez-vous ?

– Apparemment, il y avait une jeune femme. Sara Moore. Anglaise. Attachée à Whitehall.

– Vous voulez dire qu'elle est dans le métier ?

– Oui, les archives ou quelque chose du genre. Elle a rencontré Jessie alors qu'il travaillait à l'ambassade de Londres. Apparemment, ils étaient très liés.

– Sexuellement ?

– Ils ont partagé le même appartement pendant un an. Ensuite, elle est partie en mission à l'Est. En Allemagne, je crois. Elle n'y était que depuis quelques jours quand l'Abteilung l'a ramassée. On lui a fait un procès à grand spectacle et elle a récolté treize ans. Naturellement, cela a contrarié Jessie. Cela se passait il y a dix-huit mois.

– Et Jessie rend Allen responsable ?

– Apparemment, Jessie a demandé à Allen d'user de son influence pour obtenir sa libération. Bref, c'était trop demander, même à Allen Dancer, et il n'a pas réussi. Jessie, toutefois, s'est mis dans la tête qu'Allen n'a pas fait tout ce qu'il pouvait et ne le lui a jamais pardonné.

– Il me semble qu'il n'est pas très rationnel de haïr son père, n'est-ce pas ?

– Oui. Eh bien, apparemment, Jessie n'est pas un individu très rationnel. En fait, à mon avis, il n'est pas très équilibré.

Lyle, soudain, se mit à tirer sur sa grosse moustache, tout en balayant les miettes éparpillées sur la table.

– C'est tout de même extraordinaire. Savez-vous que j'ai bien connu Jessie, autrefois, et qu'il ne m'a laissé aucun souvenir marquant. Je l'ai vu pour la dernière fois... Il y a une dizaine d'années. Je l'ai toujours trouvé gentil, mais silencieux. C'était un garçon silencieux qui ressemblait à sa mère. C'était une très jolie femme.

– Eh bien, apparemment, son fils ne tient pas d'elle, grogna Humphrey. Il me fait l'impression d'un tueur presque pathologique.

– Allons, Humphrey.

– Comment décrire autrement un individu qui prend des quantités massives de vitamines au réveil et passe la journée à tirer au revolver et à lancer le couteau ?

– Yeats vous a-t-il dit cela ?

– Pas seulement cela.

Lyle regardait fixement une abeille dérivant près d'un treillis de mufliers.

– Je ne veux pas que vous mettiez cela dans votre rapport, déclara-t-il.

– Pourquoi ?

– Parce que je ne peux pas donner ce genre de choses à John. Il s'agit, malheureusement, de son petit-fils. Ne pourriez-vous pas, au moins, éviter d'insister là-dessus ?

Des nuages estompèrent les taches de soleil, dans le jardin de Lyle. Les rangées tortueuses de fuchsias et de géraniums baignaient dans une lumière blanche.

– La jeune femme, fit Knolls d'un air absent. Sara Moore. Ce n'est, à mon sens, que le catalyseur. Jessie vit avec elle. Elle part pour l'Allemagne de l'Est, est arrêtée et condamnée à treize ans. Effectivement, Jessie éprouve de la colère, de la frustration, tout ce que vous voulez. Mais, à mon avis, le problème est plus profond. À mon avis, la jeune fille n'est que l'étincelle qui a fait jaillir la flamme, mais le feu couvait depuis longtemps. Voyez-vous où je veux en venir ? Jessie déteste Allen depuis des années. C'est psychologique. Le jeune homme déteste sa famille.

– Est-ce l'avis de Yeats ?

– Oui, plus ou moins. Selon Yeats, Jessie voit dans sa famille, et surtout en Allen, le symbole de tous les malheurs du monde. Cela porte certainement un nom.

– Un nom ? Pour décrire quoi ?

– Un individu qui se représente les choses et les gens en termes de symboles. C'est un genre de maladie mentale, n'est-ce pas ? Je suis certain qu'elle porte un nom.

Lyle, contrarié, se figea à nouveau. Il entreprit d'étaler de la confiture sur son toast. Ses doigts tremblaient un peu et il répandit des miettes partout. Enfin, il demanda :

– Les motivations du jeune Yeats sont-elles également ambiguës ?

Humphrey secoua la tête.

– Jessie lui a promis que, une fois Allen écarté, il pourrait avoir tout ce qu'il désirait. Et ce que veut Dusty, c'est un bureau au sixième étage. Il veut venir travailler en costume et avoir la clé des toilettes des cadres. C'est, du moins, ce qu'il dit. Personnellement, je crois qu'il a agi ainsi parce que Jessie le lui a demandé. Point. Apparemment, Jessie est l'idole de Yeats.

Le jardin se figea et ils eurent l'impression de se trouver dans une serre. Pas une feuille, pas une branche ne bougeaient. Seul le bourdonnement de l'abeille tranchait sur l'entropie.

Puis Lyle prit la parole. Il regardait fixement la plaque de beurre, qui fondait à la chaleur.

– J'ai beaucoup réfléchi à cette affaire, et j'ai décidé de ne pas introduire ce rapport dans les circuits normaux, pour le moment. Je vais le donner directement à John. Je crois que John comprendra. En outre, je ne veux pas qu'il soit mis au courant par le téléphone arabe. Si cette affaire prend de l'ampleur, je veux que John soit le premier à savoir.

– Bien sûr, acquiesça Humphrey. John est votre ami.

– Ce n'est pas la seule raison. John est... intimement lié à tout cela. En fait, le Magicien lui appartient autant qu'à Allen. C'est une affaire extrêmement embrouillée. John, Allen, Jessie... on ne peut pas compter en comprendre un sans comprendre les autres.

– Que sous-entendez-vous par là ?

Les yeux de Severson étaient fixes. Il regardait, sans le voir, le jardin sauvage.

– Soyez prudent, Humphrey, dit-il enfin. Vous ne pouvez imaginer à quel point le chemin sur lequel vous vous êtes engagé est tortueux. Alors, soyez prudent. À mon avis, il faut expliquer la maladie de Jessie en termes de Vietnam. Oui, il me semble que John pourra admettre qu'un jeune homme puisse perdre le sens de la mesure au cours d'une guerre particulièrement horrible. Par conséquent, c'est le point de vue qui convient. C'est ainsi qu'il faut procéder.

– Mais, Lyle, la guerre est terminée depuis des années.

– Non, vous ne comprenez pas. Cela n'a aucune importance. Il arrive que les souvenirs surgissent des années et des années après les événements. Par conséquent, vous rédigerez votre rapport conformément à mes indications. Même si vous ne comprenez pas, John comprendra. Il a l'habitude des choses qui surgissent du passé.

Lyle reçut le rapport de Knolls le dimanche suivant, exactement une semaine après le petit déjeuner dans le jardin. Le rapport avait quatre-vingt-dix pages. Il était mal tapé et contenu dans une chemise jaune, de mauvaise qualité. Par la suite, les historiens de Langley verraient, dans son achèvement, la fin de la première étape.

Dans l'ensemble, le rapport de Knolls était une étude précise des événements survenus pendant la nuit d'orage et de l'interrogatoire de Yeats. Toutefois, deux domaines qui se révéleraient, par la suite, essentiels, étaient pratiquement passés sous silence. Le premier concernait la jeune femme, Sara Moore. Son nom n'était mentionné que deux fois dans le rapport. Une première fois dans l'énoncé des raisons qui avaient poussé Jessie à envoyer Yeats à Langley et une seconde fois, dans la conclusion, où l'auteur suggérait qu'elle devrait faire l'objet de recherches complémentaires. Cette suggestion, cependant, ne fut pas suivie d'effet et, provisoirement, la jeune femme fut, dans une large mesure, oubliée.

En outre, il y avait les documents dérobés par Yeats. La liste du Magicien, dont on savait alors qu'elle comprenait vingt-six pages, répertoriait treize documents fournis pendant le printemps et l'été 1977. Rien, dans le rapport, n'indiquait que Knolls crût que Yeats avait effectivement perdu la liste pendant sa fuite, comme ce dernier le prétendait. Toutefois, Knolls a manifestement sous-estimé l'importance du document. Plus tard, il serait sévèrement critiqué sur ce point.

Knolls remit son rapport un peu avant midi. Il le donna à Severson sur le seuil et refusa d'entrer prendre un café. Sans un mot, il mit le rapport entre les mains de Lyle et s'en retourna sur le chemin qui traversait le jardin. Lyle se dit qu'il paraissait un peu malade, un peu gonflé et très pâle. Son pull était à l'envers et il avait probablement dormi avec son pantalon.

Lyle lut le rapport pendant l'après-midi. Il faisait une nouvelle fois soleil, dans le jardin, il s'installa donc dans un de ses vieux fauteuils de rotin, avec son café sur une table de fer forgé et les pages sur les genoux. En lisant, il suçait une dent creuse ou bien tortillait les extrémités de sa moustache mais, le plus souvent, il s'efforçait de rester immobile. C'était le seul moyen d'empêcher les années de peser trop lourdement…

Lyle se souvint du jour où, il y avait plusieurs décennies, il avait rencontré les trois Dancer. C'était l'anniversaire de John et toute la famille était réunie dans la maison de Norfolk. La lumière était presque semblable à celle de ce dimanche. La pierre et le marbre paraissaient très blancs. Les chemins étaient bordés de fougères. Il y avait des saules sur les grandes pelouses.

Ce jour-là, Lyle rencontra des Dancer qu'il ne connaissait pas, en particulier un vieux bonhomme qui s'appelait William et s'habillait comme un planteur tropical. Il y avait également des dizaines de jolies femmes en robe légère et des enfants qui faisaient le siège du buffet, chapardant les melons et les pinces de crabe glacées.

John était particulièrement élégant, avec son blazer bleu, sa pochette rouge et sa chemise de soie crème. Il confia à Lyle qu'il y avait des années qu'il ne s'était senti aussi bien. Côte à côte, ils flânèrent dans le jardin puis pénétrèrent dans le taillis de roseaux. Il dit qu'il était heureux parce qu'Allen était venu à son anniversaire. L'Allen d'autrefois ne serait pas venu, mais tout avait changé. Un nouvel Allen était né.

– Nous sommes très proches, dit John.

Ils s'étaient arrêtés sur la rive couverte de mousse de la pièce d'eau. Pendant quelques instants, ils n'abordèrent que des sujets simples et sans conséquence. Les lèvres rouges des poissons apparaissaient fréquemment à la surface de l'eau verte. Finalement, John céda au désir de manifester sa satisfaction.

– Je suppose que tu as entendu parler du nouveau contact d'Allen à Moscou.

– Le Magicien, répondit Severson, baissant la voix. N'est-ce pas ainsi qu'on l'a baptisé ?

Ce nom n'avait pas encore acquis son aura légendaire.

– C'est exact. Le Magicien qui entre en contact avec nous grâce à la Forêt enchantée. Allen a trouvé ces appellations lui-même. Elles me plaisent. Il aurait pu moins bien choisir. Mais le Magicien de la Forêt enchantée, cela donne une impression de mystère et de brume... Une sorte de... Je ne sais pas, d'intemporalité.

– Oui, fit Lyle. Intemporalité. Hors du temps.

Plus tard, dans la lumière douce de l'après-midi, Lyle vit Allen. Il était beaucoup plus élégant qu'à son habitude. Il marchait rapidement, tenant Jessie par la main. C'était un joli petit garçon, aux cheveux blonds et aux yeux profonds. Lorsque Allen l'envoya jouer avec les autres, il s'attarda près de la haie.

Le soir, les invités se retrouvèrent dans la salle à manger. John, assis au bout de la longue table de chêne, reçut ses cadeaux. Chaque présent suscita sa joie et il le leva bien haut afin que tout le monde puisse le voir. Allen lui offrit une boule de verre poli, une boule de cristal, en fait. Un enfant se mit à pleurer parce qu'il la voulait. Allen avait fait graver dans le verre : *Que la Magie ne ternisse jamais…*

Lorsque Lyle eut terminé la lecture du rapport, il resta assis sur son vieux fauteuil de rotin. Ses lèvres dessinèrent même, une fois, le nom de John. Puis il se leva et rentra en boitillant. La porte claqua derrière lui. Dans le jardin, les ombres étaient longues.

La maison aussi était pleine d'ombres mais, surtout, il y avait des coins d'obscurité totale. Il lui fallait serrer très fort la rampe, en gravissant l'escalier. Il était tombé, une fois, et avait eu la chance de ne pas se casser le col du fémur. Beaucoup de gens se cassent le col du fémur. Avec l'âge, le col du fémur devient fragile. En fait, John Dancer s'était cassé le col du fémur en tombant dans l'escalier. John. Le plus difficile serait d'annoncer tout cela à John.

CHAPITRE 2

Comme Lyle Severson, John Dancer habitait, seul, une grande maison pleine de meubles frais et silencieux. C'était une grosse maison à pignons, avec un portique à colonnes et un grand escalier. Allen avait grandi dans cette maison, sa mère y était morte. Au premier, il y avait des pièces où personne n'était entré depuis des années.

Le piano de Mary était toujours au salon, mais personne n'en jouait. Et John n'avait pas eu le cœur de vendre sa collection de boîtes à pilules, bien qu'il eût toujours détesté ces petits objets voyants, incrustés de pierres précieuses et respirant la maladie. Ainsi, le berceau de la famille Dancer restait pratiquement tel qu'il avait toujours été. Les femmes de chambre et les jardiniers y veillaient. Ils ciraient les meubles chippendale et encaustiquaient les parquets, ils taillaient les haies et tondaient les pelouses. Toutes les quelques années, le crépi était blanchi et, bizarrement, peu après qu'Allen eut établi sa liaison avec le Magicien, John avait fait peindre les volets en vert clair.

Le Magicien servait souvent à John de point de référence chronologique. Il était aisé de situer les événements avant ou après le Magicien. Pour Lyle, la Seconde Guerre mondiale jouait le même rôle. Mais, alors que la Seconde Guerre mondiale marquait, pour Lyle, la fin d'une époque heureuse, le vrai bonheur, pour John, datait de l'apparition du Magicien. Avant le Magicien, John voyait rarement son garçon et, lorsqu'ils se rencontraient, ils se disputaient. Le Magicien avait tout transformé. Le secret les avait soudés l'un à l'autre.

John croyait que la maison aussi les soudait l'un à l'autre. Le temps, après tout, avait son importance. Allen était devenu un homme dans ces pièces lambrissées. L'ombre de son enfance déambulait toujours dans les couloirs. Tout comme elle s'échappait par les balcons. Allen, à la vérité, n'avait pas toujours été facile.

Pourtant, John aimait s'attarder dans l'ancienne chambre de son fils. C'était une pièce ronde, avec une fenêtre en mansarde, nichée dans un bouquet de feuilles de laurier. Parfois, John restait simplement assis à la fenêtre et regardait les branches se balancer, d'autres fois, il explorait la pièce, caressant du bout des doigts les livres et les vêtements qui avaient appartenu à Allen. Il y avait un vieux manteau datant de l'université, une dizaine de cravates en soie et même une paire de mocassins. Oui, John aimait la pièce où Allen, enfant, avait vécu.

C'est pourquoi il y emporta le rapport de Knolls. Severson le lui avait remis, puis s'en était allé discrètement, et John l'emporta dans la chambre d'Allen. Il s'assit sur le rebord intérieur de la fenêtre, soutenu par deux coussins de velours. Tout d'abord, il lut dans la lumière laiteuse filtrée par les lauriers, puis il alluma la lampe d'Allen, celle qui avait un pied en céramique et un abat-jour en peau. Une vraie lampe de jeune homme.

Lorsqu'il eut terminé sa lecture, il quitta ses lunettes et se laissa aller en arrière. Dans toute la maison, le bois craquait en perdant sa chaleur. Finalement, il s'assoupit parmi les craquements du bois et le murmure des branches. Puis une pensée discordante le fit frissonner ; malgré tous les souvenirs entassés dans cette maison, malgré tous les objets bizarres, il n'y avait plus la moindre trace de Jessie, en dehors de la photographie obsédante de la cheminée.

John se souvint du jour où, cinq ou six ans auparavant, Allen et lui-même avaient virtuellement rayé Jessie de leur existence. Allen rentrait de Suisse. John alla le chercher à l'aéroport et ils roulèrent une bonne heure dans la campagne. Puis ils s'arrêtèrent près d'une immense prairie. Au loin se dressait une église en ruines. Il faisait froid et gris.

Allen ne parla que lorsqu'ils se furent éloignés, parmi les herbes, et eurent atteint un mur de pierre qui gravissait la colline. Puis il annonça qu'il avait récemment rencontré Jessie, à Saigon. Le jeune homme ne lui avait pas paru bien. Allen se demandait s'il était drogué. En bas, dans la vallée, le brouillard montait de la mer.

– Pourquoi ne lui obtiens-tu pas un poste ici ? suggéra John. Il doit bien pouvoir faire quelque chose.

– Non, papa, il ne peut rien faire.

– Allen, je ne peux pas le croire. Il y a toujours quelque chose.

– Si tu le voyais, tu comprendrais. Je crois que je n'ai jamais rencontré d'individu plus grossier. Je ne le connais plus.

Un peu plus tard, le père et le fils se réconfortèrent avec un verre de bordeaux, dans le salon néo-tudor. Allen avait pris place dans le fauteuil à oreilles, enveloppé dans un plaid écossais. Souvent, lorsqu'il était enfant, John le trouvait ainsi, jeune garçon maigre, aux oreilles décollées. Allen recopiait toujours les passages mémorables de ses livres d'histoire. Il craignait continuellement que les morceaux de papier ne tombent et qu'il ne soit obligé de les expliquer. Tout comme il craignit, plus tard, d'être un jour dans l'obligation d'expliquer Jessie.

– Jessie, dit Allen, n'est pas comme nous… Il ne le sera jamais. Je suis heureux qu'il doive… euh, dérangé.

Il y avait six ans de cela, et John s'était rangé à l'avis d'Allen. Il avait acquis la conviction que Jessie s'était engagé sur un chemin différent et qu'il ne s'intégrerait jamais à la famille. Oui, sa photo était restée sur la cheminée, car rien n'est plus *outré* que de désavouer un petit-fils. Et également, son nom était prononcé, de temps en temps, généralement par quelqu'un qui n'avait pas la moindre idée de la vie qu'il avait menée, au Vietnam. Mais, pour l'essentiel, Jessie était oublié.

Toutefois, il n'était plus possible d'ignorer Jessie. Sa présence emplissait la maison, qu'on le veuille ou non. John se mit en quête de cette ombre. Prudemment, il s'avança sur le parquet où résonnèrent ses pas. Il entra dans des pièces où les meubles et les tableaux donnaient un relief inquiétant à l'obscurité. Il tira même des rideaux, afin de regarder les sculptures mouvantes des chênes dans le clair de lune. Finalement, il s'arrêta et écouta mourir l'écho de ses pas. La photo de Jessie se dressait devant lui, le regard droit et accusateur.

De temps en temps, John était hanté par le fantôme de sa jeunesse, *doppelgänger* inquisiteur, aux yeux douloureux. Mais ce n'est qu'alors qu'il se rendit compte à quel point il avait ressemblé à Jessie. C'étaient le même regard torturé, les mêmes traits délicats. Et qu'ai-je encore négligé ? se demanda-t-il.

Un seul élément : si on avait pu dire que Jessie ne correspondait pas à la famille, c'est que l'on n'avait pas pris en considération l'ensemble de l'histoire. On n'était pas remonté assez loin. On n'avait pas compris que les événements n'étaient pas survenus par hasard. Ils étaient la conséquence de passions secrètes et profondes.

Ainsi, telle fut l'entrée de Jessie, mais ce n'était, en fait, que la poursuite d'une histoire plus large, et elle ne différait guère de l'entrée de John lui-même...

John Dancer avait également connu la guerre mais, en 1916, il l'avait abandonnée. Il habitait Londres et vivait sans but. L'après-midi, il devait aller à la clinique. Le soir, il buvait au pub du coin. Parfois, il restait simplement assis près de la fenêtre ouverte de sa petite chambre crasseuse et regardait les gens passer dans King William Street.

Sa chambre se trouvait en haut de trois étages de marches étroites. L'immeuble datait de Victoria. Les plinthes étaient fendues et pourries. Le plâtre avait bruni. Sous la fenêtre de John se dressait une haie étroite et rabougrie. Puis, il y avait des briques fendillées par les plantes grimpantes et, derrière le mur, les rues pavées de quartiers couverts de suie.

Les voisins de John lui parlaient rarement. Il supposait qu'ils avaient peur de lui. Ils ne devaient pas aimer sa démarche furtive, lorsqu'il passait sur le tapis à fleurs, effiloché, du couloir, ou bien la manière dont il s'appuyait contre la rampe, ce qui la faisait grincer. Ils devaient également savoir qu'il dormait mal, car il faisait souvent les cent pas sur le parquet et se traînait aux toilettes pendant les heures blêmes précédant l'aube.

En outre, sa manière de les regarder devait également les effrayer. Il y avait, sur sa table de toilette, un miroir ovale et fêlé. Le cadre était de style arabe, doré, mais la peinture s'écaillait. Se regardant dans ce miroir, il s'entraînait à saluer les gens. Il essayait toutes sortes d'expressions, mais aucune ne semblait naturelle. C'était à cause des yeux. La morphine dilatait les pupilles et ses yeux faisaient penser à des morceaux de verre dépoli. En 1916, tout, apparemment, avait une cause médicale.

C'était son mois de février. En fait, il vivait là depuis plus longtemps, mais cette période de l'année lui apparaissait comme un interminable mois de février. Il pleuvait et des plaques de brouillard sale dérivaient dans les rues. L'un dans l'autre, le temps s'éternisait. Apparemment, il ne se passait rien d'important, mais John ne lisait jamais le *Times*, de sorte qu'il ne se souvenait que de ce qu'il voyait. Il y eut la nuit où les Zeppelins arrivèrent, silhouettes immenses et fantomatiques. Lorsque l'un d'eux fut abattu, John le vit s'embraser au-dessus de la ville. Il y eut l'épidémie de polio et le jour où le jeune homme des Fusiliers Gallois mourut.

Le jeune homme était le seul ami de John, à Londres. Il s'appelait Marlow. John ne sut jamais son prénom. Ils s'étaient rencontrés à la clinique, mais Marlow était convaincu qu'il avait vu John dans les Flandres. Cela était peut-être vrai, parce que Marlow savait que John était correspondant de guerre. Son oncle lui avait obtenu ce poste, contre la volonté de son père. Le père de John aurait voulu qu'il termine Princeton. Il avait dit à John qu'il était inutile de se dépêcher. Il y aurait toujours une guerre à voir. N'était-ce pas la triste vérité ? Parce que, dans la tête de John, la guerre ne cessait jamais.

Marlow avait perdu les jambes dans les Flandres. Il avait également été blessé au ventre, mais les médecins ne lui expliquèrent jamais exactement de quoi il s'agissait.

Pendant quelque temps, John vint voir Marlow tous les jours. Il arrivait dans l'après-midi, en général avec le *Daily Mirror* et un paquet de Players. Les infirmières de la clinique avaient une très haute opinion de lui, du fait qu'il consacrait beaucoup de temps à un amputé des deux jambes. Mais John ne venait pas seulement par gentillesse. Il venait également parce que parler à Marlow était moins pénible que de parler seul. Depuis quelques semaines, c'était devenu presque insupportable. Sa tête était pleine de voix criardes. C'était un phénomène lié à la diminution de ses doses de morphine.

La chambre de Marlow était entièrement blanche : murs blancs, carreaux blancs, l'armature du lit elle-même était blanche. Dans une niche se dressait un vase bleu clair acheté chez Harrods. En général, les infirmières le garnissaient de pâquerettes. Près de la porte étaient accrochées deux affiches de voyages. Sur la première, George Lunn proposait sa visite des Alpes et le crépuscule magique de Grindelwald. Sur l'autre, on lisait : « Allez dans le Sud, où des heures ensoleillées vous attendent. » Au fond, il y avait une immense plage vierge et une cabine rayée, dans la lueur du soleil couchant.

Marlow était obsédé par la visite des Alpes et un séjour à Cooden Beach.

– Quand on me laissera sortir, John, disait-il, nous irons tout de suite à Wigmore Street et nous mettrons cela au point. Et si George Lunn ne peut pas nous satisfaire, d'autres pourront.

La seconde obsession de Marlow était la maison de John, à New York. Dancer avait été élevé dans l'immeuble que son père possédait sur la Cinquième Avenue. Il y avait également la maison de Newport, mais il aimait les murs bruns et couverts de lierre. Il ne se lassait pas d'une photographie représentant John sur les grandes marches du perron. Le cliché montrait un John flou, grave, dont la chevelure blonde captait la lumière. De chaque côté se tenait un chien de pierre et, en haut, on apercevait la frise gothique, entre les hêtres. Cette photographie touchait profondément Marlow. Il la posait devant lui et la regardait fixement en grignotant un gâteau.

– Si ton père a le paquet, comment se fait-il que tu vives pauvrement ?

John lui-même ne connaissait pas la réponse à cette question. À moins que ce ne soit la morphine. Comment expliquer la morphine au père ? Et puis, il y avait mille petites obsessions et, toutes les nuits, la guerre dans sa chambre, avec gaz à la moutarde, soldats toussant comme de vieilles bonnes femmes et tranchées pleines de rats. Le capitaine était un Écossais avec des dents en zinc. Il avait perdu ses bottes et ses pieds ensanglantés laissaient des marques sur le dessus-de-lit.

La mort de Marlow fut aussi simple et dépourvue d'originalité que les articles écrits par John pour le journal de son oncle. En entrant dans la chambre, John constata que le lit était vide, que les affiches avaient été décrochées et que le vase de pâquerettes avait disparu. Il se renseigna auprès d'une infirmière qui lui annonça que le malade était mort. Les articles de John étaient ainsi. Ils relataient brièvement les offensives, mentionnaient le nombre de morts et de blessés. Tout ce qui aurait pu leur donner un sens, il le gardait à l'intérieur. Et cela sortait la nuit.

Le soir de la mort de Marlow, John erra. Il prit un bus à étage pour Piccadilly et s'enivra au Hambone Club. Plus tard, il rencontra une nommée Stella qui le conduisit dans son appartement de Chelsea. Assis près de la sortie de secours, il la regarda se déshabiller. C'était une jeune femme à la peau mate, avec un bleu sur la cuisse et des cheveux noirs, gras. Aux murs étaient accrochées de fausses gravures orientales venant d'Oxford Street. Il y avait des bas et des corsets sur une chaise. Lorsqu'elle s'allongea sur le divan bas, John se trouva dans l'impossibilité de quitter sa chaise. La torpeur du soir l'engourdissait. Dehors, le couchant était d'un jaune sale qui teintait la brume. Finalement la cendre de sa cigarette tomba sur le tapis. Elle dit :

– Pourquoi t'as payé, si tu veux pas prendre du bon temps ?

Les jours défilèrent. Les semaines se fondirent les unes aux autres. Parfois, John déambulait toute la nuit dans des quartiers de brique rouge. Il pouvait rester des heures, accroupi sous un porche, à regarder la fumée des cheminées monter dans le ciel violet. Quand il n'avait pas le courage de descendre, il mangeait des conserves. Il restait allongé sur son lit, puis se levait, se passait la main dans les cheveux, et mettait un autre disque sur le gramophone. Au fil des notes grêles, sa catalepsie se faisait plus profonde.

Puis vint la soirée au Tiger Club. Il avait déjà bu beaucoup de gin lorsqu'une voix, près de lui, dit :

– Quel est ton problème ?

– Hein ?

C'était un jeudi soir et il n'était qu'un noctambule parmi les autres, dans cette cave au luxe criard. De quel droit cet inconnu le questionnait-il ?

– J'ai dit : Quel est ton problème ? insista l'inconnu.

John tourna lentement la tête. C'était un jeune homme de son âge, vêtu d'un costume de flanelle et d'une chemise à pois, en soie. Ses poignets étaient déboutonnés et il avait le tour des yeux légèrement rouge. Il faisait un peu penser à un lapin sournois.

– Tu as sûrement un problème, parce que je t'ai vu à la clinique, avec les autres morphos, poursuivit le jeune homme.

John répondit simplement :

– Je m'appelle Dancer. Très heureux.

Ils choisirent une table au fond, prirent place sur les chaises à haut dossier. Lorsque de nouveaux verres leur furent servis, le jeune homme se présenta. Il s'appelait André Belov. Il était Russe, ce qui expliquait son accent.

– Russe, fit-il avec un sourire. Et c'est mon problème. Ça et les marins.

– Pourquoi les marins ? (John prononçait les mots mécaniquement. Le gin lui avait engourdi les lèvres.)

– Les marins parce que je suis amphibie. Qu'est-ce que tu en penses ?

– Je ne sais pas, répondit John. J'ignore ce que signifie amphibie, dans ce contexte...

– Cela signifie que je suis aussi à l'aise sur terre que dans l'eau. Cela signifie que j'aime aussi les garçons. Allez, ne te gêne pas, fais la grimace.

– Cela ne m'ennuie pas, fit John avec gravité.

– Formidable ! Alors, nous serons amis. Maintenant, dis-moi, quel est ton problème ?

– Je n'en ai aucun.

– Mais si tu en as. Tu es morphinomane, pas vrai ?

John haussa les épaules.

– Parfois, je ne peux pas empêcher les images de surgir dans ma tête. Et il y a les voix. Les voix non plus, je ne peux pas les chasser.

– Ah, nous faisons des progrès. Que disent ces voix ?

John réfléchit un instant puis sourit.

– Elles disent : Allez dans le Sud où des heures ensoleillées vous attendent.

Belov habitait un petit appartement confortable, au-dessus d'un restaurant, dans Richmond Road. Les portes ovales de sa chambre donnaient sur un patio lilas, au sol de carreaux bleu tendre. En bas, il y avait un jardin privatif peuplé de roses et de géranium. Parfois, John prenait le thé dans ce jardin, ou bien, penché au balcon, il regardait l'obscurité s'étendre sur la ville.

Ils parlaient principalement politique, parce que la politique était la passion de Belov, ainsi que la révolution russe. Il se prétendait de sang royal, par l'intermédiaire d'un archiduc.

– Mais nous avons tout perdu. Tu peux imaginer, la révolution russe, c'est ce qu'était ce petit épisode. Maintenant, tous les ouvriers d'Europe vont se révolter. Imagine, toutes ces hordes hurlantes envahissant les rues !

Mais John ne pouvait l'imaginer. Londres elle-même était irréelle. Elle n'était que toits d'ardoises et ciel changeant… À la fin du mois, ils étaient amis, plus ou moins. Belov l'appelait « Lover », mais les frontières de leur amitié furent fixées, un soir, sur une note plus dure. Après une soirée au Tiger Club, John était monté prendre un dernier verre. Ils étaient assis sur le lit de Belov. Il y avait du feu dans la cheminée. La pendule sonna puis, plus puissantes, les cloches de Londres. André s'étendit comme un serpent, bâilla et posa la main sur la cuisse de Dancer.

John aurait pu la couper.

– Ne recommence jamais.

Il lui avait tordu le poignet. Belov tenta de se libérer.

– C'était un test, seulement un test. Lâche-moi…

John laissa aller le poignet et Belov s'éloigna. Ils s'immobilisèrent.

– N'y pense plus, dit John, jamais. C'est écœurant. Je déteste cela.

– Très bien, Lover. Je voulais seulement connaître ta position sur ce point. (Mais, manifestement, il était vexé.)

La colère de John tomba. Il baissa la tête. Il se mit à tripoter les épis du coussin.

– Ce n'est pas que j'aie les préjugés habituels, dit John. C'est seulement que je n'aime pas qu'on me touche. Même les femmes, je n'aime pas qu'elles me touchent. Je suppose que cela fait partie de la maladie.

– Quelle maladie, Lover ?

John secoua la tête.

– Je ne sais pas. Je me trouve bizarre. Je suis devenu un individu bizarre.

– Oh, nous sommes tous bizarres. C'est la chute de l'ordre naturel. As-tu lu Nietzsche ?

– Non, c'est la guerre.

– Dans ce cas, il faut que tu rencontres l'amour, John. Il te faut un amour altruiste, comme celui d'un enfant. Je parle sérieusement. Il faut que tu rencontres une jeune et belle princesse. Et, si cela n'est pas possible, il te faut une cause. Rien n'est plus purificateur qu'une cause sociale et politique.

– Et la morphine ? fit-il avec amertume. Pourquoi la morphine ne deviendrait-elle pas ma cause ?

– Parce qu'il y a toujours de mauvais rêves, entre les doses. Je le sais, j'y suis passé. Par conséquent, il ne reste plus que le grand amour ou une cause digne de foi.

Belov se frottait la main sur le bras de son fauteuil de velours. Il avait les yeux vitreux. Il souriait comme un poisson, ou bien ce lapin sournois.

– Il me semble qu'il est temps que nous commencions la tournée, dit Belov. Je connais des gens qu'il faut absolument que tu rencontres, des gens très, très intéressants. Et, qui sait ? Peut-être rencontreras-tu ta jeune princesse ou ta cause.

La semaine suivante, ils assistèrent à une réception donnée par une duchesse, ou bien une comtesse, dans sa maison du West End. Au milieu de la table dansaient des nymphes de stéatite. Les femmes avaient les bras nus et blancs. Une jeune fille en robe courte joua des préludes de Chopin, mais les notes tombaient comme des gouttes d'eau. Lorsque John en eut véritablement assez, il sortit sur la terrasse, pour respirer avidement l'air de la nuit, puis il regarda la lumière des lampadaires devenir plus intense, derrière le rideau de plantes grimpantes.

Puis il y eut les dîners au Savoy et John, confortablement installé sur des chaises de brocart, mangea du canard rôti. Apparemment, tout le monde partageait la terreur de Belov de voir, un jour, les ouvriers envahir les rues. Il y avait un jeune homme timide, originaire de Petrograd, qui avait perdu une main pendant la révolution. Il appartenait aux cadets du Tsar et la foule s'était emparée de lui, dans la rue. Puis, une jeune femme lui avait coupé la main avec son propre sabre. Il avait enveloppé le moignon dans de la neige pour ne pas perdre tout son sang.

Finalement, il y eut un déjeuner au Thimble Club et, contrairement à son habitude, Belov resta sobre. John savait seulement qu'ils avaient été invités par deux messieurs anglais. Le premier serait âgé et avenant, le second serait jeune et froid. Au cas où on lui offrirait à boire, John ne devrait demander que du sherry sec.

Le club était une immense salle peuplée d'ombres, meublée de fauteuils de cuir rouge et de tables de chêne. Les amis de Belov avaient pris place à une table isolée. Le plus âgé avait le visage rond et rebondi, il portait du tweed et s'appelait Sutherland. L'autre était soigné et brun, il n'avait certainement pas trente ans, quelques années de plus que Belov et John. Il se faisait appeler Harper.

On servit des côtes de porc avec une sauce à la menthe et des asperges cuites à la vapeur. Tout le monde coupa la graisse ; Sutherland, en particulier, s'y appliqua. Il avait le regard chaleureux et clair. Les extrémités de sa moustache étaient acérées comme des pointes de sabre. Il proposait continuellement du vin à John.

Ils parlèrent de la guerre. Sutherland questionna John sur les dix-huit mois qu'il avait passés au front, mais il aurait pu tout aussi bien parler du temps. Ensuite, ce fut la politique, mais seulement dans l'abstrait. La conversation tourna autour de mots tels qu'intervention et engagement. Aucun nom ne fut mentionné, sauf une fois. Sutherland demanda à John Dancer s'il avait lu Marx. John répondit qu'il l'avait rapidement parcouru. Puis, Sutherland voulut savoir ce que John en pensait. John répliqua qu'il ne croyait pas aux contes de fées.

Ensuite, John et Belov se rendirent à Hyde Park en taxi. La nuit tombait et les pelouses étaient désertes. Ils suivirent un chemin couvert de mousse et pénétrèrent dans un tunnel de verdure.

Finalement, Belov dit :

– Je crois que tu leur as fait bonne impression.

– Qui sont-ils ? Le gros, qui est-ce ?

– Ce sont mes commanditaires. Il fallait absolument que tu leur fasses bonne impression.

– Tes commanditaires ? Qu'entends-tu par là ?

– Ils vont m'aider à rétablir l'ordre naturel. C'est-à-dire : la modération.

Une grive chanta, au sommet d'un if. Une autre lui répondit, au-delà d'un labyrinthe de buissons.

– Mais qui sont-ils ? Des solliciteurs, des voleurs, des politiciens ?

– Ce sont des manipulateurs, Lover. Des marionnettistes. Ils tirent les ficelles des gens comme toi et moi.

Tout autour d'eux, les feuilles étaient couvertes de gouttes de rosée. D'autres oiseaux filèrent dans le sous-bois. Le froid semblait monter de l'herbe trempée…

– Je vais t'expliquer, dit soudain Belov. Oui, il est temps que tu appartiennes au club. Ce soir, je t'expliquerai.

John Dancer n'oublierait jamais ce premier briefing. De nombreuses décennies plus tard, il se souviendrait encore de leur promenade parmi la foule, dans un dédale de rues crasseuses. Ils marchèrent parmi les ouvrières pressées, les chevaux à large croupe tirant des charrettes de farine et de bière, regardèrent les gamins qui, assis sur les perrons, mangeaient dans des sacs en papier.

Pendant le premier kilomètre, Belov ne parla pratiquement pas. Il garda la tête baissée et les poings serrés au fond des poches. Ils passèrent devant un échafaudage et un groupe d'ouvriers assemblés autour d'un baquet plein de charbons ardents. Leurs vêtements étaient couverts de chaux. Ils avaient les cheveux courts. Leurs manches étaient retroussées au-dessus des coudes.

Belov les regarda pendant quelques instants, puis dit :

– Voilà la révolution. Des pieds sales et des mains sales. C'est pratiquement son seul côté romantique.

Il développa ce thème dans un petit pub obscur. Derrière les vitres au plomb, la circulation grondait sur un pont. On entendait grincer les poutrelles.

Belov parlait lentement, calmement. Il ne plaisantait plus. Il disait :

– Mon père était monarchiste, mais je crois qu'il était également libéral. Enfin, il avait compris qu'un changement était nécessaire. Nous avons habité Moscou, puis Petrograd. Nous passions toujours l'hiver dans le Sud. J'avais un poney et ma sœur elle-même n'avait pas le droit de le monter. Mais la nécessité d'un changement était évidente. Partout où on allait, on pouvait constater cette nécessité pressante, parce que les paysans étaient terriblement maltraités. C'est pourquoi je puis dire que mon père était monarchiste, mais aussi libéral. Oui, je crois sincèrement qu'il était profondément libéral.

Belov évoqua son enfance en impressions fragmentaires et cristallines. Il y avait son appartement de Petrograd, avec ses carreaux blancs et ses boiseries de pin sculpté. Dans les collines, au sud-ouest de Moscou, son père possédait une maison d'été, en plein vent, au sommet d'une pente abrupte dominant un lac. Le matin, il faisait de la voile le long des rives boisées et, le soir, la lune était blême.

En ce qui concerne la chute, c'est à peine si l'on comprenait ce qu'il arrivait. Belov n'avait qu'un sens très approximatif des causes et des effets. Aussi loin que remontaient ses souvenirs, il y avait toujours eu des queues devant les boulangeries. Lorsqu'on regardait par la fenêtre, on voyait des ombres noires sur toute la longueur d'un rectangle de neige. Avec le temps, les queues devinrent moins symétriques. Au lieu d'une seule ligne, il y eut des groupes de silhouettes noires. Des boutiques fermèrent. Il devint impossible de se procurer les choses les plus simples : du sucre, des clous, du savon. Alors, les combats de rue commencèrent.

Belov pleurait toujours, lorsqu'il parlait de la mort de sa sœur, et il pleura le soir où il la raconta à John. Il regardait fixement le mur opposé du pub enfumé, et ses yeux étaient pleins de larmes. Selon lui, elle avait été assassinée simplement parce que, manifestement, elle n'était pas paysanne. Les révolutionnaires avaient trouvé ses vêtements trop luxueux, alors ils l'avaient entraînée dans une impasse et l'un d'eux l'avait tuée avec une pelle qui avait servi à dégager la neige. D'après lui, ses assassins devaient voir en elle le symbole de ce qu'ils haïssaient.

– Maintenant, ajouta-t-il, moi aussi, j'ai mes symboles.

Belov quitta Petrograd neuf jours après la chute du Tsar. Il voyagea dans des camions, prit le train lorsqu'il le put. Des déserteurs, qui allaient vers l'est, lui donnèrent des pommes de terre et du thé. De temps en temps, il y avait du cheval. Six semaines plus tard, il arriva en Suisse et y retrouva des amis. Il passa un mois dans une maison de bois, sachant très bien qu'il attendait l'occasion de rentrer et de venger la mort de sa sœur. Puis il rencontra Sutherland, dans un cercle britannique, et celui-ci l'emmena en Grande-Bretagne, en lui affirmant que sa chance était arrivée.

Longtemps après la révolution, les souvenirs de John Dancer, concernant son premier briefing sur l'état soviétique dans sa période embryonnaire, furent mis sur le papier et une partie de ces notes, dont certaines étaient rédigées de l'écriture anguleuse de John, constituèrent finalement le fondement des dossiers soviétiques de Langley. Aujourd'hui encore, des historiens passent ces documents au crible, dans l'espoir d'y découvrir un élément susceptible d'expliquer à lui seul l'attitude de l'occident vis-à-vis du communisme. Belov, cela ne fait aucun doute, était un fanatique. Nombre de ses idées étaient manifestement erronées. Sa vision des premiers chefs du parti, tels que Lénine et Trotsky, était également mauvaise. Pourtant, malgré ses erreurs, Belov avait, dans une certaine mesure, le sens de l'histoire. Il avait le sentiment de pressentir le destin qui, selon lui, les attendait. Il semblait savoir, comme l'écrivit plus tard John Dancer, exactement dans quel ordre se trouvaient les cartes.

Le portrait que fit Belov de la Russie de 1917 était, néanmoins, peut-être un peu simpliste. Les factions étaient trop nettement définies, les problèmes trop en noir et blanc. D'après les notes de Dancer, Belov commença au premier gouvernement provisoire du prince Lvov. Telle était la situation, immédiatement après la chute du Tsar. Belov expliqua que le désordre social et la déception populaire liée à la guerre ne tardèrent pas à saper le pouvoir du prince, de sorte que le gouvernement finit par tomber.

Belov exposa la situation telle qu'elle se présentait sous le second gouvernement provisoire d'Alexandre Kerensky et, bien que son explication fût encore une fois trop simpliste, il semblait néanmoins comprendre les problèmes fondamentaux. Selon lui, Kerensky avait promis que les troupes russes continueraient la guerre contre l'axe, en échange du soutien des alliés. Les alliés, naturellement, craignaient terriblement, depuis le début, que la révolution ne signifie la fin de l'effort de guerre de la Russie, libérant ainsi les millions d'Allemands et d'Autrichiens qui se battaient sur le front oriental.

Les soviets, pour leur part, étaient partagés sur le problème de la poursuite de la guerre. Soviet, qui signifie conseil, n'avait pas l'aura défavorable que la suite de l'histoire attacherait à ce mot. Il ne s'agissait que d'ouvriers, de soldats et de paysans. Chaque ville et chaque village avaient son soviet, qui était davantage une organisation populaire qu'une entité politique. Belov, à cette époque, craignait davantage les bolcheviks que les soviets.

Les bolcheviks, selon Belov, étaient un petit groupe d'agitateurs communistes extrémistes. Ils étaient partisans d'une réforme agraire immédiate, de la journée de huit heures et de la fin de la participation russe à la guerre. Pour cette dernière raison, ils étaient les ennemis jurés de Kerensky et des alliés.

En ce qui concerne l'homme qui prendrait la tête du parti, Nicolaï Lénine, Belov brossa le portrait d'un petit individu fou, qui aimait discuter toute la nuit et dormir jusqu'à midi. Belov prétendait qu'il avait rencontré personnellement Lénine, à Zurich. Le bolchevik en exil habitait chez un cordonnier, logement crasseux, situé en face d'une usine de saucisses. Belov se souvenait que Lénine se plaignait de la puanteur ; il avait beau se laver, il ne parvenait jamais à chasser l'odeur des saucisses de ses vêtements et de ses cheveux.

À la chute du Tsar, Lénine habitait toujours le logement lugubre du cordonnier et Belov le présenta comme un révolutionnaire frénétique, plongé dans les journaux étrangers et criant à sa femme que la marée de l'histoire passait sans le voir.

Néanmoins, Belov fit remarquer que les émeutes du milieu de l'été, que l'on appela plus tard : les journées de Juillet, prouvaient que Lénine et le peuple russe avaient les mêmes aspirations. C'était, selon Belov, un exemple classique de la menace bolchevique.

Peu après la chute du Tsar, tandis que Kerensky s'efforçait de consolider son nouveau gouvernement, les Allemands s'avisèrent que, si Lénine et ses partisans regagnaient la Russie, ils provoqueraient une seconde révolution qui ferait tomber Kerensky et hisserait les bolcheviks au pouvoir, ce qui signifierait la fin de la guerre sur le front oriental. Des contacts furent pris, des rencontres furent organisées et le résultat fut le retour de Lénine à Petrograd dans le « train scellé » devenu, depuis, célèbre.

Conformément aux suppositions des Allemands, il y eut effectivement une révolte : deux jours de combats de rue extrêmement violents. Toutefois Lénine et son groupe furent défaits. Trotsky fut emprisonné et Lénine contraint de s'enfuir une nouvelle fois.

C'est là que Belov donna toute la mesure de son intelligence et, par la suite, on louerait sa perspicacité. Car, bien que les journées de Juillet se fussent mal terminées pour les bolcheviks, Belov était convaincu qu'ils reviendraient. Selon lui, Lénine attendait, en Finlande, le moment propice à l'action. Les accusations du gouvernement, selon lesquelles Trotsky et les autres avaient comploté avec les Allemands, ne rencontraient guère d'écho dans le public. En fait, selon Belov, un jour viendrait où le peuple verrait une nouvelle fois, en Lénine, son sauveur. Ainsi, alors que presque tous les observateurs voyaient, dans les journées de Juillet, la fin du mouvement bolchevique, Belov y voyait le début de son ascension.

Parmi tous les souvenirs que John conserverait de cette nuit d'été londonienne, aucun ne lui reviendrait aussi clairement que le dernier sujet abordé par Belov, au bord de la Tamise. Ils avaient quitté le pub, où la fumée des cigarettes et le bourdonnement des voix étaient devenus oppressants. Dehors, des fumées stagnantes rougissaient le ciel. John et Belov suivirent un mur en ruines, parallèle au fleuve, jusqu'à une passerelle contre les piliers de laquelle l'eau clapotait.

– Je ne sais pas très bien comment te présenter cela, commença Belov. (Ils s'étaient assis sur le mur bas.) Par exemple, es-tu pacifiste ? Je suppose qu'on peut devenir pacifiste lorsqu'on a connu l'horreur de la guerre. Ou bien il est possible que tu ne te sentes plus engagé dans un camp ou dans l'autre. Je perçois souvent cela chez toi, John. Je perçois une certaine... Disons : apathie. Par conséquent, si je cherchais à te toucher par des motifs stratégiques, j'aurais très peu de chances de réussir. Néanmoins, il est certain que, si les Russes se retirent de la guerre, des hordes d'Allemands seront libres de déferler sur le front occidental. Mais, comme je l'ai dit, je ne suis pas certain que tu y verrais le facteur individuel...

– Pourquoi ne me poses-tu pas simplement la question ?, fit Dancer sur un ton acerbe. Contente-toi de dire ce que tu veux, d'accord ?

– Très bien… voici de quoi il s'agit. Je vais partir bientôt. Je pars très loin afin de remplir une mission qui est, à mon avis, extrêmement importante pour les Anglais et les Américains. M. Sutherland m'aide et je voudrais que toi aussi, tu m'aides.

La marée apporta des plaques d'écume et une tache d'huile pleine de bouteilles vides, de morceaux de bois mort et de papiers gras.

– Je ne comprends pas que tu veuilles de moi, André. Je suis vide. Ils ont réussi à me débarrasser de la morphine, mais j'en ai toujours besoin…

– Je crois que je connais déjà tes points faibles, John. Ce qui compte, c'est que j'ai confiance en toi. En outre, M. Sutherland t'aime bien. Il pense que tu as la tête sur les épaules. Ce sont ses propres paroles. Je lui ai dit que je t'ai choisi et il trouve que j'ai eu raison.

– Ah, je vois. (John fronça les sourcils.) Sutherland est un de ces sales espions. Il appartient aux Services secrets de Sa Majesté. J'ai connu ce genre de type, à la guerre. Ils achètent les gens…

– Non, John. Sutherland est un gentleman anglais. Il n'achète pas les gens. Il les persuade. Dans mon cas, cela n'a pas été difficile. Je hais les bolcheviks.

– Il y a des tas de manières d'acheter les gens, mon ami. Des tas.

– Dans ce cas, John, comment peut-on t'acheter ?

– Ah, le grand mystère. Nom de Dieu, je l'ignore moi-même. Néanmoins, j'aimerais bien le savoir, cela me permettrait de trouver une place dans la société normale... quelle qu'elle soit.

Belov sourit.

– Quel jour sommes-nous ? Mardi ? Très bien, John, viens chez moi vendredi matin, tu me diras ce que tu veux faire.

– Comment pourrais-je prendre une décision sans savoir de quoi il s'agit ?

– Allons, Lover, ne me fais pas ce coup-là. Je te connais. Tu n'es pas porté sur les déductions et le raisonnement. Même si tu connaissais les risques, tu ne les prendrais pas en considération. On m'envoie en Russie pour que j'arrête les bolchos. Viens me voir vendredi prochain et dis-moi si tu veux m'accompagner...

Le vendredi, le ciel était parfaitement clair. Dans le jardin de Belov, chaque feuille et chaque pétale semblaient extraordinairement distincts. John s'immobilisa sur le dallage, cueillit un bouton de rose et l'écrasa entre ses doigts. Il sonna. Lorsque Belov ouvrit, John dit simplement :

– Je viens.

Ce fut tout.

Ils s'assirent. On s'enfonçait toujours dans les fauteuils de Belov. La théière, le sucrier et le petit pot de lait étaient disposés sur un plateau japonais.

– Il me faudra communiquer tes motifs à M. Sutherland, John. Il aime savoir ce qui pousse les gens à agir.

– Mes motifs ? fit John en écho. Puis il se tut.

– Oui, les raisons pour lesquelles tu viens.

– Je ne suis pas obligé de justifier tout ce que je fais.

– En ce qui me concerne, ça va, mais cela ne suffira pas à Sutherland, John.

Dancer faisait tourner sa cuiller dans sa tasse. Il renversa un peu de thé. C'était exactement comme le jour où il avait annoncé à son père qu'il partait pour la guerre. D'un bout à l'autre de leur conversation, empreinte de gravité, il avait eu envie de tordre et de casser la mince cuiller d'argent...

– Alors, dis-lui que j'en ai assez de pourrir à Londres comme un drogué minable. Dis-lui que je veux devenir un héros. Dis-lui n'importe quoi.

Belov ajouta du sucre dans son thé et demanda d'un air détaché :

– Est-ce à cause de ta famille, John ? Veux-tu lui prouver que tu n'es pas le fils prodigue, après tout ? Est-ce pour cette raison que tu viens ?

John détestait être percé à jour.

– Dis ce que tu veux à Sutherland.

Au mur était accrochée une vue lugubre de Sheffield. Il y avait également des gravures des rues de Dublin et des portraits d'enfants qui mettaient mal à l'aise. Belov parlait lentement, d'une voix sans timbre.

– Maintenant, tu es engagé. Si tu tentes de reculer, ils te rendront la vie impossible. Ils te mettront au secret et t'y garderont aussi longtemps qu'ils ne seront pas certains que tu ne risques pas de compromettre le succès de la mission.

John se contenta de le regarder.

– Je viens. Il n'y a rien à ajouter.

– Très bien. Nous partirons dans une vingtaine de jours. Je suppose que nous gagnerons Petrograd pour le Nord. Tu seras mon camarade américain. Ils n'y verront pas d'objection. La cause a attiré des Américains. Contente-toi d'être innocent et beau, tout le monde t'acceptera. En fait, tu dois m'aider à mettre en place une couverture parce que, sur le revers de la médaille, je rencontrerai des gens… des Cosaques, pour tout dire. J'ignore si tu connais les Cosaques mais ils sont fondamentalement royalistes. Ils constituent la garde personnelle du Tsar depuis, oh, depuis le Moyen Âge. Ils ont toujours eu une place à part. Naturellement, certains d'entre eux ont rejoint la révolution mais ceux-là, ceux que je vais rencontrer… eh bien, disons qu'ils sont pratiquement prêts à tout pour arrêter les bolcheviks.

– Comment cela ?

Belov baissa les yeux. Il faisait de petits monticules de sucre.

– Comment cela ?

– Au-delà de la solution politique, grommela Belov. Au-delà des compromis et des réconciliations. (Mais il n'avait pas cessé de tripoter le sucre.)

– Écoute, pourquoi ne parles-tu pas clairement ?

Belov haussa les épaules.

– Très bien, John, fit-il d'un air pincé. Nous allons assassiner Lénine. Enfin, si Lénine quitte la Finlande et entre à Petrograd, nous le tuerons.

Ils s'entraînèrent à Oxford. Il y avait une grande maison victorienne avec presque une acre de jardin à l'abandon. D'énormes lustres étaient suspendus aux plafonds à caissons. Les pièces du rez-de-chaussée étaient pleines de portraits appartenant à une famille inconnue. Il y avait des dessins à la sépia, des miniatures et d'immenses toiles à l'huile. Le clocher du village voisin sonnait les heures. En fin de journée, Belov aimait se reposer sur la terrasse. Un jour, il confia à John que la maison le mettait mal à l'aise… Curieusement, elle évoquait le grand âge et une peine inconsolable.

L'entraînement dura deux semaines. Leur instructeur s'appelait Harper. C'était un homme soigné et calme. Il leur enseigna les codes et les chiffres, leur apprit à diriger un réseau, à interroger un informateur, à mettre au point un système de transmission des documents. Il y avait des plans détaillés de Petrograd et il fallait mémoriser le nom des rues. Par une nuit claire et étoilée, Harper fit un cours de combat, dans le jardin, insistant sur les moyens de tuer silencieusement, à mains nues ou au couteau. Pendant des heures, Belov et John Dancer se poursuivirent parmi les hautes herbes et les haies. John obtint régulièrement les meilleurs résultats, mais il avait toujours été sportif.

Sutherland jouait au surveillant général et supervisait. Il participa également aux répétitions, répétitions pendant lesquelles il jouait le rôle d'un chef cosaque que Belov devait recruter. Ou bien, en d'autres occasions, les élèves devaient convaincre leur instructeur qu'ils étaient en fait parfaitement dévoués à la cause. Toutes les répétitions se déroulaient dans des pièces semblables à celles qu'ils trouveraient en Russie.

Sutherland parut se prendre d'affection pour John Dancer. À la fin de ces semaines oxfordiennes, ils se promenèrent souvent, au crépuscule, dans les chemins. Un soir ils allèrent très loin, en direction du Nord, au-delà des cottages Tudor, où des silhouettes bougeaient derrière les fenêtres éclairées. Les lampadaires luisaient dans des taches de brume. De vieilles femmes promenaient leur chien.

Pendant quelques centaines de mètres, ils ne parlèrent que de choses sans importance. Sutherland interrogea John sur son enfance, sa mère et son père puis, brusquement, il déclara que John était fait pour les services secrets.

– Il me semble que vous avez l'intelligence qui convient, dit Sutherland. En général, les jeunes gens sont trop enthousiastes, ou bien manquent de tripes. Mais vous, John, vous avez tout ce qu'il faut.

– Merci. (Mais il s'en fichait complètement. Il avait l'impression d'être minable et vivait au jour le jour.)

– Oh, ce n'est pas un compliment. C'est un fait. Je ne suis pas du genre à passer la pommade, plus maintenant. Je suis trop vieux. Je me demandais seulement si vous avez pensé à une carrière.

– Une carrière ? (Ces paroles avaient quelque chose d'inquiétant et John ne put s'empêcher de frémir au souvenir de ce stupide cours de combat nocturne organisé par Harper.)

– Oui, une carrière d'officier de renseignement.

John Dancer vit ce titre en lettres de cuivre sur la porte d'un bureau.

– Il est vrai que c'est un chemin long et plutôt étrange, poursuivit Sutherland. Mais je suis persuadé que vous finirez par l'aimer. C'est mon cas. Oh, seigneur, comme je l'aime. J'en aime chaque centimètre ténébreux.

Le chemin de Petrograd fut, lui aussi, long et étrange. Belov et John Dancer partirent par le train du matin. Sutherland et Harper, debout parmi les traînées de vapeur, les regardèrent partir mais ne leur firent pas de signes. Le jeu était commencé et la couverture était l'élément essentiel.

Tout d'abord, il y eut des mers grises et Belov fut malade comme un chien. Il passa la nuit penché au-dessus du bastingage tandis que leur paquebot prenait la route de l'est. Puis ils traversèrent, en train, des steppes immenses.

Stockholm était tempérée et neutre. Ils passèrent trois jours, anonymement, dans une petite chambre de pin blanc donnant sur le port. Derrière les vieux ponts de pierre, les cargos de la Baltique déchargeaient. Les journées de l'été balte semblaient interminables. Ils eurent l'impression d'être entrés dans une sorte de vide.

Pendant presque toute la durée du voyage, Belov fut tendu. Il but beaucoup de thé et fuma continuellement. John était exactement à l'opposé : morose et silencieux. Il restait des heures entières immobile et silencieux, tandis qu'ils traversaient des contrées immenses de terres arides.

Finalement, ils arrivèrent à Petrograd. Leur train entra en gare en début de soirée et ils se firent conduire en ville en voiture. L'air était frais et humide. Du milieu d'un pont, ils virent la ville, mince et hérissée de flèches, se découper sur l'horizon. Il y avait peu de lumières, mais les tramways fonctionnaient. Des paysans balayaient la boue accumulée sur les pavés.

Ils prirent une chambre double dans un vieil hôtel baroque russe, depuis longtemps à l'abandon. Il y avait des gnomes sculptés dans les moulures et les corniches dorées des murs du salon étaient écaillées. Le rembourrage s'échappait des chaises de satin et la baignoire n'avait plus de pieds ; la porcelaine reposait directement sur le dallage.

Il plut, cette nuit-là, et les lampes s'éteignirent. Belov trouva des bougies, dans la coiffeuse orientale, et ils burent, parlèrent, puis somnolèrent… Puis, la charrette du laitier brinquebala, en bas, et les femmes de ménage chantèrent dans les rues. John, qui avait dormi sur le canapé, se leva et gagna la fenêtre en trébuchant. Quand il tira les lourds rideaux et s'étendit devant les vitres, il découvrit cette ville de toits pointus, de pierre de taille, et les dômes des églises. À perte de vue, tout était immobile et irréel.

Les habitants de Petrograd semblaient tiraillés entre des forces qu'ils étaient incapables de contrôler. Apathie teintée d'hystérie, le tout baignant dans une atmosphère de peur. Les délits étaient innombrables. Les immeubles devaient être gardés pendant la nuit. La nourriture était rare. Parfois, on manquait de beurre, parfois on manquait de lait. Dans certains quartiers, on ne faisait qu'en rire... Il y avait des cercles de jeux ouverts du crépuscule à l'aube et les enjeux atteignaient parfois vingt mille roubles ; des prostituées amassaient de petites fortunes en fourrures et en bijoux ; des spéculateurs jouaient sur le cours du pain...

Chaque nuit apportait son cortège de suicides et d'assassinats. Et il y avait de mystérieux agents... individus discrets, vêtus de laine, qui rôdaient près des queues et murmuraient que les Juifs s'étaient approprié le blé.

Chaque soir, Dancer et Belov faisaient le tour des cafés où se réunissaient les bolcheviks. Belov jouait le bourgeois légèrement désinvolte et Dancer était son protégé plein de bon sens, un journaliste américain... assez sympathique et un peu sceptique. Ils buvaient du thé, assistaient à des cours dans les sous-sols. Le sentiment dominant était l'espoir et les dirigeants du parti prétendaient que la peur des bolcheviks, qui faisait des ravages depuis Juillet, avait disparu. Le temps, selon les fidèles, était de leur côté.

En contrepoint de ces nuits dans les cafés, il y eut des rencontres furtives avec les Cosaques. Celles-ci avaient lieu à des heures bizarres, dans la foule et dans des rues mal famées. Un jour, Belov les rencontra à la gare, parmi des voyageurs lugubres. John l'accompagna afin de couvrir ses arrières. Les

Cosaques étaient deux individus trapus, en manteau de cuir. John s'attendait à trouver des cavaliers sveltes, mais les deux hommes ressemblaient à des tueurs, semblables à ceux que l'on rencontre dans toutes les grandes villes.

L'un d'eux ne cessait de demander un fusil à lunette. L'autre, inlassablement, lui disait de la fermer. Tout autour d'eux, se tenaient des ouvriers au visage fermé. À la fin, Belov était blême et sa chemise lui collait à la peau. Ensuite, il les retrouva près des canaux. Belov partit en début de soirée. Quand il revint, il avait une main bandée. Il expliqua que les cosaques lui avaient entaillé la paume avec une dague, pour sceller le pacte avec du sang. Tandis qu'il parlait, John versa du gin sur la blessure et, bientôt, il y eut une horrible flaque rougeâtre sur le dallage de la salle de bains.

Parfois, la vie à Petrograd semblait aussi dépourvue de sens et insipide qu'à Londres. Belov s'efforçait de rendre sa bonne humeur à John en lui disant qu'ils faisaient des progrès, qu'ils approchaient du centre des bolcheviks. Ils finiraient par disposer d'une fenêtre sur le cercle intérieur et Lénine ne pourrait pas passer inaperçu. Mais, pendant ces semaines de réceptions, d'allées et venues, de tasses de thé amer, John ne vit que le vide.

Ils se levaient en général à midi, lorsque retentissait le canon de saint Pierre et Paul. Dans les cafés, ils retrouvaient toujours les mêmes visages, qui riaient et criaient aux mêmes plaisanteries. En public, on parlait de la révolution en termes de météorologie. La pluie et la neige entraînaient la violence de la part de la gauche. De temps en temps, il y avait des réunions plus sérieuses, qui se tenaient en général dans des immeubles de briques en construction. Des centaines de personnes se pressaient autour des échafaudages, s'entassaient sur le sac de ciment et les poutres, ou bien se perchaient sur les charpentes.

Un soir, l'orateur était un artilleur brutal, qui revenait du front autrichien. Il avait été blessé au cou et sa voix était rauque. Ensuite, John accompagna un dirigeant du parti au Sobornost et se retrouva autour d'une table, avec des hommes et des femmes à moitié ivres. Une bouteille de vodka passait de mains en mains. Chaque fois qu'il leur fallait avaler une gorgée d'un seul coup, les femmes riaient et frissonnaient.

Vers neuf heures, presque tout le monde somnolait. La lumière argentée de la rue entrait par les fenêtres. John se tripotait les lèvres en écoutant, d'une oreille distraite, le jeune homme aux lunettes à fine monture métallique qui lui parlait de la femme avec qui il avait passé la nuit précédente.

Soudain, John leva la tête.

– Qui est cette fille ?

– Hein ?

John tendit le menton vers une silhouette mince, qui se frayait un chemin dans la foule. Sa chevelure était un halo de brume, dans la fumée des cigarettes.

– Celle-là. La fille, là-bas.

– Ah, fit le jeune homme avec un sourire. C'est Anna Servana, l'actrice. Autrefois, elle couchait avec tout le monde mais, maintenant, elle ne couche plus qu'avec les dirigeants du parti. C'est bien dommage, en fait, parce que tout le monde est encore amoureux d'elle.

– Est-ce que tu la connais ?

– Bien sûr, tout le monde la connaît. Tu veux peut-être que je te présente ?

John ne savait pas ce qu'il voulait.

– Si tu veux que je te présente, je peux m'arranger. Il y a une réception, ce soir. Viens et je te la présenterai.

Vers minuit, il se retrouva dans un appartement du quartier chic, non loin du palais d'hiver. Il y avait des bougies sur les cheminées et dans les alcôves. Il n'y avait, apparemment, pas de meubles, en dehors d'une table massive et grossière surchargée de bouteilles et de paniers de gâteaux. Le jeune homme maigre le tira par la manche, l'attirant dans la foule compacte. Ils entrèrent dans un cercle de soldats ivres. Un verre vola en éclats et un soldat se mit à crier. Mais, enfin, ils retrouvèrent la jeune femme, appuyée contre la glacière, enveloppée dans un long manteau de fourrure.

– Je voudrais te présenter ce bel Américain, dit-il. Il s'appelle Dancer, Anna. Il t'a vue au Sobornost.

Elle sourit et lui prit la main. Sa peau était sèche et fraîche.

– Dancer ? Est-ce ta profession ? Aimes-tu danser ?

– Non, ce n'est que mon nom. John Dancer.

– Très bien, John, tu peux tout de même danser avec moi.

Elle était ivre et il leur fallut valser lentement, dans la cuisine minuscule, au son d'un Victrola essoufflé. Il la serra contre lui et elle posa la tête sur son épaule. Il y avait quelque chose de merveilleux dans son parfum et la manière dont son corps se balançait contre le sien. De temps en temps, elle murmurait à son oreille, mais seulement en russe et il ne comprenait pas. Pourtant, cela lui nouait l'estomac.

Finalement, un marin s'interposa et ce fut terminé. Toutefois, plus tard, alors que les invités s'en allaient, il lui fut possible de demander :

– Pourrais-je te revoir ?

Tout d'abord, elle se moqua de lui :

– Ne sois pas grossier. J'aime danser, mais cela ne signifie pas que tu peux coucher avec moi.

Il secoua la tête.

– Non, je veux seulement te revoir. Nous pourrions peut-être déjeuner ensemble ?

– Ah, tu veux jouer au chat et à la souris. D'accord, monsieur Lechat, tu peux venir chez moi.

Puis elle l'embrassa légèrement sur les joues et prit rapidement la direction de la porte.

Cela le paralysa presque complètement.

– Mais je ne sais pas où tu habites, cria-t-il.

Et elle répondit en riant :

– Demande autour de toi. J'habite sur la Lune !

Plus tard, cette même nuit, la lune elle-même était légèrement bleutée, au-dessus de Petrograd. John et Belov déambulaient dans les rues désertes. Il n'y avait que quelques silhouettes encapuchonnées, dans les couloirs, et un groupe de soldats, frileusement réunis autour d'un brasero, dans un square. John raconta qu'il avait rencontré la jeune femme et Belov répondit que c'était un coup de chance.

– Ce n'est qu'une jeune femme.

– Je ne suis pas de cet avis. Nous devons cultiver cette relation. Elle se révélera très utile. Elle connaît des gens, Lover. Elle connaît Lénine en personne. Tu ne peux pas imaginer ce qui lui est passé entre les cuisses.

L'image fut dure à avaler.

– Elle peut nous introduire dans le cercle central, Lover. Elle connaît les dirigeants.

– Je ne lui ai parlé qu'un instant.

– Eh bien, il faudra que tu la revoies. Je m'en occuperai, si nécessaire. Parce qu'il nous faut cultiver cette relation. Parce qu'elle est notre meilleur atout, la seule personne qui puisse vraiment nous introduire dans le sanctuaire.

Ils étaient devant la chapelle de la Vierge ibérique. Elle n'était pas éclairée, mais des femmes emmitouflées attendaient sur les marches. L'une d'elles abritait la flamme d'un cierge entre ses mains.

– Anna Servana te plaît, pas vrai ? fit Belov. (Mais Dancer répondait très rarement à ce genre de questions.) Oh, je sais qu'elle est très jolie. C'est la princesse du Mouvement universel des ouvriers. Elle sera peut-être la première sainte communiste. Sainte Anna du Lit…

– Ferme-la, Belov !

– Ah, elle te plaît.

Ils aperçurent, au bout d'une ruelle, une demi-douzaine de silhouettes penchées sur un cadavre de cheval. Les pattes raides de l'animal étaient dressées vers le ciel. Un paysan avait retroussé ses manches pour découper la croupe.

– Voilà un symbole bolchevique à ton intention, dit Belov. (Il regardait les paysans se passer les morceaux de viande…)

Anna aimait la révolution comme on aime un homme. Elle l'aimait physiquement, non pas intellectuellement. Elle ne comprenait pas grand-chose. Chaque fois qu'elle parlait du mouvement, elle ne disait que des platitudes, répétait des formules entendues dans les cafés ou les réceptions. Mais sa voix était voilée, grave, et John Dancer pouvait l'écouter des heures.

Leur seconde rencontre eut pour cadre un salon de thé proche du parc de l'Université. Il y avait des tables dans le patio et de nombreux étudiants. John et Anna bavardèrent tout l'après-midi en buvant du thé parfumé. Elle dit que ses parents étaient morts et que le théâtre était sa vie depuis très longtemps. Shakespeare était son préféré, ensuite venait Shaw et, un jour, un grand cinéaste russe changerait l'histoire.

Dans la lumière blanche du soir, ils suivirent le canal Catherine. Une brise venue de l'ouest ridait l'eau. Lorsqu'ils se dirent au revoir, elle l'attira dans l'ombre d'un porche.

– Il faut que tu saches la vérité, dit-elle. Personne ne m'a jamais lu la totalité de Karl Marx et je ne pourrais pas le faire moi-même parce que c'est écrit trop petit.

Puis elle l'embrassa sur la bouche et s'enfuit en courant.

À leur troisième rencontre, elle portait une jupe plissée et un pull gris. Elle ressemblait à une écolière. En outre, sa réserve avait disparu. Ils allèrent au Champ-de-Mars, où avaient été enterrés les morts d'avril. Travailleurs et soldats, tous ceux qui étaient morts pendant la révolution avaient été enterrés dans la même fosse. John resta près d'elle et elle s'appuya contre la balustrade métallique, entourée d'herbe verte. Elle parla avec de grands gestes. Il eut l'impression qu'elle racontait un conte de fées.

– … Les cercueils étaient rouge vif, dit-elle. Partout, au-dessus de nous, flottaient d'immenses drapeaux rouges. Tout le monde a pu voir que nous marchions dans un ordre parfait et sans que la police ait besoin de nous surveiller. Tout s'est déroulé dans un grand silence, sauf quand les canons ont tonné. C'était un grand jour pour la paix et la victoire mais, surtout, ce que je n'ai pas oublié, c'est à quel point nous nous aimions. As-tu déjà aimé ainsi, John ?

L'après-midi avait une nuance gris-bleu. De lourds nuages avaient envahi le ciel. Au loin, on apercevait les silhouettes de femmes trapues.

– Il y a longtemps que je n'ai pas aimé, répondit finalement Dancer. Je ne sais pas bien pourquoi.

– Et ton ami, André ? On dit que tu l'aimes.

Il serra les dents.

– On dit ça, hein ?

– Alors, je croyais que tu étais comme lui. Tu comprends ? (Elle tirait sur un fil de son pull.) Je croyais que tu aimais seulement les garçons.

– Oh, non.

– Alors, nous pourrions peut-être coucher ensemble ?

– Quoi ?

– Eh bien, si tu n'es pas comme André, tu aimerais peut-être coucher avec moi ?

L'estomac de John se contracta.

– Tu vois, John, j'y ai beaucoup réfléchi et j'en ai conclu que cela te ferait du bien. Que cela te ferait du bien là. Elle posa deux doigts sous son sein.

– Pourquoi ? (Ce mot avait eu bien du mal à sortir.)

– Parce que, lorsque quelqu'un te plaît, il faut coucher avec lui. Et, tu me plais John.

Tous deux regardaient, de l'autre côté du champ, les plaques de marbre des tombes.

– Est-ce que je te plais aussi ?

L'herbe se brouilla, puis les arbres qui se dressaient au-delà. Il tentait désespérément d'avaler la boule qui s'était formée dans sa gorge, de cacher tous ces mois de larmes retenues.

Elle le conduisit à son appartement, au dernier étage d'un bloc de béton, avec une fenêtre donnant sur le fleuve.

Les pièces étaient meublées simplement, de fauteuils et de canapés géométriques. Dans la chambre, il la regarda se peigner et ses cheveux crissèrent, suivirent les mouvements de la brosse. Son corps se découpait sur les octogones sculptés de la tête du lit.

Il frissonnait et ses articulations étaient raides. Il fut incapable de défaire les boutons de sa chemise et, finalement, elle fut obligée de le déshabiller. Ils restèrent allongés côte à côte, immobiles, sous l'édredon. Les draps étaient rêches et froids.

Elle se mit à l'embrasser, suivant doucement sa clavicule. Elle murmura :

– Ne parles-tu pas russe du tout ?

Il lui dit la seule phrase qu'il connût, laquelle signifiait : je suis fatigué.

Ils firent l'amour avec prudence, avec solennité. Son corps était mince et ferme, mais il le touchait comme s'il craignait de le briser. Anna, toutefois, connaissait sa force et pressait ses lèvres sur sa poitrine, le serrait entre ses cuisses. Il ne pouvait s'empêcher de serrer convulsivement ses reins. Puis leurs corps cessèrent de compter et ils se fondirent l'un à l'autre. De temps en temps, pendant cette nuit, il se surprit à plonger brutalement, inlassablement, en elle. Puis, vinrent l'immobilité et le repos. Il eut l'impression que son âme flottait au-dessus de lui, couvrant le plafond…

Septembre et octobre furent mauvais. Il faisait noir du début de l'après-midi à la fin de la matinée. Il pleuvait continuellement et la boue envahit les rues. À l'aube, on entendait passer les ouvriers, dont les bottes répandaient la boue dans toute la ville. Des vents humides, venus du golfe de Finlande, soufflaient et, lorsqu'il n'y avait pas de vent, de gros nuages de brume dérivaient entre les immeubles.

Les raids des zeppelins s'intensifièrent. Les black-out étaient fréquents, parfois pour décourager les bombardiers parfois, tout simplement, parce qu'il n'y avait plus d'électricité. Une nuit, John vit les saucisses sortir des nuages, à l'ouest. Les projecteurs balayèrent le ciel, mais seuls quelques canons tirèrent. Au matin, il y avait une jambe arrachée dans le caniveau.

Au fil des semaines, la nourriture se fit plus rare. La ration de pain passa d'une livre et demie à une livre, puis à un quart de livre. Une barre de chocolat coûtait l'équivalent d'un dollar. La moitié seulement des bébés avait du lait et il n'y avait pas de sucre. Finalement, la première neige tomba et les queues s'étendirent, interminables, dans les rues blanc acier.

Politiquement, c'était également le chaos. Les choses se désintégraient, tournoyaient en cercles toujours plus grands. John ne comprenait que vaguement les problèmes et ne se fit une idée précise que de nombreuses décennies plus tard.

À la fin des années vingt, les universitaires étudièrent attentivement cette période. Selon eux, les fondements d'une révolution entièrement de gauche furent posés au cours de ces semaines cruciales de 1917. Une partie des documents utilisés circulaient dans les universités depuis de nombreuses années. L'essentiel, toutefois, provenait du Département d'État et des chroniques de John, lesquelles furent finalement intégrées aux archives de la CIA.

Cependant, compte tenu du matériel dont ils disposaient, le travail des universitaires était extrêmement décevant. Leurs conclusions étaient prosaïques. Ils ne découvrirent ni poussée révélatrice ni forces précédemment passées inaperçues. Presque tout ce qui, à cette époque, était secret passa, plus tard, dans le domaine public.

Selon les universitaires, il y avait, apparemment, plusieurs causes à la révolution. Tout d'abord, d'après eux, il y avait la tentative avortée du général Lavr Kornilov pour arracher le pouvoir à Kerensky. Kornilov, qui avait été commandant en chef de toutes les armées russes, était l'élite des Mongols. Il s'était conduit héroïquement, sur le front autrichien, et savait commander ses hommes. Toutefois, il surestima terriblement sa popularité, lorsqu'il lança son armée sur Petrograd. Non seulement le général fut vaincu, sans bataille, par l'infiltration de propagandistes soviétiques, mais son coup de force avorté renforça considérablement la position des bolcheviks. Après la fuite de l'armée de Kornilov, les masses eurent le sentiment que leurs véritables ennemis n'étaient pas Lénine, Trotsky et leurs semblables, mais les libéraux et les conservateurs. En outre, lorsque Kornilov fut finalement arrêté, il laissa, au sein du pouvoir militaire, un vide que la Garde rouge ne tarda pas à combler.

Les universitaires notèrent également l'indécision de Kerensky. Il est vrai que la déposition du Tsar avait mis fin à une autocratie physique, mais les problèmes essentiels subsistaient. La nation était toujours déchirée entre une classe possédante et des hordes de paysans et d'ouvriers, deux extrêmes entre lesquels Kerensky hésitait. Pendant la crise provoquée par Kornilov, alors que les troupes du général étaient proches de la ville, Kerensky fut pris d'une telle panique qu'il distribua aux bolcheviks des armes qui seraient, par la suite, utilisées contre lui.

Par ailleurs, l'étude de 1927 permet d'apprécier le pouvoir étrange, que possédait André Belov, d'interpréter les vents du changement. Les universitaires constatèrent que les prévisions de Belov, rapportées plus tard par John Dancer, étaient presque toujours exactes. Il comprit que l'affaire Kornilov renforcerait la position des bolcheviks et devina le résultat des élections d'octobre.

Les élections concernaient les sièges au présidium du nouveau soviet de Petrograd. Dans ce type de scrutin, les délégués favorables au remplacement des membres de l'ancien présidium par des bolcheviks manifestaient leur opinion en quittant la salle. À mesure que les délégués s'en allaient, la tension s'installait. Quand il fut, finalement, évident que les bolcheviks avaient remporté la victoire, un tonnerre d'acclamations retentit dans l'institut Smolny. Pour Belov, cette journée fut un cauchemar.

Il avait fait un long trajet en tramway, dans les rues boueuses. Tous les sièges étaient pris et les allées étaient combles. Il lui fallut s'accrocher à la plate-forme. Lorsqu'il arriva à l'institut Solomnly, on lui dit que la salle était pleine et il dut rester sur les marches, auprès d'un brasero. Pour cinq kopecks, il obtint du thé dans un gobelet de fer-blanc et il y avait des morceaux de viande dans un ragoût nauséabond, mais pas assez pour tout le monde. Vers midi, le ciel se couvrit, la lumière devint laiteuse et le vent se leva. Vers la fin de la journée, il fut certain d'avoir vu Léon Trotsky et ses gardes du corps gravir les marches à grands pas.

Le soir même, les résultats des élections se répandirent dans toute la ville. Trotsky et les dirigeants bolcheviks, qui venaient juste de sortir de prison, contrôlaient Petrograd. Des rumeurs circulaient à propos de Lénine. Certains disaient qu'il avait quitté la Finlande, d'autres prétendaient qu'il était déjà arrivé. Kerensky sonnait l'alarme, mais il ne pouvait pas faire grand-chose. On fêta la victoire dans tous les quartiers rouges.

Belov passa une bonne partie de la nuit à boire, dans un café bruyant de la rue Liteiny. Au petit matin, il était engourdi et malade. Il vomit dans la rue et entraîna un fils de cordonnier dans sa chambre d'hôtel. Le jeune garçon était un voyou sensuel et crasseux, qui s'était fait tatouer un voilier sur la poitrine.

Il ramassa d'autres jeunes garçons, les garda une nuit, puis les chassa. Un jour, un marin devint méchant et Belov fut blessé. L'après-midi même, il se remit à la morphine. Le pharmacien du coin était très bien approvisionné, mais c'était très cher, avec la guerre, comprenez-vous…

À cette époque, John Dancer ne voyait le Russe que de temps en temps. Ils se réunissaient parfois, lorsque Anna était absente mais, le plus souvent, John évitait son ami. Finalement, Belov le coinça et ils firent une longue promenade au bord de la Néva. Les rues proches du fleuve étaient tranquilles, en cette fin d'après-midi. La neige, sur les pavés, était sale et, au loin, les avenues étaient désertes et blanches. Lorsqu'ils atteignirent la balustrade de métal noirci qui surplombait le fleuve, Belov dit que le jour était arrivé.

Il voulait dire que Lénine était arrivé.

– Il était déguisé, dit Belov. Il portait une perruque et a rasé sa barbe, mais je suis sûr que c'est lui.

– Je vois, répondit simplement Dancer. (Il portait un manteau de cuir fauve qui avait appartenu à un amant d'Anna.)

– Par conséquent, il faut que nous agissions, poursuivit Belov. Maintenant. Le moment est venu.

Il y avait de gros nuages de neige et des plaques de brume dérivaient sur la ville. Le vent mugissait au-dessus des toits.

Finalement, Dancer dit :

– J'ai réfléchi. Je me suis dit que nous ferions peut-être mieux de laisser tomber.

– Comment cela ?

– Lénine, le mouvement, tout. Nous devrions peut-être tout laisser tomber.

– Ah, j'ai compris. Elle t'a convaincu. Tu t'es laissé convaincre par cette fille et, maintenant, tu veux abandonner.

– En fait, je ne sais pas vraiment ce que je veux. (Il semblait être devenu de glace.)

– Oh, je te connais, Lover. Tu ne sais pas si tu es un lâche ou un camé en mal d'amour. Eh bien, moi je sais. Tu es les deux. Mais, si tu doutes encore, tu devrais peut-être prendre quelques jours de vacances et réfléchir. Emmène ta princesse quelque part et expose-lui le problème. Pendant ce temps, je resterai ici et je changerai le cours de l'histoire. Qu'est-ce que tu en dis, Lover ?

Dancer trouvait ces propos un peu méchants et prétentieux.

– Nous n'avons pas la moindre chance, André. Tu avais raison. Une énorme vague arrive…

– Ne parle pas de vague, Lover. Laisse-moi te dire une chose. Laisse-moi te dire qu'une seule balle peut changer le cours de l'histoire. Une balle dans la tête, Lover, et, ensuite, il n'y aura plus qu'à les laisser parler du matérialisme dialectique.

– Que veux-tu que je fasse ?

– Quelle différence cela fait-il ? De toute manière, tu ne m'aideras pas.

– Non, j'ai dit que je te soutiendrai et je le ferai.

– Oui, Lover, tu me soutiendras jusqu'en enfer.

Puis Belov leva la tête vers le ciel. D'énormes nuages noirs roulaient et tournoyaient.

– Quel est ce bruit, John ? On dirait un hurlement étouffé. Quel est ce bruit ?

– C'est le vent, répondit Dancer. (Il regardait les yeux de Belov, ses joues creuses.) Tu as recommencé, n'est-ce pas ?

– Oui, j'en avais besoin, Lover. Nous avons tous deux besoin de quelque chose. Les femmes et la morphine, c'est la conséquence du même besoin.

– Alors, pars, dit Dancer. Pars pendant qu'il est encore temps. Prends la route du sud.

– Il est trop tard, Lover. Je suis entièrement dévoué à la cause. La logique ne compte plus. Les Cosaques aussi sont partis. Il n'y a plus que moi, maintenant. Lénine et moi. Il appelle cela la lutte des classes. Pour moi, c'est une vendetta.

Des bourrasques de neige, au loin, balayaient la campagne. Quelques-unes, curieusement, ressemblaient à des gens, ou bien à des fantômes.

Lorsque le vent tomba, Dancer demanda à nouveau.

– Que veux-tu que je fasse ?

Belov répondit d'une voix tranquille.

– Trouve où Lénine habite. Il faut que je connaisse ses allées et venues. Tu vois le genre de renseignement dont j'ai besoin. Demande à la fille, je crois qu'elle pourra te répondre.

Avant qu'ils ne se séparent, Dancer eut une dernière vision de Belov. Il était adossé à la balustrade noire, les bras passés entre les barreaux. Avec un sourire mauvais, il regardait les nuages de neige surplombant la plaine.

Plus tard, il neigea à nouveau, mais le vent ne souffla pas, pendant la nuit, et il n'y eut qu'un léger bruissement contre les vitres. John alluma le feu et Anna fit griller des saucisses qu'elle avait apportées, enveloppées dans du papier journal. Lorsqu'elle était rentrée, son parfum était aussi propre que celui de la neige. Le soleil avait bruni son visage et blanchi ses cils, de sorte que le vert de ses yeux semblait plus profond. Après dîner, ils firent l'amour. John n'avait jamais été aussi désespéré.

Ils étaient allongés l'un contre l'autre, enroulés dans l'édredon. Dehors, les rues désertes luisaient. Leurs vêtements étaient en tas par terre. Il y avait la robe de paysanne d'Anna, son gros pull et le vieux manteau de cuir de John. Ils restèrent longtemps silencieux. Puis, John lui demanda si elle l'aimait davantage que la révolution, mais il posa la question d'une manière détournée, il demanda si elle préférait l'histoire aux gens.

– L'excès d'histoire écrase les gens, répondit-elle. C'est pourquoi la propagande utilise des mots simples.

– Non, je voulais dire : préfères-tu les individus aux idées ? Je parle de nous, Anna.

– Ah, je vois. Tu es peut-être enfin devenu sérieux.

– Oui.

– Tu es dingue, coco. (C'était une expression qu'elle avait empruntée aux comédiens.) J'ai assez d'amour pour toi et pour le mouvement.

– Mais, s'il fallait que tu choisisses ?

– Pourquoi cela arriverait-il ?

– Mais s'il le fallait, Anna ?

Coincée, elle frissonna.

– Aucun individu ne peut être aussi grand que la révolution, chéri. C'est impossible. La révolution est aussi grande que le monde entier.

– Au diable le monde entier.

– Non, John. Il ne faut pas dire cela. (Elle posa même le doigt sur ses lèvres, comme dans une pièce.)

Finalement, un peu après minuit, alors qu'ils étaient toujours allongés sur le matelas de plumes, il la questionna sur Lénine. Il lui demanda où il se trouvait, quel était son emploi du temps et le reste. Il s'efforça de paraître naturel, mais les mots lui parurent laids et lourds. Il lui fallut les cracher, comme une machine à fabriquer les sons. Ce qu'elle répondit n'avait guère d'importance, pour lui du moins. Seul le fait de poser les questions comptait. C'était la première fois qu'il se servait d'elle…

Bientôt, tout le monde parut prendre conscience du fait que le point de rupture était proche. Il y avait toujours des troupes d'hommes dans les rues. Les foules du crépuscule étaient les pires. Les rues, le matin, portaient toujours les marques des violences de la veille : voitures renversées, taches de sang sur la neige. Les patrouilles des troupes de choc du gouvernement s'accrochaient souvent avec les Gardes rouges. Il y avait des crimes insensés… On pillait les boutiques. On battait les Juifs. Des bandes de jeunes gens tuaient pour quelques kopecks.

John avait l'impression de vivre à l'intérieur d'une bouteille. Les événements se précipitaient, autour de lui, et il lui était impossible de les contrôler, même s'il l'avait voulu. Et il ne le voulait pas. Il ne voulait rien changer car agir, dans un sens ou dans l'autre, revenait à faire voler en éclats cette bouteille, et cette bouteille était l'endroit où il vivait avec Anna.

Vers la fin, Belov paraissait très mal en point. Sa peau était blême et il avait des cercles marron autour des yeux. Lorsqu'il parlait, ses lèvres découvraient ses dents. Des années plus tard, John se souviendrait de lui debout dans la neige sale, sur les marches de la cathédrale Saint-Isaac, le visage terriblement blanc, se découpant sur le col remonté de son manteau de fourrure.

– Lénine est à l'institut Smolny, dit John. Je crois que sa chambre se trouve dans l'aile nord. Il travaille généralement la nuit et il est toujours entouré de gens.

– Tu as bien fait. Je sais déjà tout cela, mais tu as bien fait de venir me le dire. C'est une confirmation.

– Tu peux aller au diable, André.

Mais Belov n'entendit peut-être pas. Il regardait de jeunes choristes, en rang, traverser le square couvert de neige.

– Tu ne peux pas imaginer… (il sourit) ce que l'on ressent lorsque l'on est complètement dévoué à une cause. Il faudra que tu en fasses un jour l'expérience, Lover. C'est l'extase. Je te le certifie.

Un jeune choriste resté en arrière, emmitouflé dans une veste de marin, déambulait dans le square. Lorsqu'il donna un coup de pied dans la neige, la poudre, dans la lumière, parut se changer en or.

– Seigneur, Belov, ne vois-tu pas que cela ne sert plus à rien ? Ils sont trop nombreux. Au début, la situation était différente. Le parti était petit. Tout dépendait des dirigeants. Mais, maintenant, il est trop gros. Il progresse grâce à la vitesse acquise. Si Lénine disparaît, il y aura Trotsky. Et si Trotsky disparaît… Ne comprends-tu pas, André ? Ils sont des millions, maintenant.

– Un à la fois, Lover. Il faut les abattre un par un.

Le jeune garçon, dans le square, lançait des boules de neige contre le mur du réfectoire. Peut-être se persuadait-il que c'était des bombes.

– Eh bien, je n'en suis plus, fit soudain Dancer. J'ai fait tout ce que je devais faire et, maintenant, je me retire.

– Naturellement, Lover. D'accord. De toute manière, je n'ai plus besoin de toi. Tu peux retourner chez ta pute et être heureux. Oui, je souhaite sincèrement que tu sois heureux. Et, à propos, ne te fais pas de souci. Elle ne t'en voudra pas, même si elle découvre que tu t'es servi d'elle. Si c'est le grand amour, tu peux tout lui faire…

Par la suite, on baptiserait ces journées : les dernières heures. Les historiens soutiendraient que les bolcheviks étaient déjà unifiés et que le mouvement bénéficiait d'une « poussée linéaire ». Selon eux, les manifestations de masse du début novembre et les réactions désespérées de Kerensky montraient à l'évidence que le soulèvement était proche.

Mais John ne vit qu'un désordre indescriptible. Partout, il y avait des soldats et des foules armées de couteaux de cuisine et de tubes de plomb. Les hommes déambulaient en bandes, fumant et mâchant des graines de tournesol. Les murs de briques étaient couverts de peinture rouge. Les trams fonctionnaient irrégulièrement.

Pendant tout ce temps, John vécut dans une routine débilitante. Le matin, il s'éveillait auprès d'Anna. Ils mangeaient en général du pain de seigle, provenant du marché noir, du thé et des confitures. Quelquefois, il déambulait dans les rues, sans but ; il marchait. Tout le monde semblait regarder fixement l'asphalte. Le vent balayait les larges avenues. Le froid engourdissait toujours les pieds en premier.

À minuit, la veille du dernier jour, John et Anna, agenouillés près de la fenêtre, regardèrent la ville dans la lueur bleutée d'une nouvelle tempête de neige. Elle était partie en début de matinée et il l'avait attendue pendant des heures. Il avait eu l'impression que ses nerfs étaient des fils métalliques tendus à rompre.

Elle attira son visage vers le sien et l'embrassa. Puis elle lui mit la main sur son sein, mais il ne pouvait pas faire l'amour. Il avait seulement envie de la serrer. Il voulait seulement la serrer fort. Ils se retrouvèrent sur le tapis, devant le feu, et il s'allongea tout près d'elle.

Lorsqu'elle s'endormit, il ferma les yeux et écouta le tic-tac de la pendule jusqu'au moment où il lui fut impossible de le supporter plus longtemps. Ainsi, se dit-il soudainement, voilà quel est le problème. On ne peut arrêter le temps. Même lorsqu'il bloqua le balancier et cassa le cadran ; même lorsque le ressort se brisa... Le tic-tac continua, dans sa tête.

Du dernier jour, John ne conserva qu'un mélange d'impressions confuses. Au matin, en s'éveillant, il constata qu'Anna était partie. Puis, pendant de longues heures, il tourna en rond dans l'appartement, grignotant du pain et de la queue de bœuf. À midi, des coups de feu retentirent et quelqu'un creva les pneus de la voiture du voisin. Le voisin était un vieil homme, un peintre français qui habitait la ville depuis treize ans. John l'entendit pleurer, dans le couloir, après le départ des vandales.

Au crépuscule, John faisait les cent pas devant la fenêtre, se passant les doigts dans les cheveux, s'enfonçant même les ongles dans le cuir chevelu. Puis les cloches se mirent à sonner et John prononça le nom d'Anna à voix haute. Il lui arrivait quelque chose. Elle était en danger. Cette pensée fut comme un éclair le frappant en pleine poitrine. Son visage blêmit. Son estomac se contracta et il gagna la porte d'un pas mal assuré.

Partout se dressaient les barricades, murs grossiers, hétéroclites, de caisses, de poutres, de pierres et de matelas. Des drapeaux rouges flottaient aux balcons. Quelque chose brûlait. Il y avait de longues traînées de fumée au-dessus des immeubles.

Dans la lumière vacillante d'un lampadaire, il reconnut un individu qu'il connaissait, un poète qu'il avait rencontré aux soupers de Belov. Le jeune homme buvait de la vodka avec une douzaine d'hommes en haillons. Ils s'appuyaient contre un véhicule blindé.

– Ce soir, tu vois l'histoire à l'état pur, cria-t-il dès qu'il eut reconnu John.

Dancer ne répondit pas. Il se contenta d'avancer et de prendre le jeune homme par le bras.

– Je cherche Anna. Anna.

– Tiens, elle est là-dedans. (Et le jeune homme essaya d'introduire la bouteille dans la bouche de Dancer.)

John la repoussa.

– Dis-moi seulement si tu l'as vue.

Le jeune homme haussa les épaules.

– Va voir au palais. Ils vont tous au palais, ce soir. Ils font de l'histoire à l'état pur.

Quelques centaines de mètres plus loin, il fut pris dans un flot de silhouettes dont les têtes semblaient n'en faire qu'une seule. Des coups de feu éclatèrent, d'un pont, et une femme tomba, le coude fracassé.

Un halo de lumière scintillait au-dessus du palais et, pendant quelques instants, la foule hésita. Un canon explosa et bascula sur le flanc. Puis un camion arriva et enfonça le portail. Le moteur explosa, des nuages de vapeur blanche s'élevèrent et la foule escalada les murs.

Pendant un bref instant, John aperçut une jeune femme blonde, dans la foule, mais il cria néanmoins son nom. Puis, le flot devint un raz de marée qui l'entraîna, sur les pavés, en pleine lumière.

Il n'oublierait jamais le vertige qui s'empara de lui, sur le dernier palier d'un escalier du palais. Au-dessous, les émeutiers envahissaient le parquet brillant, abattant les portes, arrachant les rideaux. Il resta certainement longtemps, immobile, à les regarder. Puis il s'éloigna en boitant, parce qu'il avait une crampe à la cuisse. Il avança, par conséquent, très lentement, d'abord vers la lumière glauque des lustres, puis dans la nuit...

Les heures suivantes passèrent, mais il n'en conserva aucun souvenir. Il fit des kilomètres dans la ville à demi déserte. Où les habitants étaient-ils ? Il n'y avait plus que des plaques de plâtre, des barres métalliques tordues et des voitures renversées. Il crut voir Anna, au milieu de silhouettes grises, tassées sous un porche, mais lorsque, s'étant approché, il l'appela, il n'obtint aucune réponse.

Le jour se levait lorsqu'il regagna l'appartement. Les portes avaient été forcées, il les poussa sur le côté et appela, mais les pièces étaient des coquilles vides. Il était devenu inutile de feindre. Elle était partie.

Dans la cuisine, il renversa quelques bols, cherchant des miettes : une saucisse égarée, du lait, un morceau de fromage. Il n'y avait rien. Finalement, il s'assit près de la fenêtre, regrettant d'avoir cassé la pendule parce qu'aucun bruit ne couvrait le bourdonnement de ses oreilles.

Pendant le reste de la journée, c'est à peine s'il bougea. Une ou deux fois, il erra dans les pièces vides, comme si un indice important lui avait échappé, mais il revint toujours à la fenêtre. Il dormit un peu, mal, et lorsqu'il s'éveilla, il avait chaud et était moite. Il supposa qu'il avait la fièvre. Vers la fin, il n'était plus qu'à demi éveillé, bien que ses yeux fussent ouverts. Les limites de la pièce étaient indistinctes. Les murs ondulaient.

Anna rentra alors que le jour tombait. John ne l'entendit pas gravir l'escalier et ouvrir la porte. Soudain, elle fut près de lui, vêtue de son manteau et de ses bottes de cheval. Ses yeux étaient vides. Sa peau était pâle. Il eut l'impression qu'elle était de cire.

Il l'entendit demander :

– As-tu mangé, John ?

Il secoua la tête.

– Il n'y a rien à manger.

Elle se passa la main dans les cheveux.

– Je vais faire du thé. Oui, il doit rester du thé.

Il voulut lui entourer les hanches de ses bras, mais ses yeux l'en empêchèrent.

Une fois installée sur le canapé, elle lui annonça que le gouvernement était tombé pendant la nuit.

– Tout le monde est très heureux. Les trams fonctionnent à nouveau. Les magasins sont ouverts. Il y a même une exposition de tableaux réalisés par mon vieil ami Léo Stolpine. Tu le connais, je crois ?

– Où étais-tu, Anna ?

– Qu'est-ce que tu crois, coco ? Je travaillais pour le nouveau gouvernement. Il porte un nom magnifique. En anglais, ce serait, euh, le Soviet des Commissaires du Peuple. Cela sonne terriblement bien, tu ne trouves pas, même en anglais ? Le simple fait de le dire me rend heureuse.

Elle sait, se dit-il. Elle sait tout. Puis sa tasse et sa soucoupe s'entrechoquèrent. Elle renversa du thé. Finalement, la porcelaine vola en éclats sur les carreaux.

Anna, pliée en deux, sanglotait.

– Pourquoi ? Pourquoi, John ?

– Est-ce Belov ? demanda-t-il. Belov t'a-t-il mise au courant ?

Elle s'adressa à ses genoux, ou bien aux morceaux de porcelaine éparpillés par terre.

– Lénine est notre nouveau président. Tôt, ce matin, il est sorti de sa chambre. Il travaille jour et nuit. Peut-être dort-il quelques heures, sur le petit lit qu'on lui a installé. Mais ce matin, tôt, il est sorti de sa chambre et il y avait beaucoup de gens autour de lui. Tous ces gens s'engagèrent dans le couloir. C'est à ce moment-là qu'André est arrivé et a tiré sur Lénine. Mais il a mal visé, ou bien quelqu'un a fait dévier son bras. Ensuite, ils ont emmené Belov et il a tout avoué, même toi.

– Je vois, souffla Dancer. (C'est tout ce qu'il put dire.)

– Non, tu ne vois pas. Tu ne vois rien du tout.

– Oh, si, dit-il, la regardant dans les yeux. Puis il se leva, se dirigea vers elle. Il eut l'impression de dériver dans l'eau. Toute la pièce semblait aquatique et elle était très légère dans ses bras. Pendant un long moment, serrés l'un contre l'autre, ils oscillèrent, comme le soir où ils s'étaient rencontrés.

Ils eurent le sentiment qu'une heure avait passé, bien qu'il ne se fût pas écoulé plus de dix minutes. Finalement, elle dit :

– Il faut que tu partes. On te recherche. Il faut que tu partes. Tout de suite.

L'obscurité avait envahi la pièce. Une tache de lune, blanche, s'étendait sur les carreaux, projetant des rectangles sur le mur. Anna se dégagea avec douceur. Elle lui donna de l'argent, des vêtements et un petit revolver à crosse de nacre. Lorsqu'elle tomba à genoux, il l'imita et ils restèrent face à face, dans la lueur de la fenêtre.

– Maintenant, dit-elle, passant le doigt sur son front, à la naissance des cheveux : il faut que tu me frappes et que tu me fasses saigner, parce qu'ils ne vont plus tarder et que je dois pouvoir leur raconter quelque chose. Alors, fais-le, John, frappe. Frappe !

Il ne lui resterait que cet unique souvenir de leur dernier moment : il est à genoux près d'elle, il l'embrasse, puis elle se crispe dans l'attente du coup.

Soixante ans plus tard, l'image serait toujours là...

John s'enfuit vers l'ouest, traversa la frontière finlandaise, s'enfonça dans la toundra. Il passa trois nuits de blizzard dans une hutte de roseaux, en compagnie d'un trappeur mongol. Il parcourut des kilomètres et des kilomètres dans un wagon à bestiaux plein de paysans et regarda les rails se rejoindre, derrière lui. Souvent, la progression était douloureusement lente. Les Allemands avaient arraché les rails. La nuit, on brûlait des excréments humains pour se tenir chaud. Lorsqu'il arriva à Archangel, il avait perdu dix kilos. Plus tard, il écrirait qu'il avait l'impression d'avoir vieilli de cent ans.

CHAPITRE 3

Les historiens de Langley considèrent en général que le premier séjour en Russie de John Dancer marque la naissance des services de renseignements américains modernes. Pourtant, à mesure que John vieillit, le passé cessa d'apparaître comme une simple succession d'événements… Il y avait une autre structure, secrète celle-là. Il y avait, entre les gens, des liens obliques ; des événements sans importance étaient essentiels.

Après avoir lu le rapport concernant Dusty Yeats, Jessie et le reste, John constata, une fois de plus, que sa vie n'était en fait qu'un petit fragment d'un cycle. Il avait déjà eu cette impression, mais elle avait été fugace, fondée davantage sur l'intuition que sur la logique. Cela lui parut, alors, clair et indéniable. Jessie, se dit-il, entraînera cette maison dans sa chute.

John dormit mal, la nuit où il lut le rapport concernant Yeats. Il finit par se mettre au lit, par habitude, y resta une heure, puis se leva. Il y avait du whisky, dans le placard de cèdre, en bas, mais l'escalier grinçant, cette nuit-là, l'effrayait davantage que de coutume. Il erra dans les pièces du premier étage, examina un vase, feuilleta les ouvrages historiques d'Allen. L'un d'eux, qui traitait des grandes batailles navales, était assez intéressant. Le clair de lune glissait sur les tapis et les lambris.

Au matin, une brise soufflait sur le quartier. Allen grimpait souvent dans le grand chêne bruissant du jardin. John se fit du café, puis téléphona à Severson. Lorsque Severson arriva, les deux vieillards sortirent et parlèrent sous les arbres agités par le vent, parmi les plantes grimpantes et les buissons.

– J'aimerais rencontrer ce Yeats, commença John. J'aimerais lui poser quelques questions.

Severson grogna.

– Ce n'est pas un individu très recommandable.

– Qui l'est, aujourd'hui ? (Il se pencha vers Lyle et lui parla à l'oreille.) Je n'insinue pas que ton Knolls a fait du mauvais travail. C'est seulement que je voudrais poser personnellement quelques questions à ce jeune homme. Pour me faire une idée plus précise de la situation. Pour… Oh, je ne sais pas. Je suppose que j'ai un peu de mal à l'accepter. En fait, je suis terriblement gêné.

Ils s'étaient arrêtés dans le coin le plus frais et le plus sombre du jardin. Le chemin était couvert de mousse et l'herbe encore pleine de rosée.

Sans préambule, Dancer dit :

– Je me souviens du jour où Allen m'a parlé pour la première fois du Magicien. Je me souviens de la fierté que j'ai éprouvée. Nous essayions, depuis des années, d'établir un contact efficace avec le Kremlin et, tout d'un coup, voilà que mon propre fils parvient à le mettre en œuvre. Ma plus grande satisfaction venait du fait que l'origine du Magicien remontait à mes propres contacts. Je me souviens que j'ai pensé à la symétrie des destins. Tel père tel fils, ce genre de chose.

– Le Magicien a beaucoup compté pour tout le monde, dit Lyle. (Il lui fallait bien dire quelque chose.)

– Et maintenant, d'après toi, mon petit-fils veut détruire tout ce que mon fils a construit. Eh bien, c'est le même genre de symétrie. Oh, les chemins sont différents, oui. Jessie est allé au Vietnam, puis il s'est battu au Cambodge mais, en fin de compte, il est revenu au sein de sa famille. Alors, voilà. Voilà ce... Oh, par quel mot pourrais-je nous définir. Jessie, Allen, moi-même. Lequel, Lyle ? Une dynastie, mais de quoi ? Une dynastie d'espions ?

Severson fronçait les sourcils, les yeux fixés sur ses chaussures. Elles étaient couvertes de gouttelettes.

– Tu sais, ce n'est peut-être pas aussi grave que nous croyons, dit-il. Pour le moment, nous n'avons que la parole de Dusty Yeats.

– Mais, selon Knolls, on a surpris Yeats au fichier central. Ai-je bien compris, Lyle ?

– Oui, tout a commencé au fichier central.

– Eh bien, dans ce cas, tu as la réponse.

– Je ne te suis pas, John.

– Le fichier central. C'est là que je suis, n'est-ce pas ? C'est là que sont conservés tous mes vieux papiers. Tout le travail de fond qui a finalement conduit au Magicien se trouve encore au fichier central.

– Nous avons examiné tout cela, John, mais cela ne constitue pas forcément une preuve.

– Cela prouve que Yeats savait ce qu'il faisait. Il voulait remonter à la source. Il essayait de remonter à la source et de découvrir qui est le Magicien.

De nouveaux coups de vent faisaient frissonner le jardin. Les feuilles, en se balançant, se touchaient. Derrière eux s'étendait un tunnel de verdure barré par le mur blanc de la maison.

– De toute manière, reprit John, j'aimerais parler à ce Dusty Yeats. Peux-tu arranger ça, Lyle ?

Ils se rendirent au centre avec la vieille Mercedes grise de Dancer. Il s'arrêta juste après les portes et attendit dans la voiture tandis que Lyle s'entretenait, sous l'auvent de tôle, avec le gardien.

– Comment va Dusty, aujourd'hui ? s'enquit Severson.

– Il va bien, très bien.

Le gardien était un jeune homme soigné et Lyle lui avait pris le coude, dans un geste paternel. Ils faisaient face au bâtiment de béton, spectacle déprimant d'asphalte et de toits en tôle ondulée.

– Il ne vous a pas fait d'ennuis, alors ?

– Non. Dusty a été bien gentil.

Lyle jeta un coup d'œil à la vieille conduite intérieure et à John assis, raide, au volant.

– Dans quelques minutes, dit Lyle, le vieux monsieur que vous voyez là-bas va rendre visite à Yeats. Il faut que vous vous assuriez que Dusty restera correct. Vous m'avez bien compris, mon petit ?

Severson fit entrer John dans le hall au linoléum éraflé, puis le conduisit à la cellule du prisonnier. Ensuite les deux amis se séparèrent, le gardien ouvrit et John entra seul.

Yeats, couché sur son lit, feuilletait une revue. Il eut un sourire ironique.

– Salut. Je crois pas avoir eu le plaisir.

Dancer prit place sur la chaise. Il avait aperçu les cuisses d'une fille nue, tandis que les pages de la revue défilaient entre les doigts de Dusty. Puis il se frotta les mains.

Il dit simplement :

– Je suis le grand-père de Jessie.

– Ah, oui, j'ai entendu parler de vous. Ouais, John Dancer. D'accord. J'ai enfin touché le paquet. Va falloir que j'écrive chez moi, pour leur raconter ça.

Ils osent prétendre qu'ils l'ont brisé, se dit John. Son cœur battait fort.

– Ouais, poursuivit Yeats, Jess vous aimait bien. Il disait que c'était vous le plus chouette.

– Je voudrais que nous parlions de lui, dit Dancer.

– Sûr. Je suis un livre ouvert, maintenant. On m'a appris les bonnes manières.

– Pouvez-vous me parler de la jeune femme que Jessie fréquentait, à Londres ?

Yeats haussa les épaules.

– Qu'est-ce que vous voulez savoir ?

– Vous avez dit à M. Knolls que Jessie avait beaucoup d'affection pour elle.

– Ouais. Ils étaient très proches.

– La connaissez-vous ?

– Comment pourrais-je la connaître ? Elle était à Londres. Je n'y suis jamais allé.

– Avez-vous vu une photographie d'elle ?

– Ouais, Jessie en avait une.

– Comment était-elle ? Vous en souvenez-vous ?

– Ouais, elle était bien. Blonde. Avec un visage de gosse. Vraiment jolie.

– Jessie parlait-il souvent d'elle ?

– Non. Il n'aimait pas en parler. Il préférait garder ça pour lui.

– Je vois. Merci. (John se leva et prit la direction de la porte.)

– C'est tout ? C'est tout ce que vous vouliez savoir ?

– Oui, répondit John avec un sourire. C'est tout ce que je voulais savoir.

Une fois loin du Centre, John et Lyle s'étaient arrêtés dans l'herbe, au sommet d'une colline. Ils avaient suivi la route noire. Lorsque l'essoufflement s'était fait sentir, ils s'étaient immobilisés.

– À première vue, il n'a pas un caractère facile, dit John.

– Yeats ? Effectivement.

– Et je présume que Jessie est pareil. Pas facile, je veux dire.

– Oui, j'en suis convaincu.

Le vent leur sifflait aux oreilles, frémissait dans l'herbe. Cet endroit est toujours le centre d'une petite tempête, se dit Lyle, et deux vieux messieurs debout au sommet d'une colline désolée ont toujours quelque chose de pathétique.

Sans préambule, John dit :

– Tout cela me met très mal à l'aise. En fait, on ne t'a jamais raconté intégralement l'histoire du Magicien, n'est-ce pas Lyle ?

– Cela n'entrait pas dans mes attributions.

– On aurait tout de même dû te mettre au courant. Je l'aurais fait si cela avait dépendu de moi. Mais, en réalité, lorsque l'affaire a commencé, j'en ai pratiquement perdu le contrôle. Allen a ramassé ce que j'avais laissé tomber et s'est enfui avec. Et puis, tout d'un coup, mes petits morceaux ont été changés en Magicien. Ensuite, naturellement, on a soigneusement fermé la boîte. C'est pour cela que je n'ai jamais pu te communiquer les détails. Je m'en excuse.

– Cela n'a plus guère d'importance, maintenant. Il me semble que cette affaire nous a complètement échappé. Le Magicien est devenu la propriété d'un jeune. Le dernier grand réseau d'espionnage... J'ai lu cela quelque part.

– C'est dans le rapport sur Yeats. C'est de Knolls.

– Oui, fit Lyle. Je me souviens, maintenant. Humphrey a toujours eu le chic avec les mots. Et le sens de l'histoire. Savais-tu qu'il a travaillé aux archives ?

Ils descendaient la pente de la colline, avançant avec prudence dans les hautes herbes. Tout autour d'eux, le paysage entier semblait onduler sous le vent. Lorsqu'ils arrivèrent au portail du centre, Lyle s'arrêta et posa la main sur le bras de son ami.

– Il y a quelque chose que je voudrais savoir, John. Pourquoi as-tu questionné Yeats à propos de la jeune femme ?

John gonfla une joue, puis secoua la tête.

– Je ne sais pas, en fait. Cela me paraissait important. Un jeune homme peut aller très loin, pour une jeune femme. J'ai été dans ce cas. Autrefois, je suis allé très loin, pour une jeune femme. Et elle a fait la même chose vis-à-vis de moi.

Lorsqu'il rentra chez lui, cet après-midi-là, il s'efforça de se concentrer sur des tâches simples. Il consacra quelques heures au rangement de la maison, tria le linge sale, empila la vaisselle dans les placards. Au crépuscule, il mit au four un poulet légèrement meurtri. La peau crue était écœurante mais, même lorsque l'oiseau fut cuit, il ne put le manger.

Assis au bout de la table de la salle à manger, il laissa le passé l'entraîner dans les profondeurs du temps.

L'origine de la puissance des Dancer se trouvait effectivement dans son passé. Alors oui, se dit John, Jessie est un jeune homme perspicace. On pourra, on peut, dire ce qu'on veut de lui, mais on ne peut nier sa perspicacité. En envoyant Dusty Yeats au fichier central, il a commencé par le commencement et s'est engagé sur le seul chemin existant.

Mais le fichier central ne contenait que des rapports sommaires. Rien, dans ces dossiers, n'évoquait la violence des sentiments, rien ne permettait d'imaginer l'état d'esprit dans lequel il se trouvait effectivement, à son retour de Russie. Anna Servana n'y était même pas mentionnée. Ainsi, dans un sens, le véritable début de l'histoire a disparu car, à cette époque initiale, tout reposait sur la passion. Et la passion n'apparaît jamais dans les dossiers.

Selon les documents, il rentra de Russie au printemps 1918. Ils mentionnent que John accepta une situation dans la revue de son oncle et qu'il témoigna sur la Russie devant une commission composée de militaires et de membres des services secrets. Les historiens remarquèrent également qu'il avait été interrogé par le FBI et des fonctionnaires du Département d'État. Toutes ces auditions furent plutôt informelles et leur seul intérêt réside dans le fait qu'elles constituèrent le premier contact de John Dancer avec les services secrets américains, qui venaient tout juste de naître.

En ce qui concerne les motivations de John, il avait parlé de la Russie parce qu'on le lui avait demandé. On ne peut affirmer que son sens du devoir était plus profond. Personne ne savait exactement comment les autorités avaient été mises au courant de l'affaire. L'ambassade américaine de Londres avait probablement bénéficié d'une fuite.

Les méthodes d'entraînement britanniques semblaient susciter un intérêt particulier. Les militaires insistèrent tout particulièrement sur ce point. Par ailleurs, les questions posées à John furent d'ordre général. On lui demanda de donner ses impressions sur le nouveau régime soviétique et d'estimer sa puissance potentielle. À propos d'André Belov, John se montra très discret jusqu'au jour où il apprit qu'il avait été fusillé. John présenta alors son ami comme un idéaliste et un humaniste. Anna fut laissée complètement en dehors du récit. Elle était enfouie dans la poitrine de John et il aurait fallu la lui ouvrir pour l'atteindre.

Pendant quelque temps, John vécut avec ses parents, dans la maison couverte de lierre de la Cinquième Avenue. Il retrouva sa chambre, avec son lit de cuivre et ses murs lambrissés. Il y avait également le globe que son père lui avait offert, de nombreuses années plus tôt. Il était fixé sur un joli support métallique et John restait parfois des heures devant, faisant tourner la Terre jusqu'à ce que son doigt s'arrête sur Petrograd. Il lui arrivait de lire jusqu'au milieu de la nuit. Au matin, le cuisinier posait un plateau devant sa porte : du café et un œuf poché. Son attitude inquiétait ses parents. Son père lui reprochait son oisiveté. John avait l'impression de vivre dans une autre dimension du temps et de l'espace.

Lorsqu'il lui fut impossible de supporter ses parents plus longtemps, il accepta la situation que lui proposait son oncle et loua un appartement près du parc. Puis, vint la routine. Il se levait le matin, se rendait au bureau en autobus, déjeunait d'un café et d'un donut. Son oncle le nomma chef de rubrique, ce qui ne lui convenait pas, mais personne ne lui fit jamais la moindre remarque. Ensuite, il regagnait son appartement, ou bien le bar du coin. Il attendait que quelque chose change ; il attendait, il n'espérait pas.

Le vendredi, il dînait chez ses parents. Ils lui demandaient toujours s'il avait fait une rencontre. Pendant quelques semaines, il leur dit qu'il avait une petite amie qui s'appelait Anna, mais ils insistaient continuellement pour qu'il la leur présente, de sorte qu'il finit par leur annoncer qu'ils avaient rompu. C'est à peu près à cette époque que sa mère le persuada de sortir avec Mary.

Mary Brown était la fille de l'associé du père de John. John la connaissait depuis des années. Ils s'étaient même embrassés, dans le jardin, sous un chèvrefeuille. C'était une jeune femme vive et gaie, aux cheveux d'or rouge. John se la représentait toujours avec une robe de taffetas rose et un manchon de fourrure. En outre, son nom lui avait toujours déplu. Je-vous-salue-Marie... Cela restait dans la gorge.

Pour leur première sortie, il la conduisit au Continental et ils mangèrent des pigeonneaux à l'orange. Plus tard, ils traversèrent le parc en fiacre. Le ciel était clair et plein d'étoiles.

– Parle-moi de la Russie, John. (Elle avait une voix de petite fille sérieuse. Lorsqu'elle s'appuyait contre son épaule, sa crinoline lui rentrait dans les côtes.)

– C'est très grand, dit-il. (Le vin l'avait engourdi et le balancement de la voiture lui donnait une légère nausée. Et puis, l'odeur des chevaux lui rappelait la guerre.)

– Tu as dû avoir froid, là-bas. (Elle rit.) J'ai entendu dire qu'il fait très froid, en Russie.

– Oui, il faisait froid.

– Mais c'est certainement pittoresque. Surtout au milieu d'une révolution. As-tu eu peur ?

– Non. Je n'ai jamais eu peur.

Elle crut qu'il plaisantait et gloussa.

– Mais, John, qu'as-tu donc été faire là-bas ?

– Là-bas ?

– En Russie, grosse bête. Qu'as-tu été faire en Russie ?

Il resta un instant sans voix. Puis un large sourire se dessina sur ses lèvres.

– On ne t'a donc rien dit ? J'étais espion.

Ce fut la première fois que John s'attribua l'identité qui allait marquer le reste de sa vie.

Il continua de voir Mary Brown, parce qu'il n'y avait rien d'autre à faire. Il est vrai qu'il y avait une ou deux jeunes femmes possibles, au bureau, mais il les évita. Mary, au moins, n'était pas dangereuse. Et puis, elle attachait ses cheveux sur la nuque, avec une petite barrette de porcelaine, et cela lui plaisait. Anna se coiffait parfois ainsi…

Finalement, il se mit à imaginer Mary nue, devant le miroir, peut-être, dans la lumière ocre de la fin de l'après-midi. Ses cheveux, en mèches immatérielles, suivaient la brosse, exactement comme ceux d'Anna. Ou bien il la voyait sur le lit, un peu effrayée. Oh, péché des péchés. Son corps serait plus lourd que celui d'Anna, mais qu'importe ?

Pour leur septième soirée, il l'emmena au bal. Une de ses amies venait d'avoir dix-huit ans et entrait dans *le monde*. Pour fêter cet événement, Mary le fit tournoyer sur le parquet. Puis il dut aller chercher du punch et des gâteaux au buffet. Mais, ensuite, ils se promenèrent à nouveau en fiacre, dans le parc, et les ombres furent plus tentantes. Les arbres formaient des tunnels d'obscurité. Lorsqu'il l'embrassa, elle attira sa main sur ses seins.

– Je voudrais voir ton appartement maintenant, John.

Sa mère y avait fait installer toutes sortes de meubles encombrants. Il y avait des lampes avec des abat-jour à glands et des tapis d'Orient. Pourtant, le logement avait l'air sale, peut-être à cause des vitres poussiéreuses et de l'odeur du tabac froid.

Mary s'allongea sur le canapé. Son châle glissait sur ses épaules. John servit deux verres de sherry. La carafe était devant eux, sur une table d'ébène. Il prit place sur le fauteuil à oreilles, croisa les jambes et suivit du doigt le pli de son pantalon de flanelle. Elle enroulait le coin de son châle autour d'un doigt.

– Tu es étrange, dit-elle. (Puis elle s'étendit, si bien que ses bracelets glissèrent en tintant jusqu'à son poignet.) On ne sait jamais ce que tu penses.

Il se disait qu'ils allaient coucher ensemble et qu'ensuite il serait pris au piège. Et il regardait la courbe de son bras, dans la lumière de la lampe, les fines agrafes de sa robe.

– Tu n'es pas du tout comme les autres, John. Je ne suis même pas sûre que je te plais.

– Tu me plais, fit-il.

– Mais je me demande si tu le penses vraiment. Les jeunes filles aiment être rassurées, comprends-tu ?

Il but une gorgée de sherry puis quitta son fauteuil. Il se mit à genoux devant elle.

– En fait, je suis un individu tout à fait normal, dit-il d'une voix si basse que c'est à peine si elle l'entendit. Je suis exactement comme tout le monde.

– Eh bien, souffla-t-elle, je suppose que je vais devoir m'en rendre compte par moi-même. (Puis elle lui donna un rapide baiser sur les lèvres.)

Ensuite ils se fondirent l'un à l'autre. Elle s'était enfoncée dans les coussins. Il s'était laissé tomber sur elle. Sa main remonta sa jupe jusqu'à la cuisse. Celle de la jeune femme était pressée contre sa poitrine. Finalement, ses seins jaillirent et elle se cambra, la respiration sifflante.

Ce ne fut pas la dernière nuit qu'ils passèrent ensemble. Ils allèrent même en week-end dans la cabane de chasse de son père, petite maison de pin située dans un vallon proche d'un lac. Au crépuscule, des daims broutaient sur la rive herbue.

Au cours de la dernière soirée de ce week-end, Mary lui annonça qu'elle était enceinte. Ils étaient debout au bord de l'eau. John faisait des ricochets. Tandis qu'elle parlait, il ne cessa pas de lancer des cailloux parallèlement à la surface. Sa seule pensée était : c'est ainsi qu'on est happé par la vie.

– Nous ne sommes pas obligés de nous marier, dit-elle. Je connais une fille qui est infirmière. Elle peut nous arranger ça. Elle a des pilules, ou un truc quelconque.

Le vent soufflait dans les arbres. Le bleu du lac devenait plus foncé. On disait que le lac n'avait pas de fond.

– Parce que je ne veux pas me marier dans ces conditions. Je ne veux pas passer le reste de ma vie à me demander si tu voulais vraiment m'épouser.

– Non, répondit John. Nous allons nous marier. (De toute manière, cela semblait inévitable.)

– Es-tu certain que c'est ce que tu veux ?

Ce qu'il voulait n'avait guère d'importance. La vie le happait, c'était tout.

– Je veux dire : trouves-tu que c'est bien, du point de vue de ton… de ton existence.

Son *existence* ? Seigneur !

– Nous parlons de notre avenir, John. C'est important. Je t'en prie !

Soudain, elle lui parut tellement fragile et désemparée, face à lui, sur la rive de ce lac sans fond, qu'il se sentit obligé de choisir la facilité.

– Oui. (Il sourit.) Je veux t'épouser. J'en suis sûr.

C'était la première fois qu'il lui mentait. Que c'était nécessaire.

C'était, après tout, un homme bien élevé.

Ils se marièrent à l'automne, alors que les rues étaient couvertes de feuilles rouges, sous les voûtes élevées d'une cathédrale froide. Une centaine d'invités y assistèrent, y compris les amis des deux familles. Le témoin était un collègue de bureau, un type qui prenait parfois une bière, à cinq heures, avec John. On lui demanda de se dévouer parce qu'il n'y avait personne d'autre. Cette situation était légèrement gênante.

La cérémonie fut étrangement morne. Mary gagna l'autel comme dans un souffle. Ils se tinrent sous un dais de velours bleu et le prêtre lut les formules habituelles. Tout le monde tendit le cou afin de voir John passer l'anneau d'or au doigt de la mariée. Mais, lorsqu'il leva le voile et ferma les yeux pour l'embrasser, le visage d'Anna s'imposa à lui et il eut l'impression de la tuer.

Tout d'abord, le jeune couple habita un appartement sans charme, mais propre, près du fleuve. Le matin, il prenait le café sur le balcon et regardait passer les péniches. Leur existence fut régulière et, huit mois plus tard, Allen naquit. Allen portait le prénom du grand-père de John, bien qu'il ressemblât à sa mère. Lorsque l'enfant tomba malade, John fit les cent pas dans le couloir pendant sept semaines. Il rêvait souvent d'Anna.

Dans la chronique des services secrets, on baptisa la période suivante de la vie de John Dancer : les années noires. Les historiens ont toujours eu des difficultés à suivre la trace des services clandestins, entre les deux guerres car, en raison de l'isolationnisme américain, les professionnels des services de renseignements n'avaient rien à faire.

Toutefois, malgré ces années noires, la torche ne s'éteignit pas. Ceux qui croyaient que la nation avait besoin d'un service de renseignements se rencontraient souvent. Presque tous étaient civils, mais quelques-uns étaient fonctionnaires. De temps en temps, un des membres de cette communauté secrète rendait visite à John. Alors, il passait une soirée au club, à discuter et à boire. Les conversations étaient toujours ambitieuses mais ne donnaient jamais de résultats appréciables.

On ignore si John entra dans cette sous-civilisation des services secrets volontairement ou bien s'il y fut attiré par les événements, malgré lui. Il est probable qu'il ne le savait pas lui-même. Quoi qu'il en soit, le fait est que, dans la seconde décennie du siècle, John appartenait à nouveau au monde des services secrets.

Pendant plusieurs années, ses relations avec les services secrets restèrent lâches. D'après les archives, il fut, occasionnellement, le conseiller de Ralph Van Deman, chef des services d'espionnage de l'armée, et fut épisodiquement en contact avec les services du code et du chiffre d'Herbert Yardly, basés à New York. Il y avait également des relations discrètes avec le Département d'État et une ligne directe avec la Maison-Blanche. Mais, en fait, le seul élément important de cette période fut la réalisation d'un travail de fond.

Au fil de ces soirées au club, des côtes de porc brûlées, des cafés et des gâteaux, Dancer fit progressivement la connaissance de tous ceux qui, par la suite, deviendraient des espions connus. Il rencontra les frères Dulles et Wild Bill Donovan, qui dirigerait l'OSS William Stephenson et serait, plus tard, surnommé « l'Intrépide », rencontra John Dancer à cette époque. Certains mourraient, certains disparaîtraient et certains créeraient la CIA avec John, le fils d'Allen.

Ce furent, pour John, des années très calmes. Il ne cessa pas de travailler à la revue et, le plus souvent, les seuls événements de son existence se résumaient à quelques centimètres de copie, néanmoins il continua de lire la presse étrangère, afin de se tenir au courant de ce qui se passait en Russie. Lorsque l'économie s'effondra, sa vie ne changea guère. Le trust de son père ne souffrit pas. Aucun des amis de sa femme ne vit sa fortune gravement atteinte. La crise signifiait seulement qu'il y avait des prostituées sur Broadway et que Time Square était plein de vagabonds : vendeurs à la sauvette, individus en haillons, enfants croquant des pommes et indigents de toutes sortes. C'était comme Petrograd avant la révolution : un peu irréel.

La famille passait toujours l'été à la campagne. John avait acheté une ferme dans les montagnes du Berkshire. Elle s'appelait : Les Deux Saules et se trouvait au milieu d'une grande pelouse, sous des érables et des ormes.

Lorsque Allen fut assez âgé, John pêcha la truite, avec lui, dans le ruisseau voisin, ou bien l'emmena se baigner dans le petit étang situé en aval. Ils aimaient surtout les premières semaines du printemps. Les saules devenaient jaunes et les amélanchiers fleurissaient dans toutes les prairies environnantes. Il y avait d'épais buissons de cornouiller et toutes sortes de fleurs blanches. Mais Mary mit au monde un enfant mort-né, dans cette ferme et, par la suite, il refusa d'y retourner.

Ces années furent marquées par la régularité. Il y avait les dîners avec les amis et les bonnes œuvres de Mary. Avec l'âge, des rides apparurent sur le visage de John. Il parvint à rester assez mince et les gens le trouvaient toujours séduisant. Mais, également avec l'âge, le monde lui sembla de plus en plus étrange. L'histoire, la politique, l'économie… Il comprenait cela aussi bien que les autres. C'était sa propre vie qui restait un mystère. J'ai gâché vingt ans, se disait-il, vingt ans pratiquement gâchés et, le plus étrange, c'est que je me croyais mort, lorsque j'étais jeune. Pendant tous ces mois passés avec Anna, il s'était cru mort alors qu'en fait il n'avait jamais été plus vivant.

Mais, c'est alors que tout changea. Cela arriva à l'automne, pendant un été indien. John faisait de la voile dans la baie de Chesapeake avec un ami de son club, un vieil avocat excentrique nommé Greyson Dow. De nombreuses années plus tôt, Dow et John avaient parlé de la Russie. À cette époque, il était plus ou moins lié à la marine. Plus tard, ses contacts étaient devenus plus politiques. On disait qu'il avait ses entrées à la Maison-Blanche.

Greyson était un homme corpulent, aux cheveux blancs, aux joues rouges et aux sourcils broussailleux.

Ses relations avec John étaient un peu celles d'un père avec son fils. Ils dînaient ensemble et John n'avait jamais le droit de payer. À Noël, Greyson envoyait une caisse de whisky. Il y avait également des fruits confits pour Mary et Allen. Finalement, John fut invité à passer une journée sur le sloop de Greyson. Le voilier s'appelait le *Mata Hari*.

Il y avait de la brume, le matin où ils partirent. Le vent était faible et, suivant le rivage, ils respirèrent l'odeur des pins et entendirent le chant des grives. Il y avait également le bruissement soyeux de l'eau sur la proue.

Comme toujours, ils parlèrent politique. À cette époque, il y avait les fascistes à droite, les communistes à gauche, et Greyson était fier de sa modération. Il disait souvent que l'homme de bon sens devait détester à la fois Staline et Hitler. Surtout Hitler, car Greyson était un de ceux qui surent interpréter les premiers indices.

Ce matin-là, tandis qu'ils suivaient des criques et d'immenses plages balayées par le vent, Greyson pensait à Hitler. La veille au soir, il avait assisté à une réception, dans une maison de campagne, et les fascistes y étaient nettement majoritaires.

– Il y avait un jeune crétin de l'American Review, dit Greyson. Il n'avait qu'une idée en tête : liquider des gens. Liquider ! Bon sang, où a-t-il été chercher ce mot ?

– Il vient du latin *liquidus*, dit Dancer.

– C'est une maladie, John. Tu ne m'as jamais entendu appliquer un tel mot à qui que ce soit. Il y a les rouges, oui, mais il est tout de même possible de parler avec eux. Ce sont surtout des artistes, ou bien des gens de ce milieu. Tu as beaucoup d'amis dans les milieux artistiques, n'est-ce pas,

John ? Ils traînent dans les bureaux de la revue, pas vrai ? Comment s'appelle ce type que j'ai rencontré chez toi ?

– Auden. W. H. Auden.

– Eh bien, c'est un rouge, pas vrai ? Mais on peut discuter avec lui.

– Je ne connais pas les opinions d'Auden. En fait, je ne le connais pas très bien.

– Enfin, il y en a d'autres et l'important c'est qu'on peut parler avec eux, discuter, comprends-tu ? Les fascistes sont différents, John. Le fasciste est emmuré dans une illusion inattaquable et laide.

Ils dérivaient presque, suivant le rivage boisé. Entre les roches foncées, l'eau était lumineuse. Sous la surface, des algues ondulaient.

Greyson était appuyé contre la barre. Son visage rouge tranchait sur le violet de son pull-over.

– As-tu des amis juifs ? demanda-t-il.

– Pardon ?

– Des amis juifs, en as-tu ?

Dancer haussa les épaules.

– Probablement, oui.

– J'ai toujours admiré les Juifs. Ce sont des gens énergiques. Ils se servent de leur tête. L'intellect compte beaucoup, à leurs yeux. Albert Einstein est le type même du Juif, dans un sens. C'est pourquoi la haine qu'ils inspirent aux nazis est symbolique. Les nazis ne peuvent exister face à une intelligence curieuse. Leur théorie fondamentale est complètement dépourvue de sens. Je pense à la théorie raciale, naturellement. Un tas d'ordures, voilà ce que c'est. Les rouges, en revanche, disposent de fondements intellectuels. Marx a tout de même un sens, qu'on le veuille ou non. Cela n'est pas vrai des nazis.

Devant eux, les mouettes filaient au ras de l'eau et, un peu plus loin, une bouée grinçait. D'autres mouettes les regardaient, sur les dunes couvertes d'herbe du rivage.

– L'autre jour, j'ai déjeuné avec un des collaborateurs du président, disait Greyson. Je ne peux pas te dire qui, mais c'est un type bien renseigné. Il m'a demandé qui je préférais, en Europe, les nazis ou les rouges ? J'ai répondu que je ne préférais ni les uns ni les autres, que c'était contraire à mes principes. Alors il m'a demandé, principes mis à part, de quel côté je prendrais parti. J'ai répondu : « Très bien, je choisirais les rouges. » Vois-tu, John, il faut parfois choisir. Même si c'est entre deux maux. Eh bien, les nazis sont une maladie. On ne peut pas s'entendre avec eux. Je crois que le président est d'accord. Je crois que si la pression devient trop forte, il se mettra du côté des Russes.

– Des Russes ?

– Oui, du côté des Russes. C'est de cela que je voulais te parler, John. Des Russes. Vois-tu, ils ont quelque chose en tête. Ils ont tâté le terrain. Par l'entremise de l'ambassade, notamment. Bien entendu, ils sont discrets, pour le moment, mais il est clair qu'ils souhaitent discuter. Il n'y a pas de doute là-dessus. Les Russes veulent que nous parlions des Allemands. Oh, je sais ce que tu penses. Tu penses au traité que Staline a signé avec Hitler. Du temps, John. Staline voulait seulement gagner du temps. Il sait que la guerre va éclater et il lui faut le temps de la préparer. Non, les Russes sont comme tout le monde : Hitler leur fait peur. C'est pour cela qu'ils veulent se rapprocher de nous. Ils cherchent des amis et j'ajouterai qu'ils ne viennent pas les mains vides. Oh, oui, les Russes ne viennent pas les mains vides.

Ils firent demi-tour, tirant de toutes leurs forces sur la corde pour empêcher la voile de battre, puis se baissant pour éviter la bôme. Puis le calme revint d'un seul coup. Il n'y eut plus que le clapotis et l'eau et le chant des oiseaux.

– Wilhelm Canaris, murmura Greyson. Sais-tu qui c'est, John ?

– Le chef des services de renseignements d'Hitler. Je crois qu'ils appellent ça l'Abwehr. Il y a surtout des militaires, là-dedans. J'ai entendu dire qu'ils sont incompétents mais nombreux.

– Mmmm. (Greyson hocha la tête.) Canaris est un Junker issu d'une grande famille. C'est le salaud type. Il met des bottes de cheval pour aller à la chasse. Il boit du sherry sec. Et puis, il prend des risques. Par exemple : Hitler lui a ordonné de ne pas s'occuper de nous. D'interdire New York à ses agents. De ne pas empoisonner les puits, de ne pas salir les draps. Hitler a trop d'amis à New York pour prendre le risque d'y commettre des actes illégaux. Mais Canaris est un fanatique et, avec les fanatiques, tout est possible.

Les mouettes décrivaient des cercles au-dessus d'eux. Parfois, l'une d'elles plongeait puis reprenait de l'altitude, un poisson dans le bec. Le sloop avançait doucement dans la brume immobile et silencieuse. John eut l'impression qu'il naviguait sur une mer fantôme.

– Je ne sais pas si nous pouvons croire les Russes, poursuivit Greyson, mais voici l'affaire. Ils ont une agente au sein de l'Abwehr. Une jolie fille qui utilise ses talents. Le genre de fille qui couche avec n'importe qui, peut-être. À moins qu'elle n'ait un amant régulier. Quoi qu'il en soit, elle sait faire parler les hommes, parce que les Russes prétendent qu'ils ont mis la main sur des documents qui nous intéressent : le réseau de Canaris à New York. Les Russes connaissent les noms, les boîtes aux lettres, tout. Tu comprends ce que cela signifie, John, n'est-ce pas ?

– Les Russes veulent traiter avec nous ?

– Ils ne veulent pas traiter, John. C'est un cadeau. Je t'ai dit que les Russes ne venaient pas les mains vides. Tout ce qu'ils veulent, c'est devenir nos copains. Ils ne veulent pas que nous couchions avec Hitler. Tu vois le problème ?

– Oui, bien sûr.

– Je savais que tu comprendrais. C'est pour cette raison que je t'ai recommandé. Tu as le sens de ces questions.

– Recommandé pour quoi ?

– Pour partir, naturellement, John. À Moscou. Nous voulons que tu prennes le bateau et que tu établisses quelques contacts à Moscou. Enfin, il faut bien que nous acceptions leur cadeau, n'est-ce pas ? En fait, il faut bien que quelqu'un le fasse et nous avons besoin d'un homme de confiance, mais indépendant des organismes officiels, tu me suis ? Il nous faut un homme qui ne soit pas officiellement lié à Washington mais à qui Washington puisse faire confiance. Et j'ai confiance en toi, John. Et si j'ai confiance en toi, Washington te fera confiance.

– Mais, Moscou ! (John Dancer rit.) Moscou ? Vous n'êtes pas vraiment sérieux, n'est-ce pas ?

– Bien sûr que si. Tu sais comment ça se passe, là-bas. Je ne connais personne d'autre qui soit dans ce cas.

– Mais, c'était il y a vingt ans. J'étais un gosse, à l'époque.

– Pour moi, tu es toujours un gosse. (Greyson sourit.) En outre, vingt ans, ce n'est pas tellement long. Tu retrouveras encore quelques amis, là-bas.

– Des ennemis, plus probablement.

– Non. Tout est oublié, maintenant. Oublié et pardonné. Tu as eu quelques ennuis, à la suite de cette affaire montée par les Britanniques, pendant la révolution, mais c'est terminé, maintenant. Personne ne s'en souvient.

– Moi, je m'en souviens, fit Dancer pour lui-même puis, silencieusement, ses lèvres formèrent le nom d'Anna. Il eut l'impression qu'il était écrit dans le ciel.

– Qu'est-ce que tu dis ?

– J'ai dit qu'il faudra que je m'arrange avec Mary.

– Oui, raconte-lui que la revue t'envoie en reportage. Raconte-lui que tu dois écrire un article sur les Esquimaux.

En fin de journée, ils avaient regagné le quai. Ils s'étaient assis au bord, les pieds se balançant au-dessus de l'eau, et Greyson lui offrit son flacon de whisky. Le brouillard ne s'était pas levé. Des plaques dérivaient autour d'eux.

– Ce soir, demain, après-demain peut-être, grommelait Greyson, il viendra un moment où tu commenceras à hésiter. Tu auras la gorge serrée. Tu auras envie de décrocher le téléphone et de renoncer. Quand ce moment viendra, je veux que tu te dises une chose, John : je veux que tu te dises qu'il te faudra vivre tout le reste de ton existence en sachant que tu as eu l'occasion d'y retourner et que tu ne l'as pas saisie.

– Il est inutile de chercher à me persuader, Grey. J'ai envie de partir. Le moment est venu. En outre, j'ai quelqu'un à voir, en Russie.

Greyson secoua la tête.

– Tu n'auras pas beaucoup de temps, John, et il serait préférable de ne pas réveiller le passé.

– Cela ne sera pas long, un après-midi peut-être. C'est quelque chose que je dois faire. Une vieille dette qu'il me faut payer.

– Bien sûr, les vieilles dettes... Je comprends. Rien ne vaut les vieilles dettes pour ruiner une existence.

Il n'avait pas quitté des yeux l'immensité plate de la mer.

Pendant les semaines qui suivirent, John rencontra plusieurs fois Greyson. De temps en temps, Dow était accompagné d'individus sans nom, dont certains étaient en uniforme. Ses instructions n'auraient pas pu être plus simples. John devait uniquement prendre le bateau pour la Russie. Il y serait accueilli par un général, un certain Joseph Serov. En outre, on précisa à John que Serov était un Russe de la vieille école, donc un homme bien élevé. Selon Greyson, le général était un peu poète et John s'entendait bien avec les poètes.

La veille de son départ, John déjeuna avec Greyson. Ils mangèrent dans une grande salle obscure, aux murs de briques nues et au plafond sillonné de tubes. Il y avait des bouteilles de vin surmontées de morceaux de bougies et des taches de graisse sur la nappe.

Ils parlèrent un peu de la guerre d'Espagne. Puis Greyson demanda des nouvelles d'Allen. John n'avait pas grand-chose à dire. Son fils était en pension depuis de nombreuses années. En outre, Dancer ignorait qu'Allen avait déjà succombé au charme des services secrets.

John passa la dernière soirée avec Mary. Ils ne parlèrent guère, mais il y avait des années qu'ils n'avaient plus grand-chose à dire. Le temps passait. L'habitude les faisait vivre ensemble, ainsi que tout ce que John n'avait jamais osé lui dire. Plus tard, alors qu'il était couché depuis des heures sans dormir, John se leva et gagna la salle à manger. Il avait l'intention de boire un verre de vin mais, en passant devant le miroir ovale, il surprit le reflet de sa jeunesse. Pendant un bref instant, il eut l'impression d'avoir retrouvé ses dix-neuf ans. Puis, enfin, il comprit. La roue avait fait un tour complet.

Le voyage prit plusieurs semaines. John se promena beaucoup sur les ponts, lut une édition toilée des Frères Karamazov. Il avait trouvé ce livre mal en point dans la bibliothèque personnelle du capitaine et quelque chose, dans le personnage du Grand Inquisiteur, le poussa à continuer, nuit après nuit.

Parfois, les autres passagers étaient un peu trop liants. On devait le prendre pour un homme d'affaires solitaire, ou bien un romancier, ou un vétérinaire. Ses costumes paraissaient toujours légèrement froissés, parce que les plis ne tenaient pas à l'air salé. Personne ne semblait plus avoir peur de lui. Les gens lui demandaient souvent de prendre place à leur table.

Vers la fin, le dernier coup de froid de la saison les obligea à s'arrêter. Le paquebot s'immobilisa à une vingtaine de kilomètres de la côte. La nuit, les lumières s'étendaient sur des kilomètres. Finalement, les brise-glace les dégagèrent, mais deux jours avaient été perdus.

Il y avait trop de souvenirs. À peine avait-il posé le pied sur le quai de Petrograd que John eut irrésistiblement envie de tourner la tête, comme si quelqu'un l'appelait de très loin. Il retrouva Petrograd, bien qu'on l'eût rebaptisée Leningrad (eh bien, il y avait vécu). Pourtant, la ville n'avait pas beaucoup changé ; l'odeur de l'air et les immeubles rectangulaires tiraillaient John entre deux décennies.

Les impressions se télescopaient. Tout d'abord, il y eut le général Serov et sa suite, venus accueillir John. Le général était un petit homme trapu, noueux, à la moustache imposante et aux cheveux grisonnants. Il parlait bien l'anglais et dit qu'il aimait les Américains. John devait l'appeler Joseph et ils se serrèrent cérémonieusement la main devant les photographes.

Ensuite, il y eut un banquet dans une salle de bal transformée. Des militaires et des fonctionnaires vêtus de costumes mal coupés étaient serrés autour des tables. Le service était assuré par des cadets qui apportèrent du caviar noir, de l'esturgeon et, finalement, du mouton rôti à la broche. Puis il y eut de la vodka et le général devint sentimental. Il but aux morts à venir, puis à la beauté et au désespoir.

Puis John se retrouva seul. L'heure d'incertitude était arrivée. Sa chambre d'hôtel, au baroque hétéroclite, ne fit qu'accentuer la présence des souvenirs. Il y avait une affreuse reproduction de paysage qu'il était certain d'avoir déjà vue. Comment aurait-il pu oublier ces arbres stylisés et ces ombres crasseuses ? En outre, l'indienne à fleurs ressemblait à celle qui recouvrait le canapé de la chambre d'André. Mais, surtout, il y avait le téléphone noir et nu. Et s'il se mettait à sonner avant qu'il ne soit prêt ?

Pendant un long moment, il lui fut impossible de quitter la fenêtre, parce que la silhouette de la ville, sur le ciel, le fascinait ; ici le palais, là les dômes étincelants. Il eut envie de hurler.

Puis minuit arriva et John fut une fois de plus attiré par les rues. Les avenues étaient mortes. La ville paraissait en ruines. Il y avait des fenêtres murées, des boutiques désertes, des étagères vides. À quelques centaines de mètres de son hôtel, il se perdit et erra sans but. Puis il retrouva la perspective Nevsky et gagna le pont Anichkov. En contournant le quai, on arrivait aux vieux quartiers. Ton pays, disait Anna, c'est seulement l'endroit d'où tu es parti.

Lorsqu'il arriva dans la cour de son immeuble, il avait la bouche sèche. Il eut l'impression que ses genoux allaient céder, ou bien qu'il allait perdre la vue. Le bâtiment était en très mauvais état. Il n'y avait pas de lumière et la fontaine centrale était à sec. Tout autour de lui, jusqu'au dernier étage, les fenêtres étaient noires.

Puis il gravit l'escalier de bois pourri, franchit une porte coupe-feu. Les gonds gémirent. Le tapis usé du couloir avait disparu, le parquet était nu.

Il s'immobilisa, tremblant, devant la porte. Il lui fallut attendre, reprendre son souffle, se forcer à respirer régulièrement. Il lui sembla qu'il n'y avait pas assez d'air, seulement l'odeur du chou et de la lessive. Il frappa, fort, par deux fois. Une voix étouffée lui répondit. Des pas incertains, le cliquetis d'une serrure, et un visage de femme, derrière une fente, qui le dévisagea avec hostilité. Mais elle était vieille. Ses yeux étaient des trous noirs.

– Anna Servana ? souffla Dancer. Anna Servana habite-t-elle toujours ici ?

La vieille femme s'essuya la bouche du dos de la main, puis secoua la tête.

– Anna Servana, répéta-t-il. Puis en russe : Habite-t-elle ici ? Anna Servana ?

– Allez-vous-en.

Dancer tendit une poignée de billets froissés.

– Anna Servana, je vous en prie.

Mais la femme se mordit les lèvres en faisant non de la tête.

– Allez-vous-en ? Allez-vous-en.

Une autre porte s'ouvrit, derrière lui. John se retourna et découvrit un homme corpulent, en sous-vêtements, se découpant devant la lumière. Il avait une cicatrice violette et son crâne était entièrement rasé.

– Anglais ? supplia Dancer. Anglais ?

– Oui, Anglais. (L'homme fronça les sourcils ?) Que voulez-vous ?

– Je cherche une femme. Elle s'appelle Anna Servana.

– Elle n'habite pas ici.

– Mais, la connaissez-vous ? Elle habitait ici.

– Il n'y a personne de ce nom ici. Maintenant, allez-vous-en.

– Mais comment pourrais-je la retrouver ?

– Allez-vous-en.

Puis, les deux locataires se mirent à psalmodier ces paroles. Leurs lèvres semblaient fonctionner automatiquement.

– Allez-vous-en. Allez-vous-en…

Finalement, d'un pas lourd, il repartit dans le couloir.

Le reste ne fut pas moins cauchemardesque. Il lui fallut soudoyer le portier pour regagner sa chambre, où il resta, frissonnant et en sueur sous une montagne de couvertures. Au matin, Serov lui fit monter des œufs gras, puis ils prirent le train.

Ils voyagèrent toute la journée, traversant villages et petites villes. Serov avait un compartiment réservé, mais il était impossible d'échapper à l'odeur du désinfectant…

Moscou sortit de la nuit. John ne vit que des quartiers plongés dans l'obscurité : charpentes d'appartements en construction, squelettes d'immeubles commerciaux. Une vieille Lincoln les attendait à la gare. Partout passaient des foules de gens vêtus de manteaux et de bottes bon marché. Tous avançaient sans parler, beaucoup avaient le regard rivé au trottoir.

John fut logé au Savoy, dans une chambre, autrefois élégante, qui avait été médiocrement réparée. Les fenêtres fermaient mal et les ressorts du lit étaient affaissés. Les meubles étaient assemblés sans finesse mais, au bout d'un canyon de murs, on apercevait un grand parc et des arbres.

Les entretiens commencèrent le deuxième jour. La salle de conférence se trouvait dans les profondeurs du Kremlin et, chaque fois que John franchissait le portail et les remparts de brique, il avait l'impression d'être englouti. Les couloirs étaient longs et dépourvus de fenêtres. Une cage d'ascenseur semblait monter pendant des kilomètres. La salle était nue, uniquement meublée d'une longue table et de fauteuils de cuir rouge. Des employés remplissaient les verres d'eau, le déjeuner se composait de thé et de sandwiches.

En tout, sept personnes y assistaient. Il y avait quatre officiers des services de renseignement de l'armée, deux civils et Serov, qui paraissait diriger les opérations. La première réunion fut détendue. On servit des hors-d'œuvre, du caviar noir et du vin. L'humeur était à la jovialité. Les interprètes elles-mêmes riaient continuellement. Le mot du jour était fraternité et presque toutes les plaisanteries étaient sexuelles.

La seconde réunion fut plus tendue. Serov fit un exposé concernant les liaisons radio des nazis et le réseau de marins du port de New York. L'essentiel de la conférence eut trait au financement. Selon les Russes, il était toujours possible de déceler les réseaux grâce aux circuits de l'argent. Le mot à la mode était *Kriegsorganisation*. Serov appelait cela K.O. et y incluait tous les services de renseignement allemands. On supposait que le réseau de New York était semblable à ceux qui avaient été découverts à Moscou et Leningrad. Le maître-agent occupait un poste à l'ambassade et les agents étaient recrutés sur place. Une célibataire dans le pool dactylographique d'un service confidentiel, un ministre avec des dettes et une maîtresse… les nazis étaient passés maîtres dans l'art de recruter ce genre d'individu. Il y eut également un exposé peu encourageant sur les méthodes de l'Abwehr. Serov savait que trois personnes avaient été assassinées par les tueurs nazis. Deux d'entre elles étaient des sympathisants qui avaient pris peur. Il y avait également une jeune fille qu'on avait poignardée dans la colonne vertébrale, puis abandonnée dans une ruelle où ce genre de chose se produisait presque tous les samedis soir.

Ensuite, parmi les plaisanteries, les toux et les raclements de chaises repoussées, Serov prit Dancer par le bras. Jamais l'expression du petit général n'avait été aussi rusée. Il dit à voix basse :

– Venez… Quelque chose à vous montrer.

Ils suivirent un couloir dallé, passèrent sous une arcade de pierre de taille et sortirent finalement très au-dessus des bastions, sur un petit chemin de ronde exposé au vent.

– Là-bas, dit Serov. Vous voyez ? (Il montrait un paysage fantastique de murs crénelés, le dôme de la cathédrale de l'Assomption et un enchevêtrement inextricable de bâtiments.)

Mais il faisait froid et John serrait le col de son manteau autour de son cou.

– Rares sont ceux qui voient le Kremlin sous cet angle, dit Serov. Seulement les officiels du sommet de la hiérarchie et les invités tels que vous. Les autres doivent rester là-bas.

– Et ce n'est pas joli, de là-bas ?

Serov inclina la tête et haussa mollement les épaules.

– Qui peut dire quel est le plus beau point de vue ?

Tout en bas, une file de gardiens traversa un espace découvert, quitta l'ombre de la tour, pénétra dans le carré de lumière jaune.

– Tout dépend de l'angle, poursuivit Serov. C'est la raison pour laquelle je ne tire jamais de conclusion avant d'avoir envisagé les deux faces d'un problème.

Dancer avait posé les coudes entre deux créneaux. Le vent lui ramenait continuellement les cheveux dans les yeux.

– C'est la même chose avec les gens, reprit Serov après un silence. Il ne faut pas juger trop vite. C'est pourquoi j'ai réservé mon jugement sur vous, John.

– Sur moi ?

– Oui, sur vous. Parce que certaines choses me conduisent à me demander qui vous êtes, au juste.

– Je ne suis pas sûr de vous suivre.

Serov se pencha. Il était tout près de Dancer lorsqu'il murmura :

– Où êtes-vous allé, mon ami, une nuit, à Leningrad ?

– Ah, je vois. (Dancer sourit.) Le portier de l'hôtel. J'aurais dû lui donner davantage.

– Je ne plaisante pas. Je tiens beaucoup à ce que vous me disiez où vous êtes allé, cette nuit-là.

– Si je vous disais la vérité, je ne suis pas sûr que vous me croiriez, répondit Dancer.

Serov s'éloigna. Les sourcils froncés, il regardait les lignes de murailles massives.

– Je suis allé voir une jeune femme, fit soudain Dancer. Quelqu'un que je connaissais. Je suis allé chez elle, mais elle n'habite plus là.

– Une jeune femme ? Une jeune femme que vous avez connue autrefois ?

– Une femme, c'est une femme maintenant. Elle s'appelle Anna Servana. C'était une actrice célèbre. Maintenant, son appartement est un taudis et personne ne la connaît.

– J'ai entendu parler d'elle, fit Serov à voix basse. Une fois, il y a bien, bien longtemps.

– Et si je voulais la retrouver…

– Vous ne voulez pas la retrouver, John. Vous constateriez que l'angle a changé. Ce ne serait plus pareil. Il vaut mieux garder un beau souvenir. C'est préférable, pour des tas de raisons.

– Non, dit Dancer. Je veux la retrouver. Si vous voulez bien m'aider, je vous en serai reconnaissant. Si vous ne voulez pas, tant pis. Mais il faut que je la retrouve.

– Et alors ? Vous prendrez un verre ? Vous parlerez du bon vieux temps et vous évoquerez vos souvenirs ?

– Je ne sais pas. Il faut que je la retrouve, c'est tout.

Serov ressemblait à une statue maussade, scellée dans la pierre. Le vent faisait onduler la fourrure de son col. Ses sourcils étaient froncés. Il est exactement comme moi, se dit Dancer. Il a continuellement peur.

– Si je vous aide, John, vous devez me promettre d'être discret.

– Oui, je comprends.

– Non, vous ne comprenez pas. Nous sommes ici dans un endroit dangereux, à une époque dangereuse. Vous ne comprendriez pas que des gens puissent disparaître, purement et simplement disparaître, sans laisser de trace. J'ai vu cela arriver et il faut toujours être extrêmement discret.

– Oui, mais…

– N'ajoutez rien, John. Désormais, vous vous tiendrez tranquille et vous attendrez.

Trois jours encore passèrent, dans cette salle du Kremlin, et Dancer manifesta la courtoisie simple que l'on attendait de lui. Parfois, les Russes le traitaient comme un enfant. Il y avait des tableaux illustrant la hiérarchie militaire nazie et de longues conférences sur l'accessibilité de l'information dans une société libre. Publication des mouvements maritimes, conversations entre les fonctionnaires et les employés des ports… autant de morceaux de choix pour un agent étranger intelligent. Les Russes trouvaient particulièrement stupéfiant qu'il fût possible de se procurer aisément les contrats de défense américains.

Il passait les soirées avec Serov. Il y eut des réceptions et des sorties au théâtre. L'ambiance était toujours réservée. Plus le général buvait, plus il était déprimé. Apparemment, tous les Russes étaient dans le même cas. L'attitude générale était une détermination froide face au désastre. Lorsqu'il se promenait dans les rues, les gens ne le regardaient pas. Une seule fois, dans un crépuscule presque désert, il aperçut la silhouette furtive d'un homme qui le suivait, à quelque distance.

Deux fois encore, pendant cette semaine, John surprit des silhouettes qui semblaient attachées à ses pas. C'était toujours la même chose. Lorsqu'il était avec Serov ou un de ses hôtes, il ne risquait rien, mais lorsqu'il se promenait seul dans les rues, il y avait toujours quelqu'un derrière lui, à quelque distance.

Les Russes aiment dramatiser, se dit John, ce doit être la raison. À quoi bon jouer l'invité indigné et se plaindre ? Il n'était jamais certain que les ombres fantomatiques étaient bien réelles. Il n'avait jamais approfondi les techniques de la guerre de l'ombre dans les rues. Cet art serait introduit en Amérique par la génération d'Allen.

Puis, un soir, en rentrant d'un dîner chez un membre influent du parti, John constata que sa chambre avait été fouillée. Du moins, il en eut l'impression car de petits détails attirèrent son attention. Ses chemises n'étaient pas pliées exactement comme il faut. Le dos d'un livre était cassé.

Il s'assit et resta immobile dans l'obscurité. Puis il se leva, gagna silencieusement la fenêtre et écarta le rideau, mais il n'y avait personne dans la rue. Finalement, il se coucha et dormit par intermittence. Greyson s'était bien gardé de lui parler de cela.

Lorsque la porte s'ouvrit, heurtant doucement le mur, Dancer s'éveilla, croyant que la femme de chambre venait faire le ménage. Mais il n'y avait pas de lumière, pas assez pour voir les visages des soldats qui se tenaient au pied de son lit. Trois fantômes attentifs, ce devait être ainsi que les gens disparaissaient. Pendant une minute terrible, personne ne parla. Puis l'un d'eux secoua Dancer par la jambe et un autre sortit ses vêtements du placard.

Personne ne parla tandis qu'il s'habillait. Les soldats, immobiles, le regardèrent fixement. Puis ils gagnèrent tranquillement la camionnette qui attendait. Les vitres arrière étaient grillagées, la porte fut verrouillée de l'extérieur. Lorsqu'il se mit en colère et jura, personne ne parut s'en apercevoir. Ou s'en soucier.

La camionnette s'arrêta dans une cour. Tout autour se dressaient des murs de brique dépourvus de fenêtres. Sept soldats attendaient. On lui fit franchir une porte métallique, puis on le fit entrer dans un couloir de béton. Personne ne parlait.

La cellule était propre. Ce n'était pas véritablement une cellule, mais la porte fut fermée à clé. Il y avait un lit de camp dans un coin, un robinet sans lavabo, une table et une chaise. Les vitres de la fenêtre avaient été peintes de sorte que la seule lumière provenait de l'ampoule fixée au plafond.

On lui prit son manteau, sa montre et ses cigarettes. Puis on le laissa seul... Il eut peur, au début, terriblement peur, mais la peur laissa bientôt la place à une sorte de honte. Il avait désespérément envie de fumer et jetait continuellement des coups d'œil à son poignet, oubliant qu'il n'avait plus de montre. Lorsqu'ils viendront, se dit-il, je leur dirai ce qu'ils veulent savoir.

Il était allongé sur le lit de camp lorsque la porte s'ouvrit et que l'officier entra dans la cellule. Pendant quelques instants, ils se regardèrent. John se dit seulement qu'il était jeune. Il n'avait certainement guère plus de vingt ans.

Le jeune homme était mince et élégant. Son uniforme était bien repassé. Il avait le visage lisse et légèrement désenchanté d'un peintre que John avait connu.

Sa voix était douce. Il dit qu'il s'appelait Diderot et tendit à John un paquet de cigarettes turques. La première bouffée lui donna envie de vomir et il lui fallut s'allonger à nouveau. Puis il se mit à trembler et, soudain, il n'y eut plus ni faux-semblants ni pensées inexprimées. Il n'y eut plus qu'un homme d'âge mûr, mal rasé, et un jeune homme blond et grave.

– Ils vont me chercher si je ne rentre pas bientôt, dit Dancer. C'était, dans son esprit, un fait, non une menace.

– Non, répondit le jeune homme. Je leur ai fait dire que l'assistant de Jan Brezin avait demandé à vous voir et que la conférence durerait plusieurs heures. Personne n'osera demander confirmation aux services de Brezin.

Le jeune homme était très calme. Il avait croisé les mains sur les genoux. L'uniforme, curieusement, ne comptait plus guère.

Sans préambule, il dit :

– Vous ignorez pourquoi vous êtes ici, n'est-ce pas ?

– C'est exact.

– Eh bien, il y a peut-être eu trahison. Le pensez-vous ? Ou bien vous croyez peut-être que vous êtes victime d'une erreur. Ce n'est pas le cas. Je voulais simplement vous parler sans que notre conversation puisse être entendue.

– Je regrette, je ne vois pas du tout où vous voulez en venir, fit Dancer avec froideur.

– C'est mon anglais. Il est rare qu'on ait l'occasion de pratiquer, par les temps qui courent.

– Oh, non, votre anglais est parfait, meilleur que tout ce que j'ai entendu jusqu'ici.

– Meilleur que celui de Joseph Sepov ?

– Oui, votre accent est meilleur.

Le jeune homme sourit et se balança en arrière.

– Voyez comme la vie est bizarre. Je voulais vous parler d'un événement qui s'est produit il y a très longtemps et nous discutons de mon anglais.

– Il y a très longtemps ? Qu'est-il arrivé, il y a très longtemps ?

– Vous êtes déjà venu ici, pas à Moscou, à Leningrad. Vous étiez à Leningrad, il y a vingt ans.

– Je vois, soupira Dancer. Alors, c'est ça.

– Pas ça, seulement une femme que vous avez connue. C'est seulement à propos d'une femme que vous avez connue.

– Anna… ?

– Oui, Anna Servana. Vous avez essayé de la retrouver. Personne n'a voulu vous dire où elle est, mais vous voulez tout de même la retrouver. Voulez-vous me dire pourquoi ?

– J'ai envie de la revoir, c'est tout.

– Mais pourquoi ?

Soudain, Dancer rejeta la tête en arrière. Ses yeux étaient fermés.

– Écoutez, où voulez-vous en venir ?

– Cela m'intéresse directement, fit Diderot à voix basse. Bien entendu, je n'aurais pas pris de tels risques si je n'avais pas été concerné.

– J'étais très amoureux d'elle. Je ne vois pas ce que je pourrais ajouter.

– Alors, vous vous sentiez obligé de la retrouver. Est-ce ainsi que l'on doit dire ? Vous vous *sentiez obligé ?*

– S'il vous plaît, fit Dancer, je voudrais un verre d'eau.

Le jeune homme acquiesça, regarda autour de lui, puis dit :

– Auparavant, voulez-vous répondre à une question personnelle ?

Dancer fit une grimace, attendit.

– Dites-moi, poursuivit Diderot, avez-vous aimé Anna Servana comme un homme aime une femme ?

John serra les dents.

– Vous voulez savoir si j'ai couché avec elle ? Oui, j'ai couché avec elle.

– Et avant de quitter la Russie, juste avant de partir, avez-vous également couché avec elle ?

John eut envie de casser quelque chose.

– Écoutez, que voulez-vous ?

– Ce que je veux ? Rien, en fait, mais il faut que vous sachiez que Diderot n'est pas mon véritable nom. Diderot n'est qu'un nom que j'utilise de temps en temps. On pourrait dire que c'est un nom de guerre, mais ce n'est pas mon véritable nom. Parce que mon véritable nom est celui de ma mère. Je porte le nom de ma mère, voyez-vous, parce que je n'ai pas connu mon père.

– Que voulez-vous dire au juste ? fit Dancer à voix basse.

– La vérité. Mon véritable nom, voyez-vous, est Servana. Je m'appelle Valentin Servana et Anna Servana est ma mère.

– Je... Je ne comprends pas ce que vous voulez dire.

– Oh, si. Anna Servana est ma mère et je porte son nom parce que mon père était un Américain qui a été obligé de s'enfuir avant ma naissance.

– Moi ? souffla Dancer.

Le jeune homme ferma les yeux et hocha la tête.

– Oui, vous.

Et, pour la deuxième fois de sa vie, Dancer eut l'impression que son âme quittait son corps et s'étendait, telle une membrane, sur le plafond. Une sorte de passion l'envahit pendant un instant. Puis le calme revint.

Dehors, dans la cour, la lumière était légèrement ambrée. Le jour se levait. La bruine rendait les pavés glissants. Un camion vide, un bidon d'huile abandonné, la ville lointaine elle-même, semblaient suspendus dans le temps.

John et le jeune homme avaient dépassé les sentinelles. Ils marchaient sans but. Le jeune homme parlait avec calme et lenteur, comme s'il avait tout son temps. Il dit qu'il avait cru, pendant de longues années, qu'Anna avait eu une liaison avec un peintre nommé Diderot. Il s'agissait, apparemment, d'un lieutenant de Léon Trotsky, qui était devenu capitaine pendant la guerre civile. On racontait également que le capitaine Diderot avait eu une conduite héroïque, puis avait succombé à une mauvaise grippe, dans une base de l'Oural. Sa mère attendit qu'il ait seize ans pour lui dire la vérité, la vérité à propos de John Dancer.

En ce qui le concernait, Valentin dit qu'il était l'assistant de Jan Brezin, directeur du service numéro quatre de l'armée. John savait seulement que ce groupe s'appelait Razavedurpr, ou GRU, et qu'il s'occupait de renseignement. Il avait également entendu dire que le GRU et la police d'État étaient en très mauvais termes, mais personne n'osait mentionner cet état de fait. Valentin ne fournirait que plus tard les éléments qui constitueraient les fondements des articles célèbres de Dancer, concernant la guerre interne des services secrets soviétiques dans les années trente.

Pendant près d'une heure, le jeune homme parla de lui et de sa mère. Il dit qu'ils habitaient un appartement de deux pièces, proche de la rue Serdobolskaïa. Pendant de nombreuses années, elle avait enseigné l'anglais. Ils joignaient les deux bouts. Parfois, elle avait des amants, souvent des membres du Soviet central, de sorte qu'il y avait des pommes et du chocolat, à Noël, et parfois des bas en nylon. Elle ne gardait jamais ces hommes bien longtemps. La vie n'était ni bonne ni mauvaise.

L'école primaire était une bâtisse de briques rouges. Valentin était un petit garçon grave, comme les aiment les instituteurs. De temps en temps, ils lui offraient du pain et du café dans leur bureau. Un jour, Valentin posa pour une affiche destinée à la promotion de l'hygiène dentaire.

À seize ans, il était dans l'armée, tapant des ordres du jour à la machine. Puis, un matin, Jan Brezin eut besoin d'un jeune coursier remplaçant, mais Brezin dut être séduit par les grands yeux bleus de Valentin, ainsi que par la mèche blonde qui lui tombait sur le front, sans parler de son sens de l'organisation. Moins d'une semaine plus tard, il était devenu permanent. Valentin appartenait au service numéro quatre.

Brezin exigeait la discrétion. Il fallait savoir quand il était nécessaire de perdre une lettre, d'ignorer un ordre. Il fallait comprendre que le pouvoir oscillait continuellement, que les amis pouvaient être des ennemis et que le premier serait peut-être bientôt le dernier. Parfois, le directeur du Razavedurpr ne voulait qu'une oreille attentive. Parfois, pendant toute la nuit, le général et son assistant ne faisaient que boire de la vodka pure.

Pendant ces deux années, Anna ne fut guère plus qu'une mère encore jeune. Valentin vivait toujours avec elle, mais il restait parfois absent plusieurs semaines. Elle avait une carte d'accès aux magasins des officiers et n'était plus obligée de faire la queue pour acheter à manger. Parfois, le soir, pétrissant la pâte ou bien croquant des graines de tournesol au coin du feu, elle parlait de John. John, disait-elle, j'ai l'impression que c'était hier…

En ce qui concernait ses pensées, Valentin dit qu'il restait souvent éveillé, la nuit, et tentait de se représenter son père. Il y avait une photographie, et les histoires que sa mère lui racontait, mais sa mère ne parlait que de la force de caractère, jamais des faiblesses. Valentin reconnut que, par moments, il avait haï son père parce qu'il l'avait abandonné et, tandis qu'il suivait le couloir, se dirigeant vers la porte de la cellule, il s'était demandé si ce ressentiment allait réapparaître. Cela ne s'était pas produit.

Les cloches sonnaient quand Valentin se tut. John et lui étaient assis sur un banc métallique, dans une petite allée du parc du Peuple, non loin du bronze de Pouchkine. Le jour était levé. Bientôt, il ferait froid.

Dancer tendit le cou. Il laissa sa tête aller en arrière, de sorte que, en réalité, il s'adressa aux arbres.

– Je voudrais la voir, dit-il à voix basse. Ta mère. Je voudrais la voir.

Le jeune homme répondit simplement :

– Oui.

– Est-ce loin ?

– Non, ce n'est pas loin.

John se rendit soudain compte que toute sa vie avait été ponctuée par des voix tout aussi indifférentes. Celle-ci était, en fait, celle de son fils. Le fils d'Anna.

Ils prirent la rue Gorki, où se pressait la foule matinale, passèrent devant les magasins à peine ouverts et les ouvrières attendant leur tram. John eut à nouveau l'impression que ses jambes allaient céder. Il demanda :

– Vais-je la reconnaître ?

Mais, apparemment, Valentin n'entendit pas. Ils suivaient la rue du marché, parmi les morceaux de tige et les déchets. De jeunes garçons lançaient des fruits pourris contre une palissade. Le ciel était presque violet.

Puis ils arrivèrent devant une longue rangée d'immeubles. Certaines façades, antérieures à la révolution, avaient des balcons et des grilles. D'autres n'étaient que des blocs gris, avec des rangées de petites fenêtres et des cordes à linge. Les jardins avaient été transformés en carrés de pommes de terre. Le sol des entrées était recouvert de tapis vert et les ordures étaient proprement rangées dans les poubelles.

Ils gagnèrent le deuxième étage, suivirent un couloir nu. Une applique carrée dispensait une lumière blanche. Dancer ne se laissait pas distancer. Il y avait des affiches rédigées à la main, en majuscules maladroites, quelque chose à propos du bruit. Les murs étaient blancs. Des odeurs de viande bouillie et de soupe claire dérivaient. Finalement, ils s'arrêtèrent devant une porte vitrée semblable à toutes les autres.

Un sourire presque imperceptible éclaira le visage de Valentin lorsqu'il glissa la clé dans la serrure. John sentit sa main sur son bras. Puis il enjamba le paillasson, pris d'un léger vertige, car les étages l'avaient essoufflé. Il eut le souffle complètement coupé lorsqu'il la vit, penchée sur un bol de porcelaine bleue.

Un jour, une dizaine d'années plus tôt, stupidement, presque sans s'en rendre compte, il avait écrit le nom d'Anna sur le miroir couvert de buée de la salle de bains. Il avait dû l'effacer aussitôt, afin que Mary ne le découvre pas, mais ces lettres le hantaient à nouveau… Anna… Et il l'appela.

– Anna ? (Elle se retourna lentement. Ils se regardèrent et une main remit rapidement en place une mèche rebelle. Puis il entendit son nom et faillit tomber, cassant une minuscule chaise de bois. Tous les objets semblaient fragiles. La pièce s'emplit de brume et, lorsqu'ils tombèrent dans les bras l'un de l'autre, un muscle secret, dans sa poitrine, se détendit.)

Vingt ans avaient passé.

Il y avait, dans la pièce, des forces qui les dépassaient. Après l'avoir bercée dans ses bras, John eut l'impression que les décennies allaient se rétracter et les souder l'un à l'autre. Leur fils était parti sous un prétexte quelconque, mais ses intentions étaient très claires. John était donc resté seul avec elle mais il avait la bouche sèche et la voix tendue. Il tentait vainement d'avaler la boule qui lui obstruait la gorge, tout en faisant le tour de la pièce, regardant les dessins accrochés aux murs.

– Je me souviens de celui-ci, dit-il. Ne l'avais-tu pas déjà, autrefois ? (Cela lui parut terriblement artificiel, guindé.)

– Oh, ça. (Son rire ne valait guère mieux.) C'est un cadeau de Palo Slansky, et nous croyions tous qu'il allait devenir un grand peintre, mais il n'a pas fait grand-chose.

La pièce était pleine de souvenirs. Il y avait le canapé et le fauteuil à oreilles, tous deux un peu usés. Elle avait toujours ses statuettes de porcelaine, dans son meuble vitré, mais l'une d'elles n'avait plus de bras et il manquait une vitre. Il y avait même l'affreuse pendule murale qu'il avait démantelée. Mais, surtout, il y avait Anna. Son regard revenait continuellement sur elle, bien qu'il fît tout son possible pour regarder ailleurs.

– Tu n'as pas beaucoup changé, dit-il finalement. (Et c'était vrai. Malgré la robe de chambre de flanelle, il se rendit compte que son corps était resté mince et ferme.)

– Toi non plus, John.

– La vie a été plutôt bonne avec moi. (Mais il avait envie de hurler.)

Ils étaient trop près des choses importantes, du passé, des épouses et des maris, et John se tourna vers une nature morte représentant des fruits sur une nappe froissée, puis hocha la tête.

– Celui-là non plus n'a pas fait grand-chose, n'est-ce pas ?

– Non, celui-là non plus.

– Mais il y a ton ami Eisenstein, se souvint soudain John.

– Oui, Eisenstein est un très grand metteur en scène, mais je ne le vois plus.

Elle s'était blottie sur le canapé, exactement comme dans les souvenirs de John : les bras autour des genoux et le regard un peu lointain.

– Je connais quelques poètes, dit-il. Grâce à la revue pour laquelle je travaille. Il y a Auden. As-tu entendu parler de lui ? Et Robert Frost, que j'ai également rencontré. Il te plairait, sans doute.

Mais c'était dérisoire. Il ne pourrait bavarder ainsi éternellement. Il se laissa donc tomber près d'elle, sur le canapé. Puis elle posa la tête sur son épaule.

– Anna ?

Elle pleurait, mais silencieusement. Il sentit les larmes, au travers de sa chemise.

– Anna, je ne te quitterai pas encore une fois. C'est décidé. Je ne partirai pas sans toi.

Elle sentait toujours le lilas et ses épaules étaient fermes.

– Quoi que nous ayons fait par ailleurs… Toutes les choses inutiles… Je ne veux pas passer encore vingt ans à regretter… Anna… Anna ?

Ils passèrent la nuit ensemble, puis la suivante et la suivante encore, mais elle n'accepta pas de partir avec lui. Elle dit qu'ils n'avaient pas où aller. Et le plus terrible, si terrible en fait qu'il pleura parce qu'il savait que c'était vrai, elle lui dit qu'ils avaient eu leur chance et ne l'avaient pas saisie. Les aiguilles de la pendule tournaient et il était impossible de les faire reculer. Il aurait fallu le comprendre tout de suite.

Néanmoins, ils passèrent deux semaines ensemble. Ils firent de longues promenades dans la rue Gorki. Les jours devenaient plus courts, les crépuscules duraient des heures. Ils marchaient dans le couchant, portant des sacs pleins de victuailles. Ils ne parlaient pas beaucoup. Parfois, ils étaient seuls dans les rues larges. John se souviendrait toujours d'avoir marché avec Anna, sous les lampadaires, dans la vallée d'immeubles de pierres grises.

Le jour de son départ, ils se levèrent tôt. Valentin vint en voiture, puis attendit dans l'entrée de l'immeuble, tandis que son père et sa mère se disaient au revoir. Pendant quelques instants, John la serra très fort contre lui. Puis ils restèrent face à face se tenant les mains. Renonçant une nouvelle fois à toute vanité, il pleura. Il ne pouvait se contenir.

Mais, au moment où il allait prendre ses valises, elle eut comme une vision.

– Écoute, John… Nous pourrions être réunis grâce à notre fils. Ainsi, ce sera comme si nous vivions ensemble, pour toujours.

Ainsi, les graines furent plantées, d'abord avec Anna puis, sous les hautes voûtes de la gare, avec Valentin. John et lui disposèrent d'une heure avant le départ du train. Ils burent du thé, sur un banc de marbre, entre deux énormes pylônes. Ils se sentaient en sécurité, au milieu de la foule, dans ce hall immense et mal éclairé. Dehors, il pleuvait.

Juste avant le départ, ils restèrent quelques instants sur le quai, dans les volutes de vapeur, et le dé fut réellement jeté.

– Il va y avoir une guerre, dit John. Je crois que nous serons alliés mais, quoi qu'il arrive, je veux que tu saches que tu peux compter sur moi. Je connais des gens, je peux agir. Nous n'en reparlerons pas. Cela restera entre nous et c'est tout.

Et le jeune homme dit qu'il comprenait.

Ainsi, cela fut à la fois la fin et le commencement de ce qui allait suivre. Les dossiers n'y font pas allusion. Ils mentionnent seulement que John regagna New York par un après-midi d'automne glacé. Le vent soufflait de la baie. Allen vint l'accueillir. L'Europe était à la veille de la Seconde Guerre mondiale.

DEUXIÈME PARTIE

CHAPITRE 4

Neuf jours s'étaient écoulés depuis que Knolls avait remis son rapport sur l'interrogatoire de Yeats, neuf jours de brume et de crachin. Puis, un soir, de lourds nuages d'orage s'accumulèrent au Nord et il plut à nouveau.

Pour Humphrey, ce furent des journées lugubres et languissantes. L'après-midi, il fouinait dans son bureau, relisant de vieux dossiers, oscillant entre la rêverie et les regrets. Le soir, il déambulait dans son appartement obscur ou bien errait en ville, comme s'il espérait trouver, dans la foule, quelqu'un de connaissance. Il pensa beaucoup à Yeats et, pendant les heures visionnaires précédant le sommeil, il y avait également Jessie Dancer.

C'est pendant ces jours de réflexion morose que Humphrey conçut la métaphore de la bobine. On la trouve dans un mémo griffonné, destiné à Lyle Severson. C'est également à cette époque que Knolls entreprit une intrusion prudente dans les dossiers des Dancer. Ce ne fut pas une recherche ordonnée et formelle. C'est seulement qu'il s'y sentit plus ou moins obligé.

Ainsi, petit à petit, Humphrey pénétra dans un univers parallèle de signes secrets et de temps comprimé. Les dossiers l'entraînaient toujours vers le fond, comme un remous. Mais il les aimait. Il aimait regarder la vie des gens un peu comme par le petit bout de la lorgnette. Un jour, il avait envisagé de répertorier des années d'événements, à la craie, sur des feuilles de plexiglas. En mettant une histoire par feuille, il ne restait plus qu'à superposer celles-ci pour faire apparaître un ensemble aussi complexe que la vérité.

La nuit de l'orage, Knolls fut agité. Il était allé en ville dans l'intention de voir un film ou bien de se mêler à la foule. Mais les visages lui parurent terriblement étranges, les yeux terriblement vides. Sous les enseignes au néon, les visages lui semblèrent légèrement verts et il se dit : voilà ce que doit ressentir Jessie. Le monde doit lui paraître laid.

Vers neuf heures, il quitta le centre et roula dans les banlieues. Bientôt, les rues devinrent des tunnels noirs sous un toit de feuilles. La nuit était liquide et un vent violent balayait les jardins. Il ne savait pas vraiment où il allait. Il avait l'impression de se laisser pousser par le vent, dans les rues, mais il ne fut guère surpris lorsque sa Rambler s'arrêta devant la maison de John Dancer.

Combien de temps Knolls resta-t-il dans sa voiture, en face de la maison de Dancer ? Il n'aurait su le dire. Il s'était arrêté dans l'ombre, sous un érable. Il resta jusqu'à ce que le radiateur eût cessé de cliqueter, jusqu'à ce que la lune décolorée ait parcouru quelques degrés, dans le ciel. Il resta assis au volant, regardant les fenêtres éclairées.

La maison se dressait parmi les taches d'ombre. Des branches caressaient le bord du toit. Par deux fois, Humphrey vit une silhouette passer derrière les rideaux tirés. Finalement, la draperie s'écarta et il aperçut l'ombre d'un homme grand et mince. Des semaines plus tard, lorsque ses recherches auraient avancé, Humphrey se souviendrait de cette silhouette entrevue derrière la fenêtre éclairée. C'était son premier contact avec Allen Dancer.

Allen Dancer était arrivé de Suisse environ quatre heures avant le moment où Knolls le vit. Il était accompagné de son assistant personnel, un jeune homme soigné qui s'appelait Tony Nugent. Ils déclenchèrent une véritable tempête sur Langley et le secret le plus rigoureux fut institué.

Aussitôt arrivé, Allen fit transférer Yeats du centre de détention au centre d'expérimentation neuropsychiatrique. C'était un grand bâtiment de briques rouges, situé de l'autre côté du périmètre de Langley. Yeats y serait interrogé suivant des méthodes intensives. On lui donnerait des hallucinogènes, des barbituriques, des amphétamines et on le soumettrait à un traitement de chocs électroconvulsifs à base d'ultra-sons. Ces techniques avaient été mises au point par les psychiatres de la Compagnie, sur une période de trois décennies, et on les disait infaillibles. En réalité, elles ne l'étaient pas. Il était possible de détruire la mémoire d'un individu, ainsi que son aptitude à raisonner logiquement, mais il n'était pas toujours possible de lui arracher la vérité. En réalité, la vérité était plus proche de ce que Jessie avait dit à Yeats, plusieurs années plus tôt. Selon lui, les psychiatres de Langley n'étaient, en fait, que des sorciers qui ignoraient tout de la nature de l'esprit. Toujours selon lui, ils méritaient une bonne leçon.

Après le transfert de Yeats au centre d'expérimentation, Allen s'entretint avec le chef de la sécurité. Ils parlèrent de Yeats et Tony Nugent prit des notes.

Nugent était un individu de grande taille, aux cheveux blonds et aux épaules larges. On racontait qu'il avait appartenu aux services des enquêtes fiscales avant de travailler pour Allen. Toujours selon les rumeurs, un agent de ces services avait tué un homme, dans un moment de colère. Allen lui avait évité une peine d'emprisonnement et, depuis, Nugent s'était montré farouchement fidèle. Nugent était également efficace et infatigable. Il se flattait d'être un jeune homme complètement moderne.

Il était trois heures lorsque la réunion prit fin. Nugent et Allen sortirent et se promenèrent dans les chemins séparant les immenses pelouses rectangulaires. Le soleil, derrière eux, donnait aux feuilles la couleur de l'argent et posait des reflets partout. Allen dit qu'il était fatigué et allait se rendre chez son père. Nugent dit qu'il allait chercher une fille, n'importe laquelle.

Allen aimait déambuler dans la maison de son père. Il aimait descendre tôt et regarder le soleil se lever derrière le chèvrefeuille. Enfant, il s'était construit une cabane dans un arbre du jardin. Son père l'avait aidé à clouer les planches. Il y passait des heures avec un paquet de gâteaux et une vieille gourde pleine de limonade. Il aimait regarder passer les gens. Il aimait les espionner.

Mais, ce retour à la maison n'avait pas que de bons côtés. Allen constatait souvent qu'il y perdait son assurance. Il devait souvent se rappeler qu'il était le grand Allen Dancer, force motrice du Service des Affaires soviétiques, et non un petit garçon rôdant dans la maison de son père.

Lorsque Allen rentra de Langley, le temps semblait tout particulièrement faussé. John et lui ne semblaient pas savoir quoi se dire. Ils s'assirent dans la bibliothèque et regardèrent la nuit envahir le jardin. De longues files de nuages noirs passaient dans le ciel. John dit qu'il avait rêvé de Jessie, la nuit précédente. Son père avait toujours des rêves qu'il prétendait chargés de sens.

Plus tard, lorsque John fut allé se coucher, Allen constata qu'il ne pouvait pas dormir, si bien qu'il erra dans l'obscurité, renifla les pots de vieux tabac, caressa les meubles, regarda les photographies de la cheminée. Et, oui, comme l'avait dit son père, le visage de Jessie avait un côté obsédant.

Il semblait à Allen que Jessie avait toujours été un peu spectral. Même enfant, il faisait parfois peur. On ne savait jamais ce qu'il pensait, s'il était heureux ou triste. Il ressemblait parfois à un lutin, comme s'il était en fait un enfant des fées. Il ne pleurait pratiquement jamais.

Lorsque Allen eut terminé la lecture du rapport concernant Yeats, une sorte de rage s'empara de lui. Il eut même envie de déchirer les feuilles en petits morceaux. Il eut également envie de tordre le cou de Jessie mais, quinze ans plus tôt, alors qu'il avait voulu le frapper, le frapper durement, sur la bouche, Jessie lui avait saisi le poignet et avait failli le lui casser. Par la suite, Allen n'avait jamais plus eu recours à la force physique.

Leur dernière dispute avait eu lieu à Saigon. Allen n'oublierait jamais la pièce aux murs jaunes que Jessie habitait. L'appareil de conditionnement d'air était en panne, fuyait, et dégageait une odeur désagréable. Il y avait des saletés partout : mégots, bouteilles vides, assiettes pleines de nourriture figée. Un fusil automatique, démonté, était posé sur le lit défait. Quelques balles étaient éparpillées par terre. La baïonnette, en revanche, brillait. Jessie portait des vêtements indigènes, noirs, et des sandales.

C'est ainsi qu'Allen se souvint de son fils, ce soir-là : Jessie le regardant d'un air ironique par une porte entrouverte, sur un fond de violence débridée. Dans l'atmosphère lourde de cette nuit orientale, il eut l'impression que le jeune homme avait atteint le stade ultime de son évolution : il avait touché le fond rocheux.

Au début, le jeune homme avait été poli, du moins extérieurement. Il lui avait offert du thé vert et des gâteaux aux amandes. Ils avaient parlé superficiellement de la guerre. Allen demanda à Jessie s'il avait des amis. Jessie répondit qu'il en avait, mais c'était un mensonge. Jessie n'était pas liant. Finalement, la conversation s'orienta vers la politique et Jessie se lança dans une longue tirade haletante contre la politique étrangère américaine, Richard Nixon et de nombreux organismes gouvernementaux. Il passait d'un sujet à l'autre. Allen eut l'impression que si Jessie était mort soudainement, sa bouche aurait fonctionné pendant encore une heure.

Allen sortit de cette rencontre de Saigon avec le sentiment qu'il ne voulait pas revoir son fils. Il était convaincu qu'ils n'avaient rien en commun et qu'ils ne feraient que s'éloigner l'un de l'autre. Ce soir-là, toutefois, il se rendit compte qu'il s'était trompé. Ils ne s'éloigneraient plus l'un de l'autre. Ils étaient comme deux points se déplaçant dans deux directions opposées sur une piste circulaire. Au bout du compte, ils se rencontreraient de plein fouet.

Allen eut cette révélation un peu après minuit. Il était allé à la fenêtre, avait écarté le rideau et regardé les branches mouvantes des arbres qu'il escaladait lorsqu'il était enfant. Derrière lui, sur le palier, le clair de lune glissait sur les boiseries. Dans cette maison où tout avait commencé, Allen aussi comprit enfin que l'histoire était un cercle immense.

De nombreuses années plus tôt, l'ambiance de la maison était différente. Sa mère attachait les rideaux, afin que la lumière argentée puisse entrer. Pour Allen, la maison était celle de sa mère. Son père était souvent absent. Pourtant, de temps en temps, le soir, ils faisaient une partie d'échecs. Une nuit, Allen rêva que les pièces prenaient vie et que la défaite signifiait la mort.

Allen avait toujours été plus proche de sa mère que de son père. Ils avaient toutes sortes de secrets et de rites tacites. Lorsqu'il était très jeune, elle le laissait remonter les pendules. Ensuite, leur tic-tac solennel semblait envahir toute la grande maison fraîche. Elle lui permettait également de dormir près d'elle, lorsque son père était absent. Puis, un jour, elle le surprit à embrasser le miroir de la salle de bains, pour voir quel effet cela faisait. Ensuite, il fut trop âgé pour dormir près de sa mère.

Même plus tard, le père ne fut pas un personnage important de la vie d'Allen. Son père était trop mystérieux. Il lisait beaucoup, passait souvent des heures plongé dans ses livres, se balançant dans son fauteuil à bascule, près de la cheminée. Parfois, il lui arrivait même de suivre les lignes du bout du doigt. Il portait toujours une vieille veste verte et il était impossible de deviner ses pensées.

En outre, John ne suscitait aucun intérêt, dans la cour de l'école. Il ne chassait pas, ne possédait pas de fusil et, bien qu'il eût fait la Grande Guerre, n'en parlait jamais. Finalement, Allen fut obligé d'inventer les exploits de son père. Le meilleur était celui où John faisait sauter des boches, en France, mais personne n'y croyait.

Un jour, alors que son père était parti pour quelques semaines, sa mère lui fit une confidence qu'il n'oublierait jamais. Ils étaient dans la cuisine. Allen était perché sur l'égouttoir et donnait des coups de talon dans les portes du placard. Sa mère faisait un gâteau. Son alliance était posée sur la table.

– Alors, dit Allen, s'il ne s'en va pas pour la revue, pourquoi part-il ?

Sa mère s'essuya le front avec le dos du poignet.

– Ton père a un autre métier, répondit-elle.

– Quel métier ?

– Eh bien, c'est un métier secret.

Allen avait douze ans lorsqu'il comprit que son père jouait un rôle dans le monde des services secrets, mais sa conception de ce monde restait vague. Il imaginait des ombres furtives tapies dans les ruelles de villes lointaines : Bagdad, Budapest, Macao. Il se représentait des messages en code au dos des timbres-poste. Il supposait que l'empoisonnement était une pratique extrêmement répandue.

Plus tard, il finit par comprendre que le mot convenable n'était pas « espion », mais « officier de renseignements » et qu'on ne restait pas tapi dans les ruelles. On lisait les journaux et on bavardait avec les gens. L'essentiel était de cultiver l'amitié des gens utiles et, dans ce but, Allen entreprit de faire la cour à Greyson Dow.

Allen savait que Dow était le meilleur contact de son père dans le monde des services secrets. Il en était certain car, chaque fois qu'ils avaient une conversation, ils fermaient les portes. En outre, Allen surprenait parfois des bribes de phrases et il y était toujours question de « puissance militaire », de choses du genre. Par conséquent, Allen s'efforça de faire bonne impression à Greyson Dow. Il lui serrait toujours la main avec fermeté et le regardait droit dans les yeux. Finalement, les efforts d'Allen furent récompensés. Greyson lui offrit des fruits confits, à Noël, et restait parfois quelques instants avec lui, dans le hall d'entrée, avant que John ne descende. Leurs conversations restaient conventionnelles, pourtant Allen était convaincu qu'une communication plus profonde s'était établie entre eux. Il finit par croire que Dow attendait seulement le moment propice.

Progressivement, au fil des années, Allen se fit une idée plus précise du chemin qu'il voulait suivre. Il apprit à parler par euphémismes. Il constata que l'histoire se répétait souvent et que les politiciens n'étaient, en général, que les marionnettes de puissances cachées. Plus tard, il dirait à ses amis qu'il avait appris tôt ce que son père avait appris tard.

À dix-huit ans, Allen connaissait très bien Greyson Dow. Ils déjeunaient souvent ensemble, pendant les vacances de printemps et d'hiver. Ils avaient une table réservée au club de Greyson. Il était tacitement entendu qu'Allen entrerait un jour dans le monde des services secrets américains.

Cette entrée dans le monde des services secrets se fit en fait deux ans plus tôt qu'il ne l'avait prévu. C'était en 1937 et la guerre civile ravageait l'Espagne. Certains y voyaient une lutte entre le fascisme et la démocratie tandis que d'autres pensaient qu'il s'agissait d'une lutte entre le fascisme et le communisme. Les généraux Franco, Mola et Sanjurjo, soutenus par les monarchistes espagnols et la Phalange fasciste avaient manifestement l'intention de chasser le gouvernement républicain légalement élu. Devant cette menace fasciste, les républicains créèrent la milice et des volontaires décidés à stopper la montée du fascisme vinrent du monde entier.

Dans les cafés, parmi ses condisciples, dans les allées ombragées de Harvard, Allen eut l'impression que la guerre d'Espagne était devenue un symbole pour sa génération. On disait que l'Espagne donnerait la mesure du courage des idéalistes. On disait que la liberté était en jeu. Allen, pour sa part, voyait dans la guerre un terrain favorable à l'expérimentation des armes nouvelles. Il s'intéressait surtout au comportement de l'aviation allemande.

C'est en janvier qu'Allen et Greyson se rencontrèrent officiellement, afin d'envisager le départ d'Allen pour l'Espagne. Il neigeait. Une bûche brûlait dans la cheminée de Greyson. Par la fenêtre, on voyait les eaux sombres du Potomac et la silhouette de la ville sur le crépuscule. Allen était un jeune homme maigre, qui avait grandi trop vite, mais il avait appris à se tenir comme un homme de trois fois son âge.

– Tu es venu me voir, il y a un an, à propos de l'Espagne, commença Greyson. T'en souviens-tu ?

– Bien sûr. Vous m'avez dit que j'étais trop jeune.

– Vraiment ? Tu as dû être terriblement en colère contre moi.

– J'étais désespéré. J'ai essayé de me laisser pousser la moustache.

Ils rirent, les yeux fixés sur l'extrémité rougeoyante de leur cigare.

– Enfin, quoi qu'il en soit, tu étais effectivement trop jeune, à cette époque. Mais ce n'est plus le cas. Alors, je vais te poser une question : as-tu toujours envie d'aller en Espagne ?

– Êtes-vous sérieux ?

– Je ne l'ai jamais été davantage.

– À quel titre ? Est-il trop tôt pour poser la question ?

– Disons seulement que j'ai des amis qui aimeraient bien y avoir un correspondant.

– Quand partirai-je ?

– Dès que possible. Il ne faudrait pas que la guerre cesse avant que tu l'aies vue, n'est-ce pas ?

– Ah, alors vous êtes de ceux qui n'y croient pas.

– Je suis simplement réaliste, Allen. Je ne vois pas comment quelques milliers de rêveurs et de paysans pourraient résister plus longtemps au gros de la Légion Condor.

– Et, je suppose que ce sont les Allemands qui intéressent vos amis.

– Oui, si on veut.

Allen, soudain, eut une vision : une vague de bombardiers allemands volant dans le soleil. Il les avait vus au cinéma, il y en avait des centaines et, bien qu'à contrecœur, on était obligé d'admirer leur puissance.

– Très bien, je ferai de mon mieux, dit brusquement Allen.

– Oh, je suis sûr que tu t'en sortiras, répondit Greyson avec un sourire. Mais il y a un problème. Je vais d'abord prendre l'avis de ton père. Je ne veux pas être accusé d'avoir brisé une famille, comprends-tu.

– Oh, il ne faut pas vous faire de souci pour papa. Il sait que je suis grand, maintenant.

Ils rirent à nouveau. Mais, alors qu'Allen allait partir, la neige tombant silencieusement, derrière lui, au-delà de la porte entrouverte, Greyson évoqua une nouvelle fois John.

– Ton père est un esprit subtil, Allen, un des plus subtils que j'aie connus. Il perçoit des choses qui échappent à la plupart d'entre nous. Malgré toute l'affection que je lui porte, je dois reconnaître qu'il n'a jamais été accrocheur. Vois-tu où je veux en venir, Allen ?

– Oui, je crois.

– J'en suis convaincu, parce que tu es manifestement accrocheur, Allen. Il n'y a pas le moindre doute là-dessus.

De nombreuses années plus tard, après que tous les agents eurent été vendus, après que les amis eurent été trahis et les promesses rompues, on dirait toujours qu'Allen Dancer était accrocheur.

Le soir où Allen annonça à ses parents qu'il partait pour l'Espagne, un profond silence s'abattit sur la maison. D'abord, sa mère pleura. Puis elle jeta son livre, qui rebondit sur le mur. Lorsqu'elle fut sortie, sa robe de chambre virevoltant, il restait son père.

– Greyson Dow t'a-t-il entraîné là-dedans ?

Allen secoua la tête.

– C'était mon idée.

Ils regardaient la plinthe disjointe, à l'endroit où le livre de Mary avait écaillé le plâtre. Le livre lui-même semblait mort. Le dos était cassé et une page était arrachée. La lumière de la lampe était jaunâtre.

John ferma les yeux et soupira.

– J'espère que tu ne fais pas cela pour me plaire, Allen. Je m'en voudrais de t'avoir inspiré un tel choix.

Voilà qui est plutôt présomptueux, se dit Allen.

– J'espère seulement que tu sais dans quoi tu t'engages, ajouta soudain John.

Il devenait sentimental et Allen répliqua :

– Savais-tu à quoi tu t'engageais, quand tu as commencé ?

– Non, probablement pas.

– Et, si tu l'avais su, cela aurait-il fait une différence ?

Alors vint une confession caractéristique de John Dancer :

– J'ai regretté pendant vingt ans quelque chose qui m'est arrivé en Russie, dit-il. Je ne voudrais pas que tu te trouves dans la même situation.

– Cela n'arrivera pas, affirma Allen. (Il aurait pu sculpter ces paroles avec un couteau. Il était terriblement sûr de lui…)

Allen passa six jours dans un centre d'entraînement assez semblable à la maison d'Oxford où son père avait été formé, vingt ans plus tôt. Il y avait également un grand jardin boisé, sur l'arrière. Il était plein de pieds-d'alouette et d'ambroisie, les arbres étaient blancs, exactement de la couleur de la peau. Il y avait des urnes sous la véranda et, à l'intérieur, les pièces étaient encombrées de meubles sombres.

L'instruction fut informelle. Greyson et Allen passèrent le plus clair de leurs journées à parler. Il y avait un bon moyen d'obtenir des informations, selon Greyson. Il suffisait de se faire accepter par l'ennemi. Les meilleurs espions étaient toujours ravis de se rendre utiles. On peut même aller jusqu'à jouer l'imbécile. On fait tout ce qu'il faut pour obtenir ce que l'on veut. Allen, en fait, faisait cela naturellement.

On ne parla des objectifs de la mission d'Allen que le dernier jour. La conversation eut lieu dans le jardin où la mousse, sur le chemin pavé, était tellement épaisse qu'on avait l'impression de marcher sur de la chair.

– Ce que nous voulons, dit Greyson, c'est une estimation solide du potentiel militaire allemand. Naturellement, nous ne nous attendons pas à un miracle mais, si tu ouvres bien les yeux, tu devrais pouvoir nous aider.

Le soir tombait sur le jardin. Ils marchaient sur des poires pourries. Quelques-unes s'écrasèrent sous leurs semelles.

– J'ai tout arrangé avec ton oncle, poursuivit Dow. Tu seras un correspondant de la revue. Comme ton père.

– Oui, comme mon père. (Une lourde ironie transparut dans cette réflexion.)

– Il ne faut surtout pas oublier que tu dois établir autant de contacts que possible. J'ai mon idée sur les Allemands. J'ai l'impression qu'il nous faudra bientôt être extrêmement bien renseignés sur eux.

– Eh bien, j'ai la même impression, fit Allen d'une voix douce.

– En fait, il s'agira surtout de circuler et de parler aux gens. Je pense que tu assisteras à de nombreuses réceptions et, si tu as de la chance, on t'invitera peut-être au petit déjeuner.

Si j'ai de la chance, se dit Allen, on m'invitera au lit.

Ils arrivèrent dans l'endroit le plus obscur du jardin. Les fougères étaient hautes, couvertes de rosée et de toiles d'araignée.

– Il y a encore une chose, reprit Greyson. Je dis cela à tous les jeunes. Ne te fais pas prendre. Il ne faudrait pas que les Allemands soupçonnent que nous nous renseignons sur eux. Il ne faut pas. Par conséquent, quoi qu'il arrive, ne te fais pas prendre.

– Oh, cela n'arrivera pas. (Allen sourit parce que, à cette époque, Allen se croyait encore plus malin que tout le monde. On trouve encore, dans les archives, des exemples du ton insouciant, désinvolte, qui était celui d'Allen Dancer, à cette époque. Il y a de merveilleux passages montrant un Allen Dancer rusé, intelligent, se frayant un chemin à coup de mensonges dans les plaines d'Espagne. On le voit mettre des cachets de somnifère dans les verres. On le voit rédiger de fausses lettres d'amour. La vérité est un peu moins exaltante.)

Allen partit pour l'Espagne pendant l'hiver 1937. Il arriva au Havre, puis suivit la vallée du Rhône jusqu'à la frontière. Il neigeait la nuit où il franchit les Pyrénées. Il l'entendit siffler dans les pins. Elle était épaisse et poudreuse, semblait ne jamais atteindre le sol.

Il attendit deux jours l'autobus, à Figueras. Il trouva à se loger dans la forteresse qui domine la ville. Les murs de sa chambre faisaient deux mètres d'épaisseur et la pierre était glacée. Les rues étaient pleines de jeunes gens venus combattre les fascistes. Il leur paya à boire et leur offrit des cigarettes.

De Figueras, il partit pour les provinces occidentales. Il voulait gagner la citadelle fasciste de Salamanque mais, dans les collines de Jamara, il perdit tout contrôle. Après deux nuits dans la campagne, l'autobus fut pris par les soldats républicains. Allen somnolait et, en s'éveillant, découvrit des lanternes et des silhouettes sombres par la vitre arrière crasseuse.

Les soldats étaient des jeunes gens, en haillons, des brigades internationales. Il y avait des Finlandais, des Cubains et quelques Américains. L'un d'eux était gravement blessé au ventre. Il hurlait :

– Qui est là ? Qui est là ?

Les autres ne disaient rien, serrant leurs Remington et leurs Steyr autrichiennes, mais leurs casques étaient français. Allen ne parla pas. Il n'avait rien à dire.

Il faisait très noir lorsqu'ils arrivèrent au camp et une lune voilée, rouge, s'était levée sur la plaine. L'aube n'apporta aucune chaleur. Il vint simplement une heure où une brume blanche s'éleva au-dessus du sol gelé, où apparurent les silhouettes des tentes, où les hommes, avec leurs cigarettes rougeoyantes, ressemblèrent à des fantômes.

Allen passa la matinée dans une bergerie de pierres sèches, couverte de chaume. Il y eut du café, des oranges et du pain sec. Il partageait son abri avec un grand jeune homme, originaire de Californie, qui s'était probablement trouvé trop près d'un obus, au moment où il avait éclaté. Il était assis sur son lit de camp et plantait son couteau dans la poussière.

– Il y a longtemps que tu es ici ? demanda Allen.

Le jeune homme haussa les épaules.

– Assez.

Il se remit à planter son couteau dans le sol.

– Je suis arrivé la nuit dernière. J'étais dans le bus qu'ils ont réquisitionné pour transporter les troupes. Les gars devaient en avoir assez de marcher, si bien que j'ai fini par prendre un chemin détourné. Mais je suppose que c'est la guerre, pas vrai ?

– Ouais, c'est la guerre.

Entre les deux montants de la porte, on apercevait un paysage désolé de tentes avachies et de camions couverts de boue. De temps en temps, on entendait le grondement assourdi des mortiers des rebelles. Allen vit des files de soldats épuisés, vêtus de longs manteaux. Il les regarda passer sur la route pleine de trous, puis disparaître derrière une crête. Finalement, il demanda :

– Peux-tu me dire qui commande, ici ?

Le jeune homme ne répondit pas immédiatement. Lorsqu'il leva la tête, ses yeux étaient injectés de sang.

– Qu'est-ce que tu dis ?

– J'ai demandé, qui commande ici ?

– Kline.

– Kline ?

– Ouais, Robert Kline.

– Qu'est-ce qu'il est, capitaine ?

– Ouais, il est capitaine.

– Très bien. Peux-tu me dire où je trouverai ce capitaine ?

Le jeune homme ferma les yeux.

– Écoute, veux-tu cesser de me parler ? Je n'ai plus envie de parler.

Allen déambula une heure, entre les tentes, avant de trouver le poste de commandement du capitaine. C'était une cabane de planches nues, au toit de tôle ondulée. Une lampe à huile était suspendue à une poutre. Le bureau était une plaque de bois clouée sur une caisse de munitions.

Il s'arrêta sur le seuil et sourit. Il y avait deux hommes, à l'intérieur. Le premier était accroupi dans un coin. L'autre était penché sur la caisse.

– Capitaine Kline ? fit Allen. (Son sourire s'élargit.)

– C'est moi, dit l'homme qui se tenait derrière la caisse. Il était maigre et très jeune. Il avait des cheveux roux, ondulés, et de grands yeux.

Allen entra et tendit la main.

– Salut. Je m'appelle Al Dancer. J'étais dans le bus que vos gars ont réquisitionné la nuit dernière.

– Excusez le dérangement, fit Kline. (Mais il était évident qu'il s'en fichait.)

– Il n'y a pas de dérangement. (Allen sourit.) De toute manière, qu'est-ce que quelques heures ? C'est la guerre, pas vrai ? Du moment que vous pouvez m'indiquer le chemin.

– Je suis désolé.

– Cela signifie-t-il que vous ne me laisserez pas partir, capitaine ?

– Vous pouvez partir, mais vous serez probablement abattu en arrivant aux lignes rebelles.

– Je vois. Eh bien, je suppose que cela met un terme au projet, pas vrai ? Cela vous ennuierait-il que je me balade dans le coin ? Je suis journaliste et…

– Absolument pas, monsieur Dancer.

– Al. Appelez-moi Al. Et merci, capitaine. J'essaierai de ne pas être gênant.

Allen passa l'après-midi à fouiner dans le camp, mais il n'y avait pas grand-chose à voir. Dans ces collines ravagées, au cœur de l'hiver, le front n'était qu'une route aux ornières boueuses, des tentes déchirées et des hommes abattus. Le soir, le ciel devint rouge et les étoiles y furent tellement nombreuses qu'il parut irréel. Dancer déambula dans un chemin boueux pour échapper à la puanteur de sa hutte.

Il aperçut Kline au sommet de la crête. Sa silhouette se découpait sur les courbes noires des collines. Il portait un long manteau de laine et fumait un cigare.

– Salut. Vous vous souvenez de moi ? (Allen souriait.)

Ils étaient debout côte à côte, face aux montagnes. Il n'y avait pas le moindre bruit.

– Vous vous appelez Dancer, fit Kline.

– Ouais, je m'appelle Al Dancer, et je suis là par hasard.

– Ouais, par hasard.

– Mais ce n'est peut-être pas le hasard. (Allen rit.) Vous comprenez ? C'est peut-être le destin. Il ignorait pourquoi il avait dit cela.

– Possible, fit Kline. Il y a des tas de choses que je ne comprends pas.

– C'est pour ça que vous êtes ici ? Pour apprendre ? C'est pour ça que je suis venu. Je suis venu chercher quelque chose.

– Quoi ?

– Je ne sais pas encore. Mais je trouverai, j'en suis sûr. (Il n'avait pas cessé de sourire.)

– Quel âge avez-vous, Dancer ?

– Moi ? Dix-huit ans.

– Et, à votre avis, quel est mon âge ?

– Je ne sais pas. Vous n'avez pas l'air vieux.

– J'ai vingt ans. J'ai vingt ans et c'est toute la différence qu'il y a entre nous : deux ans. Il y a sept mois que je suis ici, mais, en fait, la seule différence qu'il y ait, entre nous, c'est deux ans. Alors, ne cherchez plus à m'impressionner. Cesser de me lécher le cul. Je n'en sais pas plus que vous.

Plus tard, au milieu de la nuit, le jeune homme originaire de Californie hurla dans son sommeil et Allen fut terriblement secoué. Immobile, les yeux ouverts, il attendit un nouveau hurlement. Finalement, il trouva le courage de lui demander s'il se sentait bien.

– Fous-moi la paix, répliqua le jeune homme.

– Écoute, j'essayais seulement…

– *Fous-moi la paix.*

Puis une pluie violente tomba et des rivières de boue traversèrent le camp. Lorsque le ciel se dégagea, des bombardiers allemands sortirent du soleil. À leur premier passage, Allen vit le jeune Californien prendre un éclat d'obus dans le ventre ; on aurait dit un seau de vin rouge renversé. Ensuite, tout le monde se mit à marcher, comme pour contrebalancer les effets du choc.

Le reste de la journée ne fut pas moins irréel. En compagnie d'une équipe d'ambulanciers, Allen traversa des kilomètres d'oliviers noircis. Le long de la route défoncée, des cadavres de chevaux pourrissaient. Des divisions entières semblaient fonctionner comme dans un mauvais rêve. De gros nuages roulaient à l'horizon.

Il passa sa dernière nuit avant Salamanque dans un village blanc, dressé au milieu de la plaine. L'agglomération était presque déserte, mais des visages l'épiaient continuellement, de l'intérieur des taudis de grès. En fin d'après-midi, il gagna la place centrale. La lumière était tellement violente qu'il lui fallut plisser les paupières, et des nuages de poussière volaient dans les rues. Il n'était qu'une silhouette solitaire, cherchant un interlocuteur sur une place déserte. Le vent collait son pantalon à ses jambes.

Toutefois, de ces jours perdus dans les collines de Jamara, il ne resta que les notes rédigées par Allen lui-même, transcriptions qui furent finalement intégrées aux archives, de sorte que les historiens eux-mêmes crurent qu'Al Dancer avait passé deux nuits mémorables avec la fine fleur de sa génération, buvant du vin du pays, trinquant à la liberté et à l'avenir. Ernest Hemingway était là, et également un Juif morose qui s'appelait Robert Kline…

Salamanque était aride. L'après-midi, des ombres interminables se posaient sur le paysage plat. Allen habitait un hôtel de stuc rose dont les fenêtres étaient défendues par des grilles de fer noir. Le matin, il passait les bras entre les barreaux et regardait les lézards sur le dallage bleu. Les collines, au loin, étaient fauves mais, parfois, elles tournaient au rouge. En général, Allen se levait tard et passait une heure sur le balcon, à boire du café sous le ciel blanc. À onze heures, il se rendait à la conférence de presse, qui se déroulait dans une immense galerie située au premier étage de l'université. Le maître de cérémonie de ces conférences était en général Pablo Merry del Val, qui aimait charmer la presse étrangère, mais ne disait jamais la vérité.

Ces mensonges indisposaient certains journalistes, mais Allen s'en fichait. Il se contentait de ce qu'on lui disait, si bien que ses articles étaient pleins de jeunes généraux sur des chevaux marron et de bannières flottant au vent. Néanmoins, une lettre écrite, plus tard, à Greyson Dow décrivait l'exécution de neuf républicains. Les prisonniers furent conduits en dehors de la ville puis noyés dans un baquet d'eau. Allen avoua qu'il s'était senti mal, pendant quelque temps.

Chaque jour, Allen passait plusieurs heures à boire et à discuter avec les autres journalistes. Lorsqu'il pleuvait ou que le vent du Nord soufflait, il retrouvait ses amis dans les bars. Lorsqu'il faisait chaud, il y avait les terrasses des cafés de la plaza. La ville prenait une teinte argentée, au crépuscule. Il y avait des instants de bonheur, mais jamais de bien-être.

Au bout d'un certain temps, Allen se mit à circuler. Il dégusta d'excellents dîners au Grand Hôtel ; porcelet rôti et jambon sec. Selon Allen, c'est également pendant ces premiers jours qu'il rencontra Kim Philby, qui se hisserait à la direction des services secrets britanniques, sans pour autant cesser d'être un espion soviétique. On ne sait pas exactement si Philby et Dancer se sont effectivement bien connus. Il est certain qu'ils ont déjeuné ensemble, souvent en compagnie de la maîtresse de Philby : Bunny Doble. Une quarantaine d'années plus tard, quand la trahison de Philby fut établie, Allen laisserait entendre qu'il ne s'était jamais laissé abuser. Cela n'était pas vrai.

Le premier contact d'Allen avec les Allemands fut un jeune officier qui s'appelait Kurt Lehr. Ils se rencontrèrent, un soir, au Grand Hôtel, puis se promenèrent dans les rues. Lehr était un jeune homme élégant, blond, qui avait appartenu aux Jeunesses hitlériennes et avait été affecté aux services de renseignements implantés en ville. Il ne fumait pas et ne buvait rien de plus alcoolisé que la bière. Ses dents étaient parfaites.

Le soir où Lehr et Dancer firent leur première promenade, un vent chaud, venu des collines, soufflait. La lune, pleine et couleur d'argile, jetait des ombres bleues sur les briques et donnait un grain irréel au grès.

Au début, ils parlèrent de choses simples. Allen dit que le calmar de Barcelone était très bon ; Lehr préférait les seiches. Ensuite, ils parlèrent de l'Allemagne. Lehr était né à Schmelz, non loin du vieux port à bois. Son père possédait une scierie et ils habitaient une maison accueillante, aux parquets cirés, aux petites fenêtres et au toit d'ardoises. Des roseaux poussaient sur les rives de la rivière et, enfant, Lehr y faisait naviguer de petits bateaux, les guidant avec une longue perche de roseau. Finalement, après avoir travaillé avec acharnement pendant toute la crise, le père de Kurt eut une attaque et sa mère fut obligée de vendre la maison à un commerçant de Hambourg. Un Juif.

– C'était toujours les Juifs, dit Lehr. Mon père s'est battu de toutes ses forces mais, à la fin, ils étaient trop nombreux.

– Allons, Kurt, tu ne crois pas vraiment tout cela, n'est-ce pas ?

Allen avait employé un ton extrêmement raisonnable.

– J'exagère peut-être un peu. Pourtant, il y a une bonne part de vérité dans cette histoire des Juifs. Regarde les intermédiaires. La plupart d'entre eux sont juifs et ils augmentent les prix à leur convenance, sans se soucier du citoyen moyen.

– Peut-être, mais il me semble que tes compatriotes utilisent les Juifs comme boucs émissaires alors que les problèmes sont beaucoup plus complexes. (Allen sourit.)

– Oui, tu as peut-être raison. Mais les travailleurs sont des gens simples et il faut leur fournir des solutions simples à leurs difficultés. Mais tout de même, il y a une bonne part de vérité, dans cette histoire des Juifs. Je crois qu'ils ont fait beaucoup de tort à la… culture allemande. Oui, ils ont fait beaucoup de tort à la culture allemande.

– Oh, Kurt, vous et votre phobie des Juifs. Vous êtes comme des enfants qui ont peur du noir.

– Oh non, c'est vous les enfants. Vous ne savez pas reconnaître le danger lorsque vous le voyez. Vous ne voulez pas croire que les Juifs sont mauvais. (Ses yeux étaient ronds et sincères.)

Finalement, ils marchèrent bras dessus, bras dessous, comme deux écoliers et, lorsqu'ils s'assirent sur la bordure du trottoir, la lune palpitait, devenue ocre clair.

– Écoute, dit Lehr, il faut vraiment que tu viennes avec moi à Berlin. Nous sommes en train de construire une civilisation nouvelle et je voudrais que tu la voies…

Au fil des années, les historiens ont inlassablement examiné les archives dans l'espoir de définir la profondeur des relations d'Allen Dancer avec les nazis. Certains croyaient qu'il avait exagéré en cultivant l'amitié d'individus tels que Kurt Lehr, refusant d'admettre qu'il avait joué son rôle et rien de plus. Ils prétendaient que, dans sa jeunesse, il avait été sincèrement attiré par le fascisme. Les défenseurs d'Allen firent remarquer que, indépendamment de ses sentiments personnels, il avait rempli sa mission. Cela serait toujours la défense d'Allen Dancer…

Allen vit Kurt Lehr pendant tout l'été 1937. Ils partageaient souvent des pichets de bière, en début de soirée et, une fois, ils partagèrent même une fille, une prostituée du pays, une toute jeune fille épuisée, au visage rongé par la petite vérole. Elle les conduisit dans une pièce sordide, située au-dessus du bar, et les laissa lui appuyer la tête entre leurs jambes. Pendant toute cette heure désagréable, Allen resta ivre.

Les réceptions données à la mission allemande constituaient des distractions plus raffinées. Allen acquiesçait et souriait tandis que ses aînés lui exposaient leur conception du rôle des Allemands dans le monde. On joua même Wagner sur la plaza et tout le monde se leva pour chanter le Horst Wessel Lied ; Allen aimait regarder les femmes dans la lumière tremblotante des chandelles.

Kurt Lehr s'étant arrangé avec les officiers responsables des services de presse, Allen fut autorisé à faire des visites hebdomadaires au front. Allen vit surtout, de loin, les chapelets de bombes éclatant au ras du sol tandis que les Heinkel allemands, qui soutenaient les armées rebelles de Franco, bombardaient les pentes arides des collines. Mais l'automne arriva, le mauvais temps, et trois jours sinistres, à Teruel, pendant lesquelles Allen resta sept heures dans les tranchées situées sous la ville brûlée. Il était entouré de collines dévastées et de blessés. Le soleil faisait étinceler la neige. Puis les Heinkel arrivèrent et les canons russes ouvrirent le feu. Allen serra les dents si fort que les mâchoires lui firent mal. Plus tard, il constata qu'il avait coupé la jugulaire de son casque.

Ce jour-là, Kim Philby faillit être tué et Allen vit des vagues d'infanterie fauchées par le feu des mitrailleuses. Ensuite, dans la lumière mauve, il marcha parmi des visages vides. Le silence s'était fait sur le champ de bataille.

Allen quitta l'Espagne peu après la bataille de Teruel. Il partit comme il était venu, traversant les plaines et franchissant les Pyrénées. Pendant une grande partie du trajet, il partagea un compartiment avec une jeune religieuse qui avait sauté sur une mine, à Guadalajara. L'explosion lui avait arraché le pied gauche et la lèvre inférieure. La regarder était une épreuve. En outre, elle parlait continuellement de la Pentecôte, affirmant que ni le courage ni la peur ne les sauveraient. Étant donné sa situation, bien entendu, elle avait raison.

En traversant ce paysage de marais plats et de plaines illimitées, Allen écrivit des cartes postales et rédigea des notes qui seraient plus tard conservées dans les archives et dont l'humour sardonique contribuerait à la formation de la légende d'Al Dancer… Finalement, on raconta que, après avoir charmé l'Espagne fasciste, il se mit en route pour Berlin armé seulement de son intelligence, d'une malle de costumes élégants et d'une lettre de recommandation signée par un nommé Kurt Lehr.

À Berlin, le froid glaçait les os. Au cours de sa première soirée en ville, Allen vit de la glace sur les poutrelles des ponts de chemin de fer, les balustrades métalliques des balcons, les grilles et les voies des tramways. Dans le jardin situé sous la fenêtre de sa chambre, les branches étaient noires et gelées ; les rues débouchaient dans des champs de neige et de glace. (Allen irait souvent à Berlin, dans le courant des années suivantes. Il s'y sentait attiré et il se souviendrait toujours de la ville telle qu'il la découvrit alors : comme une gravure légèrement brouillée parce que la presse a bougé. Une ville partagée entre l'austérité et la perversion.)

La recommandation de Lehr l'introduisit dans les hautes sphères de la société. Il fut même invité à un banquet en l'honneur de Joseph Goebbels. Il eut lieu dans une salle ronde, au haut plafond voûté. Par les immenses fenêtres, on découvrait la perspective de l'avenue. L'après-midi était bleuâtre. Goebbels fit un discours et parla de son enfance. Il plaisanta en racontant que sa mère voulait qu'il se fasse prêtre. Tout le monde, bien entendu, rit.

Pendant la dernière semaine du séjour d'Allen à Berlin, Kurt Lehr revint d'Espagne. Il télégraphia d'un village frontalier et Allen alla le chercher à la gare. Il était parmi la foule, derrière le tourniquet, lorsque Lehr prit pied sur le quai. Il était très bronzé et sa casquette était cavalièrement baissée sur les yeux. Lorsqu'ils se virent, Lehr sourit et cria :

– Admirateur des Juifs !

Ils s'embrassèrent dans les nuages de vapeur, mais ce fut une accolade virile… Ils se donnèrent des claques dans le dos. (*J'allais de déception en déception plus intense*), écrivit plus tard Allen. Il ne précisa pas davantage.

Un soir, Allen suivit Lehr dans l'escalier de ciment conduisant à un appartement situé dans un immeuble moderne. Les pièces étaient des cubes avec de petites fenêtres carrées donnant sur d'autres immeubles ; il y avait un portrait d'Adolf Hitler et un crucifix au-dessus de la porte. Les meubles étaient propres et tubulaires ; la pièce avait l'air nue et aseptisée.

Lehr sortit une bouteille de vodka et deux verres d'un placard métallique, les posa sur la table, et les deux hommes s'assirent face à face. Allen regardait, au-delà de la fenêtre, la cour grise et plate, les fils du téléphone qui, au loin, semblaient se rejoindre.

– Tu vois ce que peut apporter un traité, fit Lehr qui montra son verre faisant, bien entendu, allusion au pacte de non-agression signé entre Hitler et Staline, lequel donnerait à Hitler le temps de lancer sa machine de guerre contre d'autres pays.

– Je croyais que tu ne touchais pas aux alcools forts.

Lehr haussa les épaules.

– Hier, j'ai entendu dire qu'on a sorti un nouveau cadavre du canal de Landwehr. C'était le corps d'un type que j'ai connu. Un camarade d'école. Ce sont les Juifs qui l'ont tué. Ce n'est plus tellement dangereux, maintenant, mais il ya encore des tueurs juifs, en ville. Ils habitent de vieilles usines et sortent la nuit, pour tuer. Une fois, on en a arrêté un et, quand on lui a demandé pourquoi il faisait cela, il a répondu qu'il ne pouvait pas s'en empêcher. Eh bien, ce soir, moi non plus je ne peux pas m'en empêcher. (Et il caressa la bouteille de vodka.)

– Tu as l'air déprimé.

– *Ach*, je suis seulement fatigué. Les longs trajets en train me fatiguent.

– Effectivement, Kurt, tu as l'air fatigué.

– Et puis, je suis peut-être un peu nerveux, aussi.

Lehr ouvrit le haut de sa tunique. Derrière, le vent murmurait dans les fils du téléphone. Les ombres et le silence accentuaient une sorte de vague désespoir.

Soudain, Lehr se passa les mains sur les yeux.

– J'ai l'impression de ne pas être tout à fait moi-même, ce soir.

– Es-tu malade ?

– Non, mais je me trouve bizarre. Oui, bizarre.

– Veux-tu que je m'en aille ?

– Non, reste avec moi. Je voudrais te dire quelque chose, Allen. À propos de ce que je ressens ce soir. Cette impression bizarre.

– Quoi donc ?

Les yeux de Lehr étaient exceptionnellement vitreux.

– C'est… Seulement ceci. (La main de Lehr glissa sur la table.)

Allen fut obligé de serrer les dents pour ne pas frissonner, au moment où leurs doigts se touchèrent.

– Cela ne peut pas être mal, bredouilla Lehr. *Cela ne peut pas…*

Leurs mains-crabes s'accouplaient. La colonne vertébrale d'Allen était comme une barre métallique. Ses articulations étaient bloquées. Il ne pouvait bouger.

Puis, le corps de Lehr tout entier fut comme un crabe. Ses bras, comme des pinces, s'étaient refermés sur la taille d'Allen. Allen était comme le poisson. L'unique pensée d'Allen était le souvenir du jour où un vieux crabe avait saisi l'extrémité du bâton qu'il tenait, dans une mare couverte de limon.

Lorsque ce fut terminé… Oui, comme on dit, Al Dancer remplit sa mission… ils se promenèrent ensemble sur la Steinplatz. Les marronniers bordant le canal étaient nus. Le reflet de leurs branches tremblotait dans l'eau. Les deux jeunes gens s'assirent sur les marches de la bibliothèque. La caresse du granit froid fut un soulagement.

Lehr soupira :

– Je ne sais que dire, Allen. Comment expliquer…

– N'en parle pas, fit sèchement Allen.

– Mais je ne pouvais pas m'en empêcher, n'ai-je pas essayé de te le dire ?

– *N'en parle pas !*

La ville paraissait abandonnée. On découvrait le boulevard glacé et désert. Les rangées de lampadaires, les colonnes doriques et les façades romanes étaient extraordinairement nettes.

Soudain, Lehr dit :

– Il va y avoir la guerre. J'en suis sûr.

– Je le sais.

– Mais nous serons peut-être ennemis.

– Et alors ?

– Eh bien, nous pourrions peut-être…

– Nous pourrions quoi ?

– Eh bien, en parler.

– Pourquoi ?

– Eh bien, nous pourrions nous entraider.

– S'il y a la guerre, Kurt, tu peux être certain que je viendrai te voir.

La dernière impression qu'Allen conserva de Berlin fut qu'il courait dans les rues désertes tandis que Lehr l'appelait. Lehr se découpait sur les énormes colonnes de pierre, les jambes écartées, le soleil, qui se levait derrière lui, formant un halo autour de son corps. Il était exactement semblable aux personnages des affiches de propagande nazie : idéalisé, irréel, terrifiant…

Deux jours plus tard, Allen prit le bateau pour l'Amérique. Il dormit mal et erra souvent sur les ponts, pendant la nuit. L'Atlantique Nord ne fut qu'une succession de pastels bleus et gris. Parfois, il entendait les oiseaux de mer posés au creux des vagues. Il eut de très mauvais moments lorsqu'il entendait la voix de Kurt Lehr, dans sa tête. Il se dit souvent qu'il aurait dû le tuer.

Trois mois après le retour d'Allen, son père rentra également de l'étranger… De Russie, apparemment. Allen l'attendait sur le quai. Plus tard, ils prirent un verre dans un bar poussiéreux dominant le port de New York. Ils n'étaient à l'aise ni l'un ni l'autre. Allen ne quittait pas des yeux les péniches qui passaient lentement.

Pourtant, moins d'une heure plus tard, il se rendit compte qu'il était également arrivé quelque chose d'important à son père. Allen n'aurait su dire s'il s'agissait d'une bonne expérience ou bien d'une mauvaise. Il n'avait jamais compris son père.

Les historiens ont toujours eu du mal à se faire une opinion sur les vingt mois qui suivirent le retour d'Allen. Certains se sont contentés de dire que le jeune homme termina simplement ses études et ne cherchèrent pas plus loin. D'autres, toutefois, croyaient qu'Allen n'était jamais véritablement sorti du monde des services secrets et cherchait toujours à se faire une place.

Allen ne renonça pas à passer les vacances chez lui, mais l'atmosphère de la maison avait changé. Sa mère s'était mise à tousser. La nuit, elle respirait avec difficulté. Dans certaines pièces, les boiseries se décollaient. Il y avait un carreau fêlé, dans l'arrière-cuisine, et personne ne l'avait fait remplacer. Un des gonds de la porte de la cuisine était déplacé. Il faisait, lorsqu'on ouvrait ou fermait, un bruit semblable à une plainte.

Souvent, Allen et son père faisaient de longues promenades. Ils aimaient prendre le chemin de la vieille église, puis marcher dans les champs. On était en 1939 et Hitler était entré à Prague. John était convaincu que l'Angleterre entrerait en guerre dans l'année. Allen était d'accord. Il dit que cela se produirait probablement à l'automne. Par ailleurs, ils ne parlèrent de rien d'important.

Puis Pâques arriva et Allen rencontra Greyson Dow à Washington. Ils déjeunèrent au Club du Cygne. Pendant la nuit, il avait gelé à pierre fendre. Les pétales blanchis se brisaient au moindre contact. Toutes les pièces d'eau étaient gelées. C'était la fin de l'après-midi et la salle à manger était presque déserte. Par les grandes fenêtres, on découvrait un jardin plein de flaques d'eau gelée. (Le journal de Greyson ne contient qu'une relation extrêmement sibylline de sa conversation avec Allen, de sorte que les Historiens n'ont jamais su à quel point Allen était près de proposer ses services aux Allemands, non parce qu'il avait confiance en eux, mais parce qu'il voulait être du côté des vainqueurs.)

Il dit à Dow :

– Savez-vous que Hitler a déjà décidé de la parité de la livre et du deutschmark ? Et il a déjà choisi le futur *gauleiter* de l'Angleterre. On dit qu'il peut prendre Londres en quarante jours, et j'ai tendance à le croire.

– Apparemment, tu as écouté Joe Kennedy.

– Qu'y a-t-il de mal à cela ?

– C'est un crétin, tiens-toi à l'écart.

– Mais pourquoi ?

– Parce qu'il va se faire sortir. Il paraît qu'il demande aux Allemands de changer d'attitude vis-à-vis des Juifs, pas d'arrêter les persécutions, penses-tu, seulement d'être plus discrets pendant quelque temps. C'est mauvais pour l'image de marque, d'après lui. Il leur explique que l'image de marque est un facteur essentiel. Roosevelt lui laisse juste assez de corde pour qu'il puisse s'étrangler. Par conséquent, tiens-toi à l'écart.

– D'accord, mais si Kennedy n'est plus dans le coup, qui l'est ? À qui pourrais-je m'adresser ?

– Ce n'est pas un concours de popularité, Allen. Il faudra que tu t'engages sans équivoque.

– Oui, je comprends.

– Par conséquent, je ne veux plus entendre parler de la puissance militaire des Allemands. Ces fumiers vont perdre la guerre. Je ne sais pas encore comment, mais ils la perdront.

– Bien.

– Et si tu veux arriver à quelque chose, tu ferais bien de te mettre ça dans la tête.

– Oui. Mais à qui dois-je m'adresser ?

Dow baissa la voix, respira profondément.

– Sais-tu qui est William Donovan ?

– Donovan ? Le héros de la guerre ?

– Oui.

– Eh bien, j'ai entendu parler de lui, mais je…

– Renseigne-toi sur lui. Si tu vaux vraiment quelque chose, tu finiras peut-être par travailler pour lui.

– Travailler pour Donovan ?

– Exact. Bill va diriger l'équipe de Roosevelt.

– L'équipe ? Quelle équipe ?

– Tu verras. Et, pendant que tu chercheras Donovan, tu devrais également te renseigner sur un certain William Stephenson. C'est un Canadien, mais il habite Londres depuis quelques années. C'est un expert en liaisons radio. Secrètes, bien entendu.

– Et il travaille aussi pour Roosevelt ?

– Non. Il travaille pour Churchill.

– Churchill ? Seigneur ! Vous ne voulez pas dire qu'il y aura une alliance entre Downing Street et la Maison-Blanche ?

– Il y en a déjà une, Allen. Il y en a déjà une.

– Mais comment ? Suivant quelles modalités ?

– Elle est lâche, pour le moment, mais elle devrait se renforcer avec le temps. Stephenson va probablement ouvrir un bureau à New York. Il y aura échange coordonné d'informations.

– J'ai l'impression d'avoir été stupide, dit Allen. Comment de tels signes ont-ils pu m'échapper ?

Greyson répondit à la question d'Allen dans le jardin. Ils s'étaient arrêtés sur la neige dure, parmi les rosiers squelettiques. Le soleil se reflétait sur la glace et il y avait des ombres sur le chemin.

– Je t'aime bien, Allen. J'ai toujours eu de l'affection pour toi, mais je me rends compte que tu es un peu opportuniste… Non, ne m'interromps pas. Cette guerre qui vient sera incroyablement horrible. La lutte sera acharnée et personne n'acceptera ta légèreté. Alors, ou bien tu t'y engages sincèrement, ou bien tu te tiens à l'écart. Les filous n'y ont pas leur place.

(Des années plus tard, toutefois, lorsque Allen aurait dépassé tous les autres, on se rendrait compte que Greyson s'était trompé. On se rendrait compte que les services secrets convenaient parfaitement à des filous tels qu'Allen.)

Le soir où la guerre éclata, Allen se promenait sur les pelouses de l'université, sous un ciel nuageux. L'air était lourd et chargé d'insectes. Plus tard, il écrirait qu'il avait eu une vision, à l'ombre des ormes, que sa destinée lui avait été révélée. En réalité, il ne vit rien, cette nuit-là, et sa destinée fut ce qu'il réussit à obtenir. Comme beaucoup d'autres, il avait tendance, après coup, à se persuader qu'il avait eu la révélation de son avenir. Néanmoins, en 1940, il s'était très bien débrouillé. Il avait atteint la périphérie des services de renseignements mis sur pieds par Bill Donovan, et les portes lui étaient ouvertes. Le groupe n'avait encore ni nom ni statut établi, mais il existait et Allen déjeunait avec des gens bien introduits. Le Danemark tomba en avril, puis la Norvège. En mai, les Allemands prirent la Belgique, la Hollande et le Luxembourg. (Allen s'enivra la nuit où Paris tomba.)

Pendant les premières semaines de la guerre, Allen vécut dans une sorte d'état second. Il était retourné chez son père et, chaque matin, ils prenaient le café sur la terrasse. Les journaux ne parlaient que de guerre. Il y avait des photographies représentant les Panzers allemands sur des paysages lunaires. Allen lisait les articles à voix haute et son père hochait la tête, le regard lointain. C'était la fin du printemps. Le jour où Londres fut bombardée, John ne descendit pas prendre le petit déjeuner. Plus tard, Allen le trouva derrière la maison, dans les hautes herbes. Il était debout, les bras ballants. Il dit qu'ils vivaient à une époque qui retournait progressivement à la barbarie. On aurait pu y voir un mot d'esprit, mais John Dancer était terriblement sérieux. Allen ne fit pas de commentaire.

Au cours des derniers mois de 1940, la vie d'Allen se confondit à nouveau avec la grande tragédie. Le jeune Dancer fut mentionné, çà et là, mais il resta, pour l'essentiel, dans l'ombre de personnages tels que Stephenson, Donovan, Lyle Severson et d'autres membres de la vieille garde. C'est dans le courant de cet été que les Services de Coordination de la Sécurité britannique s'installèrent dans les bureaux de Rockefeller Plaza et Stephenson entreprit de travailler en liaison étroite avec les services de renseignements américains, mettant l'accent sur l'aide matérielle américaine.

Pendant l'automne, Allen fit une guerre de papier. Il avait un bureau minuscule, à Rockefeller Plaza, et classait les messages radio interceptés dans la zone des Caraïbes. C'était un travail ennuyeux, mais il appartenait à un véritable service de renseignements et, de temps en temps, rencontrait des personnalités importantes : Stephenson était là, ainsi que Bill Donovan et c'est à cette époque qu'il rencontra Lyle Severson.

Le soir, Allen prenait parfois un verre avec Lyle. Ils parlaient en général de John, qui était également engagé dans la partie, sans que personne sache exactement comment. On disait qu'il était en liaison avec les Russes, mais Allen ne s'y intéressait guère. Le chemin d'Allen resterait longtemps sans croiser celui de son père.

Et les jours passèrent avec lenteur. Souvent, Allen rêvait d'un réseau de tubes pneumatiques qui déversait des morceaux de papier d'un bout à l'autre de Rockefeller Plaza. Il était lui-même projeté dans ce labyrinthe de tubes. Son bar préféré était un établissement de la Cinquante-Deuxième Rue, dont l'obscurité perpétuelle et les tables vides lui plaisaient. Au mur, il y avait une pancarte sur laquelle on lisait : Ceux qui subissent le mal rendent le mal.

Allen était aux Bermudes, le jour du bombardement de Pearl Harbor. Il participait à la coordination de l'interception des messages postaux et télégraphiques entre l'Europe et l'hémisphère occidental. Il arriva un jeudi et travailla pendant de longues journées avec les opérateurs radio, installés dans la cave de l'hôtel Princesse. Le samedi soir, il s'enivra au Gazebo et, au matin, il déambula sur la plage.

L'excès de rhum ne lui avait pas réussi. Ses gencives étaient douloureuses. Il ne pouvait fixer son regard. Le ciel, à l'est, était rose. Une rangée de palmiers se découpait sur le ciel. Lorsqu'on annonça à Allen que les Japonais avaient attaqué, il comprit quelle réaction il devait avoir. Les réactions sont extrêmement importantes. Les gens n'oublient pas les positions que l'on a prises, au cours d'une crise, et jugent en conséquence.

Deux semaines après Pearl Harbor, Allen demanda une affectation en Angleterre. On lui avait dit que c'était en Angleterre qu'il fallait être. C'était en Angleterre qu'on pouvait se faire un nom. Sa demande comportait quatre pages soigneusement tapées à la machine. Elle regorgeait de mots tels que devoir et responsabilité. Il obtint, finalement, une réponse favorable mais quelqu'un, probablement un jeune responsable du service du personnel, griffonna cette réflexion, en bas de la dernière page : De qui se moque ce type ?

Allen partit pour l'Angleterre au printemps. Le soir de son arrivée, Londres fut bombardée. Se découpant sur le ciel, des silhouettes vêtues de cirés arrosèrent le feu jusqu'au moment où les tuyaux de toile deviennent plats. Ensuite, seuls les projecteurs éclairèrent les ruines calcinées et mouillées. Pendant le raid, Allen resta dans une cave de briques couvertes de suie. Il distribua tout son paquet de Lucky Strike.

– Il y en aura encore.

Il riait continuellement, mais il crevait de peur.

Il quitta Londres le lendemain matin, en direction du nord, parmi les collines vertes, les fermes à colombages et les moutons. Le centre de formation et le quartier général des opérations se trouvaient dans une grande maison de briques grises, nichée au milieu des Midlands. Elle s'appelait Flemming Estate et se trouvait dans un vallon entouré d'arbres et de prairies.

L'unité de Flemming était dirigée par un Écossais à la moustache tombante : le capitaine Jack Hawkins. Allen prit le thé avec lui, l'après-midi de son arrivée, et ils se promenèrent sur les pelouses. À l'intérieur de la maison, il y avait des canapés boiteux, des tapis sales, une galerie immense et des fenêtres à meneaux. Il y avait également de nombreuses femmes.

Le bureau d'Allen se trouvait dans une pièce sans fenêtre. Les punaises manquaient, si bien qu'il lui fallait marquer les cartes avec du chewing-gum. Il partageait une maison de gardien avec un jeune homme de Manchester qui s'appelait Donnelly, mais Donnelly avait une petite amie et était rarement là, le matin, de sorte qu'Allen prenait son thé seul, en regrettant de ne pas avoir de café. La table de la cuisine était une imitation de Reine Anne et avait un pied décollé. Il fallait continuellement le remettre en place. Mais Allen aimait regarder le soleil se lever sur les collines. Londres était à une soixantaine de kilomètres et, de temps en temps, des bombes égarées faisaient trembler les murs. Une nuit, le plâtre tomba et le gaz jaillit en flammes bleu gris.

Flemming regorgeait de jeunes gens à demi fous, enfants qui avaient grandi pendant la guerre et avaient des difficultés à se souvenir de la paix. La guerre était comme leur mère. Tout le monde affichait un cynisme teinté de désespoir. On parlait de vivre l'instant présent. On faisait des plaisanteries sur la mort. Presque tout le monde était superstitieux. Beaucoup paraissaient plus âgés qu'ils ne l'étaient en réalité. Allen se sentait un peu étranger.

Peu après son arrivée, Allen acheta la vieille Jaguar de Donnelly. Elle était rouge vif et, tous les dimanches matin, Allen faisait des promenades dans la campagne. Il rêvait de rencontrer une jeune femme et la voyait relevant sa jupe pour monter en voiture. Il alla même jusqu'à mettre une couverture dans le coffre, mais il ne vit jamais que des moutons.

Parfois, il buvait, avec les autres, dans le cellier. Il y avait une caisse de gin datant d'avant-guerre et de la bière à profusion. De temps en temps, les jeunes femmes de la salle de codage passaient et, finalement, l'une d'elles s'assit près d'Allen.

– Tu as du chewing-gum, petit ?

Il crut qu'elle était sérieuse et fouilla dans ses poches.

– Non, désolé, mais j'ai une Jaguar. (Ce fut sa meilleure réplique.)

– Alors, c'est toi qui as acheté la voiture de Steve. Est-ce qu'elle marche ?

Elle était petite, blonde, avec un petit nez et avait l'accent de Londres. Il l'avait déjà vue, par la fenêtre couverte de pluie de sa maison, tandis qu'elle lissait ses bas à l'abri d'un if.

La caverne de brique était éclairée par des bougies et des lampes à huile. Les meubles étaient hétéroclites : un vieux canapé dont un bras manquait, quelques fauteuils avachis, une table constituée de vieilles caisses. La jeune femme avait quitté ses chaussures et tirait sur les fils de l'ourlet de son épaisse robe de laine. Allen ne pouvait s'empêcher de regarder sa nuque. Il aimait également les boucles souples de ses cheveux.

– Oh, à propos, fit-elle, je m'appelle Julia Mock.

– Mock ? C'est un nom peu répandu. D'où vient-il ?

– Je ne sais pas. (Elle essayait de couper un fil avec les dents.) À cause de la fausse soupe à la tortue, je suppose. Mon père était gallois. Il travaillait dans les chemins de fer.

Dans l'obscurité et la fumée, on entendait le choc des fléchettes. On ouvrait les bouteilles de bière en coinçant les capsules dans les recoins des meubles.

– Il faudra que tu m'emmènes faire un tour dans ta belle Jaguar, dit-elle, mais d'un air absent… (On aurait dit qu'elle demandait l'heure.)

– Oh, avec plaisir. Quand tu voudras.

Elle lui adressa un bref sourire.

– Pourquoi pas maintenant ?

– Maintenant ? (Il ne pouvait y croire, depuis tout le temps qu'il avait envie d'une fille.)

– Sauf si tu trouves qu'il est trop tard.

– Oh, eh bien, je suis un grand garçon, maintenant, pas vrai ?

– On verra.

Ils suivirent la route tortueuse et bordée d'arbres jusqu'aux escarpements suivants. Allen s'était efforcé de passer les vitesses aussi souplement que possible. Le visage de la jeune femme, sur le pare-brise couvert de buée, n'était qu'une tache pâle parmi d'autres, comme les collines lointaines et les bouquets de bruyères.

Il s'arrêta sur une hauteur balayée par le vent. Au-dessus d'eux, le brouillard faisait penser à une mer grise. Ils parlèrent à voix basse. Ils parlèrent du blitz. Elle raconta qu'elle regardait souvent les projecteurs balayer le ciel, éclairant brièvement les barrages de ballons. À un moment donné, il voulut faire une remarque profonde, afin de lui faire comprendre qu'il partageait cette souffrance. Mais elle rit et dit qu'il était évident qu'il n'avait jamais vécu cela.

Les journées devinrent chaudes, les arbres se couvrirent de feuilles et leurs branches ombragèrent les chemins sablonneux. Les nuits étaient généralement calmes, en dehors du grondement étouffé des avions ou des colonnes de transport. Parfois, l'après-midi, il pleuvait un peu, et l'air sentait le chien mouillé.

Allen constata qu'il pensait de plus en plus souvent à Julia. Il se promenait souvent, dans les chemins ombragés, en espérant la rencontrer et, lorsque cela arrivait, ils faisaient quelques pas ensemble. Un jour, elle lui prit le bras. Son cœur se mit à battre. Lorsqu'ils se séparèrent, il la regarda s'éloigner, et disparaître derrière un laurier, puis un hangar. Son corps paraissait onduler. Par transparence, pendant un très bref instant, il aperçut son slip noir, non réglementaire, sous sa grosse jupe de laine.

Allen se rendit rapidement compte que Julia était plus âgée que lui. Pas vraiment plus âgée, mais plus *vieille*. C'était à cause de la guerre, qui rendait les jeunes femmes dures et ironiques. Les plaisanteries tenaient lieu de sympathie. Mais, bien que dures, elles étaient également très réelles.

Trois dimanches après leur première rencontre, Allen demanda à Julia si elle voulait venir en pique-nique avec lui dans la forêt. Elle accepta sans la moindre hésitation. Il lui posa la question à l'occasion d'une rencontre sur le chemin. Elle était à bicyclette, les mains posées sur le guidon. Elle avait roulé ses manches au-dessus des coudes. Sa jupe était remontée un peu au-dessus de ses bas. Elle pencha la tête sur le côté et dit :

– Sûr, j'apporterai le poulet et toi le vin.

Ils trouvèrent une prairie pleine de fleurs sauvages, les arbres diffractaient la lumière du soleil. Des abeilles filaient au ras de l'herbe. Julia avait apporté des sandwiches garnis de viande en boîte, de mayonnaise et de concombres. Allen avait du bourgogne et sa vieille couverture verte de l'armée. Dans l'après-midi, la brise fit bruire les feuilles, au-dessus d'eux. Ils étaient adossés à un chêne. Allen avait croisé les mains entre les genoux, les racines du chêne lui meurtrissaient la colonne vertébrale. Finalement, il dit :

– Julia, je voudrais te dire quelque chose.

– Non, je crois que tu ne devrais pas.

– Mais, tu ne sais pas ce que c'est.

– Si, je le sais. Tu vas me dire que je te plais. Eh bien, tu me plais aussi, Allen. Seulement… Je suppose que tu pourrais dire que j'ai quelqu'un, pour le moment.

– Ah. (Le cœur d'Allen se serra.)

– Ce n'est pas que j'ai cherché à te mener en bateau. C'est seulement que… Eh bien, que j'ai cru que cela ne te ferait pas souffrir. Que nous serions amis, tu comprends ? J'ai toujours eu des amis garçons. Pas des amants, seulement des amis. Mais j'ai aussi eu des amants.

– Qui est-ce ?

– Oh, juste un type. Il est américain, comme toi.

– Est-ce que je le connais ? Enfin, est-il affecté à Flemming ?

– Oui, mais… Eh bien, il est de l'autre côté de la colline, pour le moment.

Allen ne comprit pas immédiatement. Puis le sens caché de ses paroles lui apparut.

– En France ? demanda-t-il.

– Qui sait ? On m'a dit qu'il rentrerait probablement pour Noël. Je crois que je vais lui offrir une pipe.

– Comment est-il ?

– Oh, je ne sais pas. (Elle regardait ses ongles.) Il est un peu bizarre.

– Pourquoi ?

Elle écarta une mèche de cheveux qui lui était tombée sur le visage.

– C'est un idéaliste devenu cynique. Il disait qu'il détestait la guerre mais qu'il m'aimait tant qu'il aurait pu tuer pour moi. Il prend peut-être la guerre un peu trop à cœur… Mais il est juif.

Une phrase qu'il avait entendue à Berlin s'imposa soudain à lui. *Ce doit être génétique.*

Toutefois, Allen dit simplement :

– Est-ce que tu l'aimes ?

– Seigneur, je ne sais pas. Je crois que je l'aime, mais je ne suis pas sûre que je pourrais l'épouser. Il n'est pas sécurisant, alors que tu l'es. Robert, c'est un peu le loup solitaire. Fantastique, mais inquiétant.

– Robert ? répéta Allen, incrédule. Est-ce son nom ?

– Oui, répondit-elle. Il s'appelle Robert Kline.

Allen se revit au sommet de la colline boueuse. C'était incroyable, inévitable ? Mais l'amant de Julia était le fantôme morose, au cigare tordu. Il ne savait plus que dire…

Finalement, Allen devint son confident. Ils parlaient souvent jusqu'à une heure avancée de la nuit. Il constata qu'elle était distraite, ne prenait jamais la peine de ranger, demandait toujours des bouffées de sa cigarette. Sa maison était dans un désordre permanent. Les slips et les bas de soie gisaient là où elle les avait jetés. Il y avait une vieille poupée sur la cheminée, quelques coquillages poussiéreux, un bol fêlé plein d'ustensiles de couture. Il lui arrivait de récupérer les mégots dans les cendriers.

Malgré tout cela, Allen tomba amoureux d'elle. Il aimait la regarder s'affairer dans sa maison, ou bien marcher sur les chemins détrempés, chaussée de bottes en caoutchouc jaunes. Il ne lui avoua jamais ce qu'il ressentait. Il craignait de lui faire peur et de la chasser. Toutefois, il se trahit par de petites attentions : il lui apporta des pâquerettes cueillies dans le jardin du capitaine ; parfois, il lui apporta même du chocolat ; mais, le plus souvent, il l'écoutait parler de ses problèmes et de ses rêves. Ce n'était désagréable que lorsqu'elle parlait de Kline. Kline était la hache qui coupait le lien établi entre eux. Allen revoyait sans cesse l'image de cet homme, debout sous la pluie, au sommet d'une colline d'Espagne…

Bientôt, le ciel d'Angleterre se couvrit également. Le vent se leva, il plut et les chemins se couvrirent de feuilles mortes. John s'occupait des émissions radio des partisans. Les relais allaient de Prague à Varsovie et Stockholm, puis franchissaient la mer. C'est à cette étape de sa carrière qu'Allen conçut sa méfiance des liaisons radio secrètes.

Les émetteurs étaient des appareils massifs et lourds. Ils ressemblaient à une machine à écrire. On donnait aux agents un jeu de cristaux dans un sac de velours. Chaque cristal vibrait à une fréquence distincte mais, même lorsque l'on changeait les cristaux toutes les quatre-vingt-dix secondes, les Allemands parvenaient à repérer les émissions. Pendant une période, la Gestapo prit un homme par semaine. Lorsqu'elle prenait le chef de section, elle détruisait l'ensemble du réseau.

Allen, par conséquent, en vint à ne faire confiance qu'aux messagers. Il aimait les conversations téléphoniques, les codes écrits et les messages commerciaux. Une fois, il utilisa les cloches d'une cathédrale de la côte danoise. Le message secret était dans l'intervalle entre les sonneries.

Les nuits les plus désagréables étaient celles qu'il passait près des récepteurs. Il buvait du thé et fumait à la chaîne en attendant une transmission hypothétique de la part d'un réseau détruit. Généralement, ils se manifestaient toujours avant l'aube, de sorte que l'espoir arrivait comme le dernier message de la lune.

Mais, l'un dans l'autre, cette existence plaisait beaucoup à Allen. Il aimait l'image qu'il se faisait de ses réseaux, de tous ces petits hommes en haillons, éparpillés dans toute l'Europe. Avec le temps, il devint compétent, extrêmement compétent. Il avait, disait-on, l'intuition nécessaire. Il savait quand insister avec douceur et quand laisser aux agents le temps de souffler. Il était précis et impersonnel. Il comprit que le jeu se réduisait, en fin de compte, à un problème de mathématiques. Il y avait les chances de survie et la valeur numérique du succès. La mort elle-même donnait lieu au calcul d'un pourcentage. Mis bout à tout, ces chiffres constituaient en quelque sorte une fugue complexe. La mélodie allait de contrepoint en contrepoint et c'était cela qui minait les Allemands. (De nombreuses années plus tard, on dirait qu'Allen avait fait une guerre exceptionnelle mais, en vérité, il n'avait fait qu'aligner des équations. De son point de vue, les agents étaient des abstractions. Il était malheureux, lorsqu'il en perdait un, mais la douleur de l'échec et le remords consécutif à la perte d'une vie humaine sont deux choses différentes. Allen était un bureaucrate qui savait garder la tête froide. Il ne s'effondrait pas chaque fois que l'on pendait une jeune fille de dix-huit ans à un crochet de boucher.)

Pendant cet été et le début de l'automne, l'existence d'Allen arriva à un certain équilibre. Il y avait les heures passées dans sa pièce minuscule du sous-sol, dont les murs de briques étaient couverts de cartes, à la lumière d'une ampoule nue. Puis il y avait les moments passés avec Julia. Ils prenaient un verre ensemble chaque fois qu'ils en avaient la possibilité, ils faisaient de longues promenades en voiture dans la campagne. Allen se persuadait que rien ne changerait jamais.

Selon les archives, Robert Kline rentra à Flemming en octobre, pourtant aucun lien précis n'avait pu être établi entre lui et Allen Dancer, à cette époque. On mentionna qu'ils se connaissaient, mais l'importance du retour de Kline ne fit l'objet d'aucune remarque. En fait, il n'est que brièvement fait allusion à Kline, dans le dossier d'Allen. Apparemment, les deux hommes furent punis pour avoir bu de l'alcool dans la salle des récepteurs. Ils partageaient une bière, lorsqu'on les surprit, de sorte qu'on supposa qu'ils étaient amis. Rien n'était plus éloigné de la vérité.

Ils se rencontrèrent le soir du retour de Kline. C'était Halloween et Allen se rendit chez Julia avec un paquet de massepains. Elle souriait, lorsqu'elle ouvrit la porte. Elle lui prit la main et se pencha pour l'embrasser sur la joue mais il regardait, derrière elle, Kline, assis sur le canapé recouvert de tissu à fleurs. La lumière électrique accentuait les lignes dures de son visage. Il était comme la nuit où il l'avait rencontré, en Espagne.

Les premiers instants furent gênants. Kline resta de marbre. Il parla d'une voix étouffée et dépourvue d'expression.

– Il y a longtemps.

– Oh, oui, effectivement. (Allen rit.) Quand était-ce ? En 1938, hein ? Quelle coïncidence, n'est-ce pas ?

Julia ouvrit une autre bouteille de champagne à minuit. Puis Allen et elle plaisantèrent en se forçant à rire, tandis que Kline, impassible, les regardait fixement depuis son cône de lumière jaune. Apparemment, il avait eu des coups durs, en France.

Julia insista pour qu'ils deviennent un trio. Par deux fois, au cours de cette première semaine, elle les invita à dîner. Une de ses amies de la salle des codes pouvait se procurer des poulets et il y avait des carrés de pommes de terre, derrière la maison. Il y eut de nombreux instants gênants pendant lesquels on n'entendit que le tintement des couverts mais, le plus souvent, Allen parvenait à faire la conversation. C'était une de ses spécialités.

Un dimanche, se pliant à la volonté de Julia, ils s'entassèrent dans la Jaguar d'Allen et roulèrent à toute vitesse sur de petites routes couvertes de feuilles rouges. D'autres feuilles s'envolaient dans leur sillage. Ils pique-niquèrent dans une prairie entourée de lauriers. Lorsque les bouteilles furent vides et la nourriture avalée, Julia alla laver les verres dans le ruisseau voisin.

Kline et Dancer furent alors réellement seuls.

– Elle est jolie, fit Dancer. (Il lui semblait que cela ne l'engageait guère.)

– Oui, répondit Kline.

– Il n'y en a pas beaucoup comme elle, dans le coin, hein ?

– Effectivement.

Ils étaient assis côte à côte sur la couverture. Julia n'était plus qu'une mince silhouette au milieu de la prairie. Le panier se balançait sur sa hanche. La journée constituait une rupture étrange dans un automne sombre. Il n'y avait pas de vent et il faisait chaud.

– Elle m'a beaucoup parlé de toi, dit finalement Allen.

– Elle m'a également parlé de toi.

– Rien de mal, j'espère.

– Non. Elle t'aime bien. Et elle voudrait que moi aussi, je t'aime bien.

– Mais je ne te plais pas, n'est-ce pas ?

Kline haussa les épaules.

– Nous nous sommes rencontrés dans des circonstances difficiles. Si je me souviens bien, tu es arrivé le troisième jour de la contre-attaque. Nous avions été taillés en pièces pour rien.

– Je comprends. L'Espagne a été dure pour tout le monde.

Kline haussa à nouveau les épaules.

– Quoi qu'il en soit, je n'ai pas été juste avec toi.

– Tu étais préoccupé, ce jour-là.

– Tout de même, je m'excuse.

– Laisse tomber. Amis ?

– Oui, naturellement.

Kline serra la main de Dancer. Ils se souriaient.

– Mais je voudrais te demander quelque chose, fit Kline.

– Quoi donc ?

Le sourire de Kline disparut.

– Pourquoi essaies-tu encore de me rouler ?...

Après cela, Allen ne vit plus guère Julia. Il ne lui restait plus que la guerre et il s'y plongea comme jamais. Il passa des nuits entières penché sur les cartes, clignant des yeux dans la lumière insuffisante, jusqu'au moment où les lignes se brouillaient. Il ne s'occupait plus des mêmes régions. Pendant les semaines précédant Noël, il participa à la synchronisation des coups de main de la résistance yougoslave avec les opérations alliées. Son principal agent était un bandit devenu tueur qui commandait une bande d'assassins dans les Montagnes Noires. Ces hommes avaient perdu leur foyer et leur famille. On disait d'eux que, même avec les jambes coupées, ils se traîneraient jusqu'à leur objectif.

En ce qui concernait Julia, Allen l'apercevait de temps en temps, dans les chemins de Flemming mais, comme Kline était presque toujours avec elle, Allen ne lui parla pas.

Par moments, elle lui manquait beaucoup et, un matin, il eut bien du mal à ne pas éclater en sanglots. Il n'avait pas dormi depuis vingt-sept heures, mettant au point un itinéraire de messagers de la vallée de l'Ibar, en Serbie, aux Portes de Fer du Danube. À l'aube, regardant par la fenêtre de son bureau, il constata que le paysage était verglacé. Quelques instants passèrent, puis il vit Julia, au sommet de la pelouse gelée. Elle portait un imperméable rouge et ses bottes jaunes. En dehors d'elle, les couleurs dominantes étaient le gris et un vert terne.

Plus tard, dans la matinée, Allen rentra chez lui dans la brume, ouvrit d'un coup de pied la porte de sa maison et se jeta sur son lit inconfortable. Il somnola, recroquevillé sous la couverture de laine. Pendant une heure, il resta ainsi, les yeux fermés. Dans ces moments-là, il avait l'impression d'être un petit garçon moite et malintentionné et il n'y avait rien de plus agréable que d'être plus malin que les autres. Finalement, il entreprit de se ronger les ongles tout en échafaudant son plan... Les problèmes moraux se résumaient à une maxime : Kline ferait la même chose si les rôles étaient inversés.

L'élaboration du plan prit deux jours. Puis il alla voir le capitaine. Hawkins était dans son bureau, situé dans la cour centrale de Flemming. Les boiseries étaient vermoulues et le papier était moisi. Allen trouva l'officier penché au-dessus du radiateur électrique. Il se plaignait toujours du froid.

– J'ai une proposition à vous faire, commença Allen. (Il se mit à gratter le moisi. Dehors, des plaques de brumes étaient accrochées aux branches noires.)

– Des propositions ou des plaintes, je n'entends que ça, grogna Hawkins.

Le vieil Écossais portait son meilleur gilet de laine. Il était boutonné jusqu'en haut. Aux murs étaient accrochés des fusains d'Inverness. Ils étaient grossiers et trop sombres.

– Oh, mais je crois que celle-ci vous plaira. Elle résout un problème ennuyeux.

– Je vous écoute. Vous avez toute mon attention. (Derrière eux, le gaz sifflait et crachotait.)

– Il s'agit de relier tous les réseaux avec un code unique et invariable.

– Invariable, Allen ? Rien n'est invariable. Regardez cette saleté de temps. Il empire continuellement.

– Oh, naturellement, il y aura un système de lettres en cas de transmission forcée. Mais l'essentiel c'est qu'il reste simple. Un agent pourrait introduire le code et les réseaux pourraient se le passer, avec toutes les précautions nécessaires. En une semaine, un pays tout entier pourrait être entièrement couvert.

– Trop dangereux, Allen. Cela exposerait l'ensemble.

– Ah, mais c'est là que vous faites erreur, capitaine. Il est inutile qu'il y ait des contacts personnels entre les réseaux. Il leur suffit d'une fréquence et d'un horaire d'appel communs. Si vous voulez, par exemple, déclencher simultanément des opérations dans deux ou trois secteurs, il vous suffit de demander aux chefs de secteur de passer le mot. En outre, il est possible de coder les objectifs.

Hawkins regardait la lumière blanchâtre, derrière la fenêtre ovale. Finalement il dit :

– Vous ne pensez pas que ceci pourrait être mis sur pied dans les Balkans, n'est-ce pas ?

– Non. Je pensais que nous pourrions essayer en France.

– Oui, ce serait plus logique, n'est-ce pas ?

– Les groupes y sont nettement moins dispersés.
– Ce n'est pas votre secteur, n'est-ce pas ?
– Non. C'est celui de quelqu'un d'autre.
– Oui... Celui de Robert Kline.
– Robert Kline, répéta Allen en écho.
– Très bien, Dancer, voici ce que je vais faire. Je vais en parler et voir si on applaudit. Si tout le monde est d'accord, je veillerai à ce que votre nom figure au compte rendu. L'esprit derrière le décor, vous voyez ce que je veux dire.
– Oh, ce n'est pas nécessaire. En fait, je préférerais que vous me laissiez en dehors. Je ne veux pas qu'on croie que je mets le nez dans les affaires des autres.
– Comme vous voulez, mais je vous tiendrai tout de même au courant.
– Oui. Ce serait bien. Merci, capitaine.
Pendant toute la conversation, Allen avait regardé fixement le tapis. Une tache brune ressemblait au visage de Robert. Deux brûlures de cigarettes figuraient les yeux.

Plus tard, tandis que le crépuscule se mêlait à la brume, le paysage entourant Flemming prit ses teintes d'hiver. Allen resta assis sur les marches couvertes de mousse du jardin jusqu'au moment où il vit passer Julia et Kline. Ils se découpaient sur les buissons. Auparavant, chaque fois qu'il les voyait se promener ensemble, Allen éprouvait une jalousie mêlée de tristesse. Ce soir-là, il ne ressentit rien. Il aurait pu envelopper les deux jours précédents dans un joli petit paquet et écrire dessus : *Ce que l'on fait par amour...*

Le soir de Noël, ils coincèrent des bougies entre les briques du cellier et, après deux bières, les flammes apparurent à Allen comme de longues aiguilles frémissantes. Finalement, il vomit sur la pelouse gelée. À minuit,

Flemming n'était que silence et obscurité. Allen glissa sur le dallage et s'écorcha les paumes. Puis il faillit tomber une nouvelle fois lorsqu'il buta contre une boîte posée devant la porte de sa maison. C'était une cartouche de Lucky Strike accompagnée d'une carte sur laquelle il lut : Joyeux Noël de la part de Robert et de Julia.

Il resta longtemps assis sur la brique, dans une plaque de lune. Il sentit une odeur de pourri émanant de sa cuisine et dut avaler continuellement le goût de la bile.

Les archives mentionnent très discrètement le rôle joué par Allen dans le départ de Kline pour la France. Son nom apparut plusieurs fois au cours des étapes préparatoires de la mission et il travailla avec les spécialistes de la radio chargés de mettre au point les signaux d'appel que Kline transmettrait à ses réseaux. Les décisions essentielles, toutefois, échappaient à son autorité. On pouvait tout au plus dire qu'Allen s'était contenté de planter une graine dans un sol fertile. Le buisson qui poussa était l'œuvre d'autres personnages...

Kline partit pour la France environ deux semaines après le Nouvel An. Il partit dans un avion léger, peint en noir. C'était une nuit parfaite pour un parachutage. La lune était pleine, mais les nuages diffractaient la lumière. Il tomba dans un champ, à quelques kilomètres de la ligne de chemin de fer conduisant au Havre. Le pilote était un jeune Canadien. (Son compte rendu du parachutage fit, plus tard, partie du dossier.)

En tout, Kline fit quatre transmissions, depuis la France, deux depuis la province et deux depuis Paris. Les choses semblaient fonctionner correctement. Il avait rencontré les chefs de section et leur avait appris à utiliser le nouveau système de […] de sorte que, après deux semaines, […]tait p[…]dé que Kline était parvenu à unifier le ré[…]au Whistler. Puis les communications cessèrent.

Les op[…]rateurs radio de Flemming passèrent trois sema[…]es dans la salle des transmissions, essayant d'entrer en contact avec lui et attendant une liaison. Il y eut des rumeurs, la résistance parisienne parlait de rafles, mais toute vérification était impossible. Finalement, on apprit par un câble de la Gestapo, intercepté par hasard, ce que tout le monde avait besoin de savoir. Kline avait effectivement été arrêté et il subissait un interrogatoire ou bien était déjà mort. La deuxième partie de l'alternative s'il avait de la chance.

Au matin, on envoya un jeune homme annoncer la nouvelle à Allen. Il était tôt mais Allen ne dormait pas beaucoup, depuis l'interruption des transmissions de sorte que, lorsque le jeune homme arriva, il était déjà levé et assis près de la fenêtre. Il vit le jeune homme approcher, dans la neige poudreuse qui était tombée pendant la nuit. Lorsque le jeune homme lui annonça que Robert Kline était probablement mort, Allen Dancer répondit simplement :

– Oui. Je vois. Merci.

Puis il resta assis et regarda la lumière tourner au doré, puis au gris, en se disant qu'il n'avait pas prévu une telle éventualité.

Le plus difficile fut d'avertir Julia. Allen la trouva à la cantine, assise seule à une longue table, devant une tasse de thé intacte. Elle devait avoir compris qu'il était arrivé quelque chose, car elle ne dit rien lorsqu'il s'immobilisa près d'elle.

Il dit simplement.

– Veux-tu faire un tour avec moi ?

Ils sortirent parmi les arbres et les monticules de neige vierge. Allen portait son manteau de tweed et avait remonté le col sur les oreilles. La luminosité l'obligeait à cligner des yeux. Julia portait son vieil imperméable rouge, mais il avait un nouvel accroc à la manche, et ses yeux étaient bordés de rouge.

Finalement, Allen s'arrêta et se tourna vers elle.

– C'est à propos de Robert. Je crois que nous l'avons perdu.

Elle resta un long moment immobile. Elle était aussi raide que les branches tordues. C'était un froid sans vent, rien ne bougeait, dans la forêt.

– Écoute, cela ne signifie pas forcément que nous ne le retrouverons pas, reprit-il soudain. C'est déjà arrivé. Le groupe de Paris pourra peut-être le faire évader. Ou bien, il y parviendra peut-être seul… C'est un type très capable…

Julia secoua simplement la tête. Elle pleurait, mais elle n'avait pas bougé et regardait fixement la neige. Au bout d'un moment, elle dit :

– À ton avis, il n'a pas la moindre chance, n'est-ce pas ?

– Non. (Il lui devait bien cette franchise.) Quand ils prennent un type, ils le conduisent généralement avenue Foch. Les premiers interrogatoires ne sont pas trop méchants mais, ensuite, il y a la place des États-Unis. C'est là que tout se termine, ou bien on est envoyé en camp de concentration. Je suis désolé, mais je me suis dit que ce serait peut-être moins dur si je te le disais moi-même.

Dans un instant de silence, elle se laissa glisser sur la neige et se mit à hurler. C'était, inlassablement, le même mot :

– Non !

Pendant les semaines qui suivirent, Allen la vit régulièrement. Ils recommencèrent à se retrouver après les heures de travail. Ils prenaient une bière dans le cellier ou bien un chocolat chaud à la cantine. Ils avaient également un endroit préféré, au sommet de la tour de Flemming, dans l'enchevêtrement des antennes radio. Ils aimaient le paysage hivernal de forêts et d'étangs gelés.

Avec le temps, leurs relations parurent évoluer. Ils se touchèrent. Elle s'appuyait souvent contre lui. Puis, arriva ce soir sur les marches de la maison de Julia. C'était minuit et la lune, sur la neige, jetait des ombres bleues sur le jardin. Allen murmura un au revoir haletant, puis se pencha et l'embrassa sur les lèvres. Ensuite, il lui dit qu'il s'excusait.

– Cela ne fait rien, Allen. Vraiment.

– Mais…

– Non, cela ne fait rien, Allen. Tout ira bien.

Puis elle lui passa les bras autour du cou et, juste avant qu'ils s'embrassent à nouveau, il lui confia son plus grand secret.

– J'ai peur, Julia. J'ai terriblement peur. Y peux-tu quelque chose ?

Cela lui donna la victoire.

Ils continuèrent de se voir et, à un moment donné, devinrent amants… Cela arriva tout simplement. Parfois il était son petit garçon et le personnage impassible, froid, qu'il s'était composé, s'effondrait. Ensuite, il ne pouvait s'empêcher de sangloter sur sa poitrine. Un jour, comme deux de ses agents avaient été pendus, à Belgrade, il s'effondra et pleura dans ses bras. Pendant toute la journée, il avait joué le bureaucrate maître de lui-même. Puis, on lui avait annoncé qu'il venait d'en perdre deux de plus et il avait simplement hoché la tête. Mais, pendant la nuit, Julia le serra dans ses bras et il pleura.

Et, parfois, elle était l'enfant, parlant d'une jeune fille de la salle de codage et d'un pilote de spitfire. Il aimait la regarder parler. Ses mains ressemblaient à des oiseaux. Ses yeux avaient des taches de cuivre. Ils posaient souvent des bougies sur la coiffeuse et Allen devait se frotter les yeux pour chasser le trouble. Plus tard, il comprendrait que ces journées avaient été les plus heureuses de sa vie, mais il ne pouvait pas l'avouer parce que c'était également l'époque où le monde des services secrets subissait ses pertes les plus importantes et que personne n'avait la moindre raison de se réjouir. Seul son fils, Jessie, une trentaine d'années plus tard, reconnaîtrait qu'il aimait la guerre par-dessus tout. De John à Allen puis à Jessie... Une progression naturelle. L'évolution d'une espèce.

Il y eut un faux printemps, cette année-là. Un matin, les pelouses de Flemming se couvrirent de fleurs et il fit chaud pendant une semaine. Puis il y eut une nuit de vent glacé et l'hiver revint. C'est également à cette époque que l'on entendit parler pour la dernière fois de Robert Kline.

Allen se trouvait dans la salle de réunions, pièce immense, à chevrons, située dans l'aile ouest de la maison. La salle ressemblait à une chapelle, à cause des grandes fenêtres et des bancs. Hawkins était là, avec deux hommes des services de Churchill. Des cendriers et des tasses de thé, posés sur les cartes, les empêchaient de s'enrouler.

À la fin de la réunion, tandis que les hommes se dirigeaient vers la porte, Hawkins prit Allen par le bras et l'entraîna à l'écart.

– Nous avons eu des nouvelles de Kline.

– Quand ?

– La nuit dernière. Ce sont les Polonais qui nous ont prévenus et cela semble plutôt définitif. Selon eux, il aurait succombé dans un camp.

– Est-ce une certitude ?

– À 80 %, à mon sens.

Une odeur de couvertures mouillées et de tabac froid flottait dans la salle. Un jeune homme essuyait le plancher. Il semblait être en transe.

– Pour le moment, nous allons simplement le porter disparu, poursuivit Hawkins. Je n'ai pas l'habitude de rayer les gens aussi longtemps que l'on n'est pas absolument sûr.

– Oui, naturellement…

Au moment où ils allaient se séparer, Hawkins lui dit :

– Je suis vraiment désolé. J'imagine ce que vous devez ressentir, Kline étant votre ami. Néanmoins, il ne faut pas perdre espoir. Il y a toujours une chance.

Lorsque Allen sortit dans le matin frais, le mot chance tournait dans sa tête. Il attendit le soir pour annoncer la nouvelle à Julia, debout dans la pénombre sur le seuil de la maison. Debout à trois mètres de lui, elle lui faisait face. Elle tournait le dos à la cheminée, il était appuyé contre la vieille porte de chêne.

– Nous venons de l'apprendre et je crains que cela ne soit définitif. Aucune chance.

Ensuite, il eut un goût étrange dans la bouche. Il eut l'impression que sa langue était couverte de zinc. *Aucune chance* de se débarrasser de ce goût dans la bouche...

Ils ne parlèrent plus de Robert Kline, du moins s'ils pouvaient l'éviter. Il y avait ses uniformes dans le placard et sa brosse à cheveux en argent dans la salle de bains. Chaque fois qu'Allen mettait son manteau dans le placard, il voyait ces uniformes. Ils avaient quelque chose de terrifiant. (Et, trente ans plus tard, Jessie dirait que les objets n'ont pas de conscience mais agissent néanmoins sur les individus.) Puis, un jour, les uniformes disparurent. Lorsque Allen arriva, dans l'après-midi, il n'y avait plus qu'un vide, dans le placard. La brosse également avait disparu. Julia ne dit rien.

De Kline, il ne restait plus qu'un fantôme qui donnait parfois à Julia les yeux vides et le regard lointain. Finalement, ils parlèrent mariage. Ce sujet était toujours lancé par Allen, mais cela le rendait toujours maladroit et timide. Parfois, sa voix se cassait. En substance, il lui promettait le monde.

Finalement, il finit par persuader Julia car, un soir, au sommet de la colline surplombant le vallon, elle accepta de l'épouser. Le vent du sud soufflait sur les bruyères et il fallut trois allumettes pour allumer sa cigarette. Le vent faisait voler ses cheveux. Elle clignait des paupières, dans les coups de vent, exactement comme une petite fille.

Allen se tenait près d'elle, parlant à son profil. Il avalait sa salive et bredouillait puis, finalement, il s'effondra complètement.

– Oh, Julia, ne comprends-tu pas qu'il n'y a qu'à toi que je puis faire confiance ?

Ce serait la dernière fois qu'il supplierait.

Avant qu'ils ne redescendent, parmi les touffes d'herbe, elle dit :

– Très bien, Allen, je t'épouserai.

Ils s'embrassèrent et l'instant aurait été parfait s'il n'y avait pas eu une légère réserve, dans ses yeux…

Ils se marièrent dans une église de campagne, une vieille église de pierre aux boiseries vermoulues. Des fleurs sauvages poussaient entre les tombes. Le prêtre avait un œil de verre. Lorsque tout le monde se leva pour écouter la lecture des vœux, cela se déroula dans une beauté étrange et fugace… Un peu de vent passait sous la porte, une légère poussière voletait dans les rais de lumière.

Étrange. Fugace. Cela convenait parfaitement à Allen Dancer et à sa vie.

CHAPITRE 5

Sept jours s'étaient écoulés, depuis le retour d'Allen Dancer à Langley, dans le sillage de l'affaire Yeats. C'est à cette époque que les personnages principaux s'installèrent dans leurs rôles respectifs et qu'il devint impossible de revenir en arrière.

C'est également à cette époque que commença le second interrogatoire de Yeats. Chaque soir, Allen interrogeait le prisonnier, tandis que Tony Nugent enregistrait les conversations. Bien que ces séances fussent secrètes, on apprit par la suite qu'Allen n'avait pas vraiment bien fait le travail. Il laissa trop souvent ses émotions prendre le dessus, de sorte que les questions importantes lui échappèrent. Un soir, il cassa un doigt à Dusty et, un autre soir, lui brûla la cuisse avec une cigarette.

Pendant toute cette période, on injecta à Dusty des produits qui, selon les psychiatres de Langley, devaient permettre de contrôler son psychisme. Le plus drôle est que, du fait qu'Allen Dancer faisait confiance à ces médecins, il ne découvrit jamais la vérité concernant les vingt-six pages disparues de la liste de production du Magicien. Apparemment, les médecins persuadèrent Allen que le jeune homme était dans l'impossibilité de mentir sur la destination de la liste, de sorte qu'Allen considéra qu'il avait effectivement perdu les pages dans la forêt. Ce n'est que bien plus tard qu'Allen réfléchirait et se souviendrait que, après la question concernant le document, Dusty souriait. Il avait souri sans se cacher. Il avait souri comme sourient les torturés lorsque le bourreau est allé trop loin.

C'est également pendant cette période que Humphrey Knolls découvrit le premier indice important de son enquête sur les Dancer. Cela commença par une photographie, un cliché glacé de dix sur huit que tout le monde avait oublié. Cette photographie faisait partie d'une enquête de sécurité, concernant Jessie, réalisée par l'agence de Bangkok. Un des responsables de cette agence l'avait vu s'entretenir plusieurs fois avec un individu bizarre. On avertit un officier et on fit une enquête de routine, au cours de laquelle la photographie fut prise, de nuit, avec un téléobjectif et un flash à infrarouges. Cette enquête ne donna aucun résultat, Jessie fut mis hors de cause et il n'y eut pas d'investigations supplémentaires. Les documents furent envoyés à Langley et classés dans les archives de l'agence de Bangkok. On ne prit même pas la peine de chercher dans d'autres directions.

Pourtant, deux faits intriguèrent Knolls. Le premier était que les dates auxquelles Jessie avait rencontré l'homme correspondaient au début de l'affaire... Quatre mois avant l'entrée de Yeats à Langley, Jessie avait rencontré cet homme ; deuxièmement, on apprit par la suite que cet homme était un ancien agent de Langley. Personne ne connaissait son nom, on savait seulement qu'il était lié au monde des services secrets.

Lorsque Humphrey découvrit la photographie, il ne sut guère que penser. Elle était aussi obscure et troublante que l'idée qu'il se faisait de Jessie. Le jeune homme et son compagnon étaient deux silhouettes granuleuses, sur une bande de terrain désolé séparant un marécage d'une étendue couverte d'herbes marines drues. Il y avait un long tube, au-dessus de l'eau et de l'herbe, ainsi que des rouleaux de fil de fer barbelé. Des javelots penchés de métal noir se découpaient sur le ciel. L'endroit paraissait abandonné.

Jessie tournait le dos à l'appareil. On ne voyait de lui qu'une mince silhouette. Il portait un blouson de cuir et un jean. Il ressemblait à un jeune punk. L'homme avec qui il s'entretenait avait été photographié de face. C'était manifestement un homme âgé, grand et mince. Son visage portait des rides profondes, mais ses traits étaient doux, ses lèvres minces et ses pommettes hautes. Il portait un long manteau usé. Compte tenu de l'angle sous lequel le cliché avait été pris, on avait l'impression que ses pieds étaient dans le marais. C'est pourquoi Humphrey le baptisa : l'homme du marais.

Le jour où Knolls trouva la photographie, il la posa sur son bureau et, en fin d'après-midi, elle était couverte de papiers, de tasses de café et d'emballages de bonbons, le surplus de la poubelle. Puis, progressivement, l'homme du marais prit une place prépondérante. Tout d'abord, Knolls confronta la date à laquelle le cliché avait été pris aux activités de Jessie pendant son séjour à Bangkok. Et, oui, il y avait eu des changements après l'entrevue entre Jessie et l'homme du marais. Ce ne furent que de petites choses : des variations de son emploi du temps, un voyage à l'étranger, un séjour à la campagne. Ce fut également à cette époque que, selon Yeats, Jessie se mit à parler davantage du Magicien et, de temps en temps, de Sara Moore.

Cela devint de plus en plus important, pour Knolls. C'est à peine s'il comprenait ou se souvenait comment cela avait commencé. Simplement, il vint un moment où toutes ses pensées se concentrèrent sur l'homme du marais. Il pouvait regarder la photographie pendant des heures. Il se répétait qu'elle était importante, qu'elle avait un sens. Finalement, lorsqu'il lui fut impossible de supporter le mystère plus longtemps, Humphrey, pour la première fois depuis qu'il avait entrepris ces recherches, fit un acte risqué. Il vola un passe dans le bureau de Severson, imita la signature et sortit douze dossiers du coffre-fort des archives secrètes.

Cela lui prit l'après-midi et, par moments, il eut tellement peur qu'il crut mourir. Il y avait des centaines de photographies d'agents de Langley à examiner. Lorsqu'il eut terminé, il avait découvert l'identité de l'homme du marais et mis à jour l'élément essentiel de l'affaire. Cet élément était le lien entre Jessie Dancer et Robert Kline.

De tous les personnages de l'affaire Dancer, celui que les chercheurs trouvèrent le plus déroutant fut Robert Kline. Les dossiers retrouvèrent sa trace quatre mois après son évasion d'un camp de concentration allemand. Personne ne sut avec certitude comment il avait réussi à s'échapper. Les notes prises pendant son interrogatoire furent transmises aux archives, mais elles n'apportaient rien. Apparemment, Kline n'avait pas grand-chose à dire. Il esquivait les questions. Il se contentait d'être là. Le silence ne le gênait pas...

Le jour du retour de Kline à Flemming, un vent chaud soufflait du sud. Il était venu de Londres en voiture et le dos de son uniforme était noir, à cause de la sueur. Quand la Jeep arriva dans la cour, Hawkins attendait sur le perron.

La première chose qu'il remarqua fut que Kline avait un poignard fixé à l'avant-bras.

– Voulez-vous un verre de limonade ? demanda Hawkins.

– Merci, répondit Kline, mais sa voix était morte.

Ils s'immobilisèrent devant les hautes fenêtres du bureau de Hawkins. La pièce baignait dans la lumière de l'après-midi. Dehors, les arbres se balançaient.

– Nous ne pensions pas vous revoir, poursuivit Hawkins. Mais je suppose que c'est ce que tout le monde vous dit, n'est-ce pas ? Enfin, à propos de votre retour.

– Oui. C'est ce que tout le monde dit.

– Il est dommage qu'Allen et Julia ne soient pas là. Ou bien, peut-être pas. En fait, je ne sais pas ce que vous en pensez.

– De quoi ?

– De leur mariage ? On vous a prévenu, n'est-ce pas ?

– Ouais, effectivement.

– Et cela ne vous fait rien ? Vous n'avez pas de ressentiment ? Vous ne leur en voulez pas ?

– Que voulez-vous que ça me fasse ?

– Eh bien, je croyais que Julia et vous étiez, euh, plutôt intimes. Et puis Allen… Alors, naturellement, je me suis dit que vous seriez peut-être un peu amer…

Kline eut un sourire sans chaleur.

– Amer ? Je n'éprouve pas la moindre amertume, Jack. Je suis seulement impatient de commencer.

Hawkins hocha nerveusement la tête.

– Oui. Londres m'a appris ce que vous avez l'intention de faire et je dois reconnaître que vous avez beaucoup de courage.

– Oh, pas forcément. En faut-il vraiment pour abattre quelques Allemands ? Ils sont comme tout le monde, ils meurent.

L'intonation de Kline, lorsqu'il prononça ces paroles, avait quelque chose de terrible. On aurait dit qu'il n'y avait plus rien d'humain en lui.

D'après les dossiers officiels, Kline devint alors Responsable d'Opérations de Terreur. Les individus chargés de ce type de mission étaient surnommés : les ruffians. Parfois ils travaillaient seuls, parfois ils travaillaient en collaboration avec les réseaux de résistance locaux. Ils étaient entraînés au combat au corps à corps et à l'assassinat à distance. Les risques étaient élevés et, après trois opérations, on était considéré comme un ancien. Robert Kline devint le meilleur.

Il fut formé dans les montagnes d'Écosse, région désolée ; le ciel était toujours couvert. Parfois, il se promenait sur la lande. C'était un pays sauvage et, comme un paysage de rêve, il semblait receler des aptitudes surnaturelles.

Il ne connut jamais les gens avec qui il s'entraîna. Personne n'utilisait son nom véritable. Kline était M. Sly… et le seul Américain. Les autres étaient en majorité étrangers : Polonais, Belges, Français, Suédois. Le commandant du camp leur disait qu'ils constituaient l'élite, le fer de lance des armées alliées. Intérieurement, il se disait qu'il s'agissait simplement d'hommes qui avaient été trop loin et cherchaient à retrouver une forme d'équilibre. Il les admirait, mais ils lui faisaient un peu peur.

La première mission de Kline se déroula en Pologne. La cible était le commandant régional des camps, ancien directeur de Treblinka. Il s'appelait Bruno Steiner et son assassinat avait été autorisé pour des raisons psychologiques. Les Polonais haïssaient Steiner et on pensait que sa mort donnerait à la résistance des raisons d'espérer. Lorsque Kline reçut ses instructions, on lui dit que cette mission lui convenait parfaitement… probablement une allusion à sa religion, parce que Steiner avait tué des centaines de Juifs.

Il se fit passer pour un ingénieur munichois se rendant dans une usine de l'Est. La résistance locale aurait dû lui fournir une voiture, mais elle ne disposait que d'une moto. Au début, Kline fut contrarié. Il croyait que la moto attirerait trop l'attention. Plus tard, toutefois, il se mit à aimer la machine… filant dans une immense plaine sans arbres, il avait l'impression d'être un démon indestructible. Il traversa de nombreux villages, tous vides, et plus silencieux que la route elle-même parce qu'ils le protégeaient du vent. La nuit, il y avait peu de lumières, seulement quelques points sur l'horizon. Il se dirigeait à la boussole car les poteaux indicateurs avaient été arrachés.

Il passa la première nuit sous les pins, au bord d'un lac. À l'aube, le vent siffla dans les roseaux et le claquement des ailes des oiseaux se répercuta sur l'eau. Le lac était tranquille, lisse comme une plaque de verre et Kline aussi se sentit calme… Il eut l'impression que sa vie tout entière l'avait préparé à la mission qu'il allait accomplir.

Il était impatient.

Il passa la deuxième nuit avec une fille. Cela se trouva ainsi. Arrivé dans une ville, il avait trouvé une vieille auberge au crépi lépreux. Il n'y avait pas d'eau chaude et seulement un filet d'eau froide. Sa chambre était nue, à l'exception d'un lavabo taché, d'un bureau, d'une chaise et d'un lit étroit. Il n'y avait pas de tapis, seulement un parquet grossier.

Il était allongé et fumait, en regardant les taches d'humidité du plafond, lorsque la jeune fille frappa à sa porte. C'était une jeune fille mince, aux yeux de biche et aux longs cheveux bruns. Elle parlait mal l'allemand. Elle avait probablement appris avec les soldats. Elle dit que sa chambre était voisine de celle de Kline et la conversation s'engagea. Elle n'avait pas plus de seize ans, mais elle était déjà un peu folle.

Finalement, ils se trouvèrent dans sa chambre, allongés sur le lit. Au mur, elle avait collé une photo, représentant un cheval, qu'elle avait probablement prise dans une revue. En dehors de cela, la chambre était aussi nue que celle de Kline.

Elle avait une bouteille de vodka de mauvaise qualité. Un soldat de Potsdam la lui avait donnée. Il lui avait également donné un peu d'argent, mais elle n'en avait plus.

– Je suppose que tu penses que les Allemands ne sont pas si mauvais.

La jeune fille haussa les épaules.

– Il m'a donné tout ça parce qu'il se sentait coupable. D'abord il m'a violée, ensuite il m'a donné de l'argent et ça.

D'un air absent, elle toucha la bouteille du bout des doigts.

– Eh bien, si je te violais, je ne pourrais rien te donner ensuite.

– Tu ne seras peut-être pas obligé de me violer. Tu me plais peut-être.

L'alcool l'avait rendue maussade. Ses lèvres paraissaient boudeuses et humides. Elle avait un côté félin qui, étant donné les circonstances, était étrange. Cela ne faisait qu'accentuer la contradiction entre sa jeunesse et ce que la guerre lui avait fait.

Pendant près d'une heure, ils restèrent allongés côte à côte… Elle avait défait les boutons de sa chemise et lui caressait la poitrine du bout des doigts. Finalement, elle s'étendit, bâilla et dit :

– Je me fiche de tout. Je ne suis pas difficile.

Elle se débarrassa de ses chaussures, passa sa robe de coton au-dessus de la tête. Elle avait de petits seins, Kline vit ses côtes.

– Tu n'es pas obligée, dit-il.

– Mais j'en ai envie, répliqua-t-elle. Puis elle se jeta dans ses bras.

Comme il ne réagissait pas, elle lui prit le pouce et le frotta sur le bout de son sein.

– J'ai froid… Tellement froid… je t'en prie…

Alors il la serra contre lui, jeune fille confiante, aux longues jambes. Elle appuya ses cuisses contre les siennes et lui caressa les épaules. On apercevait une lune pleine, glacée, par la fenêtre, et la pièce baignait dans une lumière blanche. Elle referma ses bras sur lui et refusa de le lâcher. Puis elle gémit doucement et il constata qu'elle pleurait. Lorsqu'il lui embrassa légèrement les seins, ses yeux se révulsèrent…

Plus tard, elle refusa encore de le lâcher. Elle s'était blottie dans le creux de son bras, les cheveux répandus sur l'oreiller. Ses lèvres étaient tout près de l'oreille de Kline. Elle murmura :

– Tu n'es pas allemand.

Il eut un rire étouffé.

– Qu'est-ce qui te fait croire cela ?

– Tu ne le fais pas comme les Allemands. Les Allemands ne valent rien.

– Alors, si je ne suis pas allemand, qu'est-ce que je suis ?

Elle roula sur le dos. Elle lui avait pris la main et l'examina. Puis elle mordilla le bout d'un doigt. Finalement, elle dit :

– Je ne sais pas. Tu es peut-être un espion.

Cela le fit sourire.

– Je ne suis pas un espion. Je suis un tueur. J'ai un poignard, dans ce sac. À double tranchant. Effilé comme un rasoir.

Elle souriait et ses yeux étaient beaucoup plus brillants qu'au moment où ils s'étaient rencontrés.

– Qui vas-tu tuer ? demanda-t-elle, ressemblant plus que jamais à une petite fille.

– Tout le monde, répondit Kline. Puis il l'embrassa légèrement, effleurant à peine ses lèvres.

– Oui… (Elle gloussa.) Tue tout le monde et continue jusqu'à ce qu'il n'y ait plus que toi et moi. Ensuite, nous pourrons faire une nouvelle race de gens.

– Je te le promets.

Kline sourit et l'embrassa à nouveau…

Kline arriva à Cracovie le soir du septième jour. Il ne pénétra pas dans la ville. Il resta dans la campagne, errant dans les champs de pommes de terre. Finalement, une vieille femme lui donna un logement ainsi qu'une soupe claire de poireaux et de navets. Il y eut également des tranches de pain noir et granuleux.

Son objectif était un vieux château qui se dressait sur une colline dominant la ville. Kline passa des heures accroupi dans les champs, insensible au froid, à regarder, de l'autre côté de cinq kilomètres de terre brune, les murs hauts du château. Un jour, Kline imagina qu'il était une chauve-souris filant au-dessus de l'herbe, se glissant par une meurtrière puis volant, dans les couloirs, jusqu'à la chambre de Bruno Steiner.

Il attendit une nuit venteuse pour commettre l'assassinat. Il partit au crépuscule. D'abord, il y eut une longue marche dans les champs, puis sur la route tortueuse. Lorsqu'un camion passa, il se jeta dans les buissons pour échapper aux phares. Il se sentait aussi sûr de lui que la chauve-souris de sa rêverie. Les portes étaient gardées, mais il entra facilement, escaladant un arbre proche du mur. Puis il traversa la cour et gravit des marches de pierre. Il pénétra à l'intérieur par une fenêtre et resta quelques instants immobile dans l'ombre. En Écosse, il avait étudié pendant des heures une reproduction en bois du château. Il avait la même impression que pendant la préparation de l'assassinat. Il n'avait pas peur, il était seulement terriblement intéressé.

Finalement, il atteignit la chambre de Steiner. L'homme dormait dans l'obscurité. Un parfum de lotion capillaire flottait dans la pièce. Il y avait également l'odeur du cuir. Des sous-vêtements, une paire de bottes et des objets impossibles à identifier étaient éparpillés dans la pièce. Une cravache était appuyée contre une plinthe. Kline attendit que ses yeux fussent complètement accoutumés à l'obscurité, puis se dirigea silencieusement vers le lit. Pendant les ultimes secondes, une sorte de pilote automatique prit le relais. Le poignet de Kline parut agir de lui-même, tirant le couteau, écrasant l'oreiller sur le visage. Quant à Kline, il eut l'impression que son poignard pouvait transpercer n'importe quoi, les souvenirs pourris de toutes les minutes qui s'étaient écoulées depuis le début de la guerre. Cela le soulagea…

Puis, il arriva un moment où Kline eut l'impression d'être allé trop loin, d'avoir dépassé ce que les hommes appellent en général : humanité, et cela lui donnait envie de vomir. Tout lui semblait étrange. Des gens apparaissaient et parlaient, mais il lui était difficile de comprendre ce qu'ils disaient. Il avait toujours faim, mais ne pouvait manger, toujours fatigué, mais ne pouvait dormir. Il avait l'impression de jouer son propre rôle.

On l'envoya en Afrique du Nord, pour tuer un tortionnaire de la Gestapo en vacances. Il arriva en début de matinée et, tandis qu'il suivait l'esplanade, la mer était d'un bleu irisé et les feuilles vertes des palmiers semblaient découper le ciel. Les falaises étaient blanches.

Pendant toute la journée, il but de l'eau minérale dans une cabine de bain. Des voiliers louvoyaient dans le soleil, des mouettes tournoyaient dans le ciel ; un enfant découpait un poisson sur le sable. Il décida d'attendre le crépuscule. Lorsque la lumière devint pourpre, il reprit le chemin de l'esplanade. Le vent faisait frémir les feuilles des palmiers.

La nuit. Il gravit le flanc d'une colline, franchit le mur d'un jardin, traversa un bosquet de bambous, contourna des pièces d'eau pleines de poissons rouges. Il lui suffisait de caresser les serrures pour qu'elles s'ouvrent. Les fenêtres cédaient sans bruit. Cela faisait partie de ses pouvoirs. Il avait l'impression d'être tout-puissant, allant de lit en lit, d'abord l'oreiller, puis le poignard…

Et cela continua, de ville en ville. À Paris, il tua dix-sept personnes ; on le traita de psychopathe et personne n'était plus certain qu'il faisait encore la guerre. Peut-être avait-il simplement décidé de tuer à la chaîne. Cela s'était déjà produit.

Intérieurement, il se disait : oh, je suis simplement victime d'un talent exceptionnel. Après un meurtre, ses nerfs se détendaient. Il regagnait sa chambre, allait dans un café, prenait un train ou un taxi. Il regardait les lampadaires, les rues mouillées, les promeneurs nocturnes et les néons scintillants. Peu lui importait où il était ; après un assassinat correctement réalisé, une sorte de paix s'emparait de lui.

Toutefois, cela finit par se voir. Il ne pouvait pas le contrôler complètement et les gens le remarquèrent. Ils se mirent à parler, à éviter ses yeux, à l'observer de loin. On aurait dit qu'ils assistaient à un accident. Ils avaient envie de regarder mais, en même temps, ils ne voulaient pas voir.

À Anvers, il mutila un corps, mais il ne put s'en empêcher, le poignard avait pris le dessus, ce n'était pas sa faute… À Limburg, il éventra un chien. L'objectif était un Hauptsturmführer obèse que Kline abattit dans une forêt, tandis qu'il promenait son dalmatien. Après, il avait également fallu tuer le chien. Kline ne savait pas exactement pourquoi, il le fallait, simplement. Puis, dans les faubourgs de Budapest, et près de Varsovie… Toujours la même histoire… Le poignard prit le dessus. Grâce aux rapports interceptés de la Gestapo et aux journaux, les supérieurs de Kline se firent une idée assez précise de ce qui se passait. Ils décidèrent que Robert Kline avait besoin de repos.

On l'envoya à Clovelly, afin qu'il puisse se promener sur la plage. C'était la fin de la saison et la ville était déserte.

Il habitait un vieil hôtel situé en plein vent, aux murs blanchis par le soleil et le vent. L'après-midi, il déambulait sur la plage et revenait avec les revers de son pantalon pleins de sable. Dans l'ensemble, c'était désagréable. Les journées étaient sombres, la mer prenait des teintes grises sous les nuages gris, il y avait perpétuellement de la brume sur l'horizon. S'ils voulaient qu'il se repose, pourquoi ne l'avaient-ils pas envoyé à Hambourg ?

Le long de la plage, non loin de son hôtel, il y avait un pub de pêcheurs : rames aux murs et filets suspendus au plafond. Il y faisait sombre et, en général, quelques marins étaient rassemblés autour des tables. Ils suspendaient leurs cirés à des chevilles proches de la porte.

Kline y allait presque tous les après-midi. Il alignait les bières puis posait la tête sur les bras. Personne ne lui parlait. Peut-être les gens avaient-ils un peu peur de lui, comme on a peur des infirmes. Mais un jour, alors qu'il était avachi sur sa table, quelqu'un lui adressa la parole. Tout d'abord, une voix douce murmura son nom. Puis la chaise qui se trouvait en face de lui racla le plancher.

Il était ivre et il ne vit, au début, qu'un halo de cheveux blonds. Puis il frissonna et sourit. Parce qu'il regardait Julia et ne pouvait y croire tout à fait. Il eut l'impression de sortir du coma.

– Comment vas-tu, Robert ? (Elle portait un imperméable marron et un pull-over bleu. Ses mains tremblaient.)

– Comment je vais ? Que fais-tu ici ? De tous les endroits paumés…

– Il fallait que je te voie. J'ai insisté et, finalement, on me l'a dit.

– Tu es venue me hanter, hein ? Tu n'es qu'un fantôme. Pourquoi ne rentres-tu pas chez toi ?

Elle se mit à pleurer.

– Robert, je ne savais pas. Tout le monde disait que tu étais mort, Allen était là et il venait souvent me voir… C'est arrivé comme ça.

– Sûr, comme ça.

Dehors, la brume dérivait sur la plage. On entendait les mouettes, mais on ne pouvait les voir. Le ressac caressait le sable. Ils marchaient côte à côte. Elle avait glissé les mains dans les poches de son imperméable, il tenait ses chaussures. Ils marchaient tête baissée. Le chant des oiseaux et le murmure de l'océan emplissaient leurs longs silences.

– Tu as changé, dit-elle. Tu sembles différent.

– Bien sûr.

– On m'a parlé du camp. Je suis désolée…

– C'est pour me dire cela que tu es venue ? Je n'en ai pas besoin.

– Non, ce n'est pas pour cela que je suis venue. Je ne sais pas pourquoi je suis venue.

Kline fronça les sourcils.

– Comment va Allen ?

– Il va bien. Il croit que je suis chez mon père.

– Eh bien, si tu es venue dans l'intention de renouer avec le passé, laisse tomber. Je ne trahis jamais les amis. (Il ne souriait pas.) En plus, ils m'ont détruit, tu comprends ? D'abord, on te glisse des petites tiges de verre à l'intérieur et, ensuite, on les casse. Pour les femmes, ils se servent de petites ampoules électriques. Ensuite, on est un peu handicapé.

Elle se remit à pleurer.

– Je t'en prie, Robert, ne parle pas ainsi.

Il lui passa le bras autour des épaules et ils tombèrent à genoux sur le sable froid. Le pinceau lumineux du phare tournait, de l'autre côté de la baie, sur les rochers.

– Je vais te reconduire, dit-il finalement, presque tendrement.

– Non, je veux rester avec toi, il faut que j'explique…

– Tu n'as rien à expliquer.

– Mais il le faut… Seigneur, tu ne sais pas ce que j'ai vécu… sans savoir ce qu'il t'était arrivé, comment tu allais… ce que tu pensais de moi. Et, après, lorsque j'ai su que tu étais ici…

Elle avait appuyé l'oreille contre sa poitrine, comme pour entendre battre son cœur.

– Tout ira bien, murmura-t-il, tout ira bien.

– Mais tu ne comprends donc pas ? Je t'aime. Je t'ai toujours aimé, et je n'aime pas Allen comme je t'aime. Je t'aime si fort que j'ai mal, je jure devant Dieu que j'ai mal. Ne trouves-tu pas cela drôle ? Peux-tu faire mieux ?

Il l'embrassa et ils se levèrent puis traversèrent la plage immense et battue par le vent.

Dans la chambre de Kline, la fenêtre était ouverte et les rideaux volaient. Il déboutonna l'imperméable de Julia et l'embrassa à nouveau. Elle était souple, un peu étourdie. Mais, lorsqu'elle fut nue, elle se colla à lui. Ils s'allongèrent et restèrent longtemps immobiles…

Elle passa trois jours avec lui, puis s'en alla. Il ne l'accompagna pas à la gare. Ils se dirent au revoir sur la plage. Il y avait encore du brouillard. Les mouettes les regardaient. Elle lui effleura les lèvres et lui dit qu'elle l'aimait. Il voulut parler d'Allen, mais il se contenta de sourire et de dire :

Nous nous reverrons. Peut-être pas tout de suite, mais un jour…

Ainsi, le lien fut établi et Kline se souviendrait de cet instant jusqu'à la fin de ses jours. Il n'oublierait jamais qu'elle avait les cheveux dans les yeux et qu'elle pleurait.

Personne ne put croire qu'un tel instant eût existé. Il n'est pas étonnant que personne n'ait compris…

Deux mois après la capture de Dusty Yeats, Humphrey Knolls trouva une photographie de Robert Kline et Jessie Dancer. Ils se découpaient sur un marais désolé de la banlieue de Bangkok. L'interrogatoire de Dusty Yeats se poursuivait et Allen Dancer habitait toujours chez son père. Personne ne savait où était Jessie mais Knolls avait l'impression que l'affaire devenait plus claire.

CHAPITRE 6

Plus tard, on dirait que, après avoir fait entrer le nom de Robert Kline dans ses notes, l'histoire devint tellement complexe que Humphrey Knolls cessa d'être en mesure d'en saisir l'ensemble. On dirait qu'il se mit alors à chercher dans toutes les directions et fut incapable de débrouiller les divers fils.

Rien de tout cela n'est vrai.

En fait, Knolls savait parfaitement bien que les trois jours passés à étudier la vie de Robert Kline ne constituaient qu'un intermède au sein de l'histoire d'Allen Dancer et du Magicien. Oui, se dit-il, un jour, il faudra revenir à Robert Kline mais l'essentiel reste l'histoire d'Allen.

À cette époque, Knolls avait vu plusieurs fois Allen. Il l'avait vu dans les couloirs de Langley, à la cafétéria, plaisantant avec les membres de son équipe. Allen mangeait toujours des pêches et du fromage blanc, sans jamais se hâter.

Pourtant, un jour, peu après qu'il se fut à nouveau plongé dans les dossiers des Dancer, Knolls surprit une autre image d'Allen. C'était en fin d'après-midi et Knolls avait traversé la pelouse puis pénétré entre les arbres. Tout paraissait net et magnifié : les aiguilles des pins, les rochers, les fougères vertes. Mais surtout, il y avait la silhouette d'Allen debout au sommet d'une éminence. Humphrey le vit de loin et s'arrêta. Il était seul.

Rien, dans les dossiers, ne permettait d'imaginer cet Allen songeur. Dans les dossiers, on ne découvrait qu'un Allen intelligent, brillant, un jeune homme ne se départissant jamais d'un large sourire. Des rapports, rédigés de la large écriture penchée d'Allen, racontaient les coups hardis portés à l'ennemi. Il concevait des plans complètement fous. L'un d'eux prévoyait d'introduire une maladie vénérienne parmi les proches collaborateurs d'Hitler. Dans un autre, il s'agissait de la fièvre jaune. La présentation de ses projets contenait toujours une ou deux plaisanteries. On était en 1944 et Allen faisait une guerre extraordinaire.

Selon les archives, Allen et Julia habitaient alors un hangar à bateaux, au bord du lac de Genève. C'était un vieux chalet aux parquets de chêne et aux volets bleus. Des visages de gnomes étaient sculptés dans les boiseries. Les rideaux étaient retenus par des cordelettes de soie. Il y avait des roseaux dans la cour et le jardin était entouré d'une haie d'aubépine.

Le soir, Allen et Julia allaient parfois jusqu'au port, s'asseyaient parmi les bateaux qui tanguaient doucement et écoutaient le grincement des amarres tendues. Allen apprit à faire de la voile et il existe un cliché le représentant, insouciant et souriant, coiffé d'une casquette de capitaine.

Il y avait de nombreuses réceptions, principalement dans les ambassades, et Allen y assistait toujours. Elles constituaient son atout principal, son terrain de chasse, parce que c'est au cours des conversations mondaines qu'il se fit des amis parmi ceux qui, au sein du Troisième Reich, pensaient qu'Hitler devait partir.

Allen était dans une situation délicate. Alors qu'il représentait les alliés, il rencontrait ouvertement des nazis et laissait entendre que si Hitler était chassé et la guerre terminée, l'Allemagne aurait droit à une paix honorable. Les adversaires des projets d'Allen parlaient de trahison, mais Allen soutenait qu'il agissait en réaliste. La guerre, expliquait-il, n'est ni noire ni blanche. Elle est grise et il n'y a plus aucune certitude lorsque l'on a retiré l'émotion et la propagande. Allen, disait-on, traitait les Allemands comme ses clients.

L'essentiel des archives concernant cette période a été conservé par Greyson Dow, qui supervisait l'action d'Allen. Ce serait la dernière affaire de Dow et certains pensent qu'elle l'a tué. On a dit qu'elle lui a brisé le cœur. En réalité, toutefois, il était malade depuis longtemps et, lorsqu'il rendit visite à Allen, sur les rives du lac, la mort était déjà dans ses yeux…

Greyson Dow et Allen se rencontrèrent un matin, deux mois environ après l'arrivée d'Allen à Genève. Il faisait froid et le long trajet en avion, depuis Londres, avait épuisé Dow. Il s'était rendu chez Allen en taxi et les deux hommes étaient partis en promenade au bord du lac. Il portait un vieux manteau dont il avait remonté le col. Ses yeux étaient injectés de sang et il parlait d'une voix monocorde.

– J'ai vu ton père.

– Oui ? Comment va-t-il ?

– Il va bien, il t'envoie le bonjour.

– Il faut que je lui écrive, il y a longtemps que je ne l'ai pas fait.

– Oui, ce serait gentil. Je suis sûr qu'il aimerait avoir de tes nouvelles.

Une cloche sonna, de l'autre côté du lac. La brume approchait. Soudain, le vieil homme dit :

– Écoute-moi bien, Allen. Ton père m'a demandé ce que tu faisais ici. Je ne le lui ai pas dit et je crois que tu devrais faire pareil. Il déteste les nazis et je pense qu'il n'approuverait pas.

Allen resta quelques instants silencieux puis répondit :

– Et je présume que vous non plus, vous n'approuvez pas.

Dow haussa les épaules.

– Il y a quelques jours, je suis tombé sur un mémo. Peu importe d'où il venait. Il mettait l'accent sur le fait qu'International Telephone and Telegraph possède deux usines Focke-Wulf. Cela signifie que, tandis que les bombardiers d'ITT attaquent nos navires, les radars d'ITT pointent nos canons sur ces mêmes bombardiers. Hier, j'ai entendu dire que tu dînais avec les représentants d'I. G. Farben. Je crois savoir qu'ils fabriquent des gaz pour les camps. Par conséquent, Allen, non, je n'approuve pas.

Les sourcils froncés, Allen hocha la tête. Finalement, il dit :

– Je n'ai pas fait la règle du jeu, Greyson. Je me contente de jouer.

– Oui, Allen, effectivement, tu joues le jeu.

– Écoutez, ce que je fais ici sauvera de nombreuses vies. Savez-vous ce que les Allemands ont l'intention de nous faire subir, au cas où nous franchirions le Rhin ? Peut-être n'avez-vous pas osé regarder les chiffres ?

– Allen… (Greyson soupira.) Je t'en prie, ne te retranche pas derrière la logique. Je ne veux plus entendre parler de logique.

– Ce n'est pas une question de logique. C'est une question de vies épargnées. Et que vous le vouliez ou non, Greyson, les vies sont importantes.

Le vieillard secoua la tête.

– Ce qui est vraiment important, Allen, c'est ce qu'on appelle la dignité humaine.

C'est l'âge, se dit Allen… Il est complètement dépassé…

Ils arrivèrent devant un banc vert sur lequel ils s'assirent, regardant fixement le lac. Une corne de brume retentissait, de temps en temps, se mêlant au tintement de la cloche.

– Je ne dispose que d'une heure, fit brusquement Greyson. Il vaudrait mieux que tu me fasses ton rapport tout de suite.

Allen acquiesça.

– Très bien. Je dois vous dire que les gens que j'ai rencontrés voudraient que Washington et Londres prennent des engagements. Et des engagements écrits. Ils se considèrent comme internationalistes et veulent être traités comme tels, au cas où ils se mettraient de notre côté.

– Des internationalistes, hein ? C'est la meilleure !

– Écoutez, Greyson, je puis vous affirmer qu'ils sont prêts à agir. Tout ce qu'ils veulent, ce sont des garanties.

– Oui, des garanties. Eh bien, dis-leur qu'ils n'en auront pas. Roosevelt ne marchera pas, et Churchill non plus. Il faut également tenir compte des Russes et les Russes refuseront de parler paix avec des internationalistes de Berlin.

– Très bien. Dans ces conditions, il y a une autre solution. Voulez-vous la connaître ?

Greyson acquiesça en silence.

– Elle repose sur un de mes contacts. C'est un type que j'ai rencontré en Espagne. Il est également dans la partie. Il s'appelle Kurt Lehr.

– Je me souviens de lui, fit Dow à voix basse.

– Oui. Eh bien, apparemment, Lehr cherche une issue.

– Je déteste cela, souffla Dow. Je ne comprends pas comment tu peux le supporter.

Allen ne prit pas la peine de répondre.

– Je crois que ce Lehr peut m'aider à arriver au sommet. Pas seulement les internationalistes. Me donnez-vous la permission de continuer ?

Greyson baissa la tête. Il regardait ses mains.

– Franchement, Allen, je me fiche de ce que tu fais. Tu peux grimper au sommet de cette saloperie de tas de fumier si ça te chante. Mais ne va pas raconter que je t'y ai aidé.

Allen se dit que le vieillard se trompait de problème, croyait qu'il parlait d'atteindre le sommet de la hiérarchie des services secrets.

Allen avait raison… Mais le vieil homme était convaincu qu'il ne s'était pas trompé.

Greyson Dow mourut à l'automne. Il s'en alla tranquillement, dans son vieux rocking-chair, près de la fenêtre donnant sur le fleuve. Il était seul et le corps ne fut découvert que plusieurs jours plus tard. Ses papiers furent enlevés par des collaborateurs du président et, dans le coffre-fort, ils trouvèrent son journal, qui couvrait les années pendant lesquelles il avait été en relation avec les Dancer.

John Dancer assista aux funérailles, ainsi que d'autres membres des services secrets, pourtant, l'unique allusion à ses activités fut un passage de son oraison funèbre consacré à son patriotisme. Dans le dossier de cette affaire, figure une lettre écrite par Allen à la sœur de Dow. Allen avait adressé sa missive au bureau, où il savait qu'elle serait ouverte et lue. C'est ainsi qu'il l'avait voulu. C'était un simple mot de condoléances évoquant l'étroitesse des liens qui l'avaient uni à Dow. Il disait que Dow avait toujours été son deuxième père et qu'il se souviendrait de lui en tant que tel.

Après la mort de Dow, les activités d'Allen cessèrent, apparemment, de faire l'objet d'un contrôle et il lui fut possible d'agir en toute liberté. Trois semaines après l'enterrement, il prit des contacts, au sein de l'Abwehr, dans l'espoir de retrouver Kurt Lehr. Il y eut ensuite six semaines de négociations. Allen rencontra une douzaine de fois, en secret, un messager de l'ambassade d'Allemagne. Finalement, un rendez-vous fut fixé dans la forêt proche de Bâle.

Lehr avait traversé la Forêt-Noire en voiture et franchi la frontière à l'aube. Allen avait passé la même nuit dans une chambre toute blanche, proche du pont de Wettstein. À son réveil, la femme de chambre lui apporta du café et des tartines ; pendant ce temps, Lehr attendait, frissonnant, au cœur de la forêt.

Allen prit la direction d'une clairière de sapins et de chênes. Le sol était couvert de feuilles. Allen gravit la pente, puis descendit dans la rocaille. Lorsqu'il pénétra dans le cercle d'arbres, Lehr sortit de derrière un chêne couvert de mousse. L'air était frais et les branches projetaient des ombres sur le sol. Lehr portait un pantalon gris, trop large et froissé. Sa chemise avait des marques de sueur. Il tenait un vieil imperméable sur le bras et sa peau était terreuse. Il semblait de cire.

Il dit seulement

– Salut, Allen. (Puis il grimaça un sourire.)

– Il y a bien longtemps, Kurt.

– Oui, cinq ans, et tu as l'air plus en forme que jamais. La victoire embellirait-elle les gens ?

Ils s'assirent sur un tronc. Lehr avait allumé une cigarette. Il n'était pas rasé et le blanc de ses yeux était plein de veines rouges. Ses doigts étaient jaunis par la nicotine.

– Je ne me souviens même plus de ce que l'on ressent, lorsqu'on est victorieux. C'est drôle comme on oublie vite. J'ai l'impression que nous perdons depuis mille ans.

– Il n'est pas nécessaire que cela continue, Kurt. Il est possible de prendre des dispositions.

– Ah, oui, j'ai entendu parler de tes dispositions.

– Un peu de courage, il n'en faut pas plus.

– Un peu de courage. Alors, pourquoi t'es-tu adressé à moi, Allen ? Ignorerais-tu que je suis un lâche ? Il n'y a que des lâches, en Allemagne. Tous les braves ont été tués. Maintenant, il ne reste plus que les lâches et les fous.

– On ne change pas l'histoire en parlant ainsi.

– Oh, je t'en prie, Allen. Épargne-moi cela. Je ne cherche pas à changer l'histoire. Je veux seulement sauver ma tête. Qu'est-ce que tu croyais… Que je voulais encore faire l'amour avec toi ?

– Ferme-la, Lehr. Ferme ta sale gueule.

– Ach, qu'est-ce que cela peut faire, Allen ? Nous étions jeunes et vigoureux. Le monde était beau et nous étions deux mâles… (Allen recula.) Écoute, Allen, je ne suis pas venu pour te taquiner. Je suis venu te proposer un marché. Et il vaut bien mieux que cette histoire d'assassinat, beaucoup mieux…

– Tu es un salaud, Lehr, tu l'as toujours été.

– Mais un salaud intelligent, Allen, un salaud qui a compris comment les choses se passeront, après la guerre. Bien, comment pourrais-je dire, Allen ? Puis-je dire que je peux t'aider ? Non. Non, il est préférable d'utiliser une image. Disons que, lorsque tout cela sera terminé, je pourrai te donner une clé. Et ce sera la clé la plus utile. Tiens-toi bien, cette clé te permettra de comprendre les Russes !

– Les Russes sont nos alliés, fit Allen sur un ton narquois.

– Oui, mais pour combien de temps ? Souviens-toi qu'ils ont aussi été les nôtres.

– Bon sang, de quoi parles-tu, au juste ?

– De l'avenir. De notre avenir. On te dit que les Russes sont vos amis, Allen ? Allons, tu ne peux pas y croire. Tu es trop malin pour le croire. Les Russes ne sont pas vos amis, les Allemands le sont. C'est une question d'économie, Allen. Tout repose sur l'économie. Qui a commencé cette guerre, à ton avis ? Hitler ? Bien sûr que non. Ce sont les banquiers qui l'ont déclenchée et pourquoi, à ton avis ? Parce qu'il leur fallait un prélude au combat final. Et ce combat final opposera les capitalistes aux communistes. C'est le combat de Dieu, nom de... (Et il partit d'un rire hystérique.)

Lorsqu'il eut retrouvé son calme, Allen reprit la parole de la même voix unie.

– Très bien, de quoi s'agit-il ? Qu'as-tu découvert ?

– Des papiers.

– Quels papiers ?

– Oh, simplement des papiers que la Gestapo m'a demandé de mettre en lieu sûr. Vois-tu, ces papiers sont très importants et il ne faudrait pas qu'ils tombent en de mauvaises mains. Mais je ne crois pas que tes mains, Allen, soient nécessairement mauvaises. En fait, tes mains m'ont toujours plu...

– Viens-en au fait, nom de Dieu !

– Ah, le fait. Le fait est, Allen, que j'ai volé une partie de ces papiers et permets-moi de te dire que c'est du travail allemand, c'est-à-dire extrêmement consciencieux et précis. Ces dossiers ont été constitués, au fil des années, par les meilleurs esprits de la Gestapo. On pourrait dire qu'il s'agit d'une encyclopédie des affaires russes.

– Militaires ?

– Et politiques. Oh, il y a tout, dans ces dossiers, Allen. Les Allemands sont méticuleux, ce sont même, à mon avis, les gens les plus méticuleux du monde. Je ne comprends pas comment nous avons pu perdre la guerre. (Il ricana.) Les Juifs ont dû nous poignarder dans le dos encore une fois. Cela ne leur ressemble-t-il pas ?

– Où sont-ils ?

– Je te l'ai dit : cachés.

– Où ?

– Il faudra d'abord que tu paies le prix. Tu ne pourras pas regarder sans payer le prix.

– Très bien, quel est le prix ?

– Ach, c'est terriblement bon marché. Tellement bon marché que tu vas rire. Vois-tu, Allen, pour te procurer ces dossiers, il te suffira sauver un beau jeune homme nazi… Moi. C'est le prix, Allen. Évite-moi le camp d'internement à la fin de la guerre.

– Tu as raison, dit Allen, c'est… Tu es terriblement bon marché.

À la fin de la guerre, les affaires d'Allen furent étroitement liées à celles du monde des services secrets. Ses rapports hebdomadaires mentionnaient des négociations de la onzième heure avec le reste de la cinquième colonne nazie, mais ces rapports ne furent pas complètement pris au sérieux. Beaucoup crurent qu'Allen cherchait, une fois de plus, à se faire une place.

Mais il y eut également des journées vides, des jours où, lorsqu'il se levait, il n'avait pratiquement rien à faire. Souvent, il regardait fixement le lac et les plaques de brume. Il pouvait rester des heures, en pyjama, devant sa fenêtre. Lorsque Julia s'éveillait, ils prenaient généralement le petit déjeuner sur la terrasse, lorsqu'il ne faisait pas trop froid. Leurs conversations étaient banales et entrecoupées de silences. Il y avait longtemps qu'ils ne s'étaient rien dit d'important.

Il ne savait plus comment la toucher. Pendant un temps, elle avait parlé d'avoir des enfants, mais cela était terminé. Un jour, il lui posa la question la plus banale qui soit : était-elle heureuse ? Ils étaient sur la terrasse. Elle était assise dans un fauteuil de rotin et sa tenue était négligée : pantalon gris et chemisier. C'était une matinée nuageuse. Au-dessus du lac, des nuages semblables à des doigts gris montaient et descendaient, comme une main qui s'ouvre et se ferme.

Il dit :

– Nous ne parlons plus.

Elle n'écoutait pas et il lui fallut répéter. Puis elle répondit :

– Je sais.

– Cela dure depuis des mois.

– Vraiment ?

– J'ai l'impression que cela dure depuis toujours.

– Je m'excuse. (Mais sa voix était dépourvue de chaleur.)

– Que s'est-il passé ? Ai-je fait quelque chose ?

– Non, Allen. Tu n'as rien fait.

– Alors, qu'est-ce qu'il y a ? Tu ne te plais pas, ici ?

– Je ne sais pas. Ce n'est pas un endroit désagréable.

– Tu n'as pas l'air heureuse.

Elle haussa les épaules puis, finalement, dit :

– Je crois qu'il faudrait que je te fasse un aveu.

Allen eut l'impression qu'une bande d'acier lui enserrait la poitrine.

– C'est à propos de ma visite à mon père. J'ai également vu quelqu'un d'autre. En fait, j'ai couché avec quelqu'un.

– Qui ? (Il eut l'impression que l'écho du mot, après avoir rebondi sur le lac, lui revenait.) Qui ?

– Robert Kline.

Il ne put que hocher la tête. Il était affalé dans son fauteuil de rotin, les bras reposant, inertes, sur les accoudoirs. Il regarda le lac vitreux, les formes humaines des nuages. Eh bien, se dit-il, c'était inévitable.

Ce soir-là, Allen déambula sur les quais. Il but quelques verres dans un bar. L'air était lourd et calme. Il avait envie de vent, de pluie, de tonnerre. N'importe quoi aurait fait l'affaire. Lorsqu'il rentra, Julia était assise à la table de la salle à manger. Elle avait la tête dans les bras. Le phonographe jouait une chanson lente. Elle ne bougea pas lorsqu'il entra. Il n'y avait que le disque qui tournait et la chanson : *If it wasn't for bad luck, I wouldn't have no luck at all.*

Allen s'appuya contre le chambranle et la regarda un long moment. Il avait toujours aimé la manière dont ses cheveux tombaient sur ses épaules et, dans le rectangle de clair de lune qui entrait par la fenêtre ovale, ils semblaient extraordinairement blonds.

Finalement, il dit :

– Je vais m'absenter pendant quelque temps. Je m'en irai aussitôt après la fin de la guerre. Je crois qu'on va m'envoyer à Berlin.

Le phonographe jouait toujours et la voix du chanteur, dans le haut-parleur, était nasillarde. Julia leva la tête. Elle avait les yeux rouges... Il se dit qu'elle devait pleurer depuis des heures. Mais elle dit seulement :

– Ne fais plus de mal aux gens, Allen. Il faut que tu cesses de faire du mal aux gens.

Allen rédigea sept demandes, sur les bords du lac de Genève, et celles-ci trouvèrent également leur place dans les archives. Dans toutes ces lettres, dont les mots étaient soigneusement choisis, il demandait la permission d'entreprendre une étude des services de renseignements allemands capturés. En fait, il demandait la permission d'interroger les officiers de l'Abwehr détenus dans les camps alliés. Il n'y eut pas la moindre allusion à Kurt Lehr.

Allen obtint ce poste, bien qu'il y eût des gens plus qualifiés et que l'armée eût les moyens de mener à bien une telle étude. Toutefois, rares étaient les agents des services secrets qui avaient envie de passer l'immédiat après-guerre en Allemagne...

Allen atteignit le Rhin soixante jours après la fin de la guerre. Déjà, les plantes grimpantes se lançaient à l'assaut des dents du dragon... Stukas abattus et chars calcinés. Tandis qu'il survolait les Alpes, on lui dit qu'il allait bientôt découvrir un spectacle incroyable... Une nation entière complètement dévastée. Mais, une fois dans la zone occupée, Allen eut l'impression bizarre d'avoir déjà vu tout cela. Il eut le sentiment de retrouver un vieux rêve.

Il arriva à Berlin par une nuit venteuse et prit une chambre dans un vieil hôtel, proche du Tiergarten, où étaient logés les correspondants étrangers. Personne ne fit attention à lui. Il n'y avait là que quelques journalistes britanniques et ils étaient continuellement ivres. Presque toutes les fenêtres avaient été soufflées et obstruées par des planches. C'était le début du printemps et il y avait des graines de fougère sur le plancher.

La première nuit, il ne put dormir. Il resta longtemps allongé sur son lit, écoutant les rats cachés dans les murs. Finalement, à l'aube, il sortit. Dans la rue, il y avait un char Tigre calciné. La peinture était noircie et la tourelle partiellement écrasée. Derrière le char se dressaient des tas de métal tordu et de plaques de granit. Des vieillards vêtus de noir déambulaient parmi les décombres, se cachaient dans des boutiques vides depuis des mois. Derrière une vitrine se tenait une jeune femme, souriante, qui lui fit signe d'approcher. Puis, faisant glisser son gilet, elle découvrit une épaule.

Finalement, on lui donna une Jeep, afin qu'il puisse visiter les camps et interroger les officiers de renseignements nazis. Entre les camps, il traversa des villes où les lignes droites n'étaient plus qu'un enchevêtrement de décombres. Des villes entières n'avaient plus de toit et on apercevait des usines en ruine, sur l'horizon. Il y avait des endroits complètement silencieux, comme si le bruit avait été aspiré par les cratères.

Le statut d'Allen était vague. Ses papiers lui donnaient théoriquement le droit d'aller partout, mais les sentinelles faisaient la grimace, devant sa petite carte de carton, et les Russes lui refusèrent carrément l'accès à leur zone. Allen n'avait plus d'uniforme, depuis la dissolution de l'OSS, et son trench-coat n'impressionnait personne. Les gens étaient brusques ou indifférents.

Le travail n'avança guère. Les prisonniers étaient méfiants ou réticents ; le plus souvent, ils ne savaient rien. Il n'y avait pas la moindre trace de Kurt Lehr et Allen craignait qu'il ne soit mort.

Il lui sembla que plus il restait dans cette ville, plus il était facile de vivre en marge. Un soir, dans un quartier dépourvu de toits, il rencontra une fille. Cela arriva accidentellement. Il n'en cherchait pas une, il errait dans les ruines. Les gens habitaient des cabanes de papier goudronné. On parlait de typhoïde et même de peste noire. La jeune fille mendiait à la porte d'un magasin de vêtements brûlé.

Elle était blonde et très jeune, elle n'avait probablement pas plus de quatorze ans. Elle portait une robe droite, grise, mais qui avait dû être blanche. La dentelle était déchirée, mais elle serrait toujours la taille avec une ceinture rouge.

Elle lui demanda s'il avait du chocolat. Lorsqu'il répondit qu'il n'en avait pas, elle se mit à l'injurier.

– Fumier ! Sale fumier !

– Qui est-ce qui t'a appris à parler ainsi ?

– Qu'est-ce que tu crois, fumier ?

Tout autour gisaient des éclats de bois, des morceaux de verre, des crottes de rat et même, peut-être, des os de chat.

– Voilà ce que nous allons faire. Tu vas dîner avec moi et, ensuite, je te donnerai du chocolat. D'accord ? Un vrai festin, ça te plairait ?

– Que faudra-t-il que je fasse, en échange ?

– Rien sauf, peut-être, me dire ton nom.

– Candy.

– Non, ton vrai nom.

– Quand on aura mangé.

Il la prit par la main et ils se mirent en route dans le labyrinthe parsemé de trous d'obus, parmi les grilles fondues et les tas de briques réduites en poussière. Il la conduisit dans la seule boîte de nuit des environs. Des bancs de bois servaient de tables. Des guirlandes dorées étaient suspendues au-dessus du bar. Une pancarte souhaitait la bienvenue aux Yankees, mais seuls les Allemands mangeaient à cet endroit.

Dans la lumière des bougies, il constata qu'elle était encore plus jeune qu'il ne l'avait cru ; son visage était enfantin et couvert de taches de rousseur.

– Treize ans, dit-elle.

– Et l'Anglais ?

– C'est mon père qui m'a appris, parce que les cartes lui ont dit que vous alliez gagner la guerre et qu'il voulait que je sois prête.

– Les cartes ?

– Tu sais, les cartes des Bohémiens. (Elle feignit de disposer un jeu de tarot.)

Ils mangèrent du boudin et du pain de seigle. Des prostituées étaient rassemblées au fond de la salle. Allen commanda une autre bière. La serveuse avait de larges cernes noirs sous les yeux, mais le regard de la petite fille était clair et intelligent. Il remarqua également qu'elle passait continuellement la langue sur les lèvres.

– Où habites-tu ?, demanda-t-il.

– Oh, un peu partout. (Elle mangeait avidement son boudin.) Je pourrais habiter avec toi, si tu voulais.

– Et ton père ?

– Mort dans un bombardement.

– Ta mère ?

– Tout le monde est mort dans un bombardement. J'étais à l'école.

– Je suis désolé.

Elle haussa les épaules.

– Alors ? Est-ce que tu veux ?

– Est-ce que je veux quoi ?

– Que j'habite avec toi.

– Je ne sais même pas ton nom. Tu as promis qu'après avoir mangé…

– Lise.

– Eh bien, c'est un joli nom. Tu devrais être fière de ce nom.

– Écoute, est-ce que tu veux, oui ou non ?

– Seigneur, tu n'es qu'une enfant.

– Et alors ? Tu pourras me donner la fessée.

Dehors, ils trouvèrent d'autres scènes de désolation, des filets de camouflage incrustés dans le béton. Toutes les portes avaient été soufflées. Les façades étaient criblées d'éclats d'obus. Allen et la petite fille marchaient lentement parmi les flaques d'eau noire.

– Maintenant, il faut que tu te décides, dit la petite fille. Ou bien je vais avec toi, ou bien je pars seule.

Devant eux se trouvait un petit parc, mais les bombes incendiaires avaient vaporisé les feuilles des arbres et des haies. Il ne restait plus que des branches noircies.

– Je ferai tout ce que tu voudras, dit la petite fille. Tu pourras être gentil. Tu pourras me donner la fessée, tout ce que tu voudras…

Allen regarda longuement les arbres morts. Puis il dit :

– Très bien, mais seulement cette nuit.

Tandis qu'ils marchaient dans les rues, il ne la toucha pas mais, lorsqu'ils gravirent l'escalier conduisant à sa chambre, il la fit passer devant afin de pouvoir regarder ses jambes. Une fois dans la pièce, elle entreprit d'examiner les murs et les meubles. Elle tripota même les boutons de manchette posés sur la table de toilette. Il y avait des taches d'eau au plafond, des brûlures de cigarette sur le tapis.

Allen s'assit, les jambes écartées. Il y avait une bouteille de whisky à ses pieds, un verre dans sa main. Il n'y avait aucun bruit, dans les chambres voisines. Il était presque minuit.

La petite fille s'était lavée et avait brossé ses cheveux. Elle se dirigeait vers lui, se découpant sur les planches de la fenêtre.

– Ne te sens pas coupable, dit-elle, si ce n'était pas toi, ce serait un autre.

La petite fille resta trois semaines avec lui. Il ne la comprenait pas. Parfois, ce n'était qu'une petite fille qui avait désespérément besoin d'être aimée. Parfois, il avait l'impression qu'elle aurait pu l'égorger pour un morceau de chocolat. Un jour, il lui donna une poignée de billets et elle revint avec un manteau de moleskine beaucoup trop grand pour elle. Il n'osa pas lui demander ce qu'elle avait fait du reste de l'argent.

Finalement, il fut sauvé par un télégramme émanant de l'unité de renseignements basée à Francfort. Le message était sibyllin. Un prisonnier du camp d'Oberursel demandait à le voir. Après avoir lu le télégramme, il le déchira en petits morceaux et gagna le hall crasseux de l'hôtel. Les Anglais buvaient dans une pièce voisine. Il trouva la jeune fille assise sur le canapé, enveloppée dans le manteau de moleskine. Lorsqu'il se dirigea vers elle, pour l'embrasser, le parquet gémit sous ses pas et elle s'éveilla. Pendant un bref instant, ses yeux exprimèrent la peur.

– Eh bien, apparemment, c'est fini.

Elle comprit immédiatement. Elle devait y avoir déjà réfléchi.

– Je vais te donner de l'argent et peut-être, lorsque je reviendrai...

– Ne fais pas de promesses, dit-elle.

Elle serra les genoux contre la poitrine, découvrant ses cuisses maigres. Ses doigts étaient entrelacés sur ses genoux. Il lui arrivait de parler comme une adulte, pourtant ses mains trahissaient toujours sa jeunesse.

Finalement elle demanda :

– Quand dois-je partir ?

– Oh, Lise, ne présente pas les choses ainsi. Ce n'est pas que j'ai envie de partir, c'est seulement que...

– Quand ?

– Demain, probablement. Est-ce que cela te convient ?

Elle acquiesça et son visage ne trahit pas la moindre émotion.

– Mais écoute, fit-il avec entrain, nous allons faire un dîner formidable, ce soir, d'accord ?

– Oui, mais si tu veux me toucher, après, il faudra payer un supplément.

Cette nuit-là, il ne put s'empêcher de l'attirer contre lui, sous les draps. Elle voulut le repousser, mais elle n'était pas assez forte. Il n'avait jamais eu de problème, avant. Il la mit à plat ventre et lui arracha son slip mais, après lui avoir immobilisé les bras et posé les lèvres sur les siennes, il éprouva quelque chose qu'il n'avait jamais ressenti. Pas ainsi, à aucun prix… La honte l'envahit, comme si une artère avait éclaté, dans son crâne, et il ne put s'empêcher de dire :

– Nom de Dieu, qu'est-ce que je fais ?

Finalement, il enveloppa la petite fille dans les couvertures et la berça pendant toute la nuit. Au matin, au moment de le quitter, elle lui donna son premier baiser sincère et il lui donna tout l'argent qu'il put trouver.

Allen partit pour Oberursel à midi. Il passa par les petites rues pour éviter les convois. La boue, sur les pavés, était tellement épaisse que le ciel s'y reflétait. Dans les faubourgs de Berlin, il y avait des ruines que personne n'avait pris la peine de dégager. Des oiseaux sortaient des fenêtres soufflées. Il y avait des étendues immenses de poussière calcinée, couverte de verre fondu et de morceaux de métal. Mais, en dehors de la ville, il y avait le parfum des sapins dans la chaleur de l'été.

Il arriva au camp en début de soirée. Il y avait des miradors à toit blanc, des baraquements, des clôtures de fil de fer barbelé ; le tout sur un ciel rose. Un mur de pierre paraissait tellement fragile qu'il eut l'impression qu'il pourrait l'abattre d'un coup de pied mais, à l'intérieur de la prison, les ampoules nues rendaient toute leur réalité aux objets. Il y avait un tunnel de béton d'une bonne cinquantaine de mètres. Il rencontra un sergent qui lui proposa un sandwich.

– J'ai du salami. J'ai de la viande en boîte. Ça vous plairait ?

– Euh, non, merci. Seulement le prisonnier, si vous voulez bien.

– Comme vous voulez.

Un générateur ronronnait, quelque part. On ouvrit l'arrière d'un gros camion. Lorsqu'ils arrivèrent aux cellules, le sergent fouilla parmi ses clés.

– C'est ici qu'ils enfermaient les Juifs, dit-il.

– Ah, oui, marmonna Allen. Les Juifs.

La porte de la cellule s'ouvrit. Allen entra et trouva Lehr torse nu, allongé sur une paillasse, une couverture sale enroulée autour des pieds.

– Ah ! (Lehr eut un sourire ironique.) Voilà mon chevalier vêtu de son armure étincelante !

– Comment vas-tu ?

Lehr ressemblait plus que jamais à un poisson, un poisson blanc, jeté sur le pont.

– Quand pourrai-je sortir ?

– On est en train de s'occuper des papiers.

– Et il me faut un bain, ainsi que des vêtements.

Lehr avait les yeux gonflés. Il y avait un seau, dans un coin, et un rouleau de papier hygiénique grossier, par terre. La lumière tombait en lignes parallèles, à travers les barreaux.

– Nous dormirons à Francfort, déclara Allen. Ensuite, il me faudra les dossiers.

– Quels dossiers ? Je n'ai aucun dossier.

Allen ne releva pas. Il n'avait pas bougé depuis qu'il était entré dans la cellule. Il avait les mains dans les poches. Pendant toute la journée, il avait respiré les effluves du parfum de Lise.

– Très bien. (Lehr sourit.) Trêve de plaisanteries. As-tu un véhicule solide ?

– Une Jeep.

– Bien. Parce qu'il faudra que nous allions en pleine montagne, au cœur de la forêt.

– Ne te fous pas de ma gueule.

– Allen, pour qui me prends-tu ? J'ai été obligé de tout cacher.

– Où ?

– En Bavière.

– Où exactement ?

Lehr eut un sourire ironique qui le fit ressembler à un rat.

– Tu sais, Allen, les murs de cette cellule ont des oreilles.

Allen et Lehr prirent la route du sud, en direction des Alpes, traversèrent Munich et Wolfratshausen. Puis ils s'arrêtèrent en pleine forêt et marchèrent pendant trois heures. L'après-midi débutait, lorsqu'ils commencèrent à creuser et le soir tombait lorsqu'ils terminèrent. Les dossiers se trouvaient dans trois grosses malles enveloppées dans du papier huilé, pour les protéger de l'humidité.

Au milieu de l'été, une grande maison, située dans les faubourgs de Berlin, fut mise à la disposition d'Allen. C'était une vieille maison de pierre de taille, au milieu d'un grand jardin. Il y avait des barreaux aux fenêtres et des verrous aux portes. Il fallut neuf semaines pour traduire et décoder. Allen fit office de chef de projet et son équipe était composée d'Allemands. Ils travaillaient d'arrache-pied et Allen dirait plus tard qu'ils se sentaient poussés par l'impression irrésistible que ces dossiers contenaient des renseignements extrêmement importants. Pourtant, cela n'était pas toute la vérité parce qu'Allen, qui n'avait jamais eu le goût des recherches, confia l'essentiel de cette tâche à Lehr.

Ce n'est qu'à l'automne que Lehr entrevit le sens de ce que contenaient les dossiers. Il ressemblait, alors, à un fantôme. Il était parfois resté plusieurs jours sans quitter le sous-sol où les dossiers étaient entreposés. Il dormait dans un coin, près d'un vieux radiateur de chauffage central. Il ne se rasait que de temps en temps, dans une vieille bassine rouillée. Il mangeait ce qu'on lui apportait et ne se plaignait jamais.

Le jour où Lehr fit le premier pas vers la solution, il appela Allen et les deux hommes se promenèrent dans le jardin de la propriété. L'air froid sentait déjà l'hiver. Au loin retentissait le grondement des machines. On reconstruisait Berlin.

Ils marchèrent lentement, sur le chemin poussiéreux, jusqu'à une fontaine d'agrément sèche et couverte de soufre. Lehr s'assit sur le bord du bassin.

– Si je mourais maintenant, tu ne saurais jamais ce que contiennent ces documents. As-tu réfléchi à cela, Allen ?

Allen ne répondit pas, il attendit.

Il y avait des odeurs de fumée et de pourriture. Au-dessus des murs du jardin et des plantes grimpantes entremêlées se dressait une tour dont le sommet avait été pulvérisé.

– Je ne me sens pas très bien, fit Lehr d'une voix étouffée. Je crois bien que je me détruis la santé pour toi.

– Espérons que ce n'est pas pour rien.

Soudain, Lehr sourit à nouveau.

– Oh, ce n'est pas pour rien, Allen. Tu en as manifestement pour ton argent.

– Très bien, de quoi s'agit-il ?

– Je t'en prie, Allen, ce n'est pas aussi simple. Il faut que tu saisisses l'enchaînement. Il faut que tu connaisses la toile de fond. Ces dossiers ne sont pas seulement un ensemble de documents. Ils constituent une histoire, une histoire complexe qui recèle plusieurs niveaux d'interprétation.

– Je pourrais te renvoyer au camp dans une minute…

– Oh, Allen, quand apprendras-tu à m'aimer ?

Allen tourna le dos à Lehr et regarda, par-dessus les plantes grimpantes, les toits brûlés des maisons voisines, l'entrelacs des fils de téléphone arrachés.

Soudain, Lehr dit :

– L'expression « relation close » a-t-elle un sens pour toi, Allen ?

– Quoi ?

– Relation close, Allen. Qu'est-ce que cela signifie en termes d'opération de renseignements ? Comment définirais-tu cela ?

– Je ne vois pas où tu veux en venir.

– Relation close, Allen, cela signifie que l'objectif essentiel d'une opération est l'intérêt d'un individu, non celui d'une nation.

– De quoi parles-tu ?

– Je parle des dossiers, Allen. J'explique qu'ils montrent qu'il existe une relation close entre deux individus, un à Washington et un au Kremlin.

Allen s'assit près de Lehr, sur la bordure du bassin. Il avait sorti une cigarette de sa poche, mais n'en avait pas offert à Lehr. Malgré la distance, les bruits de la ville leur parvenaient.

– Tu devrais commencer par le commencement.

– Oui, le commencement. (Lehr sourit.) D'accord. Selon les dossiers, il y a trois ans, la Gestapo a capturé un espion soviétique. Il lui a fallu trois jours pour le faire parler.

On a utilisé l'eau pour y parvenir. Le compte rendu d'interrogatoire fait deux cents pages, mais il existe un résumé d'une vingtaine de pages. Par conséquent, personne ne prend la peine de lire le compte rendu complet, ce qui constitue une erreur grave car le Russe y mentionne une entente entre un officier de renseignements soviétique et un officier de renseignements américain. Il s'agit d'une entente secrète et illicite. Cela s'appelle : la Chambre et c'est sale, très sale.

– Que veux-tu dire ?

– Oh, cela arrive de temps en temps. Ils se font des cadeaux. Le Russe aide l'Américain, l'Américain aide le Russe. Ils paraissent tous deux très bons et corrects tandis que ceux qui les entourent paraissent très mauvais.

– Comment cela fonctionne-t-il ?

– Cela fonctionne de diverses façons mais, pour l'essentiel, ils échangent des renseignements. Le Russe donne à l'Américain un discours de Staline contre un discours de Truman, n'importe quoi. Ce qui compte, c'est qu'ils échangent. Ils se font des cadeaux.

– En es-tu sûr ?

– Oui.

– Dans ce cas, que faisons-nous ?

– C'est à toi de décider, Allen. Toutefois, à ta place, je garderais cela pour moi, provisoirement du moins.

– C'est-à-dire ?

– Eh bien, admettons que tu rédiges un rapport et que tu le transmettes à tes supérieurs. Qu'est-ce que cela te rapporterait ? Une claque dans le dos, des remerciements et c'est tout. Mais admettons que nous parvenions à mettre la main sur ces types. Nous pourrions alors les faire chanter et les contraindre à travailler pour nous. Saisis-tu ce que je veux dire ? Nous pourrions nous approprier cette organisation.

– Tu as perdu la tête…

– Mais, Allen, ne voulais-tu pas un contact à Moscou ? Eh bien, maintenant, tu l'as.

– Je ne marche pas dans ce genre de combine, je ne suis pas comme toi. J'ai certains… principes.

– Mais, bien sûr, Allen. Tu es le type même de l'homme à principes.

Allen détourna les yeux puis dit :

– Très bien, mais c'est moi qui déciderai. Est-ce bien compris ? Tu ne prendras pas la moindre initiative sans me consulter.

– Bien sûr, Allen, pas la moindre initiative.

Et, levant le bras, il fit le salut nazi.

Une nouvelle phase commença. Allen renvoya tout le monde, de sorte qu'il ne resta plus que Lehr et lui. Le sous-sol était vaste mais le périmètre restait dans l'obscurité. Seul l'endroit où ils travaillaient était éclairé par une ampoule nue et une lampe articulée. Les objets inutiles avaient été entassés dans les coins : vieilles chaises, caisses de vêtements, morceaux de bois, cuivres et canapés… le tout infesté de termites. Il n'y avait pas de ventilation et la poussière ne se déposait jamais, stagnant à mi-hauteur dans la lumière.

Il y eut des nuits désespérantes, des nuits où les dossiers ne semblaient conduire nulle part. Puis, la dépression devenait aiguë et Allen restait parfois de longues minutes immobile, le regard fixe. Dans les heures les plus difficiles, il parla de Julia à Lehr, lui dit qu'elle lui manquait beaucoup. L'Allemand n'écouta pas.

La dernière ligne droite dura deux jours et deux nuits. D'autres dossiers furent apportés, des estimations américaines concernant les Soviétiques infiltrés à Berlin. Presque tous ces documents étaient anciens, mais cela n'avait pas d'importance. Lehr voulait seulement voir ce que les Américains savaient. Puis il établit des liens à partir de notes qu'il avait prises, cherchant à déterminer ce qui lui avait échappé.

Finalement, il trouva. C'était un peu après l'aube et Allen s'était assoupi. Il avait posé le bras sur les yeux pour se protéger de la lumière. Il rêvait de serpents à sonnette.

Lehr dit simplement :

– J'ai trouvé. Allen ? J'ai compris.

Allen se redressa.

– Quoi ?

– Approche.

– Non… Explique-moi.

– C'est dans les dates, Allen. Elles sont révélatrices.

– Je ne comprends pas un mot de ce que tu dis.

– Le temps, Allen. Le temps est continu. Il n'y a pas de fin.

– Pas de fin à quoi ?

– À l'entente entre notre type de Washington et notre type de Moscou. Ils échangent toujours des informations. Regarde. J'ai une série, ici. Tout est là. C'est dans l'espace séparant l'entrée de la sortie.

Finalement, ils sortirent. C'était l'aube et ils passèrent devant des ruines contre lesquelles on avait monté des échafaudages. Des tubes noirs étaient empilés sur les trottoirs. Des femmes creusaient une tranchée. On entendait, derrière les tas de décombres, les équipes de déblayage.

– Les documents vont d'est en ouest, expliqua Lehr. À mon avis, ils sont transportés, ce sont des feuilles de papier ou de petits paquets. Ils sont confiés à un homme ou à une femme, n'importe quel individu de cette marée de gens. Cette femme, là-bas, ou bien cet homme, ou encore ton voisin, dans le train.

Plus loin, des jeunes gens fouillaient les tas de détritus alignés sur le trottoir. Au-delà, il y avait des ruines déchiquetées et des taches de terre nue.

– Comment as-tu dit qu'ils appelaient cela ? demanda Allen.

– La Chambre, répondit Lehr. Ils appellent cela la Chambre.

– Et, à ton avis, nous pouvons remonter jusqu'à elle à partir d'ici ?

– Oui, c'est possible.

– Mais si je voulais travailler depuis Washington ? Ne pourrions-nous pas l'intercepter à Washington ?

– Qu'est-ce qui ne va pas, Allen ? Tu n'aimes pas Berlin ?

Allen fronça les sourcils mais reprit :

– Nous savons qu'il y a quelqu'un à Washington. Pourquoi ne pas essayer de lui mettre la main dessus là-bas ?

– Parce que tout le monde comprendra ce que tu fais et qu'on se posera des questions. On ne peut pas se cacher, à Washington. Il n'y a qu'à Berlin qu'on puisse se cacher.

– Très bien, mais combien de temps cela prendra-t-il ?

– Je ne sais pas. Quelle importance ?

– Plus ce sera long, plus ce sera risqué. Je ne peux pas les mener indéfiniment en bateau.

– Pourquoi pas ? Tu crois qu'ils sont malins, à Washington ? Ils n'y connaissent rien. Chaque semaine, je te donnerai quelque chose à leur envoyer. Cela les satisfera.

– Mais pendant combien de temps ?

– Je ne sais pas. Peut-être six mois.

– Six mois ?

– Et alors, qu'est-ce que tu crois ? Ces choses-là prennent du temps.

Cet hiver-là, Berlin resta disloquée. Quand les décombres eurent été évacués, il ne resta que des étendues immenses et vides, des rues entières où il ne subsistait plus qu'un immeuble et où rien n'arrêtait le vent. Dans de nombreux quartiers, la vie était réduite au minimum : annonces collées aux murs et parlant de logement, de vieux vêtements, de gens disparus. Personne ne savait d'où provenait le papier, mais il y avait des affiches dans toute la ville.

L'opération d'Allen avait alors été intégrée au Central Intelligence Group, mais cela ne signifiait rien. Ses rapports étaient transmis, classés, oubliés. Ses supérieurs changeaient continuellement et, le plus souvent, Allen ignorait ce qui se passait à Washington. Mais Washington ignorait ce que faisait Allen à Berlin. Ses rapports ne mentionnèrent jamais une entente entre un officier de renseignements américain et un officier de renseignements russe.

Au début de l'hiver, Allen et Lehr quittèrent le sous-sol de leur maison et se risquèrent sur le terrain. Le matin du jour où ils entreprirent leur traque, ils se retrouvèrent dans un petit café proche du Tiergarten. Ils ne s'étaient pas vus depuis dix-sept jours. Allen rentrait d'Angleterre où il avait passé deux semaines avec Julia. Leur mariage était à la dérive.

En pénétrant dans le café, Allen trouva Lehr installé à une table plastifiée de la terrasse couverte. L'Allemand portait un costume légèrement irisé, des chaussures de daim et une cravate rouge. Allen lui dit qu'il avait l'air d'un maquereau et Lehr rit. Le café, récemment reconstruit, avait des couleurs vives. Des étudiants bavardaient autour des tables.

Par les vitres, on apercevait les chantiers de construction. Des poutrelles d'acier jaillissaient des plaines de boue. Des blocs de ciment et des barres métalliques bordaient les rues à demi pavées. Il y avait des magasins en plaques d'aggloméré et des bosquets d'arbres noircis.

– Dès qu'il fera froid, tu verras qu'ils couperont ces arbres pour se chauffer, dit Lehr. Il souriait.

– Tu aimes vraiment tes compatriotes, pas vrai ?

– Naturellement. J'ai toujours aimé mon pays. Comment va ta femme ?

Une jeune fille blonde et dodue leur apporta des assiettes de jambon gras et d'œufs en poudre. Le café était amer et il n'y avait pas de sucre. Dans le brouhaha des voix allemandes, il entendit, dans un anglais hésitant : *Je suis tellement fatigué que je ne peux plus mettre un pied devant l'autre.*

Lehr mangeait avec délicatesse, coupant de petites bouchées de jambon et mastiquant soigneusement. Finalement, il dit :

– J'ai travaillé un peu, pendant ton absence. Maintenant, je crois que j'ai un point de départ.

– Je t'ai demandé de ne rien entreprendre seul.

– Oui, bien sûr, Allen, mais, demain soir, nous allons rendre visite à un de mes amis. Il s'appelle Otto Krugger. Il te plaira. C'est un bon citoyen. Un ancien Waffen SS. Il mangeait de l'enfant russe au petit déjeuner. Je suis persuadé que tu…

– Tu es un fumier, Lehr, tu sais ça ? Tu es vraiment un fumier.

– Mais, Allen, cet Otto Krugger a travaillé pour la Chambre. C'était un des messagers. Alors, n'ai-je pas bien travaillé ?

Allen Dancer ne répondit pas.

Otto Krugger était bâti en lutteur : trapu, avec le front bas et de petits yeux noirs. Il habitait un immeuble sans toit. Lorsque Allen et Lehr entrèrent dans la carcasse de béton, Krugger était penché sur un feu. Un cadavre de chien tournait sur une broche. Krugger parut gêné.

Lehr tendit le menton en direction d'Allen puis dit à Krugger :

– C'est l'homme dont je t'ai parlé, Otto. Je veux que tu lui répètes ce que tu m'as dit.

Krugger regarda le chien d'un air contrarié puis dit :

– Ils l'appellent : Ein Zimmer. La maison.

– Non, c'est la Chambre, en anglais. La Chambre.

– D'accord. Cela s'appelle la Chambre et c'est un réseau. Très secret. Pas beaucoup de gens au courant. Très dangereux d'approcher.

– Quel est le trajet, Otto ?

– De l'est à l'ouest et de l'ouest à l'est. Parfois par la Suisse, parfois par la Turquie.

– Et Berlin ? s'enquit Lehr à mi-voix.

– Oui, par Berlin aussi.

– Et quel est le produit, Otto ?

– Le produit ?

– Tu sais bien. Que font-ils passer par le réseau, la Chambre ?

– Des tas de choses. Militaires, politiques. Des tas de choses.

– Et quand cela a-t-il commencé ?

Krugger secoua la tête.

– Personne ne le sait. Il y a longtemps que cela dure, c'est tout. Peut-être avant la guerre. Les choses vont de l'est à l'ouest, et dans l'autre sens aussi.

– Parle-moi de l'autre sens, intervint Allen.

– Oui, parfois elles viennent de Moscou et parfois elles viennent d'Amérique. Elles passent toujours la Chambre. La Chambre est spéciale. Les Russes ont beaucoup de réseaux qui espionnent les Américains, les Américains ont beaucoup de réseaux qui espionnent les Russes. Mais la Chambre est spéciale. La Chambre est le seul réseau qui espionne les deux.

– Un échange, fit Lehr.

– Oui, un échange. Chaque côté donne à l'autre. Les Russes croient qu'ils gagnent. Les Américains croient qu'ils gagnent mais, en fait, tous deux perdent. Tout le monde perd, sauf les maîtres de la Chambre.

– Qui est-ce ? demanda Allen.

Krugger baissa les yeux. Sa tête faisait un angle bizarre... On aurait dit qu'il affrontait un vent violent.

– Je ne sais pas, répondit-il. Personne ne sait.

Les trois hommes regardaient le feu. Le chien s'était recroquevillé sur la broche. Un de ses flancs était brûlé tandis que l'autre était encore cru.

– De quoi a-t-il peur ? demanda soudain Allen à Lehr.

– À ton avis ?

Krugger était resté immobile. Il serrait les coudes contre les côtes. Il maintenait son manteau fermé. Finalement, il dit :

– Je n'ai pas peur, j'ai froid.

– Il veut dire, expliqua Lehr qu'il ne peut pas réintégrer le réseau. On ne lui fera plus confiance.

– Mais acceptera-t-il de nous conduire à la porte ?

Lehr sourit.

– Essaye de comprendre, Allen… Si nous frappons à la porte de la Chambre, ils comprendront que quelqu'un a parlé et ils remonteront jusqu'à Otto. Et Otto est un grand garçon. Il mettra sans doute longtemps à mourir, si tu vois ce que je veux dire. (Il regardait le chien embroché.

– Et si nous le sortions de là ? Nous lui donnerons de l'argent et un passeport.

Lehr secoua la tête.

– Il ne te fait pas confiance, Allen. N'est-ce pas, Otto ?

Pendant cette brève conversation, Krugger était resté impassible, tassé sur lui-même. Ses yeux étaient très sombres. Il regardait le feu.

– J'ai froid, dit-il. Très froid.

– Bien sûr, fit Lehr. Je sais ce que l'on ressent mais veux-tu essayer, Otto ? Veux-tu essayer d'entrer à nouveau dans la Chambre ?

– Dis-lui que nous le dédommagerons…

– Ferme-la, Allen. Alors Otto ? Vas-tu essayer d'entrer à nouveau dans la Chambre ? Juste une fois ?

Finalement, Krugger acquiesça et dit qu'il acceptait, mais il paraissait très effrayé et triste.

Quand Lehr et Allen s'en allèrent, Krugger ne bougea pas. Dans le couloir, il n'y eut pour tout bruit que l'écho de leurs pas dans un dédale de pièces vides.

Bientôt, la Chambre obséda Allen. Au milieu de l'hiver, il ne pouvait plus prononcer son nom sans imaginer un réseau immense, aux ramifications complexes. Il voyait des milliers de personnes : employés, prostituées, grooms, facteurs, toutes liées par la Chambre.

Mais Lehr était plus profondément engagé, plus proche du centre. Parfois, Allen restait plusieurs semaines sans le voir. Puis il apparaissait soudain. Certaines fois, il était en loques, marchant manifestement au café, aux cigarettes et peut-être à la méthédrine. D'autres fois, il était aussi soigné que tous les jeunes Berlinois qui s'étaient enrichis au marché noir. Il ne disait jamais à Allen ce qu'il faisait. Lorsque Allen le lui demandait, il éludait la question. Finalement, un après-midi, il téléphona pour dire qu'ils étaient prêts à bouger.

Ils se retrouvèrent une nouvelle fois au Tiergarten. Les taches calcinées étaient vertes. On avait planté des hêtres et les allées étaient propres. Les deux hommes se promenèrent entre les parterres de jeunes fleurs, puis s'arrêtèrent au bord d'une étendue non remise en état. Il y avait des buissons morts, des morceaux de verre, des boîtes rouillées et un crâne de cheval.

Lehr avait cueilli une fleur et arrachait les pétales un par un.

– Je crois que cette nuit sera décisive, déclara-t-il.

– Comment cela ?

– Cette nuit, nous aurons l'occasion de regarder ce qu'il y a dans la Chambre. Otto s'est arrangé. Il travaille à nouveau pour eux. Il a commencé hier. Il a pris livraison d'une valise, à Dresde. Ce soir, il la déposera dans une boutique, à quelques kilomètres d'ici. Nous aurons une vingtaine de minutes pour en photographier le contenu.

On entendait, au loin, le ronronnement grave d'une turbine.

Allen resta quelques instants silencieux, puis il dit :

– Bon sang, pourquoi n'avons-nous pas remonté la filière depuis Dresde ?

– Parce que Dresde est une ville dangereuse et qu'Otto n'avait pas envie de risquer sa vie pour nous. Peux-tu le lui reprocher ?

– Alors, nous allons prendre les risques nous-mêmes, c'est ça ?

Lehr haussa les épaules.

– Aurais-tu peur, Allen ?

Plus tard, des averses s'abattirent sur la ville et de gros nuages noirs arrivèrent par l'est. Allen passa le reste de la journée avec Lehr. Il n'avait pas envie d'être seul. Le soir, ils descendirent la Bismarckstrasse, Lehr mangeant un morceau de pain et de saucisson. Les rues étaient presque désertes. Seuls quelques vagabonds désespérés bravaient le couvre-feu... Ainsi que des filles qui mendiaient des pfennigs et étaient prêtes à se faire prendre derrière un mur pour un mark. La bruine rendait le pavé glissant.

Ils atteignirent Jacobistrasse et un vieil immeuble crasseux qui avait résisté aux combats de rue. Lehr marchait tellement vite qu'Allen avait du mal à suivre. Ils passèrent sous un porche et débouchèrent dans une cour fermée. Sur les murs, on distinguait encore des lettres : Erster Hof, Zweiter Hof, Dritter Hof. Lehr lut à la lueur d'une allumette puis sourit et s'accroupit dans le caniveau.

Une heure passa. Il faisait très froid. Puis des pas résonnèrent dans l'escalier. Des ombres glissèrent sur les murs et l'extrémité rouge d'une cigarette se balança.

– Il est venu, souffla Lehr. Otto.

Puis il se leva et tira Allen par la manche. Ils gravirent un étage et suivirent une galerie ouverte. Les fenêtres étaient noires mais des odeurs humaines s'en échappaient. La balustrade métallique était tombée. Il y avait de gros trous dans les murs. Lehr s'arrêta devant la dernière porte, posa l'oreille contre le bois puis ouvrit. Les gonds firent bouger le chambranle pourri.

À l'intérieur, le sol carrelé était couvert de paille. Le toit ayant été soufflé, le clair de lune entrait entre les poutres. Une table, une chaise et la forme imprécise d'une mallette apparurent dans l'obscurité.

– Qui habite ici ? souffla Allen.

– Personne.

Lehr tendit les bras puis s'agenouilla et tripota la serrure de la mallette. Lorsqu'il l'eut ouverte, il se pencha davantage.

L'obscurité parut se solidifier. Allen ne distingua que des mouvements brusques, les doigts de Lehr s'enfonçant dans des paquets de papier déchiré. Des morceaux de papier s'échappèrent de la mallette.

– Il faut que nous partions, dit Lehr.

Allen toucha les morceaux de journaux déchirés. La mallette en était pleine.

– Partons, souffla Lehr. *Tout de suite*.

Ils coururent à l'aveuglette le long de la galerie, puis dans l'escalier. Allen essayait de s'accrocher au manteau de Lehr et il glissa sur une tache de graisse, tomba, déchirant son pantalon. Il ne cessa pas de courir.

Finalement ils s'arrêtèrent, essoufflés, sous un porche humide.

– Que s'est-il passé ?

– Grillés. (Lehr ne fit qu'exprimer l'évidence.) Nous sommes grillés.

– Pourquoi ? Otto ?

– Je ne sais pas.

– Cela ne nous était peut-être pas destiné. (Allen avait très mal aux genoux. Il eut l'impression qu'il allait tomber.) C'était peut-être un coup à blanc pour Otto.

– Non… (Lehr soupira.) Nous sommes grillés. Ils savent qui nous sommes.

– Alors, c'est Otto ?

– Non. Otto ne nous aurait pas fait cela.

– Enfin, nom de Dieu, qui d'autre aurait pu le faire ?

– On ne peut jamais être certain, Allen. Jamais.

Dans la rue, on apercevait la lueur des bougies, sous les portes et entre les planches des fenêtres. Ils marchaient lentement. Le vent s'était levé et ridait les flaques d'eau.

Lehr parlait, mais il donnait l'impression d'être en transe…

– Ce soir, une mallette est passée dans la Chambre, elle aurait dû contenir des documents… Des rapports russes concernant la guerre, voilà ce que nous aurions dû trouver… Mais il n'y avait que des journaux… Alors, que pouvons-nous en déduire, Allen ? Que pouvons-nous en penser ?…

– J'ai un genou en bouillie, répondit Allen. Je crois qu'il faudra des points de suture. Voilà ce que j'en pense.

Les rues étroites étaient tortueuses et en pente. La bruine tourbillonnait autour d'eux. Les immeubles étaient parfaitement silencieux.

Devant une usine abandonnée, Allen dit :

– Je suppose qu'il est inutile que je te dise que c'est terminé.

– Naturellement, tu t'es fait mal au genou, alors c'est terminé.

– Je suis sérieux. Tu as eu ta chance. Nous avons fait ce que tu voulais. Tu as tout gâché et, maintenant, c'est terminé. Je veux un compte rendu préliminaire que j'enverrai à Washington. Il me le faut dans deux jours et assure-toi qu'il repose sur du solide.

– Ils ne te croiront pas Allen. Ils manquent totalement de clairvoyance.

– Nom de Dieu, qu'est-ce que tu en sais ?

Lehr sourit.

– Je les connais tous, Allen. Tous. Ils ne quittent pas leur bureau et lisent les rapports. Pour eux, le monde se réduit à une carte accrochée au mur et aux petites épingles de couleur qu'ils y plantent. Voilà ce que tu es, pour eux, Allen. Tu n'es qu'une petite épingle de couleur au milieu du point qui représente Berlin.

– Ta gueule !

– Et, le jour où on te descend, ils retirent l'épingle et la rangent dans une boîte. Et on ne parle plus d'Al Dancer. Alors je viens à toi et je t'apporte l'occasion d'avoir ta carte et tes épingles. C'est exactement ce que j'ai fait, Allen. La Chambre est le pouvoir. Le jour où tu prendras le contrôle de la Chambre, personne ne pourra plus te considérer comme une simple petite épingle. C'est ça le pouvoir, Allen. C'est tenir le centre et jouer sur les deux tableaux. Et que fais-tu ?

– Je t'ai dit de la fermer.

Ils arrivèrent à un carrefour vide et le vent tomba. Il ne restait plus que la bruine silencieuse et des plaques de brume dérivant dans les rues larges et désertes.

– Au revoir, Allen, dit Lehr d'une voix douce.

Puis il fit demi-tour et Allen le regarda s'éloigner. Les murs aux angles durs faisaient penser à des falaises dans la brume. Lehr se découpait sur une ligne de colonnes abattues.

Allen s'était immobilisé au carrefour. Il s'accrochait à un lampadaire éteint. Lehr se dirigeait lentement vers le milieu de la rue en ruines. Puis Allen entendit le moteur et le miaulement des pneus. C'était une grosse voiture et Allen pensa vaguement aux nouvelles Buick. Les phares étaient de longs javelots qui diffractaient la bruine et Lehr se découpait parfaitement sur le jaune. Il tenta de fuir, mais la voiture le prit de plein fouet et le projeta plus haut que les colonnes endommagées. La voiture avait déjà disparu lorsqu'il tomba sur le trottoir.

Allen courut vers Lehr et s'agenouilla près de lui. Les deux hommes avaient le souffle court.

– Ne parle pas, répétait Allen, n'essaie pas de parler.

Les lèvres de Lehr s'ouvraient et se fermaient. Du sang lui sortait de la bouche.

– Il faut que je te dise… Approche.

Sans s'en rendre compte, ils s'étaient pris les mains.

– Écoute, Allen, écoute bien, je t'ai menti… L'est, l'extrémité est de la Chambre…

– Comment ? Comment, Kurt ? (Il n'avait pas prononcé ce prénom depuis la mort d'Hitler.) Kurt ?

– Je sais qui est à l'extrémité est, je connais l'extrémité est de la Chambre… Écoute, Allen, c'est tellement gros que tu n'aurais jamais deviné…

– Très bien, Kurt.

– Alors, dis-le.

– Dis quoi ?

– Le nom de l'homme qui est à l'est. C'est Servana. Valentin Servana.

Alors, Allen répéta :

– Valentin Servana.

Kurt Lehr tomba dans le coma et vécut encore trois jours. Allen passa plus de trente heures à l'hôpital sans vraiment savoir ce qu'il faisait. Il resta assis près du lit, regarda le visage de Lehr, l'écouta respirer. Pendant la dernière nuit, il crut voir les paupières de Lehr frémir et ses doigts bouger sur le drap. Allen l'appela, mais Lehr mourut, car les médecins n'avaient pas été en mesure d'arrêter l'hémorragie interne…

Allen s'occupa lui-même de l'enterrement et personne n'y assista. Ce fut un enterrement terriblement minable, mais Allen n'avait pas pu faire mieux. Le prêtre était gâteux. Il crut que Lehr était le frère d'Allen.

Ensuite, Allen partit vers l'ouest dans un avion militaire. Au-dessous défilèrent le paysage verdoyant, les fortifications en terre, aux lignes adoucies par le temps, et les villages abandonnés pendant la guerre. Julia vint l'attendre à l'arrêt de l'autobus. Elle portait un vieux manteau de flanelle et ses bottes jaunes. Elle avait dû deviner qu'il s'était passé quelque chose. Leurs retrouvailles étaient toujours formelles, tendues. Ce jour-là, elle le prit dans ses bras.

Ils dînèrent avec le père de Julia. Le vieillard n'avait jamais aimé Allen et cela n'avait fait que s'accentuer au fil des années. Ce soir-là, il faisait penser à un singe blanc. Il marmonnait dans son assiette et posait sa tasse de thé avec brusquerie. Il demanda à Allen pourquoi il fraternisait avec les Allemands.

Plus tard, Allen et Julia se promenèrent sur la plage. Il n'y avait aucune lumière en dehors de la lueur de la mer et d'une déchirure, entre les nuages, où l'on apercevait quelques étoiles. Des courlis chantaient dans les algues déposées sur les murs écroulés.

– Je ne resterai pas longtemps, dit Allen.

– Tu ne restes jamais longtemps.

– Mais c'est presque terminé. Vraiment.

– Tu as déjà dit cela.

– Mais, cette fois, je le pense. Je ne peux pas te donner de détails. Il faut seulement que tu me fasses confiance.

– Pourquoi fais-tu cela, Allen ?

– C'est important, tu le sais bien.

– Non, je ne le sais pas. Je ne vois pas en quoi c'est important. En fait, parfois, je trouve cela idiot. Tu inventes tout. Tu l'inventes d'un bout à l'autre. Le communisme. Le capitalisme. Vous inventez tout cela, des deux côtés, parce que vous ne pouvez pas vivre sans… Cela vous donne une raison de vivre. Cela vous permet de croire que vous êtes toujours importants. C'est stupide, c'est…

Au-delà du ressac, se dressaient des rochers noirs. Une masse d'algues ressemblait à un cadavre apporté par la marée.

Ils marchèrent quelques instants en silence. Puis Allen dit :

– Un de mes amis a été tué, la semaine dernière. Il s'est fait écraser par une voiture.

Il avait attendu deux jours avant d'annoncer la nouvelle. Il avait même répété la réplique.

Elle dit simplement :

– Cela arrive-t-il souvent ?

– Trop souvent.

– Eh bien, cela n'en est que plus stupide.

– Mais s'ils m'avaient tué moi ? Qu'en aurais-tu pensé ?

– Seigneur, Allen, ne sois pas sentimental. Bon sang, que crois-tu que j'aurais pensé ?

Plus loin se dressaient de petits monticules couverts d'herbe drue. La marée montait en barres de clarté lunaire.

Soudain, elle demanda :

– Cet ami, qui était-ce ?

– Un jeune Allemand. Un type bien. Il t'aurait plu.

– Pourquoi l'a-t-on tué ?

– Qu'est-ce que cela peut faire ?

– J'ai envie de savoir, c'est tout. Pourquoi fallait-il qu'il meure ?

– Parce qu'il en savait trop. C'est toujours pour cette raison.

Elle se mordit la lèvre.

– Eh bien, je trouve que c'est stupide, que c'est un gâchis stupide. (Elle regardait la mer et les rochers noirs.)

Plus tard, pendant la nuit, il lui confia qu'il allait entreprendre une action qui allait tout changer. Il dit qu'il allait rester quelques mois absent mais que leur situation serait acquise à son retour. Elle lui demanda une nouvelle fois ce qu'il avait l'intention de faire. Finalement, il expliqua qu'il allait traquer deux hommes, deux hommes qui semaient le désordre dans le monde des services secrets. Ils se jouaient de lui, trahissaient tout le monde.

Lorsqu'il eut terminé, elle alla à la fenêtre. En bas, son père dormait. Elle écarta les rideaux et regarda l'océan. Puis elle lui demanda de grandir et de cesser de jouer au cow-boy.

De nombreuses années plus tard, Allen considérerait cette période comme la fin de ses débuts. Il regagna Berlin, arriva par une nuit de pluie et de vent. Son souffle blanchissait dans l'air. Il y avait déjà quelques nouveaux monolithes de briques. Chaque fois qu'il y revenait, il trouvait la ville changée.

Il vécut seul dans la grande maison délabrée. Il n'y avait plus que les gardiens du Commandement central, deux jeunes Texans qui ne parlaient qu'entre eux. Il est probable qu'ils détestaient travailler pour les services de renseignements, qu'ils ne comprenaient pas pourquoi il fallait surveiller un tas de vieilles paperasses. Une fois par semaine, un responsable de section lui rendait visite, un individu froid et sec. En général, ils se promenaient dans le jardin par crainte des microphones. Il n'y eut aucun interrogatoire officiel. Allen disait tout ce qui lui passait par la tête. Le responsable savait probablement qu'il ne lui disait pratiquement que des mensonges, mais il ne s'en souciait pas. Il ne faisait que tuer le temps.

Allen étudia les dossiers pendant de nombreuses heures, sans jamais égaler la finesse de Lehr. Néanmoins, il lui fut possible de suivre les signes. Un mois plus tard, il fut en mesure de reprendre à l'endroit où Lehr s'était arrêté.

La brume s'accrochait aux murs de stuc. La lumière des lampadaires neufs faisait étinceler les gouttes d'eau sur les fenêtres crasseuses. Allen retrouva Otto Krugger près de la rivière et, pour la première fois de sa carrière, il avait une arme. C'était un Walther PPK. Ils étaient à la mode, tout le monde en avait un.

Krugger attendait près du parapet. Il portait le même manteau gris. Une écharpe sale était nouée autour de son cou. Son bonnet lui couvrait les oreilles. Son visage grossier était gercé et rouge. Il paraissait plus abattu que jamais.

– Je me suis dit que vous vouliez peut-être me tuer, fit Krugger. Parce que vous me rendiez peut-être responsable de la mort de Kurt…

– Non, Otto, absolument pas…

– Parce que ce n'est pas moi. Kurt était mon ami, d'accord ? Je ne ferais pas ce genre de chose. Tout ce qui me reste, maintenant, c'est des amis. Rien d'autre. Rien que des amis.

– Et moi ? (Allen eut un sourire forcé.) Veux-tu être mon ami ?

Krugger baissa sa tête massive.

– Je ne comprends pas où vous voulez en venir.

– Je te propose un emploi, Otto. Je voudrais que tu m'assistes.

– Je ne comprends pas.

– Que tu conduises à ma place, que tu tires à ma place. J'ai besoin de quelqu'un comme toi, de quelqu'un qui sache manier le bâton.

– Mon bras ne vaut plus rien. J'ai été blessé au bras, vous savez.

– Je crois que cela ira. Alors ? Nous reprendrons l'affaire à l'endroit où Kurt l'a laissée. Il y aura des voyages et de l'argent. Je te trouverai des vêtements neufs.

Krugger se retourna et posa les mains sur le parapet. En bas, l'eau coulait lentement. Les taches d'huile réfléchissaient la lumière. Il n'y avait pas d'autre bruit que le clapotis de l'eau.

Sans lever la tête, Krugger demanda :

– Où avez-vous enterré Kurt, monsieur Dancer ?

– Dans ce petit cimetière proche du Spandauer Dam. Il est sur la hauteur, tout de suite en entrant. J'ignorais s'il avait de la famille. Il y a eu un faire-part, mais personne n'est venu.

– Je n'ai vu aucun faire-part, dit Krugger. Personne ne m'a prévenu.

– Je m'excuse, Otto. Je n'y ai pas pensé, sur le moment.

Derrière eux s'étendait un labyrinthe de boutiques en ruine. Les portes étaient obstruées par des rouleaux de fil de fer barbelé, pour empêcher les pillards d'entrer. Berlin sentait encore la cendre, le chou aigre et le désinfectant. Il n'y avait aucune commune mesure entre l'argent et ce qu'il permettait d'obtenir.

– Alors ? insista Allen. Veux-tu cet emploi ?

Sans le regarder, Krugger répondit :

– Maintenant, ils savent qui je suis. Je ne pourrai plus entrer dans le réseau, dans la Chambre.

Allen hocha la tête.

– Nous allons travailler de l'extérieur, tu ne seras pas obligé d'y entrer à nouveau.

– Je ne sais pas grand-chose. Je n'avais qu'un seul contact et je ne l'ai rencontré que deux fois. La dernière fois, il m'a donné cette mallette. Puis Kurt a été tué.

– Tu étais grillé, fit Allen d'une voix douce. Nous étions tous grillés. Il se trouve que c'est Kurt qui a payé la note, mais cela aurait pu être n'importe lequel d'entre nous. Mais, maintenant, c'est terminé et j'essaie simplement d'expliquer que nous devrions continuer. Alors ?

Krugger haussa les épaules.

– Qu'est-ce que ça peut faire, hein ? Qu'est-ce que ça peut faire ?

– Cela signifie-t-il oui, Otto ?

– Oui. Je tirerai pour vous. Je conduirai pour vous, je ferai tout ce que vous me direz. Qu'est-ce que ça peut faire ?

Puis Krugger eut un sourire, un large sourire, le sourire d'un homme qui a trouvé un ami, ou bien un maître.

La vie d'Allen devint alors un aller simple. Tous ses actes visaient le même objectif, mais il n'y avait pas un seul chemin. Se basant sur les dossiers et les notes de Lehr, il dressa une liste de gens. Il s'agissait de marginaux, d'individus travaillant aux frontières des réseaux soviétiques, de trafiquants du marché noir, d'anciens officiers de l'Abwehr. Il y en avait dans tous les coins…

Allen et Krugger se rendirent à Leipzig, en zone soviétique, avec une vieille Mercedes. Puis le moteur explosa et ils traversèrent la plaine balte, avec ses marais et ses villages bruns, en train. Krugger parlait peu.

Ils dormirent parfois au bord de la route, dans les hautes herbes de champs immenses. Il y avait également des régions boisées et la brume s'accumulait dans les creux. Des vaches abandonnées, qui n'avaient pas été traites, meuglaient au bord des routes.

Le vent du nord soufflait lorsqu'ils arrivèrent dans une ville qui dépérissait lentement. Il ne restait pratiquement plus ni enfants ni jeunes gens. La pancarte, au-dessus de la porte de la ville, en ampoules grillées et douilles béantes, indiquait : Zwölfkinder. Le soleil faisait ressortir de longues traînées de rouille.

Ils trouvèrent une chambre dans un hôtel minable. La jeune femme qui les reçut était ivre. Leurs papiers d'identité ne lui convenaient pas. Il n'y avait qu'un lit et le matelas sentait l'insecticide. Le vent gémissait dans les couloirs dépourvus de portes et on entendait des murmures de voix au travers des cloisons.

Au matin, ils burent du café et mangèrent du pain noir dans un café en sous-sol, puis ils prirent la direction de la place, où ils avaient rendez-vous. L'homme les attendait sous un auvent de tôle ondulée. Il était mince et avait des taches de rousseur. Lorsqu'il sortit au soleil, il dit simplement :

– Est-ce vous ?

Allen acquiesça. Comme chaque fois, Krugger se plaça derrière lui, légèrement sur le côté.

– Je viens de la part de Kurt Lehr, dit Allen.

– Kurt Lehr est mort. Ne mentez pas. Vous m'avez écrit il y a sept jours en disant que vous seriez ici trois jours plus tard. Je vous attends chaque matin, alors ne mentez pas.

– Excusez-moi, Dorum.

– Et je ne m'appelle pas Dorum. Vous faites erreur. Je m'appelle Fritz, compris ? Fritz.

Ils se mirent à marcher, suivis par Krugger et, quittant le soleil, s'engagèrent dans les rues sombres et pavées.

Fritz toussa puis dit :

– Alors, vous cherchez la Chambre, hein ?

– Oui, nous cherchons la Chambre.

– Mais vous êtes venu me voir sans même savoir qui je suis. Vous avez trouvé mon nom sur une vieille liste et vous voulez que je vous renseigne sur la Chambre. Vous devez être dingue. Votre ami est idiot et vous êtes dingue. Kurt n'aurait jamais procédé ainsi.

– Kurt est mort, fit Allen d'une voix unie.

– Bien sûr, Kurt est mort et vous êtes dingue. Je ne sais pas ce qui est préférable.

Fritz portait un vieux manteau de marin, mais rien n'indiquait qu'il eut déjà navigué. Il était pâle, ses lèvres étaient minces et serrées. De minces mèches de cheveux blonds lui tombaient sur le front.

– Combien de personnes avez-vous vues, avant moi ? demanda-t-il soudain.

– Qu'est-ce que cela peut faire ? fit Allen.

– Il faut que je sache à quel point vous êtes dingue et ce que je risque. Chaque fois que vous parlez de la Chambre à quelqu'un, vous prenez un risque. Le saviez-vous ?

– J'ai vu quatre personnes, répondit Allen. Dans toute l'Allemagne.

– Et personne n'a parlé, pas vrai ? Qu'est-ce qui vous fait croire que je parlerai ?

Allen plissa les paupières.

– Voilà, Fritz. C'est la carotte et le bâton. Connaissez-vous cette expression ? Vous aurez des dollars américains si vous m'aidez et rien du tout si vous refusez. Mais si vous vous retournez contre moi, Otto vous tuera.

Fritz sourit.

– Vous avez trouvé mon nom dans les dossiers, mais les dossiers sont périmés. Je ne suis plus en contact avec l'organisation. J'ai effectivement transporté des documents, mais c'était pendant la guerre. Maintenant, le monde est devenu complètement dingue. Vous y êtes parfaitement à votre place.

Ils étaient arrivés dans une cour entourée d'immeubles. Au-dessus d'eux, il y avait des fils effilochés. Un chien dormait devant une porte. Il n'y avait aucun autre signe de vie.

Ils s'assirent sur la margelle d'un puits à sec, recouvert de planches pour empêcher les enfants d'y tomber.

– Il y a des choses que je sais, dit Allen, et d'autres que j'ignore. Vous aurez cent dollars par information.

– Vous allez nous faire tuer, dit Fritz. Vous tripotez des blessures ouvertes.

– Il y a deux hommes, insista Allen, un Américain et un Russe. Ils se rencontraient. Vous étiez leur agent de voyage. Vous organisiez les rencontres. Il fallait mettre au point les couvertures parce que ce sont des gens importants. Alors, Fritz ?

L'Allemand respira profondément.

– Je n'ai travaillé que du côté russe, dit-il, je ne sais pas grand-chose…

– Mais vous saviez où ils se rencontraient, n'est-ce pas ?

– D'accord. Vous pourriez avoir envie de quitter l'Europe. Il y fait trop froid, à cette période de l'année. Un climat plus chaud vous séduirait peut-être. J'ai entendu dire que la Turquie est extrêmement agréable, en ce moment.

– Où, en Turquie ?

– Sur la frontière russe. Il y a une petite ville qui s'appelle Dogubayazit.

– Dogubayazit. (Allen répéta le nom à voix basse. Il ne regardait plus Fritz. Il regardait les pavés poussiéreux, les ombres et le chien affamé.) Et, pour cent dollars de plus, Fritz, se rencontraient-ils souvent ?

– C'était variable. Pas plus de quelques fois par an.

– J'irai jusqu'à trois cents, Fritz. Comment se rencontraient-ils ? Quel était le signal ?

– Il y avait un code.

– Pour les rencontres imprévues ?

– Oui, un code pour les rencontres imprévues.

– Quel était-il ?

– Une carte postale représentant une forêt.

– Quelle forêt ?

– Peu importe.

– Et c'est tout ?

– Non. Il fallait écrire quelque chose.

– Que fallait-il écrire ?

– Je ne peux pas.

– Mais si vous pouvez, Fritz. Pour cinq cents de plus, Fritz. Quels étaient les mots ?

L'Allemand était plié en deux. Il avait croisé les bras sur l'estomac, comme s'il allait vomir. Finalement il dit :

– Enchantée. Il faut écrire : La Forêt enchantée sur la carte et l'envoyer à un membre de la Chambre.

– En anglais ? demanda Allen d'une voix douce. Peut-on écrire cela en anglais ?

– Sans importance.

– Alors il faut juste écrire : La Forêt enchantée et envoyer la carte à la Chambre.

– Oui, la Chambre.

– Et combien de temps s'écoule-t-il avant qu'ils se rendent à Dogubayazit ?

– Deux semaines.

– Et cela fonctionnera-t-il encore ? La carte postale ? Si on en envoyait une aujourd'hui ? Viendraient-ils encore à Dogubayazit ?

– Je ne sais pas.

Lorsque Allen et Krugger s'en allèrent, l'homme était toujours plié en deux, appuyé contre la margelle du puits. Il n'avait pas touché l'argent posé près de lui. Il avait les mains crispées sur la pierre et la tête baissée.

En route, Allen acheta effectivement une carte postale, dans une boutique pour touristes. Il y en avait des dizaines. Elles appartenaient à un stock d'avant-guerre, il s'agissait de vues des Alpes allemandes et il en choisit une représentant une étendue, apparemment interminable, de conifères.

La boutique était une petite hutte de rondins située dans les faubourgs d'une ville de vacances proche d'un lac. Il faisait froid. La propriétaire était une vieille femme en manteau noir, avec un foulard sur la tête. Allen eut l'impression qu'elle n'avait pas vendu de carte postale depuis très longtemps. Tandis que Krugger attendait dehors, dans la neige, Allen paya la carte. Cela n'avait aucune importance particulière. Ce n'était qu'un pas de plus vers la fin.

La Chambre, à cette époque, était comme un train fantôme. Il ne savait guère où envoyer la carte. Finalement, après avoir étudié les itinéraires pendant plusieurs semaines, dans un petit hôtel de Dresde, il envoya la carte à Prague.

Pendant tous ces jours, il eut souvent l'impression de vivre dans une autre dimension. Il avait presque continuellement peur. La nuit, il entendait des pas sur le parquet. La ville était pleine de soldats russes. Il travaillait à un bureau proche de la fenêtre. Au-dessous, il y avait une route pierreuse et une colline herbue avec quelques arbres rabougris. Au-delà, la ville bombardée se découpait sur le ciel.

Krugger était toujours silencieux. Le matin, il allait en ville ou bien dans les collines. Il rapportait toujours de la nourriture : du poisson fumé, un morceau de fromage. Tandis qu'Allen travaillait, Krugger aimait feuilleter des revues, allongé sur le lit. Pendant quelque temps, il lut également des contes de fées, dans un livre pour enfants qu'il avait trouvé au marché. L'un d'eux concernait une forêt enchantée. Krugger trouva cela drôle et insista pour le lire à Allen.

Finalement, un après-midi, Allen posta la carte. Accompagné de Krugger, il fit plusieurs kilomètres à pied afin qu'il soit impossible de remonter jusqu'à leur hôtel grâce au tampon. À un moment donné, Krugger voulut tenir la carte. On aurait dit qu'elle avait une valeur mystique.

Ensuite, tandis qu'ils longeaient les falaises surplombant l'eau, il dit à Allen qu'il fallait fêter l'événement. Allen était fatigué. Il avait mal aux chevilles. Le monde entier lui semblait gris bleu.

– Pourquoi fêter l'événement ?

– Parce que nous allons les prendre, maintenant, n'est-ce pas ?

– Je ne sais pas.

Une heure plus tôt, il avait mis la carte dans la boîte. Il avait l'impression qu'il aurait tout aussi bien pu la jeter dans la rivière, pour ce que cela changeait.

– Oui. Nous les prendrons. (Krugger ricana.) Mon cœur me dit que nous les prendrons. J'en suis sûr.

– J'espère que tu as raison, seigneur, je l'espère vraiment...

– Bien sûr que j'ai raison. Vous verrez, Allen. Ils viendront. Je suis prêt à parier. Et je parierais sur vous.

La Turquie constitua un aboutissement, des plus étranges. Même de nombreuses années plus tard, Allen ne put jamais intégrer ses souvenirs de Turquie dans le cadre d'une expérience normale. La Turquie resta un souvenir à part.

Pendant la majeure partie du voyage, il fut malade parce qu'il avait bu de l'eau non potable à Istanbul. Puis il y eut Ankara et deux jours dans la villa d'un responsable de la police secrète. L'homme devait croire qu'Allen était un personnage important car il se mit en quatre pour lui plaire. Finalement, il y eut les plaines, pays plat et interminable. Les villages n'étaient que des points blancs sur l'horizon. Krugger avait réussi à acheter une Land Rover. Elle datait de la guerre, mais les Turcs avaient refait le moteur. Allen dormit pendant presque tout le trajet, la tête sur le bras, appuyé contre le tableau de bord. Les nuits étaient froides et les paysans étaient méfiants. Une ligne de peupliers, au loin, semblait mettre des heures à approcher.

Parfois, les seules lumières étaient les lanternes attachées aux essieux des chariots. Un jour, ils écrasèrent un chien et Krugger fut obligé de le finir à coup de démonte-pneu. Les montagnes étaient escarpées et noires mais, en altitude, il y avait de la neige dans les crevasses. Il était impossible de rouler lorsqu'il pleuvait.

Lorsqu'ils arrivèrent à Dogubayazit, les pneus de leur voiture étaient usés jusqu'à la corde. La nuit tombait et la piste boueuse, qui courait entre les cabanes de briques, était noire. Les huttes étaient couvertes de chaume qui enfonçait la charpente.

Tandis qu'ils approchaient, des silhouettes sortirent des masures et s'immobilisèrent au milieu de la route. Les femmes portaient des châles foncés, les hommes des tuniques matelassées. Le vent gémissait dans le chaume des toits.

Un vieillard vint à la rencontre d'Allen. Il portait un pull-over à rayures, un pantalon de coton trop large et agissait comme s'il les attendait. Il serra la main d'Allen et les conduisit dans la plus belle cabane. Il y avait des coussins sur un tapis brodé, mais les murs étaient noirs de fumée. Des lanternes étaient suspendues aux poutres. Des braises rougeoyaient dans un récipient métallique. Le vieillard avait le visage ridé et dit qu'il s'appelait Shall. Puis ils se laissèrent tomber sur les coussins et des femmes servirent du thé à la menthe dans de grands verres.

– Je cherche deux hommes, dit Allen. Un Américain et un Russe.

– Bien sûr, ce sont les capitaines, répondit le Turc. (Il parlait un peu anglais.)

– Les capitaines, répéta rêveusement Allen. (Son cœur battait très vite. Il regarda Krugger, mais l'Allemand était de marbre. Il surveillait les mains du vieillard et les visages des hommes massés sur le seuil.)

– Je les appelle : les capitaines. (Le Turc sourit.) Ils m'appellent Shall. Nous sommes très amis.

– Y a-t-il longtemps que vous les avez vus ?

Le Turc se mordit les ongles.

– Peut-être un an, peut-être plus.

– Comment viennent-ils ?

– Par ici. (Le Turc montra la porte.) Du terrain d'atterrissage.

– Il y a un terrain d'atterrissage ?

– L'Américain l'a construit. Pour que son avion atterrisse. Il vient toujours avec son pilote, mais parfois, le Russe arrive dans une voiture comme la vôtre.

– Et comment savez-vous qu'ils vont venir ?

– Ils viennent, tout simplement.

– Comment sont-ils ?

– Comme vous, sauf que l'Américain est plus âgé et que le Russe a les cheveux jaunes comme de la paille.

– Je crois qu'ils vont venir bientôt, dit Allen avec lenteur. Nous aimerions les attendre.

– En général, les capitaines nous paient, fit le Turc avec un sourire.

– Nous paierons également.

Du plat de la main, le Turc frotta ses favoris, puis il sourit à nouveau et demanda :

– Votre ami a l'air très fort. Est-il aussi américain ?

– Non, il est allemand.

Le Turc regarda Krugger dans les yeux. Un Allemand. Eh bien, au moins, il valait mieux qu'un Allemand.

Allen attendit trois jours. Krugger et lui furent logés dans une hutte de boue. Le matin, une jeune femme leur apportait du pain. À midi, il y avait du mouton et du thé à volonté. Il faisait froid et Allen acheta une paire de grosses chaussettes. On entendait continuellement les volailles du poulailler et les cloches des chèvres, au loin.

Tous les après-midi, Allen se promenait sur les rochers surplombant le terrain d'atterrissage. Il aimait s'y asseoir et écouter le vent. Parfois, il perdait l'espoir. À d'autres moments, il était parfaitement sûr de lui.

Le jour où l'avion arriva enfin, il ne pensait à rien, s'efforçait seulement de chasser son angoisse. C'était un Piper Club argenté qui décrivit un grand cercle au-dessus du village. Allen était à plusieurs centaines de mètres du terrain. Le regard portait loin, dans la plaine rocheuse.

Les villageois se précipitèrent à la rencontre de l'avion. Ils apparurent à Allen comme des silhouettes minuscules sur le soleil couchant. Son manteau lui battait les genoux. Lorsque les deux silhouettes descendirent de l'avion, il sortit son automatique, s'efforçant de se souvenir comment fonctionnait la sécurité.

Le soleil se reflétait sur le fuselage et un des deux hommes qui étaient descendus de l'avion se dirigea vers lui. Il arriva au pied de la pente et Allen se dit : il sait que je l'attends. Il pointa son arme…

De nombreuses années plus tôt, Allen se trouvait à la lisière d'un champ proche d'une maison de campagne où il passait l'été avec ses parents. Ce jour-là aussi, il avait aperçu une silhouette, à environ trois cents mètres. Tout d'abord, Allen avait cru qu'il s'agissait d'un voisin, un des fermiers installés de l'autre côté de la vallée. Puis il avait reconnu cette démarche légèrement hésitante. C'était son père. Allen, immobile, l'avait longtemps regardé. Puis son père l'avait appelé et Allen s'était mis à courir. Il n'avait jamais oublié l'odeur de son père et la sensation produite par ses os.

Et ce fut exactement pareil. John Dancer arriva au sommet et tendit les bras. Il appela Allen, mais celui-ci ne courut pas vers lui. Il resta là, secouant la tête.

John Dancer s'assit près de son fils, sur une plaque de roche volcanique. Le sommet était exposé au vent et le vent gémissait dans les crevasses. Allen serrait les coudes contre les flancs. Il regardait la plaine. Au loin, les villageois étaient indistincts, dans la lumière mourante.

Les minutes s'écoulèrent. Ils ne parlèrent pas. John avait envie de poser la main sur l'épaule d'Allen mais, bizarrement, il ne pouvait s'y résoudre.

Finalement, il dit :

– Il y a longtemps que je me demande comment je pourrais expliquer cela, lorsque je n'aurais plus le choix.

– Alors, tu es au courant depuis le début ? Dès le début, tu savais que c'était moi ?

– Oui.

– Et tu as tué Kurt Lehr ?

– Ce n'est pas moi, Allen. Je ne l'ai pas tué. Quelqu'un d'autre…

– Qui ?

Une lumière mauve avait envahi l'horizon. Allen frissonna. De la fumée s'échappait des huttes du village.

– Pourquoi cela s'appelle-t-il la Chambre, papa ? Je n'ai jamais pu comprendre pourquoi… (Il était un peu étourdi.)

– Ce n'est qu'un nom, Allen. Cela ne signifie rien…

– Et pourquoi ne m'as-tu rien dit avant ? Tu aurais pu m'en parler…

– Je n'étais pas sûr que tu comprendrais. Je n'en étais pas sûr du tout.

Allen fut pris d'un violent frisson.

– Nous ferions peut-être mieux de retourner au village, dit son père d'une voix douce.

– Non. Je veux rester ici.

Tout en bas, quelqu'un avait quitté l'abri d'un mur de pierres blanches ; il n'y avait que cette silhouette, sur la piste.

– Cet homme est-il avec toi ? demanda John.

– Oui. C'est Otto, mais il est parfaitement sûr. Il ne montera pas. Je lui ai dit de ne pas le faire.

– Mais après ?

– Rien à craindre. Otto ne présente aucun risque. Il n'est pas comme Lehr. Lehr voulait s'infiltrer dans le réseau et en prendre le contrôle…

– Et toi, Allen, que voulais-tu ?

Allen secoua la tête.

– Je ne sais pas.

Après quelques nouveaux instants de silence, Allen se crispa, se tourna vers son père et sa voix se fit dure.

– Mais tu leur as passé de vrais documents. Chacun de vous est la taupe de l'autre. *Tu as donné les tiens !*

Un faible écho de ces paroles leur revint.

– Ce ne sont pas les miens, fit John Dancer à voix basse. C'est tout le problème.

Allen et John passèrent la nuit seuls dans une hutte située un peu à l'écart du village. Les murs de boue prirent une teinte légèrement ambrée, dans la lumière des lampes à huile. À minuit, les villageois ne faisaient plus un bruit. On n'entendait plus que les poules, les chèvres qui toussaient et un volet claquant au vent.

Il n'était pas question d'indulgence, avait dit John. Il avait agi selon sa conscience. Allen, assis sur les coussins, écouta distraitement d'autres affirmations comparables. Le côté de son visage exposé au feu était chaud, l'autre était froid.

John raconta deux fois son histoire. D'abord, il en vint directement à l'essentiel, puis il en dévoila le climat. Les motivations profondes constituèrent le thème du second récit. Il dit que, quel que soit le chemin qu'on prenne, on aboutit toujours au même endroit. Le plus difficile fut d'évoquer la femme.

– Ta mère n'est pas au courant, dit-il. Comment pourrait-elle savoir. Comment aurais-je pu le lui expliquer ?

– Comment s'appelait-elle ? demanda Allen.

– Anna. Anna Servana.

– Et pourquoi l'a-t-elle appelé Valentin ? Ce nom représente-t-il quelque chose ? A-t-il une signification ?

– Non. Ce n'est qu'un nom.

Puis John parla de la gare de Moscou, du jeune homme assis près de lui, sur un banc. Les foules russes étaient indifférentes. Tout le monde regardait ses pieds. L'amour d'un pays n'est qu'une forme de l'amour, dit-il.

– Mais tu t'es certainement rendu compte de ce que cela signifiait ? demanda Allen d'une voix blanche. Tous ces gens qui ont souffert. La trahison.

– Nous dépendons l'un de l'autre, dit John. Val et moi, nous en sommes venus à dépendre l'un de l'autre.

– Alors, tu lui passes des documents et il te passe des documents.

– Oui. Mais il le fallait, Allen... J'espère que tu t'en rends compte, que tu peux le comprendre...

– Tu crois que cela rétablit l'équilibre ? Qu'il y a égalité, au bout du compte ? C'est ça ?

– Peut-être... Mais ce n'est pas l'essentiel. Valentin est mon fils. C'est mon autre fils. Voilà l'essentiel...

– Mais tu en profites aussi, pas vrai ? Tu en profites, papa... Close, c'est ainsi que Lehr définissait cette relation. Selon lui, elle était close...

– Ce n'est pas l'essentiel. L'important est qu'il me fallait acquérir un certain statut afin de protéger notre entente. Il fallait que je sois respecté et digne de confiance pour avoir accès aux documents nécessaires à Val. Parce qu'il est difficile de survivre, à Moscou. Val doit produire pour survivre. S'il n'avait pas de valeur, à leurs yeux, ils le détruiraient...

– Alors, tu assures sa sécurité en donnant les tiens...

– En fait, nous n'avons jamais fait de tort à qui que ce soit. Aux plans, peut-être, aux opérations, mais jamais aux gens…

– Et Lehr ?

– Lehr a été victime de la Chambre. C'est un système de sécurité interne. Il a touché le déclic et il lui a explosé au visage. La Chambre est indépendante, sur ce point.

Dans la première lumière, le paysage paraissait irréel, aussi irréel que l'histoire qu'il venait d'entendre. Il avait les jambes engourdies. Le froid des murs de boue séchée s'était insinué dans ses muscles. Le ciel, à l'ouest, était couleur d'ambre, les rochers, au loin, semblaient fondre.

Juste avant de s'endormir, Allen demanda :

– Mais puisque tu savais que je t'attendais, puisque tu savais que c'était un piège, pourquoi es-tu venu ?

– Parce que je ne voulais plus jouer à cache-cache avec toi, répondit son père. Je me suis dit qu'il était temps de te faire entrer dans le jeu…

Valentin arriva dans l'après-midi. Tout d'abord, Allen le vit de très loin. Sa camionnette descendait une route tortueuse. Le vent, une fois de plus, couchait les buissons. Allen, assis dans la hutte, buvait du thé à la menthe. Il y avait un courant d'air sous la porte. Il était calme, il en était sûr, il entendait même le tic-tac de sa montre.

Finalement, il se leva et retourna à la fenêtre. À quelques dizaines de mètres, sur la piste, John Dancer et son autre fils marchaient. Le ciel était plein de nuages noirs. Valentin portait un manteau de laine, serré à la taille, et des bottes de cuir. Il était mince et blond. John et lui avançaient lentement, sur la route, John semblait parler à voix basse et Valentin acquiesçait de temps en temps. Derrière sa fenêtre,

Allen lui-même fut obligé de reconnaître qu'ils se comportaient effectivement comme un père et son fils.

Cet après-midi-là, le ciel resta noir et il plut abondamment. Lorsque le temps s'éclaircit, Allen et Valentin se promenèrent dans les rochers. Valentin était plus grand qu'Allen et avait les yeux plus clairs. Il s'exprimait d'une manière un peu timide... Un peu comme s'il était toujours un jeune garçon, mais il y avait deux profondes rides aux coins de ses lèvres.

Lorsqu'ils arrivèrent au sommet, il dit :

– J'ai entendu parler de vous. John m'a parlé de vous.

– Oui, John, fit Allen, car il lui était devenu difficile d'appeler son père autrement.

– Avez-vous été surpris d'apprendre que vous aviez un frère ?

– Un demi-frère, précisa Allen.

– Oui, un demi-frère. Mais, avez-vous été surpris ?

– Oui, je suppose que j'ai été surpris.

Valentin monta sur un rocher.

– Savez-vous ce qu'est une soupape de sécurité ? demanda-t-il.

– Quoi ?

– J'ai dit : savez-vous ce qu'est une soupape de sécurité ? Sur les vieilles machines à vapeur, il y avait une soupape de sécurité. Quand la pression devenait trop importante, une partie de la vapeur s'échappait, ce qui empêchait le moteur d'exploser. À mon avis, John et moi avons plusieurs fois joué ce rôle.

Valentin se découpait sur les tourbillons énormes des nuages, qui s'éloignaient, filant dans le ciel, tandis que le vent ridait les flaques d'eau boueuse.

– Cette lutte entre votre pays et le mien, poursuivit Valentin, c'est de la folie. Vous le savez, n'est-ce pas, Allen ? Cela n'a aucun sens. Chaque côté ne voit que ce qu'il veut voir. Personne ne voit l'ensemble. C'est pourquoi je ne me sens plus coupable. Je vois les deux camps. John aussi voit les deux camps. De sorte que nous sommes comme les parents de deux enfants turbulents. John et moi. Nous sommes comme les parents. Est-ce trop présomptueux ? Je ne cherche pas à le paraître.

Finalement, ils restèrent debout côte à côte. Le vent gonflait leurs manteaux.

– Cela compte-t-il, pour vous, Allen, que nous soyons frères ?

– Je suppose.

– Parce que cela compte, pour moi. Dans quelques jours, je serai de retour à Moscou et je me souviendrai de vous.

Allen dit :

– J'ai réfléchi… La Chambre n'est plus tellement sûre. Il faudrait changer…

– Elle fonctionne depuis longtemps.

– Vous avez eu de la chance. Seulement de la chance.

– Alors, que voulez-vous faire ?

Que voulait-il faire ? Presque sans s'en rendre compte, il s'engageait dans une affaire qui, pour quelques instants du moins, l'avait révolté un peu plus tôt. Eh bien, il appartenait à cette famille, n'est-ce pas ? Si cela avait un sens, pour son père et son demi-frère… Il haussa les épaules, chassa le doute… Que voulait-il faire ? Il voulait créer, ajouter une dimension…

– Sortir de l'ombre.

– Je ne comprends pas, dit Valentin.

– Voilà. Vous allez voir vos supérieurs et vous leur dites que vous avez recruté un homme important à Washington, mais qu'il y a un problème... Il faut qu'il fasse croire à ses services que vous êtes *son* agent. Voyez-vous où je veux en venir ? Vos supérieurs croient que vous avez un agent et cet agent persuade ses supérieurs que vous êtes son agent.

– Et vous êtes cet agent, Allen ?

– Oui, mais c'est exactement le contraire de mon côté. De mon côté, vous devenez mon agent qui a persuadé ses supérieurs que je travaille pour lui.

– C'est un miroir, fit Valentin à voix basse. C'est exactement comme un miroir.

– Cela justifiera les rencontres et la transmission de documents. Après tout, chacun de nous sera bien obligé d'alimenter son agent, n'est-ce pas ?

Valentin acquiesça. C'était le moyen de poursuivre ce qu'il croyait nécessaire.

– Oui, et nous pourrions peut-être appeler cela... Le Miroir ? Ce nom vous plaît-il, Allen ?

– Non, j'ai déjà pensé à un nom. C'est un nom que personne n'oubliera. Lorsqu'on l'aura entendu une fois, il sera impossible de l'oublier.

Il se tut, laissant la tension augmenter, puis il reprit :

– Le Magicien. Nous appellerons cela : le Magicien, et je vous promets que personne n'oubliera, jamais.

Il n'y a pas trace de ce qui s'est passé à Dogubayazit dans les archives de Langley. Ce voyage ne fait l'objet que d'une mention très brève dans le journal de John. Allen ne fit allusion à la Turquie dans aucun document. Ses rapports ne vont pas au-delà de l'Europe orientale. Pourtant, il existe un indice, une ride sur la surface étale du lac… il s'agit d'une photographie qui resta de nombreuses années dans le bureau de John. Puis, Allen la garda pendant quelque temps. Finalement, elle aboutit sur la cheminée, parmi les photos de famille… Près du portrait de Jessie.

C'était un vieux cliché marron, granuleux, dans un cadre de bois tout simple. Il fallait l'examiner très attentivement pour faire la distinction entre les personnages et les rochers, les montagnes et le ciel. Pourtant, dans un paysage accidenté, on distinguait trois silhouettes sur une éminence rocheuse. Les visages étaient dans l'ombre, mais on pouvait constater que le personnage central tenait les deux autres par les épaules. Le cliché pouvait représenter trois hommes quelconques dans un paysage désolé. Personne n'y prêta jamais attention.

TROISIÈME PARTIE

CHAPITRE 7

Le Magicien naquit pendant l'hiver 1948 mais, au début, il ne porta pas ce nom-là. On le baptisa simplement : Le Contact d'Al Dancer à l'Est et, au cours de l'été, il produisit quelques documents exceptionnels. Le premier fut un rapport de soixante pages concernant les instructions données aux dirigeants des pays satellites. Puis, il y eut un mémo évoquant les tensions au sein du Comecon. Allen n'expliqua pas clairement comment il s'était procuré ces documents. Il se montra évasif et, selon certains, un peu suffisant.

Finalement, les autorités de Washington ne purent supporter le secret plus longtemps. Luttes internes et jalousie n'en finissaient pas. Les militaires, notamment, exigèrent une enquête, prétendant qu'il était impossible d'effectuer une évaluation correcte des documents sans connaître leur origine. Ainsi, Allen fut apparemment mis dans une position telle qu'il ne lui restait plus qu'à révéler le nom de son informateur. En fait, rien ne l'obligeait à le faire. Le contrôle de la situation ne lui avait jamais échappé et la révélation du Magicien fut une comédie magnifiquement montée.

Personne n'a jamais réalisé une étude complète de la naissance du Magicien, et personne n'a jamais examiné cette naissance dans le cadre de l'histoire de la famille

Dancer. C'est pourquoi les notes rédigées par Humphrey Knolls furent considérées comme sa chronologie la plus complète.

Après trois semaines de recherches, les notes de Knolls avaient pris la forme d'une chasse au temps... Les dates étaient indiquées dans la marge et, en face de chacune, les événements importants étaient rappelés : le voyage d'Allen en Espagne et en Allemagne, la liaison de John en Russie. Ces indications provenaient soit de la mémoire de Humphrey, soit de ses déductions, soit de dossiers secrets volés dans toutes les archives de Langley. Ces notes étaient rédigées sur du papier jaune et il y en avait, en tout, cinquante pages. Humphrey, pour les relire, les étalait sur le plancher de son appartement. Il avait toujours une bougie et un peu d'essence à briquet, dans une boîte de conserve, au cas où la porte s'ouvrirait brusquement.

Finalement, lorsque ces notes furent intégrées aux dossiers, les chroniqueurs les trouvèrent un peu déroutantes. Elles étaient pleines de cryptogrammes bizarres et les lignes se chevauchaient parfois. Par endroits, elles étaient presque illisibles. Pourtant, un élément n'échappa pas à ceux qui les étudièrent. Après quatre semaines de recherches, Humphrey Knolls avait découvert la volonté commune à tous les personnages impliqués. Sa chronologie avait atteint 1948. Allen Dancer devenait une force dominante, au sein du monde des services secrets ; John, silencieux, le soutenait et, grâce à eux, le Magicien avait vu le jour. Mais il y avait également, dans le dossier de Humphrey, une force cachée, profonde, qui poussait irrésistiblement à la naissance de Jessie.

1948 fut l'année de la mise en place du Magicien. Allen et Servana se rencontrèrent deux fois, en février et en mars. Les deux rencontres eurent lieu dans la banlieue de Zurich, où Allen avait acheté une maison. La maison fut baptisée : le Sorcier… Allen y pensa une nuit, dans un train. Le Magicien… Le Sorcier… Cela lui plut.

La maison était une vieille demeure de briques. À l'étage, les pièces étaient sombres et étroites, le plâtre jauni. Les parquets étaient vermoulus. La cuisine sentait la pourriture rance. La rampe de l'escalier, qui était obscur et tortueux, bougeait.

La maison était au milieu d'un jardin plein de plantes grimpantes et de lierre. Un peu plus loin se dressaient des bouleaux et, au-delà, la route étroite conduisant à la ville, située à une trentaine de kilomètres.

En apparence, la maison appartenait à Otto Krugger. Il y avait sa signature sur l'acte de vente et son nom sur la plaque de cuivre du portail. En réalité, il n'était qu'un employé de l'organisation du Magicien. Il habitait la maison, entretenait le jardin et, surtout, aidait Allen Dancer. Une échelle appuyée contre le mur du jardin, comme si quelqu'un réparait la maçonnerie, indiquait que tout était en ordre ; l'absence d'échelle signifiait le contraire. Krugger apprit également à se servir des magnétophones, à installer les systèmes d'alarme et, pendant les réunions, montait la garde dans une pièce du premier étage, d'où l'on découvrait la région sur plusieurs kilomètres dans toutes les directions.

Lors de la première rencontre, Allen arriva un jour en avance. Il expliqua à Krugger qu'il avait jugé nécessaire de vérifier les signaux et les systèmes d'alarme. En fait, il avait agi ainsi pour se donner le temps d'explorer, de visiter les pièces, d'ouvrir les tiroirs et les placards. Il voulait avoir le temps de s'accoutumer à la maison, afin de se convaincre qu'elle lui appartenait vraiment. Il voulait que Servana se considère comme un visiteur, pas lui.

Il faisait froid et clair, le matin où Servana arriva. Il y avait de la neige sur les montagnes, au loin, et les pelouses étaient gelées. D'une fenêtre du premier étage, Allen regarda le taxi contourner la colline puis s'engager sur les huit kilomètres de ligne droite qui conduisaient au portail du jardin.

Ils se retrouvèrent dans le salon, longue pièce haute de plafond, dont une fenêtre donnait sur le jardin gelé. Allen prit place à une extrémité de la table de chêne, Valentin à l'autre. Au mur, il y avait une nature morte représentant un étal de boucher couvert de légumes entourés d'une bouteille de vin et d'un lièvre fraîchement tué.

Valentin portait un costume mal coupé et un peu large mais, malgré cela, il paraissait élégant. C'était à cause de ses yeux, de sa voix douce, de ses gestes. Cela mit Allen mal à l'aise.

– Avez-vous fait un voyage agréable ? commença Allen.

– Très, merci.

– Pas de problèmes, à la frontière ?

– Non, aucun.

– Voulez-vous un petit déjeuner ? Je peux demander à Otto de faire des œufs.

– Non, merci, j'ai mangé dans l'avion.

Allen fut déçu car il avait appris, de nombreuses années plus tôt, qu'il est toujours préférable de négocier pendant que son interlocuteur mange. Il est alors possible de le mettre mal à l'aise en le regardant fixement. À condition, naturellement, qu'il n'utilise pas la même technique…

Plus tard, sans l'avoir vraiment voulu, les deux hommes se promenèrent dans la grande maison obscure, regardant dans les pièces, essayant les fauteuils, examinant les tableaux du salon. Valentin fut séduit par un paysage triste représentant le lac de Lugano.

– À mon avis, il ne vaut pas grand-chose, fit Allen.

– Peut-être, mais il est tout de même intéressant. Regardez. Voyez-vous la lumière, sur l'eau ? On dirait une lumière russe.

Allen haussa les épaules et s'assit dans un fauteuil à oreilles poussiéreux. Puis il se mit à tripoter les épis d'un abat-jour.

– Écoutez, dit-il soudain, je voudrais que nous parlions de l'Italie.

– De l'Italie ?

– Oui. Je veux que vous connaissiez la position de Washington vis-à-vis de l'Italie.

– Mais je la connais déjà, Allen. Ils vont essayer d'arranger les élections. Est-ce la bonne expression ? Arranger les élections ?

– Il me faut cette victoire, Val. Je ne veux pas perdre les Italiens.

– J'ignorais que vous étiez impliqué dans cette affaire, Allen.

– Je ne le suis pas, mais vous voyez certainement où je veux en venir. Il ne faudrait pas que les communistes gagnent les élections. Cela ne serait bon pour personne.

– Il se pourrait que cela soit bon pour moi. (Valentin sourit.)

– Je ne plaisante pas, Val. Il faut que vous m'aidiez sur ce point.

– Très bien, Allen. Que voulez-vous ?

– Washington dispose de dix millions destinés au soutien des démocrates chrétiens. C'est un soi-disant crédit de stabilisation. Suivant le plan qui a été mis au point, l'argent sera viré sur des comptes privés, puis remis aux hommes clés. Je voudrais que vous vous arrangiez pour que Moscou croie qu'il y a au moins trente millions et que l'argent ne vient pas de Washington. Je veux qu'on croie qu'il vient du Vatican. Est-ce possible ?

– Ainsi, Allen, vous croyez pouvoir décourager Moscou avec trente millions de dollars et le Vatican ?

– Pas vous ?

– Je ne peux pas préjuger de la réaction, mais si c'est cela que vous voulez…

– C'est ce que je veux, Val.

Servana s'était éloigné du tableau et arrêté devant un buffet hollandais dont la marqueterie s'en allait en lambeaux. Près du buffet, il y avait un canapé aux ressorts fatigués. Il s'y assit, puis se leva et se dirigea vers la fenêtre.

Allen le regardait attentivement.

– Et il y a autre chose, Val. C'est à propos de ce dont nous avons discuté, l'autre jour.

– La bombe ? fit Servana.

– Oui.

– Et alors ?

– Eh bien, ce sera sans doute difficile. J'ai réfléchi et ce sera sans doute très difficile.

– Tout est difficile, Allen.

– C'est différent.

Servana haussa les épaules.

– Permettez-moi de vous dire quelque chose, Allen. À la fin de l'année prochaine, l'Union soviétique procédera à son premier essai de bombe atomique. C'est un fait. Indépendamment de ce que vous ferez ou ne ferez pas, l'essai aura lieu l'année prochaine. Toutefois, ma situation et, par conséquent, notre entente se trouveraient renforcées si j'étais en mesure de fournir des informations tangibles. Oui, cela ne serait qu'un geste car, en fait, nous n'avons pas besoin de vous, bien que vos compatriotes ne soient certainement pas prêts à l'accepter. Mais ma position serait meilleure, ce qui compte beaucoup pour nous deux, si je pouvais apporter quelque chose…

– Quoi, par exemple ?

– Les plans de votre détonateur, peut-être.

– Seigneur ! Vous avez une douzaine d'agents sur cette affaire. Seraient-ils incapables de se les procurer ?

– Eh bien, en fait, Allen, ce ne sont pas mes agents.

– Cela ne sera pas facile, surtout pour moi. Ce genre de truc n'est pas dans mes cordes.

– À mon avis, avec de la bonne volonté, vous constaterez que ce n'est pas tellement difficile.

– D'accord, mais il me faudra au moins huit semaines et je ne promets rien.

– D'accord pour huit semaines.

– Et ensuite, il me faudra quelqu'un.

– Quelqu'un ?

– Vous me comprenez très bien. Écoutez, quand vos compatriotes auront fait exploser leur bombe, on se sentira très frustré, à Washington. On parlera de machination communiste, d'espions… Enfin, il y aura un remue-ménage de tous les diables. Par conséquent, lorsque cela commencera, je veux être en mesure de leur donner quelqu'un. Quelqu'un qu'ils puissent prendre au sérieux.

– Ah oui, je vois. Vous voulez un bouc émissaire.

– Appelez cela comme vous voulez, mais donnez-moi quelqu'un, Val. Donnez-moi quelqu'un d'important. Ces deux intellectuels de gauche juifs, par exemple. Leurs amis les considèrent comme des idéalistes et il est probable qu'ils seront flattés de porter le chapeau. Ce sont des martyrs-nés, mais je suis persuadé qu'ils s'en tireront avec une longue peine de prison. Après tout, ils ont des enfants et il y a une femme…

– Les Rosenberg ?

– Oui…

Valentin partit au crépuscule. Allen l'accompagna jusqu'au portail du jardin, d'où l'on découvrait la route noire, entre les arbres gelés, et d'où les feux rouges du taxi appelé par Allen une heure plus tôt étaient visibles.

Ils avaient fait quelques mètres en silence, puis Servana avait dit :

– Je me demande, Allen, je me demande si ce que nous faisons vous déplaît.

– Pourquoi dites-vous cela ?

– Oh, je ne sais pas. Parfois, cela me met mal à l'aise. Et puis, il y a notre père. Je sais qu'il y a des moments où cela lui pèse. En fait, il m'a dit un jour qu'il faudrait être de marbre pour ne pas se sentir coupable de temps en temps. C'est pourquoi je vous pose la question Allen : Avez-vous parfois des remords ?

– Je m'y habituerai.

– Non. Je ne crois pas, Allen. Je ne crois pas qu'il soit possible de s'y habituer. Même s'il est possible de se justifier.

Allen partit pour Londres trois jours après cette rencontre. Il arriva pendant une vague de froid et la ville paraissait complètement engourdie, sans parler des conséquences de la guerre. Il passa la matinée à boire, dans un pub proche de la gare. Lorsqu'il fut assez saoul, il loua une Jaguar rouge et prit la route du sud-ouest, afin de rendre visite à Julia.

Julia habitait toujours chez son père, dans une petite maison proche de la mer. C'est à peine si Allen parla. Il offrit une pipe au vieillard et un châle irlandais à Julia. Le matin, le vieillard l'emmena à la pêche au pied de la jetée. Allen apprit à appâter les hameçons puis à rester assis pendant des heures, frissonnant, sur les rochers tandis que les courlis, tout autour, hurlaient.

Comme toujours, Allen dormait dans le couloir, loin de sa femme. Son père l'exigeait. Puis, une nuit, elle l'entendit descendre l'escalier. Un peu plus tard, elle le trouva assis à la table de la cuisine, regardant fixement une assiette vide, comme s'il s'agissait d'un objet important. Il portait une vieille robe de chambre de flanelle, trouée aux coudes. Il avait des taches de goudron, provenant de la plage, sur les pieds. Il s'était entaillé un doigt en coupant du fromage. Lorsque Julia entra dans la pièce, il sourit et fit :

– Salut.

Deux jours plus tard, elle décida de l'accompagner aux États-Unis. Il semblait trop mortellement triste.

Le printemps débutait, lorsqu'ils arrivèrent à Washington. Les journées étaient ensoleillées et l'air était vif. L'Amérique était la plus grande nation du monde et ils habitaient sa capitale. Le dimanche suivant leur arrivée, Allen conduisit Julia au Memorial de Lincoln, à la Maison-Blanche et au Cimetière national d'Arlington. Ils se promenèrent sur les pelouses vertes et fraîches, entre les rangées de tombes, puis s'arrêtèrent devant le tombeau du soldat inconnu. Julia portait un imperméable serré à la taille ainsi qu'une longue écharpe jaune et elle resta silencieuse, immobile près d'Allen, tandis qu'il expliquait la signification de la flamme et de l'arche de marbre. Plus tard, ils se disputèrent parce qu'elle refusa de faire l'amour avec lui.

Ils habitaient une petite maison proche de Foggy Bottom, où se trouvait le quartier général de la CIA nouvellement créée. La fenêtre de leur chambre donnait sur un mur de briques couvert de plantes grimpantes et de lierre. Il y avait toujours une odeur de feuilles humides, dans l'entrée et, les nuits de grand vent, les branches d'un chêne frottaient contre le toit. Il y eut des soirées avec les collègues de bureau et les week-ends chez John. Julia s'était mise à étudier la peinture.

Julia n'avait pas d'amies, aucune amie. Elle n'aimait pas les épouses des employés de Foggy Bottom et celles-ci le lui rendaient bien. La CIA vit le jour dans une ambiance fermée, abstraite, qui ne convenait pas à Julia. Allen s'était mis à fumer la pipe. Sa bibliothèque était pleine de livres et il fit mettre des tapis d'Orient sur le plancher. Il portait des costumes de tweed et des pantalons élégants avec des blazers ; certaines de ses vestes étaient renforcées de cuir aux coudes. Il passait deux soirées par semaine à son club et s'enorgueillissait de correspondre avec des amis installés à l'étranger. Manifestement, la vie lui plaisait.

Mais Julia n'écrivait qu'à son père. Et elle n'utilisait pas le téléphone. Elle ne se souvenait jamais du nom des rues et oubliait toujours de prendre de l'argent. Parfois, le soir, en rentrant, il la trouvait assise dans le noir, écoutant de vieux disques.

Julia ne demanda jamais à Allen ce qu'il faisait. Il n'avait pas le droit de lui donner beaucoup d'explications mais, de toute manière, elle ne posait jamais de questions. Elle savait seulement qu'une affaire baptisée : le Magicien était en train et que tout le monde respectait ou bien enviait Allen. Mais cela ne semblait pas compter pour elle. Elle n'aimait pas la CIA. Elle n'aimait pas le monde des services secrets et ceux qui y appartenaient. C'était surtout les gens qui lui déplaisaient.

Parfois, elle faisait de longues promenades dans le quartier. Sa saison préférée était l'automne... Elle aimait marcher parmi les feuilles mortes, elle aimait s'arrêter près des terrains de jeu et regarder les enfants, derrière le grillage noir de la clôture. Elle distingua les mois par des événements sans importance... Il y eut le jour où Allen cassa le vase de cristal, celui que son père leur avait offert pour leur mariage ; puis il y eut le jour où un collègue d'Allen se suicida ; et il y eut le jour où John lui prit la main et lui dit qu'il savait ce que l'on éprouve lorsqu'on se sent étranger au temps et à l'espace.

Il faisait chaud. Allen et elle avaient passé la nuit chez John. Elle se leva tôt et se promena dans le jardin, vêtue d'une jupe plissée blanche. Lorsqu'elle arriva près du banc de pierre, elle s'y assit. Un seau vide rouillait dans l'herbe. Le soleil était encore bas dans le ciel et le feuillage d'un poirier filtrait sa lumière. Elle n'était assise que depuis quelques minutes lorsque John sortit de derrière une haie. Il sourit et prit place auprès d'elle.

– J'ai un ami qui consacre tous ses week-ends à son jardin, dit-il. Il s'appelle Lyle et, tous les week-ends, il plante, il taille, il pioche. D'après lui, je devrais avoir honte de mon jardin.

– Oh, je ne sais pas. (Julia sourit.) Je l'aime bien tel qu'il est.

Des touffes d'herbe brillaient dans la lumière. John regardait un buisson particulièrement rabougri. Il n'avait jamais pris la peine d'apprendre le nom des plantes, elles poussaient bien sans cela. Puis il dit :

– Allen jouait ici, lorsqu'il était enfant. Je lui avais construit une cabane, dans un arbre. Il espionnait les gens pendant des heures.

– Dommage que cela ne soit plus aussi facile, fit-elle à voix basse. Imaginez, tous les espions cachés dans les arbres ! Allen partirait au travail avec sa gamelle.

John baissa la voix.

– Ce que fait Allen vous déplaît, n'est-ce pas ?

– Oui, un peu.

– Que voudriez-vous qu'il fasse ?

– Je ne sais pas. Quelque chose de simple… Charpentier, par exemple.

Le soleil dépassait les hautes branches. De nouvelles parties du jardin se mirent à briller, les fils de la vierge étincelèrent…

– Dites-moi, fit-elle soudain, Allen est-il compétent ?

– Oui, bien entendu.

– Non, je voulais dire : est-il très compétent ? Meilleur que la majorité des autres ?

– Eh bien, ce n'est pas à moi…

– Je vous en prie, dites-le-moi.

– Très bien. Oui, Allen est très compétent.

Plus tard, au cours de cette même journée, Julia regarda Allen s'entraîner au golf, sur la pelouse. Son club projetait des touffes d'herbe au loin. C'est alors qu'elle eut l'impression de comprendre. Il lui avait fallu des années pour comprendre. Les joueurs du monde des services secrets n'étaient pas tellement dangereux en raison de ce qu'ils pouvaient se faire entre eux, mais à cause de ce qu'ils pouvaient faire aux autres...

Les mois passèrent. Julia avait fait toute une série de terrains de jeu aux tons estompés ; elle aimait laisser les aquarelles se mêler. Toutes les semaines, il y avait des réceptions, et les conversations tournaient toujours autour de la politique. L'attitude à la mode était un libéralisme tempéré suivant lequel aucun problème ne pouvait être résolu simplement. Julia écoutait rarement ce qui se disait. Depuis quelque temps, elle faisait souvent le même rêve... Elle dormait dans une chambre, c'était la fin de l'après-midi et les murs étaient d'un blanc laiteux. Soudain, la pièce tremblait et un courant d'air chaud y pénétrait. Entre les rideaux gonflés, sur l'horizon, elle découvrait un nuage en forme de champignon. Elle faisait ce rêve deux fois par semaine...

La neige tomba deux semaines avant Noël. Julia se leva tard. Allen était parti depuis des heures, de sorte qu'il n'y avait plus que le froissement des flocons contre les vitres. Les rues étaient boueuses. Des gens sortaient des grands magasins. Julia acheta un pull-over en cashmere pour Allen, qui tenait beaucoup à son élégance, puis descendit l'avenue, passant devant les orchestres de l'armée du salut et les guirlandes de houx en plastique accrochées aux lampadaires.

Elle suivait la foule des promeneurs, principalement composée de femmes, lorsqu'une main se posa doucement sur son épaule.

C'était Robert Kline et il la regarda droit dans les yeux.

– C'est moi, dit-il.

– Oui. Comment vas-tu ?

Ils ne sourirent ni l'un ni l'autre. Elle eut l'impression qu'ils se rencontraient dans un rêve.

– Je vais bien. Je t'ai vue, mais je n'étais pas sûr que c'était toi. Est-ce que… ? Pouvons-nous aller quelque part ?

– Oui, bien sûr.

Ils regardèrent autour d'eux tandis que la foule les dépassait. Finalement, ils aperçurent un café et choisirent une table à l'arrière. Des guirlandes d'ampoules clignotaient aux murs, la radio jouait *Douce nuit*.

– Je t'ai déjà vue une fois, dit Kline. Tu étais dans un taxi. J'ai cru que je ne te reverrai jamais, mais tu es ici…

– Oui, je suis ici.

– Comment vas-tu ?

– Je vais bien. Et toi ?

– Bien. Je vais bien. Et Allen ?

– En pleine forme. Et que fais-tu ?

Il haussa les épaules.

– Je voyage.

– Les affaires ?

– Si on veut.

– Et qu'est-ce qui t'amène à Washington ?

Mais Kline secoua la tête et se détourna. Il paraissait aussi furieux que pendant la guerre.

– Nom de Dieu, Julia, qu'est-ce que nous faisons ? Hein ?

– Je ne te comprends pas.

– Mais si !

Elle acquiesça, ferma les yeux et, lorsqu'elle les ouvrit, ils étaient pleins de larmes.

– Allons ailleurs, dit-il à voix basse.

– Où ?

– Ailleurs… Je voudrais aller dans un endroit où nous puissions nous allonger côte à côte. Oui, c'est ce que je voudrais…

Ils errèrent à nouveau dans la foule. La nuit tombait, il y avait des illuminations de Noël partout. L'extase était tellement intense qu'ils avaient à peine besoin de parler. Elle le suivit jusqu'à sa chambre et s'allongea près de lui.

Kline habitait un petit appartement meublé, près de l'université. Il y avait des fauteuils recouverts de grosse toile et un canapé aux coussins avachis. C'était un quartier d'étudiants et des airs de jazz sortaient continuellement des cafés. C'était un de ces logements miteux que l'on prend tels qu'ils sont.

Kline avait des appartements semblables dans toute l'Europe occidentale. C'étaient ses cachettes et il y vivait depuis la guerre. Officiellement, il était agent occasionnel. Il travaillait entre les mailles du réseau de Lyle Severson et sur les itinéraires hongrois. Personne ne savait exactement qui l'avait fait entrer à la CIA. Il avait été intégré naturellement, parce qu'il se trouvait là au bon moment et que tout le monde le connaissait. Il n'était pas homme à faire une carrière. Il vivait en marge et on le payait six cents dollars par mois, bien qu'il y eût des primes pour les affaires difficiles.

Pendant ce premier après-midi avec Julia, il ne parla pratiquement pas de lui-même. Il dit simplement qu'il était toujours dans le circuit, mais ne précisa pas. Il expliqua qu'il faisait cela parce qu'il ne connaissait rien d'autre. Le lendemain, il dit qu'il manipulait des gens, qu'il les rencontrait aux coins de rues ou bien dans les gares. Certains avaient besoin d'argent, d'autres de protection, d'autres encore d'un peu de chaleur. Kline expliqua qu'il était le marchand de glaces d'une douzaine d'hommes et de femmes effrayés qui espionnaient pour le compte des États-Unis.

En dehors de cela, Kline n'avait pas grand-chose à dire. Il n'avait pratiquement que son travail. Il allait d'un endroit à l'autre, d'un jour à l'autre. Paris, Londres, Berlin, toutes les villes se ressemblaient. Il n'avait pas de femme qui vaille la peine d'être mentionnée, mais il y avait toujours une fille, ici ou là. Malgré cela, Julia le trouva plus calme que cinq ans plus tôt. Quand elle le lui dit, il haussa les épaules et répondit qu'elle avait peut-être raison.

Le second jour, elle arriva chez lui en fin de matinée. Il faisait la vaisselle, vêtu d'un vieux jean et d'une chemise de nylon. Ses manches étaient roulées au-dessus des coudes. Lorsqu'il ouvrit la porte, il avait encore les mains mouillées. Ils se regardèrent pendant quelques instants, puis elle s'effondra et se jeta dans ses bras.

Ils s'allongèrent côte à côte. Son matelas était étroit et plein de bosses. Il y avait des taches d'eau, au plafond, et des brûlures de cigarettes sur la table de nuit. Le robinet fuyait et des gouttes d'eau tombaient sur la vaisselle, que son arrivée l'avait empêché de laver.

Ils restèrent longtemps sans parler. Puis Julia respira profondément et dit :

– Nous sommes fous. Tu le sais, n'est-ce pas ?

Kline haussa les épaules sans répondre.

– Où cela peut-il nous mener ? Nous n'avons pas d'avertir, alors pourquoi continuons-nous ?

– Pourquoi es-tu retournée auprès d'Allen ? Pourquoi ne m'as-tu pas attendu ?

– Je ne sais pas. Pourquoi massacre-t-on sa vie ?

Dehors, la lumière était bleu pâle. La pièce était pleine d'ombres froides. On entendait, étouffé, le saxophone du café d'en bas. Finalement, elle lui caressa les lèvres du bout des doigts et dit :

– Je ne sais pas pourquoi je suis avec Allen. Parfois, il me semble que j'ai simplement commis une erreur. D'autres fois, j'ai l'impression d'être tombée dans un piège.

– Que ferait-il, s'il nous trouvait ensemble ?

– Je ne sais pas. Peut-être rien, à moins qu'il ne nous détruise, dans quelques années. Pas littéralement, j'entends. D'une manière plus horrible. Allen n'a pas l'air dangereux, mais il l'est.

– Non, il ne l'est pas. Il n'est pas dangereux au sens propre. Il s'arrange pour que les événements se produisent. C'est un manipulateur.

Ils étaient parfaitement immobiles. Il n'y avait pas d'autre bruit, dans la pièce, que les gouttes d'eau et le saxophone. Soudain, Kline dit :

– Et si je te disais qu'Allen est un traître ?

– Comment cela ?

– Au sens propre. C'est un traître. Il a donné des secrets à l'autre camp, des secrets importants.

– Il n'y a pas de secret important. C'est un jeu. Il joue comme s'il s'agissait d'un jeu stupide…

– Tout le monde croit qu'il s'est payé le petit chéri du Kremlin mais, en fait, ce n'est qu'un marché. Le Russe et lui échangent des informations afin de se faire valoir.

Un peu plus tard, elle se mit à pleurer. Elle était allongée sur le flanc, la joue sur le bras, et ses larmes coulaient sur le drap.

– Je m'en fiche, dit-elle. Peu importe ce que fait Allen. Ne comprends-tu pas que c'est une vaste plaisanterie... Communisme, capitalisme, ce ne sont que des mots que des gens ont inventés pour que nous continuions à nous battre. Et le plus drôle, c'est que ceux qui les ont inventés ont oublié qu'ils l'ont fait. Ils y croient aussi...

Une autre minute passa, les gouttes d'eau tombèrent dans une tasse. Finalement, elle dit :

– Il te battra, si tu t'opposes à lui, Robert. Il a le pouvoir, et si tu t'attaques à lui, il te tuera. Il nous tuera tous deux...

Par la suite, ils ne parlèrent pratiquement plus d'Allen. Ils ne parlèrent pratiquement plus du tout. Elle allait chez lui en fin de matinée parce qu'elle ne pouvait passer la nuit dehors. Parfois, ils restaient simplement debout, dans sa petite chambre triste, près de la fenêtre, regardant la neige tomber et la circulation s'écouler dans la trente-septième rue. Pendant les heures qu'ils passaient ensemble, ils avaient continuellement conscience de la fuite du temps. Ils ne pouvaient manger que lorsqu'ils étaient affamés, dormir lorsqu'ils étaient épuisés. Un jour, il fit une plaisanterie qui leur fit très mal... à propos d'une partie d'échecs dans une pièce vide tandis que les assassins attendaient dehors.

De temps en temps, ils prenaient le risque de se retrouver dehors, parfois dans le parc, parfois dans un musée. En public, Kline était très différent. Il était aux aguets, observait les visages des passants. On aurait dit que le monde entier était contre lui et, surtout, on avait l'impression qu'il aurait aimé se battre, qu'il voulait se battre. Un jour, tandis qu'il dormait, elle s'étendit et ses doigts rencontrèrent un objet froid et dur. Elle tira légèrement le matelas et découvrit un revolver à canon court collé à la tête du lit. Ils ne parlèrent jamais de l'avenir.

Ils ne se parlaient jamais au téléphone. Kline ne faisait pas confiance au téléphone. Un jour, il avait accepté de la retrouver au Lincoln Memorial… Il faisait froid et Julia arriva en début d'après-midi. Quelques touristes passèrent, puis elle se retrouva seule. Elle attendit plus de deux heures, mais il ne vint pas. Le lendemain, il lui dit qu'il avait été retenu et n'avait pas pu l'appeler pour annuler le rendez-vous. C'était ainsi, ils vivaient au bord du précipice.

Un jour, juste avant de s'endormir, elle eut une sorte de vision ; Robert avait tué Allen. Elle se vit près de Robert, les yeux fixés sur le corps. L'impact de la balle l'avait projeté contre le mur. Elle était pétrifiée et silencieuse, tandis que Robert était parfaitement calme. Il dit que même s'ils fuyaient très vite et très loin, ils seraient pris un jour ou l'autre. Au matin, lorsqu'elle s'éveilla, ces mots tournaient dans sa tête : un jour ou l'autre…

Leur dernière rencontre eut lieu la veille de Noël. Ils se retrouvèrent dans un restaurant grec dont les fenêtres sales donnaient sur des immeubles aux escaliers d'incendie rouillés. Plus tôt, ils avaient marché parmi les lambeaux des guirlandes de Noël. La ville était illuminée en violet et rouge. À un moment donné, dans les rues rendues glissantes par la pluie, Kline avait annoncé qu'il partirait le lendemain, que Noël était un jour propice aux voyages. Toutes les gares étaient vides.

Elle lui demanda :

– Je voudrais savoir où tu vas.

– Pourquoi ?

– Parce que je pourrai t'imaginer quelque part, dans une chambre, dans une ville. Sinon, j'aurai l'impression que tu as disparu.

Kline jeta un coup d'œil aux autres tables. Des jeunes femmes riaient, dans un coin, et il y avait un jeune homme avec des lunettes de soleil. L'air paraissait légèrement jaune. Un peu plus loin, l'huile chuintait.

– Je vais à l'Est, répondit finalement Kline. Je vais de l'autre côté de Berlin.

– Combien de temps seras-tu absent ?

– Je ne sais pas, une semaine ou deux.

– Et après ?

– Ne parle pas d'après. Les événements se produisent et on essaie d'en tirer le meilleur parti.

– Je ne te comprends pas.

– Si.

Elle baissa la tête. Ses larmes parurent brouiller l'argenterie.

– C'est Allen, n'est-ce pas ? dit-elle. Tu vas là-bas pour le confondre, pour prouver qu'il a triché.

Il se mordit la lèvre et acquiesça. Sur le comptoir, il y avait un père Noël en plastique. Une ampoule rouge brillait à l'intérieur. Kline le regardait lorsqu'il prit la parole :

– Connais-tu, dit-il, cette théorie selon laquelle chacun a, dans sa vie, deux personnes auxquelles il est indissolublement lié ? Deux personnes qu'il ne peut jamais éviter. Il y en a une qu'on aime et l'autre qu'on hait. Et on ne peut échapper ni à l'une ni à l'autre. Nous sommes comme des comètes. L'orbite peut nous entraîner à des millions de kilomètres, mais elle nous ramène toujours auprès des deux mêmes personnes. C'est ce qui est en train d'arriver. Toi, moi, Allen… Un jour, nous nous retrouverons.

Dehors, l'air était humide. La nuit tombait et la brume se mêlait à la bruine. Robert et Julia s'attardèrent dans la tache jaune d'un lampadaire. Pendant quelques instants, elle s'accrocha à lui, puis ses bras glissèrent sur ses épaules. Devant elle, s'étendait une rue vide, luisante de pluie, où clignotaient les feux. Les derniers mots de Robert furent :

– Peu importe ce qui arrive. Je veux que tu te souviennes qu'Allen Dancer n'est pas ton mari. Ton mari, c'est moi.

Robert Kline était parti depuis dix jours quand, un matin, Julia s'éveilla faible et écœurée. Elle courut dans la salle de bains où elle vomit puis, accrochée au séchoir, regardant son reflet dans la cuvette, elle comprit… Elle allait avoir un enfant. Elle resta un long moment à genoux, serrant le chrome lisse, écoutant l'eau qui s'écoulait goutte à goutte d'un robinet. Lorsque la nausée eut disparu, elle gagna la cuisine. Allen s'y trouvait, manipulant sans ménagement les pots et les poêles. Il ne peut plus me faire de mal, se dit-elle. Je vais avoir l'enfant de Robert. Robert *est* mon mari.

Elle ne mit Allen au courant que deux semaines plus tard. Elle le fit un dimanche matin, pendant le petit déjeuner, tandis que, dehors, le vent courbait les arbres, faisant voler des feuilles dans la rue. Il renversa du café lorsqu'elle mentionna le nom de Kline, puis il resta plusieurs secondes sans rien dire.

Le café coula par terre. Quelques gouttes s'écrasèrent sur le linoléum. Il dit :

– J'étais au courant... Pas en ce qui concerne le bébé, bien entendu, mais à propos de toi et de Kline. Il y a assez longtemps que je sais.

– Je vois, tu nous as espionnés.

– Pas vraiment, mais tu étais absente chaque fois que je téléphonais. Ensuite, j'ai appris que Kline était en ville, alors...

– Tu es vraiment un espion, Allen. Pas de problème. Tu es également un salaud.

Il s'était tourné vers la fenêtre. Julia avait choisi les rideaux : popeline jaune avec un motif de pâquerettes.

– Que vas-tu faire ? demanda-t-elle.

Il déchirait la serviette en papier posée sur ses genoux.

– Rien.

– Comment cela ?

– Rien. Tu vas avoir un bébé et je trouve cela formidable. J'espère que ce sera un garçon.

– Ce n'est pas ton enfant, Allen.

– Qu'est-ce que tu en sais ? (Il sourit.) Il y a eu la semaine dernière, et celle d'avant. Bien sûr, tu as fermé les yeux en imaginant que c'était Robert, mais cela n'en fait pas son enfant.

– Je te dis qu'il n'est pas de toi...

– Mais tu ne peux pas en être sûre, n'est-ce pas, Julia ? Tu n'en seras peut-être jamais sûre.

– Seigneur, je te hais.

– Cela te passera.

– Non, certainement pas. Et je te quitte, je vais vivre avec Robert.

Allen la regarda droit dans les yeux.

– Tu n'iras pas vivre avec Robert, ni maintenant ni jamais. Parce que Robert ne reviendra pas.

– De quoi parles-tu ?

– Il est parti pour l'autre côté, n'est-ce pas ? Eh bien, il s'est fait prendre, il y a quatre jours.

– Je ne te crois pas.

Il haussa les épaules.

– Pourtant, c'est vrai. Il a été capturé par la police est-allemande. On va certainement en parler dans tous les journaux. Il paraît qu'ils ont l'intention de lui faire un procès à grand spectacle.

– Tu mens.

– Non, Julia, je ne mens pas. Et il faut également que tu saches que, cette fois, il n'y a aucune chance pour que nous le récupérions. Il n'avait rien à faire, là-bas, et cela signifie que, du point de vue de l'Agence, aucune action ne se justifierait. Tu aurais intérêt à te faire une nouvelle fois à cette idée. Kline a disparu. Oublie-le.

Les meubles du salon, par la porte de la cuisine, parurent devenir énormes... Le canapé, un caoutchouc dans son pot, tout sembla gonfler.

Puis il reprit la parole et elle eut l'impression qu'il était très loin...

– Quoi qu'il en soit, je suis désolé.

– Oh, mon dieu, tu es *désolé ? Désolé ?* (Puis sa tête tomba sur le côté et une voix qui n'était plus tout à fait la sienne se mit à hurler.) C'est toi, c'est toi qui l'as donné. Bon sang, je suis sûre que c'est toi ! Tu t'es arrangé pour qu'on le prenne...

Tandis qu'il gravissait l'escalier, ses cris lui parvenaient toujours. Les mots avaient disparu, mais elle sanglotait avec violence. Il eut envie de se poser les mains sur les oreilles mais, malgré tout, Allen Dancer avait appris à se maîtriser.

L'enfant naquit à l'automne. Julia avait quitté Allen un peu plus tôt, de sorte que l'enfant naquit dans la maison de son père, sur la côte anglaise. Ce fut un accouchement facile, presque sans douleur. Tout le monde remarqua que le petit garçon ressemblait à sa mère et pas du tout à Allen. Elle le baptisa Jessie, simplement parce que ce nom lui plaisait.

Au cours des mois qui suivirent, Allen lui rendit plusieurs fois visite. Souvent, ils se promenaient au bord de la mer, comme ils le faisaient par le passé. Au bout d'un moment, il parla même de Kline. Il lui apprit qu'on espérait l'échanger contre un espion soviétique. Il affirma qu'il s'occupait personnellement de l'affaire. Et, finalement, il parvint à la convaincre qu'il n'était pour rien dans l'arrestation de Kline et qu'il faisait tout son possible pour obtenir sa libération. C'était un mensonge, mais elle finit par le croire. Elle en avait terriblement besoin, bien que leur divorce fût prononcé dans l'hiver.

La chambre du petit Jessie était une mansarde située sous le toit de la petite maison. Par la fenêtre, on découvrait la mer et Allen disait au petit garçon que les rochers noirs, au-delà du ressac, étaient le dos de grosses baleines. En outre, il restait parfois assis dans la chambre et regardait l'enfant dormir. Il aimait laisser la veilleuse allumée et examiner le visage de Jessie.

Le visage de *son* fils. Il se répétait ce mensonge dans l'espoir que, comme les autres mensonges, il prendrait l'aspect de la vérité.

CHAPITRE 8

Le procès de Robert Kline dura sept semaines. Il se déroula dans un bâtiment immense, construit par les nazis, partiellement détruit pendant la guerre, puis reconstruit. Une étoile rouge, en contreplaqué, était suspendue au plafond par trois boucles de fil de fer. Le procureur était un jeune homme mince qui s'appelait Oskar Luft. Au fil des semaines, il accumula adroitement les accusations contre Kline, le tout avec une sincérité dépourvue d'agressivité. Kline lui-même fut impressionné.

Les débats furent abondamment couverts par la radio est-allemande ainsi que les journaux. Kline était assis à une longue table de bois brut, vêtu de l'uniforme gris des prisonniers. On lui avait coupé les cheveux. Parfois, il semblait écouter Luft, parfois, il paraissait perdu dans ses pensées. Il fut condamné à quinze ans.

Au début, il fut détenu dans un ancien monastère situé à l'est de Berlin et entouré de collines ainsi que d'immenses forêts obscures. Les murs du monastère étaient en granit noirci et les toits en ardoises. Il y avait également des bâtiments préfabriqués, destinés aux gardiens, et l'ensemble était entouré de fil de fer barbelé.

La cellule était une pièce de ciment dépourvue de fenêtre et mesurant un mètre cinquante sur deux mètres.

Elle contenait une paillasse minuscule et un petit tabouret rond scellé dans le sol. Une ampoule de quinze watts, encastrée dans le plafond et protégée par un grillage, restait continuellement allumée, de sorte qu'il n'y avait ni jour ni nuit. Lorsque les prisonniers subissaient un interrogatoire, on les enfermait dans des cellules équipées d'ampoules de vingt-cinq watts. Plus la lumière était intense, apparemment, plus elle était déroutante.

La porte métallique était très épaisse et comportait un panneau mobile par lequel on passait la nourriture. Elle comportait également un judas qui permettait de surveiller le prisonnier. Dans ses bons jours, lorsqu'il se sentait fort, Kline s'allongeait et imaginait qu'il crevait, avec un morceau de fil de fer, l'œil qui l'observait. On l'aurait probablement tué, s'il l'avait fait, mais il aurait eu quelques secondes de joie, avec ses quelques centimètres de fil de fer ensanglanté.

Tous les dix jours, les détenus avaient droit à une douche chaude. Kline ne vivait plus que pour cela. Il y avait également des promenades, mais jamais à intervalles réguliers. Parfois, on le faisait marcher dans la cour, parfois il n'avait droit qu'au couloir sur lequel donnaient les cellules. Puis on le laissait à nouveau des jours et des jours enfermé. Pendant un moment, Kline tenta de se maintenir en forme en faisant des exercices, dans sa cellule, mais, au fil des mois, il y renonça.

Outre la routine quotidienne, on lui faisait parfois subir des sévices. Un jour, on essaya de lui faire manger du rat. Un autre jour, il fut battu. On l'avait déjà torturé, dans l'espoir de lui faire avouer ce qu'il savait mais, bien entendu, la torture ne s'était pas révélée efficace. Kline était habitué à la douleur, de sorte qu'on avait fini par abandonner. Mais, dans ces conditions, pourquoi ces brimades ? Puis il renonça à en découvrir les causes.

Dès le début, Kline avait marqué le passage du temps en traçant de minces lignes sur le mur de sa cellule. Comme il n'y avait ni jour ni nuit, du fait que la fenêtre était condamnée, ses points de repère étaient les repas. Chaque fois qu'on lui apportait à manger, il traçait une ligne. Il était certain qu'on lui donnait deux repas par jour. Au bout d'environ six mois, un gardien découvrit ces marques et Kline fut traîné dans le couloir puis battu. Lorsqu'on le jeta à nouveau dans sa cellule, il constata que son calendrier avait été effacé. Ce fut le jour le plus dur de sa vie, il se jeta sur sa paillasse et pleura.

Après avoir été privé du temps, il lui sembla qu'il n'y avait plus d'espoir. Il restait assis et comptait les centimètres, sur un mur puis sur l'autre. Les chiffres n'avaient jamais été son fort mais, lorsqu'il atteignait le million, il se produisait des phénomènes étranges. Parfois, la cellule semblait s'emplir d'une lumière argentée et, un jour, il eut l'impression de flotter au-dessus de la prison. Il regardait fixement le mur mais, dans son imagination, il voyait des arbres, certains très distinctement. Il vit même Julia, dormant dans sa chambre. Il la vit très nettement. Puis la vision disparut et il retrouva le mur, les centimètres.

Il dormait le jour où les gardiens entrèrent dans sa cellule et lui ordonnèrent de les suivre. Ils suivirent un long couloir voûté, descendirent un escalier en spirale. Il y avait une odeur de café et un générateur ronronnait. Ils passèrent devant des gardiens et une femme qui fumait une cigarette. Finalement, on le fit entrer dans un bureau rond et, derrière la table, se trouvait Oskar Luft.

La pièce était nue. Il y avait un vieux bureau en bois, deux chaises et un plateau à thé en aluminium. Il y avait également une rangée de petites fenêtres, mais les rideaux étaient tirés.

Luft indiqua une chaise à dossier droit et Kline s'assit. Le fait de marcher lui avait donné le vertige et il lui fallut s'accrocher à la chaise pour ne pas tomber.

– Voulez-vous du thé ? demanda Luft.

Kline ne put s'empêcher de ricaner. Il avait l'impression d'être un animal fou.

– Du lait et du sucre ?

– Merci.

Ils burent en silence et Kline ferma les yeux.

Oskar Luft était un petit homme énergique. Il avait les cheveux noirs et un long visage. Il portait des lunettes à monture métallique et des costumes trop larges. Pendant le procès, il s'était montré extrêmement poli, vis-à-vis de Kline, bien qu'il eût demandé la peine maximum, sans cependant exiger la mort.

Lorsque les deux hommes eurent terminé leur thé, Luft tira les rideaux, découvrant le paysage, et Kline ne put s'empêcher de se lever, puis de se diriger vers les fenêtres.

– Vous ne pouvez pas savoir, souffla-t-il.

– Je m'excuse, dit Luft. Je voulais venir plus tôt, mais j'ai eu quelques problèmes.

– Oui, fit Kline, il y a toujours des problèmes.

L'herbe, en bas, se dressait en javelots de lumière. Au loin, il y avait des rochers couverts de lichens jaunes et, sur la route, au pied des collines, passait un camion.

Finalement, Luft dit :

– Voulez-vous faire une promenade en forêt ?

– Hein ?

– J'ai dit : voulez-vous faire un tour ? Dehors, à l'extérieur de l'enceinte.

– Que voulez-vous dire, au juste ?

– Je vous emmènerai en promenade dans la forêt. Nous pouvons partir immédiatement, à condition que vous acceptiez de m'aider.

– C'est sûrement plein de moustiques, marmonna Kline.

– Pardon ?

– La forêt. Elle est probablement pleine de moustiques.

Et, chose incroyable, du point de vue de Kline tout au moins… ils eurent le fou rire.

Ils étaient assis sur un arbre abattu. Kline avait ramassé une pomme de pin et la serrait très fort. Ils ne pouvaient pas voir la prison car ils étaient entourés d'aubépine. Il y avait également un ruisseau et les rives étaient couvertes de joncs.

– Vous êtes juif, n'est-ce pas ? dit Luft.

Kline acquiesça.

– Et alors ?

– Pendant le procès, le fait que vous soyez juif m'a beaucoup tourmenté. Mon père aurait été très contrarié, s'il avait appris que je faisais condamner un frère juif.

– Vous n'avez fait que suivre les ordres, dit Kline, le visage impassible.

Luft soupira.

– Vous ne comprenez rien. En fait, je vous ai sauvé. Tout ce que j'ai fait, c'était dans l'intention de vous sauver.

– Eh bien, manifestement, vous avez fait du bon boulot !

– Écoutez-moi, je sais que vous devez me haïr. Vous en avez parfaitement le droit, mais écoutez-moi bien. Pendant votre interrogatoire, vous avez dit que vous étiez venu chercher une preuve. Vous avez ajouté que ce que vous vouliez prouver était très important. Selon vous, il y avait un traître dans votre champ et vous vouliez le confondre. Vous souvenez-vous de cela ?

Kline persifla :

– Je me souviens que vous étiez là quand ils augmentaient l'intensité du courant. Ça, je m'en souviens, Luft. Et, maintenant, je pourrais vous tuer.

– Je pense que vous changerez d'opinion lorsque vous m'aurez écouté...

– Formidable, alors faites-moi changer d'opinion. Allez-y.

– Il nous fallait organiser le procès et l'interrogatoire afin que Moscou n'ait pas de raison d'intervenir. Comprenez-vous, ils ne voulaient pas de ce procès mais, une fois qu'il a été engagé, il leur a été impossible de le stopper. Cela aurait fait mauvais effet. Par conséquent, nous avons été obligés d'en passer par là pour empêcher Moscou de vous tuer. Ils voulaient vous éliminer discrètement.

– Discrètement, répéta Kline. (Pourtant, même vivant, il ne valait guère mieux.)

– Moscou avait peur de vous, poursuivit Luft. Quelqu'un avait peur de ce que vous savez.

– Oui ? Et qu'est-ce que je sais ?

– Vous avez des renseignements extrêmement importants concernant deux hommes. L'un d'eux est à Washington et l'autre est à Moscou. Voyez-vous où je veux en venir, Robert ?

Mais Kline ne répondit pas. Il serrait la pomme de pin entre ses mains, l'écrasant. Finalement, il dit :

– Mais, bon sang, qu'est-ce que vous êtes en train de faire ?

– Je me confie à vous, Robert. Je vous explique que nous avons eu un pourcentage d'échecs trop élevé, ces dernières années, et qu'on ne peut s'empêcher de faire des suppositions. Moscou s'en tire très bien, mais certains pays satellites... Enfin, vous savez ce que c'est, n'est-ce pas ? L'année dernière, deux de nos agents se sont faits prendre à Paris. L'année précédente, un jeune homme a été abattu à Londres. Que pourrais-je ajouter ?

– Vous pourriez me dire ce que vous voulez.

Luft sourit. Kline, auparavant, n'avait jamais fait attention à son sourire et il lui fit penser à un sourire de petit garçon. Tout le visage de Luft s'éclaira et ses yeux prirent une expression presque tendre. Mais il dit :

– Je veux que vous m'aidiez à confondre Allen Dancer et l'homme de Moscou avec qui il a passé un accord.

Ils s'étaient remis à marcher. La forêt était plus humide, à cet endroit. Des bulbes verts poussaient dans la terre noire. Kline retourna une limace argentée du bout de son bâton.

– Qu'est-ce qui vous a mis sur la piste d'Allen Dancer ? demanda enfin Kline.

– Je vais vous expliquer... Il y a trois ans, j'avais un agent à Berlin. Nous l'appellerons Olga. C'était une jeune femme séduisante et, en quelques mois, elle s'arrangea pour devenir la maîtresse d'un général américain. C'était un conseiller auprès de l'OTAN, pas un très gros poisson, mais les renseignements arrivaient régulièrement. Vous connaissez ce type de situation. Le général était le genre d'homme qui ne peut garder un secret qu'en compagnie de ses dix meilleurs amis. Puis, un jour, Olga m'apprend que le général doit participer à une opération de transport organisée par les Américains. Il s'agissait de faire franchir la frontière à du matériel radio. Je me dis que voilà une excellente nouvelle. Il me suffit de faire suivre cette livraison de matériel radio et cela me conduira directement chez un agent. Une semaine passe. J'envoie mon rapport et je prépare une équipe. Tout me semble parfaitement en ordre. Mais, finalement, mes supérieurs m'ordonnent de ne pas intervenir dans cette livraison américaine de matériel radio. Alors je me dis : bon, très bien. Je connais la musique. Manifestement, les responsables ont leurs raisons de me maintenir en dehors de cette affaire. Pourtant, quelque chose me gêne. Voyez-vous, le responsable de cette affaire de matériel radio n'était autre qu'Allen Dancer.

– Alors, vous le connaissiez, pas vrai ?

– Pas personnellement, bien entendu, mais j'avais entendu parler de lui. Il était après mes hommes depuis des années. Un ici, un autre là. Allen Dancer m'avait pris au moins quatre hommes dignes de confiance et le jour où j'ai eu l'occasion de lui rendre la pareille… Enfin, vous comprenez, n'est-ce pas ?

– Moscou pourrait avoir des tas de raisons de vous laisser en dehors d'une affaire telle que celle-ci.

– Oh, bien sûr, j'y ai réfléchi, j'ai soigneusement examiné toutes les raisons possibles, mais elles n'expliquent rien. Non, Robert, le seul motif qui a pu amener Moscou à m'ordonner de ne pas suivre la livraison du matériel radio, c'est qu'il travaille pour eux.

– Non, Allen Dancer ne travaille pas pour eux. C'est un échange. Je ne suis peut-être pas en mesure de le prouver, mais j'en suis sûr. Il y a Allen Dancer et il y a quelqu'un d'autre.

Ils étaient arrivés dans une clairière d'arbres couverts de mousse, une lumière verte tombait des branches et, pendant quelques instants, Kline eut l'impression d'oublier où il se trouvait. Il resta immobile, les yeux rivés aux troncs lisses des bouleaux. Puis il dit, d'une voix sourde :

– Vous appartenez à la Sécurité, aux services de Willy Zaisser, n'est-ce pas ?

Luft sourit.

– Je ne suis qu'un exécutant. Je suis juif. Vous savez ce que c'est.

– Avez-vous des amis haut placés ? Des gens susceptibles de vous soutenir ?

– Quelques-uns, je suppose, mais…

– Mais, en fait, vous êtes un hors-la-loi, exact ?

– Oui.

– Alors, nous n'avons pas la moindre chance.

– Mais la situation évolue, Moscou cherche à devenir moins visible. Ils veulent que notre République démocratique d'Allemagne se… prenne en main. Est-ce l'expression juste ? Se prenne en main ? Et cela signifie que Moscou ne surveillera pas tout, comme par le passé. Cela signifie que nous disposerons de la latitude nécessaire à la réalisation de notre enquête. Alors, qu'en dites-vous, Robert. Êtes-vous d'accord ?

– Parlez-moi du procès. Dites-moi ce qui s'est passé dans les coulisses.

Luft haussa les épaules.

– Eh bien, comme je l'ai dit, Moscou voulait mettre la main sur vous, mais il n'y a pas eu de demande officielle. Vous savez ce que c'est. Ils procèdent par allusions mais prennent soin de ne jamais exiger. Après tout, légalement, vous étiez notre prisonnier et l'ingérence est un problème grave. Le monde des satellites n'est pas très propre. Vous savez ce que c'est.

– Ont-ils envoyé quelqu'un, après mon arrestation ?

– Mikhaïl Brezin, de la Première Division. C'est un ancien, mais il manque de diplomatie. Il n'a pas su quoi faire lorsque je lui ai dit que vous m'apparteniez. Finalement, il est rentré.

– Et quand ils ont appris que vous faisiez passer l'affaire en première page pour, au bout du compte, me condamner à une simple peine de prison ? Qui a crié très fort ?

– Bruno Pontecorvo. Il appartient également à la première division, mais ce n'est pas notre homme. Je connais Bruno, et il n'est pas homme à se compromettre avec Allen Dancer. Il aime le parti et il est idiot. En outre, il a perdu beaucoup d'agents, ces dernières années. C'est lui qui a perdu le réseau Caligari de Boston. Vous vous souvenez sans doute de Caligari. Selon les journaux, c'était une victoire sans précédent du FBI. Enfin, je connais le FBI, Robert, et il n'aurait jamais pu prendre Caligari si on ne l'avait pas donné. Par conséquent, j'ai une théorie : je crois qu'on a donné Caligari à Allen Dancer qui l'a passé à Hoover. Cela se produit continuellement. J'ai vu des dizaines de fois le même scénario.

– Et qui est de l'autre côté, Luft ? Allons, vous devez bien avoir une idée. Première Division, Moscou, qui fait figure de champion ?

Luft secoua la tête.

– Je vais vous dire quelque chose. Je ne peux pas comprendre comment Dancer est parvenu à organiser cette entente. J'y ai réfléchi des centaines de fois, mais il m'est impossible de comprendre comment Dancer est entré en contact avec le Magicien. Vous voyez le problème, n'est-ce pas ? Une entente telle que celle dont nous parlons implique une confiance totale de la part des deux côtés. Il aurait fallu qu'ils se connaissent depuis longtemps avant de commencer. On ne peut pas prendre ce type de décision au cours d'une réception. Ce type d'entente est extrêmement risqué. Il est extrêmement facile de trahir l'autre. Alors, je vous le demande, Robert : Comment Allen Dancer a-t-il bien pu s'y prendre ? Comment a-t-il pu établir ce lien ?

– Ce n'est pas lui. (Kline sourit.) Allen Dancer serait incapable d'acheter un Arabe, encore moins de faire un marché avec un responsable important de Moscou. Par conséquent, il faut cesser de penser à Allen Dancer parce qu'il n'est pas à l'origine du Magicien. C'est son père qui a tout commencé... John Dancer.

– Comment le savez-vous ?

– Je n'en suis pas sûr, mais je me souviens que, pendant la guerre, John était considéré comme *le* spécialiste de la Russie. Il y est allé deux fois, tout le monde le sait, et il s'entend bien avec eux. Par conséquent, il me semble probable qu'il est à l'origine de l'affaire.

– Et, ce John, est-il comme son fils ?

– Non. Personne n'est comme Allen.

Ils pénétrèrent dans une clairière pleine de fougères. Les arbres, autour d'eux, étaient plus gros et plus foncés, le sol spongieux sentait la pourriture.

– Alors, vous voulez bien ? demanda Luft à voix basse.

– Je veux bien quoi ?

– M'aider à confondre le Magicien. Ensemble, nous pouvons y parvenir. J'en suis sûr.

Kline réfléchit quelques instants.

– Me ferez-vous sortir du monastère ?

– Bien sûr, mais il faut que vous me promettiez que vous ne tenterez pas de traverser la frontière.

– Promettre ?

– Oui, que vous me donniez votre parole d'honneur.

Kline se mit à rire.

– Vous croyez vraiment que vous pouvez avoir confiance en moi ?

– Pourquoi pas ? Nous sommes tous les deux juifs, n'est-ce pas ?

Robert Kline fut libéré de prison et remis à la garde d'Oskar Luft au printemps 1950. Ce fut une opération secrète. Kline fut conduit dans l'appartement de Luft, qui se trouvait dans la banlieue de Berlin-Est. C'était un immeuble en béton gris, construit après la guerre. Une fenêtre donnait sur une cour où s'entrecroisaient des fils de téléphone. Au crépuscule, Kline et Luft s'asseyaient près de cette fenêtre et buvaient du café amer tandis que, dehors, le vent soufflait sur la ville, faisant voler des morceaux de papier dans les rues désertes. Des vieillards ramassaient des bouteilles qu'ils vendaient à la sauvette. C'était une ville d'ampoules nues et de rues mouillées. Il y avait des quartiers entiers d'immeubles préfabriqués. On y respirait l'odeur du gaz et des légumes bouillis. En été, les ordures pourrissaient rapidement. En hiver, la respiration formait des panaches blancs dans l'air.

Kline dormait sur un lit de camp, près du feu. Luft couchait dans la pièce voisine. Ils se levaient tôt, buvaient du café et mangeaient du pain noir. Puis ils suivaient, à pied, de longues rues glacées et dépourvues d'arbres. Tout le monde bougeait continuellement. Personne ne s'attardait. La lumière était toujours gris acier.

Luft travaillait au ministère, bâtiment gris, aux couloirs étroits et aux escaliers tortueux, situé sur Unter den Linden. Pour entrer, on franchissait un portail métallique, on suivait un couloir de briques crasseuses puis on gravissait deux étages par un escalier en spirale. Ensuite, on sonnait et on attendait la sentinelle. Le déjeuner était servi sur un plateau d'aluminium. Il y avait un radiateur électrique, dans le bureau de Luft, mais il ne fonctionnait pratiquement jamais.

Les employés du ministère étaient méfiants et moroses. Tout le monde paraissait avoir peur de son voisin. Les femmes portaient des jupes de laine grossières et plusieurs pull-overs. Les hommes, comme Luft, avaient des costumes mal coupés. Luft et Kline passaient le plus clair de leur temps au sous-sol, où étaient entreposées les archives. C'était une sorte de bibliothèque humide, mais les étagères étaient munies de portes métalliques.

Dès le départ, Luft fit comprendre à Kline que leur entreprise serait dangereuse. Il expliqua qu'il ne fallait pas qu'on les surprenne à enquêter sur les opérations les plus secrètes de Moscou. Par conséquent, tous leurs mouvements furent déguisés, toutes leurs heures justifiées par d'autres activités. Les employés du ministère savaient seulement que Kline était un ancien prisonnier d'État qui avait choisi de travailler pour eux. En apparence, il participait aux opérations d'infiltration de l'OTAN. Oui, ils étaient satisfaits de l'avoir mais on disait qu'il est impossible de faire confiance à un agent qui a changé une fois de camp.

Par conséquent, tout le monde pensait que Kline était un lâche qui avait accepté de collaborer en échange de sa vie. S'il avait été brave, disaient-ils, il serait resté loyal à l'Ouest. Telle fut, au début, leur attitude vis-à-vis de Kline mais, au fil des mois, lorsqu'ils le connurent mieux, ils finirent par le respecter. Ils disaient qu'il était instable, et avait mauvais caractère, mais qu'il saurait tenir sa place dans un combat.

Au début, Luft et Kline s'en tinrent principalement aux dossiers. Luft les apportait à Kline sur un chariot. Certains documents dataient d'avant la guerre. Il y avait des rapports rédigés par des communistes allemands à l'intention du Komintern. Apparemment, l'appareil soviétique avait un agent au Reichstag mais il fut, par la suite, fusillé en Saxe. Pendant la guerre, le personnage principal fut Wilhelm Zaisser, qui recrutait des prisonniers allemands et les renvoyait chez les nazis. Le contact était maintenu grâce aux messagers et aux radios à ondes courtes. Luft avait travaillé avec Zaisser et savait ce que les dossiers ne contenaient pas.

Après la guerre, il y eut Vladimir Seminov, un envoyé du Politburo en liaison directe avec le Kremlin. Seminov mena à bien les programmes de dénazification, organisa les syndicats et dirigea treize réseaux à l'Ouest. Il payait ses agents quinze dollars par mois et les perdait sur un rythme alarmant. Quelques-uns trahirent, beaucoup démissionnèrent et d'autres furent grillés à la suite, selon Seminov, d'une trahison aux échelons supérieurs à la machine soviétique. Puis, Seminov lui-même disparut, assassiné par un de ses hommes à cause d'une femme, selon certains, abattu par un tueur suédois au cours d'une opération montée par les Britanniques, selon d'autres. Il y avait, cependant, une troisième possibilité, que Kline mit plusieurs mois à établir. Toutefois, au bout du compte, il mit la main sur un mémo, rédigé par le responsable du district de Leipzig, selon lequel, en réalité, Seminov avait été assassiné par un tueur allemand nommé Otto Krugger, individu qui travaillait exclusivement pour Allen Dancer.

Petit à petit, Luft et Kline s'absorbèrent complètement dans leurs recherches. Au bout de sept mois de travail, ils avaient réalisé un plan des événements et des organigrammes récapitulant l'ensemble des liens possibles entre Moscou et Allen Dancer. Mais, au-delà de ces pages de notes manuscrites, codées et cachées sous le parquet de l'appartement de Luft, ils n'avaient rien de tangible. Croire, disait Luft, est différent de savoir, et prouver, c'est encore autre chose. Ces trois situations paraissent souvent semblables mais, en fait, elles sont très différentes.

Parfois, après leur journée au ministère, les deux hommes se promenaient ensemble dans le crépuscule. C'est au cours d'une de ces promenades que Kline, que la frustration rendait furieux, déclara qu'il serait plus simple de tuer Allen Dancer.

– Je le ferais, dit-il. Je le ferais tout de suite. En fait, cela me plairait. Cela me plairait beaucoup.

Des enfants, silhouettes grises, jouaient sur les rives couvertes de brume du canal. Des camions y étaient arrêtés. Des soldats russes faisaient les cent pas près du pont. Au loin s'élevaient les fumées épaisses d'une usine, on entendait le grondement des trains.

– Ce serait facile, poursuivit Kline. Si vous me faites passer à l'Ouest il me faudra... disons soixante jours pour avoir Allen.

– Et après ? Vous reviendrez ? Vous resterez ? Vous ne seriez plus en sécurité ni d'un côté ni de l'autre.

– Peu importe, pour le moment, je me contenterais de le faire.

Luft s'était appuyé contre la balustrade métallique surplombant le canal. Des bouteilles, des morceaux de papier et des plaques de limon flottaient sur l'eau. Berlin, ce côté-ci du moins, n'était pas une ville fière ; les gens jetaient les ordures n'importe où.

– Vous savez, dit Luft, je n'ai jamais rencontré quelqu'un comme vous, Robert. Il semble que vous n'ayez aucun but.

Kline sourit.

– J'en ai eu mais, apparemment, chaque fois que j'ai été sur le point de les atteindre, ils m'ont échappé.

– Très bien, alors, je vais faire un marché avec vous... Vous resterez avec moi encore un an et si nous ignorons toujours l'identité du contact de Dancer au Kremlin, s'il nous est toujours impossible de prouver qu'il y a entente entre eux, alors je vous ferai passer la frontière et vous pourrez vous occuper de lui. Cela vous paraît-il juste ?

– Un an, hein ?

– Oui, encore un an.

L'hiver 1952 marqua le début d'une nouvelle étape des recherches. Cédant aux demandes de Kline, Luft demanda à ses agents de collecter des informations sur le terrain. Certains allèrent à Paris, d'autres à New York et même à Londres. D'autres se rendirent à l'Est. Chacun d'eux ne reçut qu'un objectif précis et aucun ne fut mis au courant de l'ensemble de l'affaire. Malgré cela, la participation d'autres personnes aux recherches déplaisait à Luft. On ne pouvait, selon lui, se fier à personne. Toutefois, ce que ces agents rapportèrent de l'étranger permit à Kline de rétrécir considérablement le champ des investigations concernant l'identité du Magicien de Moscou.

Les déductions de Kline reposaient sur le seul élément susceptible de les engendrer : un exemplaire des documents fournis par le Magicien. Ces documents furent livrés en fin d'après-midi. Un agent les remit à Luft sur la Karl Marx Allee. Kline faisait le guet. Il y avait de la glace dans le caniveau et la lumière bleuâtre de l'hiver rendait les silhouettes indistinctes, au loin.

Lorsque, de retour dans l'appartement, ils ouvrirent l'épaisse enveloppe, ils trouvèrent trente pages manuscrites. Ces pages étaient le compte rendu d'une réunion qui s'était tenue au Kremlin et au cours de laquelle plusieurs chefs de division s'étaient entretenus de l'infiltration de l'usine de matériel électronique implantée par Westinghouse à Philadelphie.

Le jour était presque levé lorsqu'ils allèrent se coucher. Luft avait les yeux rouges. Les nuits sans sommeil l'épuisaient. Dehors, les fils du téléphone étaient couverts de gelée blanche. Les deux hommes étaient allés près de la fenêtre, s'y étaient immobilisés côte à côte. Puis, il y eut un geste qui fut également caractéristique de cette époque... Luft posa la main sur l'épaule de Kline.

– Bonne nuit, dit-il.

Et Kline sourit.

– Bonne nuit, Oskar.

Ils avaient la voix tendue. Ce fut, pour chacun d'eux, une expérience unique.

Kline travailla encore sept semaines sur ses déductions. Au ministère, penché sur son bureau, entre les meubles métalliques, il rédigeait des notes obscures, des cryptogrammes illisibles qui passaient pour des prolongements de son travail sur l'OTAN. Mais, le soir, après avoir regagné l'appartement, il recopiait ces notes sur un bloc de papier jaune. Parfois, il s'asseyait sur le vieux canapé de Luft, vieillerie à laquelle il manquait un coussin. D'autres fois, il travaillait près de la fenêtre et, dans les moments de rêverie, regardait les piétons passer dans la rue gelée… Les gens faisaient penser à des somnambules.

Il fonda ses déductions sur le fait que le compte rendu d'une réunion organisée au Kremlin ne pouvait provenir que d'un des huit chefs de division du Comité à la Sécurité nationale. Parmi ces huit personnes, Kline en élimina cinq en fonction de leur pourcentage de réussite. Il n'en restait que trois et, parmi eux, il découvrit celui qu'il cherchait.

Alors, Luft et lui retournèrent en promenade. La nuit était douce, pleine d'une brume lourde et du grondement des convois. De nombreuses années plus tôt, le quartier regorgerait de tripots et de prostituées, mais il ressemblait à un décor de cinéma abandonné. L'herbe avait poussé sur les ruines de la guerre.

Pendant le premier kilomètre, Kline ne parla que de la méthode qui lui avait permis d'arriver à une conclusion. Puis, ils arrivèrent dans un quartier de petites usines aux toits de tôles rouillées. Kline s'arrêta à l'entrée d'une rue boueuse, les mains enfoncées dans les poches de son imperméable.

– Dites-moi ce que vous savez de Valentin Servana, fit-il.

Luft siffla entre ses dents.

– Alors, nous sommes arrivés au cœur du problème ? Est-ce bien l'expression juste ? Très bien. Valentin Servana. Je l'ai vu une fois, en… Oh, probablement en 1947. Je faisais partie de la commission envoyée à Moscou, à l'occasion d'une conférence sur la sécurité, réunissant tous les états. Servana est intervenu le premier et le dernier jour. J'ai oublié ce qu'il a dit, mais je me souviens qu'il présentait bien. Il avait une voix douce et était très séduisant. On disait qu'il ne se mettait jamais en colère.

– Ses origines ?

– Je crois que sa mère était actrice et que son père est mort au début de la révolution. Incidemment, il porte le nom de sa mère. Son père s'appelait Diderot, mais il se fait appeler Servana depuis les années vingt. Personne ne sait pourquoi. Il est devenu le secrétaire de Jan Brezin alors qu'il était encore très jeune et il est resté de nombreuses années dans l'armée. Puis, en 1945, il a été transféré à la Première Division. Actuellement, il dirige la Troisième Section, qui s'occupe de la sphère américaine. On dit que c'est un producteur régulier, mais pas brillant, par conséquent j'ai du mal à croire qu'il s'agisse de notre homme.

– Mais il est possible d'envisager le problème sous un autre angle, dit Kline. On peut considérer que l'éclat est un inconvénient. On fait des jaloux lorsqu'on est excellent. Les autres attendent la chute. Il est sans doute préférable de rester modeste. D'être un producteur régulier, sans hauts ni bas. Vous voyez où je veux en venir, n'est-ce pas ?

– Mais Allen Dancer est flamboyant.

– C'est exact, mais Servana est probablement beaucoup plus malin qu'Allen Dancer.

Ils passèrent devant une caserne occupée par la police locale. Des bouleaux et des saules poussaient sur une décharge de munitions. Il y avait des pavés, dont certains étaient restés noirs depuis les bombardements.

– J'en ai terminé avec les vieux dossiers, dit Kline. Désormais, il nous faut enquêter directement sur le Magicien. Je veux connaître les itinéraires de distribution, le mode de transport des documents, qui effectue le travail préparatoire, comment fonctionne la Forêt enchantée.

– Pourquoi ne me demandez-vous pas de vous amener Harry Truman, Robert ? Ce serait peut-être plus facile ?

– Je n'ai jamais dit que ce serait facile, Oskar.

– Vous n'avez pas dit non plus que ce serait impossible.

– Il faut commencer par Allen. Mettez quelqu'un sur lui. Voyons si nous pouvons découvrir ce qu'il fait de son temps. Et de son argent.

– Et Valentin ?

– Je ne sais pas. Pouvez-vous surveiller de près le directeur de la Troisième Section ?

– Cela dépend de plusieurs facteurs, mais je peux savoir ce qu'on dit de lui.

– Très bien, dans ces conditions, concentrons nos efforts sur Dancer. Il passe une bonne partie de l'année en Suisse, il faudrait savoir pourquoi.

Ils firent encore quelques pas, puis Kline s'arrêta brusquement.

– Il y a encore une chose, dit-il. Je voudrais que vous me rendiez un service.

– Lequel, Robert ?

– Il y a une femme, l'épouse de Dancer, en fait. Elle s'appelle Julia. Si c'est possible, j'aimerais avoir un rapport sur elle. Croyez-vous que vous pourrez vous arranger ?

– Vous appelez cela un service, Robert ?

– Elle n'est au courant de rien. Je voudrais simplement savoir ce qu'elle devient.

– Mais, pourquoi l'épouse d'Allen Dancer, Robert ? Me cacheriez-vous quelque chose ?

Kline se contenta de secouer la tête.

Ainsi, suivant un itinéraire personnel, Robert Kline retrouva l'essentiel : Julia et, naturellement, Jessie. Luft reçut des nouvelles d'eux le premier jour du printemps, alors que le vent d'ouest soufflait enfin, pour la première fois, sur Berlin. Un peu plus tôt, il avait rencontré un musicien qui arrivait de Londres. Il avait vu l'homme dans le quartier de la gare puis, en début d'après-midi, Kline et lui prirent l'autoroute et ne s'arrêtèrent qu'en pleine campagne. Luft gara sa vieille Volkswagen au sommet d'un monticule. Au loin, un radar se dressait au-dessus des pins et, au-delà, il y avait un mur de pierre.

Il y avait sept pages concernant la femme et l'enfant ; l'agent de Luft les avait glissées dans la doublure d'un attaché-case. Les deux hommes ne parlèrent pas tandis que Kline sortait les pages à l'aide de son couteau de poche.

Après avoir lu, Kline respirait à peine. Il regardait fixement le paysage battu par le vent. Quelques instants plus tard, il dit :

– Je voudrais savoir quand l'enfant est né.

– Je ne vois pas…

– Oskar, *s'il vous plaît.*

Luft n'avait jamais entendu Robert Kline prononcer ces mots…

En tout, Kline reçut cinq rapports concernant Julia et l'enfant Ils faisaient penser à un puissant télescope : ils contenaient des détails relatifs à leur vie quotidienne, il y était fait mention de l'argent qu'Allen leur envoyait chaque mois. Apparemment, il venait les voir de temps en temps, apportait toujours des cadeaux, mais ne restait jamais la nuit. Finalement, il y eut même une photographie, légèrement floue et prise de loin. Elle montrait Julia et l'enfant traversant une rue, à Knightsbridge. Elle portait un imperméable serré à la ceinture et tenait Jessie dans les bras. Elle avait été prise de face. Elle semblait grave, complètement absorbée par la routine de l'existence.

La photographie était en fait un cadeau d'Oskar, qui connaissait alors les sentiments de son ami pour cette femme, à Robert. Un soir, tandis qu'ils dînaient ensemble, Luft annonça qu'il avait un cadeau pour Kline. Puis il lui donna la photographie. Il y avait eu, entre eux, un silence long et chaleureux.

Parfois, lorsqu'il était seul, Kline posait la photo debout contre la fenêtre, ou bien il s'allongeait et la mettait sur ses genoux. Il aimait regarder les visages tellement longtemps que leur image restait gravée dans sa mémoire de sorte que, même les yeux fermés, il pût les voir nettement. Il aimait également examiner le visage de Jessie.

Et, plus d'une fois, il dit à Oskar qu'après la chute d'Allen et du Magicien, il retournerait auprès de Julia. Il employait toujours le mot : *chute.* Ainsi, petit à petit, Luft apprit à connaître Kline comme personne ne l'avait connu et, progressivement, une part secrète de leurs êtres ne fit plus qu'un. Il leur arriva même d'avoir les mêmes pensées.

La fin de ce qui serait considéré plus tard comme la première étape fut marquée par un appel d'un agent de Luft, qui prétendait avoir découvert un élément essentiel du fonctionnement de l'organisation du Magicien.

Deux jours après avoir reçu le message, Luft partit pour Zurich. Il utilisa une couverture diplomatique jusqu'au Rhin, puis il brûla son passeport et franchit la frontière sous l'identité d'un industriel originaire de Francfort. À Zurich, il entra en contact avec son agent et, ensemble, pendant quatre jours, ils suivirent un homme entre deux âges, corpulent, vêtu d'un manteau de laine et coiffé d'un feutre.

Luft ne sut jamais avec précision pourquoi les choses tournèrent mal, comment il fut découvert. Mais, le cinquième jour, son agent fut assassiné sur le quai des Alpes. Luft le retrouva effondré sur le volant de sa Volkswagen. Il fallut deux jours à Luft pour quitter discrètement la ville. Il eut continuellement peur.

Kline l'attendit à la gare. Après s'être vus, ils feignirent de ne pas se connaître jusqu'au moment où ils furent certains de ne pas être suivis. Puis ils marchèrent côte à côte le long des voies de garage. Des nuages de vapeur s'élevaient au-dessus des salles d'attente. Ils suivirent les voies jusqu'au bout, là où les vieilles locomotives rouillaient.

Luft dit :

– C'est peut-être la dernière fois que nous nous promenons ainsi.

– C'est à ce point ? (La voix de Kline ne trahissait aucune émotion.)

– Les loups sont probablement déjà à nos trousses et Servana mène la meute.

– Comment cela se passe-t-il, ici ? Est-ce qu'on disparaît ou bien est-ce qu'il y a un procès ?

– Oh, il y aura un procès. On préfère toujours qu'il y ait procès. Ils ont tendance à tout envelopper dans un joli petit paquet bien fermé. Cela met un terme aux discussions.

– C'est dommage, nous étions tout près…

– Oui. Nous étions tout près. Savez-vous que j'ai bien failli trouver, à Zurich ? Dancer y possède une maison. Elle s'appelle : La Maison du Sorcier et c'est un certain Otto Krugger qui l'occupe.

– Eh bien, il est peut-être encore temps, Oskar. Nous pourrions utiliser deux de vos Polonais. Ce sont des durs. Nous pouvons leur demander de démolir Krugger. Enfin, nous ne pouvons pas attendre tranquillement qu'on vienne nous arrêter, n'est-ce pas ?

Ils s'étaient immobilisés au bord d'une grande étendue plate. Une voie ferrée traversait le marais. Un train arrêté projetait des bouffées de vapeur blanche dans le ciel crépusculaire.

Luft frissonnait.

– Savez-vous qu'autrefois, on chargeait les Juifs, ici ? dit-il. De cette gare partaient des trains qui emportaient les Juifs vers l'est. Des trains entiers pleins de gens destinés aux camps.

– Eh bien, ils ne nous ont pas eus, pas vrai ? (Ou bien, peut-être ? En fin de compte ? Autrefois, il y avait les nazis. Maintenant, cela pouvait être n'importe qui, même…)

Il y eut à nouveau un long silence, ponctué par le sifflement de la vapeur et le crissement de leurs semelles sur le gravier. Puis Kline reprit la parole, d'une voix plus forte :

– De toute manière, que peuvent-ils nous reprocher ? Nous avons fait une enquête. Nous avons fait surveiller un des hommes d'Allen. Nous avons examiné quelques dossiers sans autorisation. En fait, Servana ne peut pas nous faire pendre pour cela, n'est-ce pas ?

– Détrompez-vous, fit Luft. (Puis il eut un sourire désabusé.)

– Enfin, Oskar, je croyais que vous aviez des amis haut placés.

Le même sourire désabusé.

– Je vous l'ai dit, Robert. Je suis juif et, en réalité, il n'y a rien de changé.

– Alors, c'est tout ? Nous allons attendre bien sagement qu'ils viennent nous chercher ?

– Je ne vois pas ce que nous pourrions faire d'autre…

– Mais, enfin, nous pourrions toujours fuir, n'est-ce pas ?

– Où ? Les frontières sont fermées.

– Alors, nous pourrions nous cacher.

– Où ? Et combien de temps ?

– Très bien, et alors ? Au moins, on ne pourra pas dire que nous n'avons pas essayé.

Ils furent arrêtés deux jours plus tard, dans leur appartement, juste avant l'aube. Le ciel, à l'est, était violet ; les immeubles et les poteaux du téléphone s'y découpaient en noir. Les rues étaient pleines de tracts politiques édités aussi bien par l'Est que par l'Ouest.

Pendant le procès, Kline et Luft basèrent leur défense sur l'importance du pourcentage d'échecs du ministère et sur les présomptions liant la Troisième Section de la Sécurité d'État de Moscou aux documents livrés par le Magicien. Les trente pages manuscrites relatant la réunion organisée au Kremlin constituèrent un document clé, tout comme l'interprétation donnée par Kline du scandale Seminov. Mais, finalement, le réquisitoire fut accablant. Ils furent accusés et reconnus coupables d'avoir enquêté sans autorisation sur les itinéraires opérationnels de la Troisième Section dans l'intention de les livrer à une puissance étrangère. La sentence fut beaucoup plus sévère que prévu. Ils furent condamnés à vingt ans et la différence entre Oskar Luft et Robert Kline fut la stupéfaction de Luft ; Kline, pour sa part, ferma les yeux et évoqua l'image de Julia et de son fils… Leurs fils… Jessie.

La prison se trouvait à l'Est, sur une lande… Kline ne sut jamais exactement où. De la fenêtre de sa cellule, il découvrait une immense étendue brune qui allait jusqu'à l'horizon. Parfois, au loin, il apercevait des cavaliers. Il leur fallait plus d'une heure pour disparaître.

L'hiver, il faisait froid et la campagne devenait un océan de brume. On l'affecta à la salle des machines, ce qui était considéré comme une bonne place parce qu'il y faisait chaud. Petit à petit, il se mit à aimer les tubes couverts de graisse et les gros engrenages. Il aimait également le ronronnement régulier du générateur, il aimait s'adosser au mur et écouter le rythme des pistons.

Dans l'ensemble, Kline eut l'impression que le temps passait par étapes. D'abord, il y eut la période d'adaptation, pendant laquelle il apprit à tirer le meilleur parti de la situation. Un jour, il lui fallut étendre un type qui essayait continuellement de lui voler ses cigarettes. Puis il y eut son apprentissage, dans la salle des machines, où son professeur fut un vieux Hongrois qui était là depuis la guerre. Avec le temps, Kline et le vieillard devinrent amis. Ils parlaient tandis que le générateur ronronnait. Finalement, pourtant, le vieil homme mourut ; son cœur lâcha et on l'enterra à l'extérieur de la prison. Kline eut droit à une journée de congé afin, comme le dit le directeur de la prison, de « méditer sur sa peine ». Le directeur, apparemment, avait un côté sentimental.

Les dernières étapes de la vie de Kline en prison se déroulèrent à la fin de sa peine. On était en 1978. Il était âgé et les gardiens ne l'ennuyaient plus. Ils savaient qu'il n'aurait pas la force de traverser la lande, en admettant qu'il parvienne à franchir les portes de la prison. Kline, par conséquent, allait et venait plus ou moins à sa guise. Il n'était plus qu'un vieux bonhomme bizarre, inoffensif, aux yeux rouges. Parfois, il faisait un clin d'œil aux nouveaux et disait :

– Ne perds pas l'espoir. Le destin attend.

Ou bien quelque chose d'approchant. Cela entretenait son image.

Ce qui, dans une certaine mesure, était vrai car, à la fin de la vie de Robert, la roue avait fait un nouveau tour. Cela commença le jour où l'on ferma une prison proche de Dresde et que l'on répartit les détenus dans toutes les prisons du pays. Kline était dans sa cellule lorsque les premiers camions arrivèrent. Il les entendit s'arrêter dans la cour et gagna la fenêtre, afin de voir ce que signifiait ce remue-ménage. Et, parmi les nouveaux arrivants, se trouvait un petit homme voûté, aux cheveux blancs : Oskar Luft.

Lorsque Oskar vit Kline, il se mit à courir à petits pas. Les deux hommes tombèrent dans les bras l'un de l'autre.

D'autres détenus les entouraient, mais personne ne se moqua d'eux. Tous savaient à quel point les vieux amis comptent. Qu'avaient-ils d'autre ?

Plus tard, dans l'après-midi, les deux hommes se promenèrent dans une cour située derrière la salle des machines. Le ciel était gris et pâle. La boue était gelée et l'herbe poussait, rabougrie, entre les cabanes à outils abandonnées, les tonneaux de tôle galvanisée, les rouleaux de fil de fer barbelé. Au loin se dressait une muraille de terre de douze mètres de haut, couverte de saules.

Ils étaient assis depuis plus d'une heure, perchés sur des tonneaux. Un gardien était passé, mais il s'était contenté de hocher la tête. Personne ne se souciait de ces deux vieillards, seuls dans l'après-midi.

– Y pensez-vous encore ? demanda Luft après un long silence.

– À quoi ? demanda Kline.

– Eh bien, au Magicien, naturellement. Dancer, Servana... Avez-vous cessé d'y penser ?

– Bien sûr que non, j'y pense toujours.

– Et, que pensez-vous ? Pensez-vous à sortir d'ici et à recommencer ?

– Parfois.

– Eh bien, je n'y ai jamais beaucoup pensé. Oh, au début, peut-être mais, petit à petit, j'ai cessé de m'y intéresser. Puis il s'est produit quelque chose. C'était il y a quelques semaines. Il s'est produit un événement absolument extraordinaire. C'était pendant qu'on nous conduisait ici. D'abord en camion, puis en train. Finalement, il nous fallut passer la nuit dans une sorte de hangar, près de Holunderthal. Je vous assure qu'il faisait froid, Robert.

Tout le monde allait et venait continuellement, dans l'espoir d'avoir un peu plus chaud. Les gardiens essayaient de séparer les jeunes gens et les jeunes filles. Puis les plombs sautèrent et il fallut allumer des bougies. Eh bien, je me souviens que je me suis dit : « C'est ton tour, Oskar. Tu ne passeras pas cette nuit. Au matin, tu seras raide comme une planche. » Alors, je me suis assis au pied du mur et j'ai dit mes prières.

Kline sourit.

– Le Seigneur n'est pas sensible aux prières, Oskar. N'avez-vous pas encore compris ?

– Oui, allez-y, Robert, plaisantez, mais je vais vous dire quelque chose d'extraordinaire. J'étais là, assis, frissonnant et, près de moi, il y avait une petite fille. Elle pleurait.

– Comment cela, une petite fille ?

– Enfin, une petite fille. Oh, pas vraiment une enfant. Elle pouvait avoir… Oh, une vingtaine d'années. Et jolie. Elle était belle. Des cheveux blonds, des yeux bleus. Alors je lui dis : « Qu'est-ce qu'il y a ? » ou quelque chose du genre. Elle répond : « J'ai froid. » Alors, je dis : « J'ai une belle couverture bien chaude, venez me rejoindre dessous. » Alors, naturellement, elle se méfie, mais elle a terriblement froid si bien que, finalement, nous nous retrouvons serrés l'un contre l'autre, comme des sardines dans une boîte.

– Votre cœur a dû en prendre un coup. (Kline rit.)

– Non, écoutez, Robert. Nous étions ensemble, cette jeune fille et moi et, au bout d'un moment, nous nous sommes mis à parler. Je lui ai raconté mes aventures et elle m'a raconté les siennes. Elle m'a dit qu'elle était anglaise et que son père était colonel, militaire du moins. Enfin, elle m'a raconté toute l'histoire… Elle s'appelle Sara Moore.

Sa mère s'occupait de codes. Sara entra dans le service à dix-huit ans et fut affectée aux archives de Whitehall. Cela signifie qu'elle était dans le circuit, Robert. Est-ce que vous me suivez ? Cette jeune fille travaillait pour les services secrets britanniques et était au courant de tout. Puis, un jour, elle a remarqué qu'il se passait des choses bizarres. Des documents disparaissaient puis réapparaissaient aux mauvais endroits. Alors elle a fait sa petite enquête et devinez-vous ce qu'elle a découvert ? Elle a découvert que tous ces documents traversaient les lignes américaines. En d'autres termes, elle a découvert qu'un Américain sortait des documents secrets. Voyez-vous où je veux en venir, maintenant, Robert ?

– Au Magicien, fit Kline. Elle était tombée sur le Magicien.

– C'est exact. Elle a remonté la piste de ces fuites pendant des mois. Puis, un jour, elle a entendu parler d'un agent de la sécurité soviétique qui se disait prêt à la renseigner sur certains liens unissant Allen Dancer à Valentin Servana. Elle n'avait aucune expérience du terrain, mais elle s'est dit qu'elle ne pouvait laisser passer une telle occasion. Si bien que, sans trop savoir comment, elle s'est retrouvée dans l'avion de Berlin. L'individu se prétendait adjoint de section mais il devait s'agir d'un piège car Sara n'était arrivée que depuis quelques heures lorsqu'on l'a arrêtée.

– Mais elle savait quelque chose, n'est-ce pas ?

– Oh, pas vraiment. Elle avait échafaudé des hypothèses concernant le fonctionnement de l'entente entre Dancer et Servana, mais elle ne savait pas grand-chose. En réalité, elle en savait beaucoup moins que nous. De toute manière, ce n'est pas ce qu'elle connaissait qui compte. C'est *qui* elle connaissait.

– Allen Dancer ? Elle connaissait Allen Dancer ?

– Non, Robert, elle ne connaissait pas Allen Dancer. C'était le jeune homme, Jessie. Elle connaissait Jessie Dancer. Ils ont vécu ensemble pendant plus d'un an et savez-vous ce qu'elle m'a dit ? Elle m'a dit que Jessie n'aimait pas son père.

Il y eut un silence. Les deux hommes regardaient les poutrelles, indistinctes dans le crépuscule. La lune se levait au-dessus de la lande. Finalement, Kline dit :

– Il faudra que nous parlions à cette jeune fille, n'est-ce pas, Oskar ?

– Cela ne sera pas facile. Elle est de l'autre côté du complexe, dans le quartier des femmes.

– Peu importe ce que cela coûte. Il faut que nous lui parlions. Nous nous arrangerons avec les gardiens. Je ferai n'importe quoi, pourvu qu'il me soit possible de lui parler.

Lorsqu'ils se levèrent et traversèrent la cour, parmi les touffes d'herbes, en direction de leurs quartiers, Robert Kline ne traînait plus les pieds. Il marchait comme un homme de la moitié de son âge.

L'intersection de la vie de Robert Kline avec celle de Sara Moore fut sans doute l'élément déterminant de l'affaire Dancer. Il fallut à Kline des semaines et plusieurs centaines de cigarettes pour organiser une rencontre avec la jeune fille. Finalement, toutefois, il y eut un matin, dans une cabane à outils située à l'extrémité nord du camp.

La cabane était une petite construction en planches pleine de râteaux, de pelles, de tuyaux d'arrosage et de sacs d'engrais. Kline y arriva au moment où un soleil froid se levait au-dessus de la lande. Il avait son manteau de laine, mais cela ne l'empêchait pas de frissonner. Finalement, il aperçut deux silhouettes noires sur le soleil rouge. Le gardien était un individu corpulent et la jeune fille, près de lui, paraissait d'autant plus fragile.

Kline se tenait dans les barres parallèles de lumière et d'ombre, lorsqu'on poussa la jeune fille dans la cabane. Il ne dit rien, au début, et elle regarda autour d'elle avec indifférence, comme si elle était en état de choc. Elle ne paraissait pas très bien réveillée, elle avait de grands yeux bleu-vert. Son visage était mince et couvert de taches de rousseur. Elle avait les cheveux blonds, presque blancs, et un corps de petit garçon. Elle portait la robe grise des détenues et serrait une couverture autour de ses épaules.

Regardant entre les planches, Kline constata que le gardien, debout à une dizaine de mètres, fumait en regardant la lande. La jeune fille le fixait comme un lapin terrifié regarderait le prédateur. Elle le surveillait du coin de l'œil.

Kline sourit et dit :

– Salut, je suis l'ami d'un ami. C'est un vieux monsieur. Vous l'avez rencontré il y a quelques semaines. Vous souvenez-vous de lui ?

Tout d'abord, elle ne parut pas comprendre et dit simplement :

– Vous êtes américain, n'est-ce pas ?

– Oui, mais ce n'est pas le problème. Le problème, c'est mon ami et ce que vous lui avez raconté. Vous souvenez-vous ?

Elle acquiesça.

– Oskar... Il s'appelait Oskar.

– C'est exact, et vous souvenez-vous de la conversation que vous avez eue avec lui ?

Elle avait une petite bouche et des lèvres très minces. Elle tremblait.

– Écoutez, Sara, je suis un ami. Ceci n'est pas un interrogatoire. Ce n'est pas un piège… Je ne mens pas et je voudrais vous aider…

– Mais je ne sais pas ce que vous voulez…

Il hocha la tête.

– Je m'appelle Robert Kline et moi non plus, je ne crois pas au Magicien.

Ils étaient tous deux figés, parfaitement immobiles dans les barres de lumière. La poussière elle-même semblait suspendue. Les yeux de la jeune fille s'emplirent de larmes.

Finalement, Kline reprit :

– Alors, Sara, voulez-vous parler ? Voulez-vous répéter ce que vous avez raconté à Oskar ?

Elle ferma les yeux et acquiesça. Des larmes coulèrent sur ses joues. Puis elle parvint à prononcer le nom. Un mot qui fut presque un murmure. Jessie.

– Oui, Jessie, répéta Kline à voix basse. Voulez-vous me parler de Jessie ?

Elle dit, d'une voix haletante et très basse :

– Nous nous sommes rencontrés au cours d'une réception… Il travaillait à l'ambassade. Je venais juste de… Vous savez, le Magicien…

– Oui, le Magicien.

– Alors, lorsque j'ai entendu dire qu'il travaillait à Londres, je me suis arrangée pour le rencontrer.

– Alors, ce n'était pas un hasard ?

– Non.

– Vous avez cherché à le rencontrer parce que vous pensiez qu'il pourrait vous renseigner sur le Magicien.

– Oui. J'ai cru qu'il pourrait m'aider. Il fallait que je sache…

– Et vous a-t-il aidée ?

– Il ne savait rien. Il ne voulait pas savoir. Il ne voulait rien avoir à faire avec son père.

– Vous a-t-il dit pourquoi ?

– Il disait qu'il n'aimait pas son père. Il disait même qu'il le haïssait…

– Oui, mais pourquoi ? Pourquoi, Sara ? Pourquoi haïssait-il son père ?

Puis les larmes coulèrent à nouveau et elle secoua la tête. Et le gardien revint avant qu'il ait eu le temps d'insister davantage.

Au cours des mois qui suivirent, Kline vit plusieurs fois la jeune fille. Il l'attendait dans la cabane qui donnait sur la lande ou bien la retrouvait dans une buanderie désaffectée. Quel que soit l'endroit, c'était toujours la même chose. Ils restaient face à face et parlaient à voix basse tandis que le gardien fumait une cigarette. C'est ainsi que Kline se forgea une opinion sur Jessie Dancer, qui était apparemment un personnage hors du commun.

Selon Sara, Jessie rentrait du Vietnam lorsqu'elle l'avait rencontré, et la guerre était toujours en lui. À l'ambassade, il classait des papiers. Il n'avait jamais un mot gentil pour qui que ce soit. Il préférait les ennemis.

– Au début, nous nous sommes disputés, dit-elle. Il avait compris que je voulais me servir de lui. Il avait compris dès le début et cela l'a rendu furieux. J'ai cru qu'il allait me frapper. Il est ainsi… Quand il est en colère, il n'est plus le même.

– Mais, en fin de compte, vous êtes devenus amis, n'est-ce pas ?

– Oui, en fin de compte.

– Bons amis ?

– Oui. (Et elle se remit à pleurer.)

Kline ne reprit pas immédiatement la parole. La brume tourbillonnait, au loin, une brume que le soleil ne tarderait pas à brûler.

– Jessie n'avait pas d'ami, dit-elle. Il n'avait que moi.

– Et le Magicien ? Vous a-t-il aidée ?

– Non. Il ne voulait pas que je continue. Il voulait que j'abandonne.

– Mais vous ne pouviez pas, n'est-ce pas ?

Elle secoua la tête.

– Je ne lui ai rien dit. Nous n'en parlions jamais. Je continuais, c'est tout.

Avant de s'en aller, elle lui dit que Jessie ignorait qu'elle était ici. Il ignorait probablement qu'elle était toujours vivante... S'il avait su, il serait venu la chercher. Il ne l'aurait pas abandonnée ici, elle en était sûre. Puis elle se remit à pleurer. Elle avait pleuré chaque fois mais, ce jour-là, Kline ne put s'empêcher de tendre les bras vers elle. De sorte que, lorsque le gardien frappa contre les planches de la cabane, Kline la serrait dans ses bras.

Kline vit la jeune fille pour la dernière fois un mois avant sa libération. Ils se retrouvèrent dans la pénombre de la buanderie désaffectée. Par les fenêtres crasseuses, on découvrait les poutrelles métalliques soutenant les fils de fer barbelés, se découpant sur le ciel crépusculaire.

La jeune fille avait une coupure au front et un bleu sur la joue. Lorsqu'elle vit Kline, elle hésita puis cria son nom et se jeta dans ses bras. Il la serra contre lui tandis qu'elle pleurait. Plus tard, elle raconta que ses compagnes de cellule l'avaient déshabillée, attachée à un lit, puis violée et battue.

Mais, dans cette pièce abandonnée, parmi les tuyaux, les bancs cassés et les vieux fers à repasser, ils partagèrent une chaleur bienfaisante.

– Je vais être bientôt libéré, annonça-t-il. Je ne vous oublierai pas, je vous le promets. D'une manière ou d'une autre, je vous ferai sortir d'ici.

Elle posa la main sur les lèvres.

– Qu'allez-vous faire ?

– Je ne sais pas.

Elle se dégagea avec brusquerie. Elle se tenait très droite et son visage prit une expression sauvage. Lorsqu'elle reprit la parole, sa voix était dure et froide. Elle dit :

– Retrouvez Jessie. Retrouvez-le et dites-lui que je suis ici. *Je vous en prie…*

Kline et Luft furent libérés au printemps. Ils n'étaient plus que deux vieillards que l'on conduisit à Leipzig en camion. Le chauffeur avait coincé un transistor entre le pare-brise et le tableau de bord ; l'appareil jouait : *It's been a long, long, long time*. Tu peux le dire, pensa Kline.

En fin d'après-midi, ils se retrouvèrent sur une route poussiéreuse qui serpentait entre des prairies pleines de fleurs rouges. Ils marchaient dans un vent fort, leur casquette rabattue sur les oreilles, leur manteau gonflé. Ils faisaient penser à deux fous bizarres se dirigeant vers une ville dont ils ignoraient tout. Le paysage ressemblait à une aquarelle brouillée, car le vent paraissait mélanger les arbres et les fleurs. Lorsqu'ils furent essoufflés, ils s'assirent sous un chêne et partagèrent une barre de chocolat. Kline cueillit des fleurs dont il arracha nonchalamment les pétales.

– Vous ne devriez pas faire cela, dit Luft. Le jardinier pourrait vous voir et nous pourrions avoir des ennuis.

– Au diable les ennuis, répondit Kline, et une pluie de pétales s'abattit sur eux.

Luft secoua la tête.

– Nous imaginez-vous essayant de détruire un nid de serpents, à notre âge ?

– Enfin, Oskar, il nous faut essayer. C'est tout ce qu'il nous reste.

– Que voulez-vous faire, Robert ?

Kline ne répondit pas immédiatement. Il regarda les prairies puis dit :

– Il faut que nous nous procurions une liste, une liste de documents fournis par le Magicien.

– Vous voulez dire une liste des informations transmises par Servana à Dancer ? Une liste authentique ?

– Exact.

– Mais il faudrait la voler à Langley.

– Je sais.

– Vous êtes fou, Robert…

– Non. Écoutez-moi, Oskar. Pourquoi avons-nous échoué, la première fois ? Nous avons échoué parce que nous n'avions pas de preuves, n'est-ce pas ? Eh bien, si nous possédions une liste des documents transmis par Servana, nous pourrions les confondre tous deux. Il nous suffirait de prendre contact avec Moscou et d'échanger cette liste contre un récapitulatif de documents passés à Servana par Dancer. Comprenez-vous, Oskar ? Langley croit que Dancer passe des documents sans valeur à Servana. Moscou croit que Servana agit de même avec Dancer. En réalité, ils échangent de l'or, mais le seul moyen d'amener Moscou et Langley à comprendre ce qui se passe réellement entre ces deux hommes est de leur montrer ce que l'autre côté a obtenu.

– Vous êtes toujours fou, Robert et, même si nous pouvions nous procurer une telle liste, en quoi cela aiderait-il Sara ?

– Lorsque nous aurons une liste du Magicien, rien ne nous obligera à l'échanger avec Moscou. Il nous suffira de faire savoir à Dancer et Servana que nous la possédons. Ils la feront sortir aussitôt, je vous en donne ma parole. Ils déplaceront des montagnes lorsqu'ils sauront que nous avons la liste.

– Ils pourraient nous tuer, c'est dangereux.

– Bien sûr, mais ils nous rendront tout de même Sara. Ils le feront pour gagner du temps.

– Le temps d'organiser notre assassinat.

Kline haussa les épaules.

– Nous sommes vieux, Oskar. Qu'avons-nous à perdre ?

– Mais pourquoi Langley ? Pourquoi ne pas essayer d'abord de mettre la main sur une liste de Servana, puis menacer de l'échanger contre une liste de Dancer ? C'est également un moyen de la faire sortir. Cela marcherait aussi bien et l'Est est notre patrie, maintenant, pour vous aussi. Ce serait certainement plus facile à l'Est...

– Cela serait peut-être plus facile pour nous, mais, dans cette entreprise, nous ne serons pas opérationnels, Oskar. Quelqu'un d'autre se chargera de la mission.

– Que voulez-vous dire ? Nous n'avons personne…

– Nous aurons quelqu'un.

– Qui ?

– Jessie Dancer.

– Le fils d'Allen Dancer ? Vous voulez charger le fils d'Allen Dancer de cette mission ?

– Oui, et je vais le voir à ce propos.

– Mais, vous ignorez tout de lui, Robert. Vous ne savez même pas où il est.

– Je le trouverai.

– Et ensuite ?

– Je lui parlerai.

– Mais vous ne le connaissez pas. Il se moquera de vous. Vous êtes un vieillard, après tout.

– Je peux tout de même essayer (et Kline eut un sourire de loup). En outre, Oskar, j'éprouve un sentiment agréable, chaque fois que je pense à Jessie. Un sentiment agréable et chaud…

Peu après leur libération, Oskar Luft mourut. Kline et lui habitaient Zurich, ce qui montre bien qu'ils n'avaient pas abandonné leurs recherches. Pendant quelque temps, ils partagèrent un appartement, dans un quartier ouvrier, puis ce fut une petite maison à la campagne. Ils aimaient prendre l'autobus jusqu'au jardin botanique et se promener dans les allées, entre les roses. C'est là que Luft mourut. Pendant les semaines précédentes, il avait souffert de crampes et ses membres avaient perdu toute sensibilité mais, lorsqu'il mourut, ce fut extrêmement simple. Les deux amis regardaient un parterre de roses d'une élégance parfaite. Puis Luft s'affaissa, s'accrochant à Kline, et s'effondra finalement dans ses bras.

Peu après l'enterrement de Luft, Kline partit pour Bangkok. Il lui avait fallu neuf semaines pour localiser Jessie, car il lui avait été possible de connaître ses déplacements en suivant la piste de son passeport, grâce à un vieil ami de Luft. Puis il partit. Une fois arrivé à Bangkok, il devint une silhouette indistincte, au bord des marais, se promenant au crépuscule sur les rives du fleuve marron. Il acheta un scarabée de jade sans la moindre raison. Les nuits étaient chaudes et humides. Il alla d'un endroit à l'autre, cherchant Jessie. Finalement, ils se rencontrèrent dans un petit café proche du fleuve.

Une lumière rouge tombait des lanternes. Un insecte, enfermé à l'intérieur de l'une d'elles, se cognait contre l'enveloppe de papier de riz.

– Qu'est-ce que vous voulez ? (Jessie parlait entre ses dents, comme s'il était perpétuellement furieux.)

– J'ai connu ta mère, dit Kline.

– Et alors ?

– Et j'ai vu Sara Moore.

Dancer entraîna le vieillard dans la nuit afin qu'ils puissent parler sans crainte d'être entendus.

Le lendemain soir, ils se retrouvèrent dans un marécage, près d'une station d'épuration en ruines. Jessie revenait de la jungle, où il s'était entaillé les oreilles dans l'herbe à éléphant. Ses mains sentaient encore la cordite et il avait les poches pleines de balles à pointe creuse. Lorsque Kline arriva, Jessie l'attendait près d'un gros tuyau métallique. Un vent chaud faisait bruire les bambous.

Jessie dit seulement :

– J'ai décidé de vous aider.

Kline s'autorisa un sourire puis ferma les yeux pendant quelques instants. Comme pour remercier.

QUATRIÈME PARTIE

CHAPITRE 9

Quelques jours après la rencontre dans le marais, Jessie Dancer s'entretint sérieusement avec Dusty Yeats de l'infiltration de l'organisation du Magicien. Du propre aveu de Yeats, obtenu par Humphrey Knolls, l'idée lui plut dès le départ. L'objectif de l'infiltration était l'obtention de documents susceptibles d'assurer la libération de Sara Moore.

Après l'installation de Yeats à Langley, Jessie ne resta que quelques jours à Bangkok. Puis il traversa l'Asie et se rendit en Suisse. Il habita la maison de Kline, qui se trouvait en dehors de la ville, au bord du lac. L'après-midi, le lac prenait des teintes violettes et foncées. Après la guerre, c'était un endroit outrageusement calme.

La maison de Kline se trouvait dans un vallon aux chemins étroits et ombragés. Les pièces contenaient des meubles rustiques tout simples. Dans la cuisine, il y avait un poêle noir et une table massive. Par terre, il y avait des carreaux rouges, polis par le temps et couverts de tapis rugueux. On pouvait suspendre son manteau à un crochet fixé à la porte et, dans un coin, il y avait un vieux fauteuil à oreilles. Il y avait des lavabos décolorés et des cuvettes de porcelaine. Des racines avaient fendu le manteau de la cheminée. Les fenêtres donnaient sur des tunnels de feuilles. La première chose que Jessie demanda en arrivant à la maison fut :

– Dites, est-ce qu'il y a des serpents, ici ?

Il avait voulu plaisanter mais Kline n'avait jamais combattu dans la jungle de sorte qu'il ne comprit pas tout de suite.

Le matin, fréquemment, Jessie se promenait dans la forêt et alignait des bouteilles vides. Il avait un Beretta semi-automatique, à canon long, qu'il avait acheté pendant son voyage. L'arme avait été modifiée pour accepter des balles de plus petit calibre, le ressort de la culasse avait été détendu et il était possible d'adapter un silencieux à l'extrémité du canon. C'était une arme de tueur et, presque chaque jour, à l'ombre des arbres, Jessie s'entraînait.

Pendant l'absence de Jessie, Kline étudiait les dossiers. Cela ne servait plus à rien. Tous les secrets lui étaient connus et il ne travaillait plus que parce qu'il avait toujours travaillé. Il était comme tous les vieux historiens : prisonnier des complexités du passé. Il cherchait pour le plaisir de chercher. Après tant d'années, cela faisait partie de lui.

L'essentiel de ses recherches l'avait apparemment conduit au fiasco de la baie des Cochons. Depuis de nombreuses années, Kline pensait que le Magicien avait joué un rôle, peut-être même un rôle décisif, dans l'opération, mais il n'avait jamais eu le temps de se pencher sur le problème. Sans très bien savoir pourquoi, il éprouva le besoin de comprendre.

Il était parti du jour de l'invasion, le 17 avril 1961, lorsque mille quatre cents exilés cubains débarquèrent dans une crique du sud. La veille, les B 26 avaient bombardé l'aérodrome militaire du camp Libertad, proche de La Havane. L'affaire avait mal tourné dès le début. Dix avions avaient été abattus et dix pilotes tués. Le lendemain matin, le débarquement commença et le désastre s'intensifia. Dès qu'ils eurent pris pied sur la plage, les exilés se heurtèrent à un feu nourri, de mortier et d'artillerie, qui les décima. L'aviation cubaine, que le bombardement de la veille aurait dû clouer au sol, prit les survivants à découvert. Finalement, Castro lâcha ses chars Staline et cela mit un terme à la bataille.

Qui fallait-il rendre responsable de la baie des Cochons ? Certains, surtout des Cubains, prétendirent que l'opération aurait pu réussir si le président Kennedy avait accepté, au dernier moment, d'envoyer une force d'intervention. Les stratèges, en revanche, pensaient que l'opération était condamnée dès le départ. Selon eux, les Cubains étaient mal entraînés, les forces de Castro sous-estimées et le bombardement mal organisé. Pourtant, dans l'esprit de Robert Kline, la baie des Cochons avait toujours été juxtaposée au Magicien.

La logique, l'expérience et quelques informations jouèrent leur rôle. En outre, de temps en temps, Kline avait l'impression de posséder une intuition surnaturelle… Le passé cessait alors d'être une perspective immense et devenait une succession de visions cristallines ; dans ces moments-là, il avait l'impression de découvrir le passé au travers de minuscules éclats de verre. C'est ainsi que lui apparurent la baie des Cochons et le Magicien. L'histoire se reconstruisit dans son esprit… Les contacts initiaux, à Guatemala City, où le directeur local de la CIA rencontra un riche planteur de café et créa le camp d'entraînement secret, puis l'arrivée des cinq groupes d'exilés cubains, organisés en front révolutionnaire, puis, enfin, Allen Dancer et Servana.

Kline supposa qu'ils se virent en Suisse, un peu moins de deux mois avant l'invasion. Il les imagina, discutant sur le balcon d'une villa, Allen vêtu d'un costume gris, la cravate desserrée... Valentin écoutant, la tête légèrement penchée. Allen n'avait probablement pas été en mesure de fournir des informations précises à Servana, il ignorait certainement les dates exactes et l'importance de l'armée d'invasion. La seule certitude d'Allen concernait peut-être la livraison des dix bombardiers par la CIA mais, compte tenu du tour que prirent les événements, cela suffit. Les contacts de Servana n'eurent plus qu'à avertir Castro qui mit ses services sur l'affaire. De toute manière, il s'agissait d'une opération plutôt aléatoire... comportant des risques d'échec élevés, même sans intervention extérieure. Des conditions qui convenaient parfaitement au Magicien.

Un soir, plusieurs jours après s'être lancé dans l'exploration des liens unissant le Magicien à la baie des Cochons, Kline commit l'erreur d'en parler à Jessie. Le jeune homme était extrêmement morose, ce soir-là. Il était assis de travers dans le rocking-chair et son ombre allait et venait sur le mur. Lorsque Kline lui eut exposé sa théorie, il se moqua de lui. Une cigarette se consumait entre ses doigts.

– Tu penses que je perds mon temps, n'est-ce pas ?

Jessie secoua la tête.

– Non, je ne le pense pas.

– Mais tu ne crois pas cela possible, pas vrai ?

– Tout est possible.

– Mais pas probable. Est-ce ce que tu penses ?

– Je pense qu'il y a une différence entre ce qui est réel dehors et ce qui est réel là-dedans. (Puis il se toucha la tête du bout du doigt.) Là-dedans.

Kline tenta d'expliquer au jeune homme ce qu'il avait ressenti, lorsqu'il avait eu la vision des deux hommes s'entretenant sur le balcon d'une villa. Mais Jessie n'écouta pas et Kline se rendit compte que seuls les vieillards peuvent comprendre qu'il se produit parfois des phénomènes étranges, lorsqu'on est resté de très nombreuses années plongé dans le même sujet. Obsession ?

Le plus souvent, toutefois, les soirées se déroulaient en silence. Kline cuisinait des repas simples, en général composés de pommes de terre et de légumes provenant du jardin désordonné, qu'il avait planté sans vraiment y prêter attention, puis Jessie et lui buvaient du yin de table bon marché et chacun se retirait dans son univers.

C'était une relation étrange.

Mais un soir, plusieurs semaines après l'arrivée de Jessie, Kline ne put résister au désir de sortir ses vieux disques de jazz et de les passer. Le silence fut alors remplacé par les intonations chaudes d'une clarinette tandis qu'une voix rêveuse, alcoolisée, chantait : *I've got no chance of loving you, no chance at all...*

– Connais-tu cette chanson ? demanda Kline. Ta mère l'aimait.

– Vraiment ? fit Jessie avec indifférence. (Il regardait fixement la bouteille vide, depuis une heure, et avait une folle envie de la casser.)

– Elle aimait surtout les chansons tristes, poursuivit Kline. Elle les écoutait dans le noir. Nous les écoutions ainsi, tous les deux... bien longtemps avant ta naissance.

Comme si ce qui était arrivé avant sa naissance pouvait intéresser Jessie. Même sa mère et Kline... Mais Kline parla, d'abord de lui-même, puis d'Allen, puis de Julia.

Plus tard, lorsqu'il se retrouva seul dans l'ancienne chambre d'Oskar Luft, Jessie tenta d'évoquer quelques événements importants de sa vie. Tout était silencieux et il faisait froid pour la première fois de l'année. Dehors, les mûriers luisaient. Il y avait du givre sur les vitres. Sans même s'en rendre compte, il écrivit, en grosses lettres, sur la buée : SAR... Puis il effaça les lettres...

Peu après la naissance de Jessie, le père de sa mère mourut et ils s'installèrent à Londres, où ils habitèrent un petit appartement, dans un quartier ouvrier. En fin d'après-midi, Jessie s'allongeait sur le lit et écoutait les petits durs jouer au ballon dans la cour. Plus tard, il deviendrait le plus dur d'entre eux. Il y eut une photographie : Jessie et sa mère sur les marches de leur appartement. Elle souriait, mais elle avait des rides tristes autour de la bouche. Le regard de Jessie était pensif et distant. On aurait dit qu'il avait mille ans.

Le souvenir le plus net de Jessie fut que sa mère avait continuellement peur. Elle avait peur des rues, de la foule, des dimanches après-midi. Elle n'aimait que les petites pièces chaudes, éclairées à l'électricité, et les airs de clarinette. Elle disait à Jessie qu'il était son petit homme, qu'ils devaient faire bloc contre le monde. Mais, malgré tous ses efforts, il était trop petit pour empêcher qu'elle ait peur.

Lorsqu'il fut en âge d'aller à l'école, Allen l'envoya dans un endroit qui s'appelait Mitgangs. « Il faut que tu prennes un bon départ dans la vie », avait dit Allen, mais cela n'existait pas à Mitgangs. Les anciens battaient les nouveaux. Ils les attachaient à une conduite d'eau et les frappaient avec des serviettes mouillées. Un jour, ils immobilisèrent Jessie et lui posèrent un serpent sur le visage. Le pire, toutefois, était de savoir qu'il était à Mitgangs seulement pour qu'Allen puisse avoir sa mère pour lui tout seul.

Finalement vint le soir où un jeune garçon, un nommé Crabbe, voulut lui baisser son pantalon afin de le frapper à coup de ceinture. Jessie réagit avec une promptitude telle qu'il ne comprit pas lui-même ce qui arrivait. Il vit seulement que les lèvres de Crabbe découvraient ses dents. Puis tout éclata comme une tomate mûre et il y eut le choc de l'os contre l'os. Ensuite, lorsque les autres firent le cercle, effrayés parce que Crabbe saignait abondamment, Jessie eut l'impression de flotter dans un rêve tiède et tranquille. Il s'était ouvert les doigts contre les dents de Crabbe et le sang sentait l'encre, en un peu plus salé.

Ensuite, sa vie devint un véritable cauchemar, que seul son orgueil lui permit de supporter. Il n'avait pas d'amis… Les autres élèves avaient peur de lui ou bien le traitaient avec indifférence. Le dimanche, on leur donnait des pêches à la crème et on les conduisait à la chapelle, où on leur parlait de Dieu. Mais Jessie savait déjà tout de Dieu. Dieu jouait de sales tours…

Par la suite, les souvenirs relatifs à ces années parurent s'agglutiner les uns aux autres. Il se souvint du claquement des portes, des disputes qui opposaient sa mère à Allen. Au milieu de la nuit, il entendait leurs voix étouffées. Celle d'Allen était toujours désespérément douce, raisonnable…

Mais, surtout, il se souvint d'un soir d'été, avec sa mère. Il était allongé sur son lit et jouait paresseusement avec le contenu de la boîte où elle rangeait ses bijoux. Il s'agissait d'objets sans valeur, bien qu'il y eût quelques bagues en argent, des colliers de perles jaunes et un minuscule cheval en jade qui était son préféré. Il y avait également un médaillon en or qui révélait, lorsqu'on l'ouvrait, un homme aux yeux extrêmement étranges.

– Maman ?

– Qu'y a-t-il, Jessie ?

– Qui est-ce ?

Julia était assise à son bureau. Pendant toute la soirée, elle avait classé des papiers tandis que Jessie, assis sur le lit, balançant les pieds, regardait le visage du médaillon.

– Ce n'est qu'un vieil ami, répondit-elle finalement.

– Oui, mais comment s'appelle-t-il ?

Elle réfléchit quelques instants, comme si elle ne se souvenait pas. Ou bien, avait-elle peur de le lui dire ?

– Tu ne le connais pas, mon chéri.

– Oui, mais comment s'appelle-t-il ?

Elle soupira.

– Il s'appelle Robert. Robert Kline.

Plus tard, elle se mit à pleurer et il ne comprit pas pourquoi.

Pendant toutes ces années, sa mère ne cessa pas de peindre et ses tableaux devinrent de plus en plus réalistes, mais aussi de plus en plus tristes… paysages gris, rues obscures et vides. Finalement, elle fit son portrait, mais il trouva qu'il ne lui ressemblait guère. Il faisait penser à un petit garçon qui, en grandissant, aurait pris les traits du portrait qu'elle avait peint de Robert Kline…

Jessie avait treize ans lorsque sa mère fut assassinée. Le surveillant général vint le chercher en classe, pour lui annoncer la nouvelle, puis l'entraîna, sur les chemins couverts de feuilles, vers la chapelle. Finalement, le surveillant général le laissa seul dans la chapelle afin qu'il puisse recevoir un signe de Dieu. Eh bien, il n'y eut pas le moindre signe. La fureur s'empara de lui. Il fut frappé par la fureur comme d'autres par la foudre.

Plus tard, il apprit que sa mère avait été attaquée par une bande de jeunes gens qui en voulaient à son sac et qu'elle avait succombé à un coup de couteau dans la colonne vertébrale. Allen Dancer n'assista pas à l'enterrement, parce que des tâches importantes le retenaient à Washington. Mais, sept semaines plus tard, il vint en Angleterre et emmena Jessie en vacances dans le nord de l'Écosse. Ils passèrent une dizaine de jours ensemble, dans une petite maison proche d'Innerleithen. Jessie passa le plus clair de son temps dans la lande. La lumière était gris-bleu, dans l'après-midi, et les ruisseaux regorgeaient de crapauds. Allen faisait tout son possible pour devenir un copain, mais il faisait tout de travers.

Pendant les années qui suivirent, Jessie vit Allen presque chaque fois qu'il eut des vacances. Leurs relations étaient distantes mais polies. Ils allaient souvent en Suisse et en France. Il passa également quelques étés chez son grand-père. Le vieillard faisait toujours de son mieux pour plaire à Jessie et Jessie avait parfois l'impression que son grand-père et lui se comprenaient, avaient, de toute manière, davantage de choses en commun que lui et son père.

Il y eut un incident qu'il n'oublia jamais. Il se produisit un soir, alors qu'Allen et lui passaient les vacances au lac Lugano. Il avait été absent toute la matinée, se promenant au bord de l'eau. Lorsqu'il rentra, Allen l'attendait à la porte de leur hôtel. Le médaillon en or se balançait dans sa main. Il était ouvert afin que Jessie puisse voir la photographie de l'ami de sa mère.

– D'où vient ceci ?

– C'était à maman et tu n'avais pas le droit de le prendre…

– Pas le droit ?

Et Jessie prit une claque violente, après quoi Allen sortit en hâte. Un peu plus tard, posté à la fenêtre, il regarda Allen, debout au bord du lac, jeter le médaillon dans l'eau. Son geste fut dépourvu d'élégance et de rythme…

À dix-sept ans, Jessie habitait un petit appartement crasseux de la Petite Venise de Londres. Les femmes allaient et venaient. Tout le monde fumait du haschisch et couchait avec tout le monde. Les Beatles passaient à l'Albert Hall et beaucoup de gens croyaient que la situation s'améliorait. Jessie n'était pas de cet avis.

On s'éveillait le matin, on se défonçait et on se mettait en quête d'une fille. Le plus souvent, on se retrouvait dans une chambre sale, sur un matelas posé à même le sol, avec une douzaine de personnes abruties par l'herbe. Les Rolling Stones passaient à la radio et chantaient : *I want to see the sun torn out of the sky; I want to see the whole world painted black…*

À dix-huit ans, Jessie entra à l'ambassade américaine de Londres. Allen lui obtint une place et on lui fit rédiger des adresses ou bien taper le courrier. Allen lui avait dit qu'il fallait plaire, mais Jessie n'en avait pas la moindre envie. Finalement, il devint l'amant d'une nommée Mary Pram, qui travaillait dans un service confidentiel de l'ambassade. Ce fut le premier contact de Jessie avec le monde des services secrets.

Plus tard, elle lui avoua qu'elle était devenue sa maîtresse uniquement parce qu'il était le fils d'Al Dancer et qu'elle avait cru que cela lui permettrait d'obtenir un meilleur poste. Elle pleura en le lui expliquant, mais Jessie trouva cela plutôt drôle. Comme s'il était le moyen d'atteindre Allen…

Jessie ne put se souvenir exactement quand il décida de partir pour le Vietnam. Simplement, à un moment donné, il lui sembla que le Vietnam était le seul endroit réel du monde. Dans une guerre, se dit-il, la vie se réduit à ses éléments les plus simples. Les imbéciles se font tuer rapidement, ceux qui survivent sont forcément meilleurs et plus intelligents. En outre, depuis quelque temps, Allen insistait pour qu'il parte. Selon lui, un séjour à la limite d'une zone de combat ferait bien dans son dossier. Mais Jessie ne voulait pas rester à la limite de la zone de combat. Il voulait être en pleine bataille.

Jessie passa les trois premiers mois à Saigon. Il habitait une chambre proche de la place Lam Son et fréquentait le Broddards et La Pagode. En fin d'après-midi, la ville se vidait et il n'y avait plus que des ordures, sur les longues avenues : morceaux de papier poussés par le vent, excréments humains en petits tas, boîtes de pétards de la nouvelle année lunaire. Les arbres des artères principales paraissaient brûlés. Après le couvre-feu, c'était le désert. Il n'y avait plus que les patrouilles de police et des enfants qui faisaient voler des cerfs-volants de papier journal dans le vent humide.

Jessie se rendit rapidement compte que Saigon était une ville complètement corrompue. Les Blancs osaient à peine sortir… les indigènes pariaient sur leur mort. Tout le monde savait qu'il y avait cinq bataillons de sapeurs du Viêt-cong, à Cholon, et, toutes les nuits, quelqu'un se faisait tuer. Mais Jessie n'eut jamais peur de mourir à Saigon. La ville parut le prendre entre ses bras. Il ne lui fallut que trois semaines pour en connaître tous les recoins.

À Saigon, il travailla en liaison avec les services de renseignement de l'armée et le service de répression de la drogue. Son travail consistait à empêcher les tribus méos du Laos de vendre de l'héroïne à la mafia corse de Hong Kong. Jessie constata rapidement que de nombreux agents du service de répression de la drogue étaient aussi corrompus que les trafiquants de la mafia si bien que, trois mois plus tard, il prit au piège deux Américains qui avaient mal tourné. Il attendit le moment où ils essayèrent de lui vendre neuf kilos d'héroïne, puis il les abattit et jeta les cadavres dans le fleuve. Puis, il quitta Saigon pour le delta, où se déroulait la vraie guerre.

Ensuite vint une vie qu'il avait sans doute toujours rêvé de mener. Tout se passait la nuit, dans la jungle et, au matin, c'était à peine s'il pouvait encore croire que c'était arrivé. Il avait souvent l'impression que ses pupilles se dilataient jusqu'à occuper toute la surface de ses yeux, comme celles d'un animal sauvage. Lorsque cela se produisait, les nuits sans lune, elles-mêmes, paraissaient claires, comme au travers de jumelles à infrarouge. Ces nuits étaient les plus belles, elles étaient parfaites.

Lorsque Jessie arriva dans la station du delta, trois hommes l'occupaient. Puis, un après-midi, un tireur isolé en abattit deux et il ne resta plus que Dusty Yeats. Yeats avait appartenu aux bérets verts mais, après trois missions, avait été déclaré trop instable pour le service régulier. Il était terriblement superstitieux et intoxiqué aux amphétamines. La nuit où Jessie et lui allèrent pour la première fois en forêt, ils prirent la queue d'une patrouille Viêt-cong dans un feu croisé. Ce fut un massacre bien net, parmi les arbres couverts de mousse. Lorsqu'ils regagnèrent la station, une sorte de compréhension mutuelle, un lien, les unissait.

Souvent, la jungle représentait une réalité complètement distincte. L'après-midi, il y avait des rais de lumière bleu-vert, des fuchsias pourpres, des toiles d'araignée et des fougères translucides. Plus loin se dressaient les manguiers, avec leurs mines et leurs fils de fer tranchants. Des figuiers difformes poussaient le long de l'estuaire. Jessie et Yeats passaient entre ces arbres en début de soirée, puis ils entraient dans la tranquillité chaude, humide, de la jungle elle-même. La guerre, telle qu'ils la pratiquaient, ne les effrayait pas et ils étaient complètement concentrés sur le combat.

La fin de la guerre ne donna pas une impression d'aboutissement. Il vint simplement un jour où ce fut terminé. Yeats avait déjà décidé qu'il retournerait en Californie, auprès de sa sœur, et Jessie n'avait aucun projet. On lui avait proposé une situation à Langley, mais il n'en voulait pas. Il en était venu à croire que le monde était uniquement composé de gens neutres et de gens mauvais. Les employés de Langley, dit-il à Yeats, appartiennent à la deuxième catégorie et, parmi eux, il n'était pas certain de pouvoir se contrôler. Il craignait de provoquer un incident.

Jessie passa les dernières semaines de sa vie de militaire à Saigon. Il était évident que la guerre était perdue, mais Jessie s'en fichait. Il avait toujours su que le Vietnam ne pouvait être conquis, seulement détruit. Il vécut dans l'oisiveté. Il se nourrit de riz brun, de légumes et de vitamines. La ville était pleine d'immeubles éventrés, de flaques d'eau, de journaux mouillés et d'éclats de verre. C'est à cette époque qu'il se rendit compte qu'il n'était pas tout à fait comme les autres. Il n'était pas meilleur, mais différent. Il ne pouvait regarder les objets avec indifférence. Une lampe, une chaise, une table, une bouteille… leur présence avait toujours un côté gênant, comme si les objets voulaient empiéter sur *sa* présence. En outre, les gens évitaient toujours son regard et des choses sans importance le mettaient en fureur. Il dit à Dusty, très sérieusement, que chacun n'avait que sa dignité, le respect de soi, et qu'il valait mieux tuer que laisser les autres s'en emparer. Dans l'avion, tandis qu'il rentrait, il se trouva à côté d'un avocat du ministère des Finances. Celui-ci expliqua à Jessie à quel point il était important d'être convaincu du bien-fondé de la loi et de la nécessité des impôts. Jessie essaya désespérément de trouver une réponse. Rien, sauf le meurtre, ne lui vint à l'esprit…

Finalement, il retourna à Londres, simplement parce que c'était facile. Son poste, à l'ambassade, était toujours vacant et on avait même payé le loyer de son appartement. En outre, Londres était neutre et passive. C'était, à son avis, une ville qui ne se défendrait pas.

Il rentra dans le rang de la société et tua les journées comme le font les individus normaux. Il s'éveillait, le matin, dans son appartement moderne, gagnait la cuisine et attendait que l'eau ait bouilli. Par la fenêtre sale, il découvrait une cour grise : poubelles en zinc, linge, fils de téléphone. Il tartinait de la viande en boîte sur deux tranches de pain, ajoutait une feuille de salade dans le sandwich ainsi confectionné, puis le mettait dans un sac en papier, avec un thermos de jus d'orange. Plus tard, il déjeunerait seul dans le parc. Il s'habillait sans recherche, puis sortait et prenait l'autobus. Ensuite, pendant six heures, il classait mécaniquement la correspondance de l'ambassade. Il parlait rarement et ne faisait jamais plus que ce qu'on attendait de lui. Sa journée terminée, il regagnait directement son appartement, où il mangeait un dîner surgelé et regardait fixement, par la fenêtre, l'air bleuâtre de Londres.

C'était une existence supportable. Il ne subissait aucune pression injustifiée, ne devait satisfaire aucune exigence exceptionnelle. Il craignait simplement que quelqu'un cherche, un jour, à se servir de lui, à l'humilier, à lui arracher sa dignité. Alors, il y aurait un… accident, dans la rue, et tout le monde serait scandalisé.

Il y avait des gens qui avaient pitié de Jessie. Ils voyaient en lui un jeune homme triste, solitaire, étrangement simple. Il plaisait aux femmes… Il était blond, discret et bien élevé. Jessie, toutefois, évitait les conversations car, chaque fois qu'il prenait la parole, il avait l'impression qu'une machine parlait à sa place. Il ne savait jamais quoi dire et sa voix lui paraissait désincarnée. Cela se produisait surtout lorsqu'il s'adressait à des gens influents. Fonctionnaires, banquiers, médecins, avocats : ces gens-là piétinaient les autres, par indifférence ou arrogance, et Jessie craignait continuellement qu'ils ne tentent de le piétiner. Dans ce cas, il serait forcé de les abattre. Ainsi, la guerre n'était pas terminée… Il fallait seulement combattre par d'autres moyens.

Le chef de service de Jessie était un petit homme craintif qui se nommait Cork. Cork voulait toujours aider Jessie, probablement parce que le jeune homme le terrifiait. Jessie ne travaillait que depuis trois mois lorsque Cork le convoqua dans son bureau. Le bureau de Cork était lambrissé en faux bois de rose. Il y avait deux fauteuils de cuir pour les visiteurs et, derrière le bureau, l'énorme fauteuil pivotant de Cork. Dans un coin, il y avait un chariot avec des tasses, des soucoupes et une cafetière sur un chauffe-plat. Cork était originaire de Boston mais il était à Londres depuis tellement longtemps qu'il avait un accent anglais.

– Prenez donc un siège, dit-il lorsque Jessie entra. (Puis, il y eut un échange gênant de politesses et Jessie se mit à suer.)

– Dites-moi, fit finalement Cork, vous plaisez-vous, ici ?

– Oui, merci.

– Pas de problèmes personnels ? Pas d'ennuis ?

– Non. Tout marche bien.

– Je vois. Et le travail ? J'espère que vous ne le trouvez pas trop ennuyeux.

– Ça va.

Sur le plateau d'acajou, il y avait un coupe-papier d'ébène, une chope en cuir pleine de stylos et de crayons, des feuilles de papier soigneusement empilées dans des corbeilles métalliques, un briquet, un cendrier en marbre et un stylo en or sur une autre plaque de marbre. Le regard de Jessie allait d'un objet à l'autre, comme s'ils étaient sur le point d'exploser.

Cork disait :

– En général, je n'ai pas l'habitude de fouiller dans la vie privée des employés, Jessie. Néanmoins, dans votre cas, j'ai décidé de faire une exception… Bien, en toute franchise, vous m'inquiétez un peu…

– Mon travail ne convient pas ?

– Oh, non, ce n'est pas cela. C'est seulement que… enfin, vous paraissez terriblement replié sur vous-même… Vous ne sortez pas avec les autres. Vous n'êtes pas venu au pique-nique, le mois dernier… et, naturellement, je me demande si vous avez des ennuis.

– Non, aucun.

Mais les objets posés sur le bureau paraissaient le regarder sournoisement.

– Bon, très bien, mais je voudrais que vous fassiez l'effort de vous intégrer. Tout le monde est très sympathique, ici, vraiment. Je suis sûr que les autres seraient très heureux, si vous étiez un peu plus ouvert.

Pendant un bref instant, Jessie se vit entrant dans un bosquet de manguiers, le sélecteur de son M-16 sur automatique…

– Écoutez, Jessie, je n'ai pas l'intention de vous faire la leçon. Je voudrais seulement que vous participiez davantage. Par exemple, il y a une réception, vendredi soir. Nos cousins britanniques nous invitent chaque année. Tout le monde y est convié et j'aimerais que vous veniez.

– Merci, j'essaierai.

– J'espère que vous réussirez. Je mettrai une invitation dans votre casier.

La fin de la conversation fut extrêmement pénible. Cork crut nécessaire d'expliquer que cette rencontre lui avait fait grand plaisir tandis que Jessie regardait fixement les objets du bureau. D'accord, avait-il envie de leur dire, vous avez gagné…

La réception eut lieu dans une grande salle de bal. Il y avait une longue table avec une nappe de coton blanc, du cristal et de l'argenterie. Des serveurs en uniforme circulaient parmi les invités avec du champagne et des hors-d'œuvre. Les hommes portaient une cravate noire, les femmes des robes coûteuses. Ils s'agglutinaient en cercles et Jessie, au bord du plus grand, feignait de participer.

Il aurait pu passer toute la soirée ainsi, souriant lorsqu'on plaisantait, s'éloignant lorsqu'on remarquait sa présence, mais il se rendit compte qu'une jeune femme le regardait.

Elle était entourée de jeunes gens sûrs d'eux, mais son regard suivait Jessie. Il supposait qu'elle devait être considérée comme jolie car elle avait des cheveux blonds, presque platine, et de grands yeux bleu-vert. Son visage était mince et couvert de taches de rousseur, de sorte qu'elle faisait penser à un petit garçon. Et puis, son regard était étrange, lointain, comme si elle venait de s'éveiller.

Il n'avait pas la moindre intention de lui parler. Il était certain qu'il ne parviendrait pas à l'intéresser. Mais, plus tard, tandis qu'il emplissait son assiette de nourriture qu'il ne mangerait pas, elle s'adressa à lui.

– Salut, vous êtes nouveau ici, n'est-ce pas ?

Il se retourna.

– Ouais, exact.

– Est-ce que vous travaillez à l'ambassade ?

Elle avait manifestement jeté son dévolu sur lui, mais il se demandait pourquoi.

– Oui.

– Est-ce que cela vous plaît ?

– Ça va.

– Étiez-vous en poste ailleurs ?

– Non, pas exactement.

– Alors, que faisiez-vous avant ?

– Avant ?

– Avant de travailler ici.

Il lui fallut réfléchir un instant car, d'un seul coup, il avait oublié où il se trouvait. Cela lui arrivait souvent. Puis la jungle s'imposa à son esprit et il dit :

– Au Vietnam. J'étais au Vietnam.

Comme toujours, cette révélation jeta un froid. Ce n'était pas la chose à dire et la jeune fille baissa la tête. Il eut l'impression qu'elle se concentrait. Finalement elle dit :

– J'ignorais.

– Oui. J'y étais. (En fait, il s'y trouvait encore.)

– Eh bien, j'imagine que cela a dû être une expérience plutôt désagréable.

– Désagréable ?

Elle se força à sourire.

– Enfin, la guerre, tout ça.

Il sourit à son tour.

– Oh, ce n'était pas désagréable. Pas du tout. En fait, c'est tout le contraire.

Elle s'éloigna, le laissant sous un lustre dont les ampoules émettaient des pointes de lumière. Il supposa que c'était ce que l'on entendait par : avoir un problème de réadaptation…

À cette époque, Jessie pensait rarement aux femmes. Il supposait que cela était lié à la guerre, mais l'idée de faire l'amour lui semblait, curieusement, déplacée. Il ne savait pas très bien pourquoi. C'était ainsi et il n'y avait rien à faire. Mais, cette nuit-là, lorsqu'il eut regagné son appartement, il constata avec étonnement qu'il pensait à la jeune fille. Il voyait ses yeux, entendait sa voix. Il aurait pu penser à elle toute la nuit, mais la sonnette retentit et il la trouva sous l'ampoule de l'entrée.

– Puis-je entrer ?

Il haussa les épaules et lui tourna le dos. Elle le suivit et s'assit au bord du canapé. Elle portait un imperméable noir et le noir était sa couleur préférée. Il regardait par la fenêtre.

– Je suis venue m'excuser, dit-elle.

– Pourquoi ?

– Eh bien, je n'ai pas été polie, n'est-ce pas ?

– Je ne sais pas.

– Mais si. Je vous ai planté là.

– Et alors ?

– Alors, je m'excuse.

Il se tourna vers elle :

– Écoutez, qu'est-ce que vous voulez, au juste ? Pourquoi avez-vous fait tout ce chemin pour jouer au chat et à la souris ? Je n'ai rien demandé et je vous assure que je n'ai besoin de rien. Alors, que voulez-vous ?

Elle baissa la tête et respira profondément.

– Vous êtes le fils d'Allen Dancer, n'est-ce pas ?

Il dit seulement : « Merde », mais dans un souffle.

– J'ai entendu dire que vous étiez ici alors, en fait, j'ai demandé à vous rencontrer.

– Qui vous envoie ? L'Agence de Londres ? Whitehall ? C'est ça ? Vous appartenez aux girl-scouts britanniques ? Eh bien, je vais vous donner un petit conseil : ne vous approchez pas d'Al Dancer. Les petites espionnes comme vous, il les mange au petit déjeuner.

– Mais, vous ne savez même pas ce que je veux…

– Si, je le sais.

Elle s'était levée et s'était immobilisée près de lui. Ils regardaient la rue déserte, où la lumière des lampadaires se reflétait dans les flaques d'eau.

– Vous n'aimez pas votre père, n'est-ce pas ?

– Qu'est-ce qui a bien pu vous donner cette idée ?

– C'est évident. En outre, vous ne travailleriez pas à l'ambassade, si vous étiez proche de lui… Vous travailleriez avec lui.

– Eh bien, vous vous trompez… Tout le monde l'aime, c'est un héros…

– Vraiment ? Et je ne parle pas de tout le monde… Je parle de vous.

– Qu'est-ce qu'il y a ? Vous voulez me recruter ? C'est ça ? Londres a l'intention de prendre des parts dans le Ma… Eh bien, dites à vos chefs d'aller se faire foutre.

– Vous vous trompez, dit-elle d'une voix calme. Je suis venue de mon propre chef et je m'appelle Sara Moore.

– C'est bien vrai ?

– Oui.

– Pas de petit ami dans la rue ?

– Non, je vous l'ai dit, je suis venue seule.

– Dans ce cas, je pense que vous devriez partir immédiatement. Je ne suis pas un individu particulièrement stable et, à votre place, je partirais.

Elle n'eut pas peur, absolument pas, et, juste avant de s'en aller, elle lui dit qu'il était dingue et qu'elle ne voulait plus le voir, jamais.

Plus tard, cependant, bien après minuit, tous deux se rendirent compte qu'ils avaient eu une dispute d'amoureux. Cette idée leur vint presque simultanément. Jessie était à la fenêtre et regardait passer les camions de primeurs. Sara était au lit et fixait le plafond. Et, soudain, ils eurent la même idée, bien qu'ils fussent à des kilomètres l'un de l'autre…

Ainsi, lorsqu'elle revint, il ne fut pas surpris. Ils avaient l'impression d'être unis par un lien secret. Il faisait beau et

Jessie était dans le parc. Il était venu y déjeuner, comme tous les jours. Son banc se trouvait au bout d'un chemin ombragé, bordé de hautes haies. Il venait juste d'ouvrir son sac en papier lorsqu'elle sortit des buissons et s'assit près de lui.

– Salut. (Sa voix était douce, débarrassée des artifices de leur première rencontre.)

– Salut.

– Comment ça va ?

– Bien. Et vous ?

Elle haussa les épaules.

– J'ai pensé à vous.

– Ouais. Eh bien, je dois reconnaître que moi aussi, j'ai pensé à vous.

Leurs regards se rencontrèrent, ils sourirent et, pendant un long moment, ils eurent l'impression qu'il n'y avait rien à ajouter.

Finalement, ils partagèrent son sandwich puis se promenèrent, au-delà des rosiers et des hêtres, dans un labyrinthe de haies soigneusement taillées. Finalement, des nuages cachèrent le soleil, la lumière devint argentée et ils s'arrêtèrent sous un chêne mouillé.

Il dit :

– Il faut que je retourne à l'ambassade. Je suis déjà en retard.

– Moi aussi. (Elle sourit.)

– Mais, je voudrais vous revoir, si vous voulez bien.

– Oui. Moi aussi, Jessie, j'aimerais vous revoir.

– Alors, demain, peut-être ? Au même endroit ?

– Oui, demain.

Puis, très doucement, très légèrement, elle l'embrassa sur les lèvres.

En rentrant à l'ambassade, il constata que trois heures s'étaient écoulées sans qu'il s'en soit rendu compte. Trois heures : il y avait des années que le temps n'était pas passé sans qu'il entende, dans sa tête, tinter chaque minute.

Par la suite, Jessie et Sara se retrouvèrent tous les après-midi dans le parc. Bientôt, elle se chargea du déjeuner et, un jour, elle apporta un panier de chez Fortnum. Ils se promenaient souvent au bord de la Serpentine. Sara aimait lancer les miettes aux canards. Ils s'allongeaient dans l'herbe tandis que le vent secouait les arbres et ridait l'eau. Un jour, ils restèrent tellement longtemps assis l'un près de l'autre que la journée passa sans qu'ils s'en soient rendu compte.

Le soir, ils dînaient toujours ensemble. Sara connaissait de nombreux restaurants où la nourriture était bonne et bon marché. Ils ne parlaient jamais de choses importantes. Leur relation était encore fragile. Tous les soirs, ils s'embrassaient pour se dire au revoir et, une fois couchée, Sara avait peur de le perdre.

Finalement, elle décida de faire l'amour avec lui. Cela lui fit une impression bizarre de prendre cette décision froidement, au lieu de laisser les choses suivre leur cours naturel, mais elle s'était rendu compte que Jessie était étrange. Il pouvait être terriblement dur, puis très tendre l'instant suivant. Elle prépara la soirée dans ses moindres détails. Ils dînèrent aux chandelles puis se promenèrent dans Hyde Park. Finalement, elle dit qu'elle voulait rentrer et il appela un taxi afin de la raccompagner. Comme toujours, il y eut un instant de gêne, sous la lampe de l'entrée mais, cette fois, elle ne le laissa pas partir. Elle le regarda dans les yeux et se mordit la lèvre inférieure.

– Je veux que tu viennes avec moi. (C'est tout juste si les mots acceptèrent de sortir.)

– Tu veux dire chez toi ?

Il lui parut terriblement vulnérable.

– Oui. Je veux que tu viennes chez moi.

Il jeta un coup d'œil par-dessus son épaule, puis dit :

– Écoute, il faut que je t'explique… Enfin, il y a très longtemps que…

– Allons.

– Mais, le taxi attend.

– Jessie, laisse tomber le taxi.

Ils firent l'amour timidement, un peu désespérément. Elle avait de longues jambes et elle était fraîche, alors qu'il était toujours brûlant. Il y avait une bougie, sur la table de nuit, qui jetait une lumière dorée sur le plafond et les murs. Lorsque sa robe tomba et qu'elle se pencha pour l'embrasser, il eut l'impression que les ailes protectrices d'un oiseau l'enveloppaient…

Ensuite, tandis qu'ils étaient allongés côte à côte dans le noir, il ne put s'empêcher de penser à Allen. Depuis la mort de sa mère, Allen avait eu des dizaines de femmes. Dans l'esprit de Jessie, il les considérait comme le contenu d'une boîte de conserve.

Un soir, de lui-même, Jessie parla de son père. C'était vers la fin de leur troisième semaine de vie commune. Ils avaient dîné dans un restaurant en sous-sol et déambulaient dans les rues. Il faisait noir, il avait plu et il y avait des flaques d'eau sur le trottoir.

D'abord, il parla d'Allen tel qu'il le connaissait, avoua qu'il ne s'était jamais senti proche de lui, que leurs conversations étaient toujours conventionnelles et destinées à masquer des sentiments cachés. Puis, il parla d'Allen tel que tout le monde le connaissait et, enfin, il parla du Magicien. Il dit qu'il ne savait pas grand-chose de l'organisation. Allen n'avait pas assez confiance en lui pour lui en parler, mais il savait que le Magicien existait depuis sa plus tendre enfance... Que c'était une institution.

Ils arrivèrent dans un quartier de vieilles maisons, tristes et divisées en appartements minuscules. Il y avait des odeurs d'huile et de nourriture épicée. La rue montait et descendait dans l'obscurité. Au loin, une cloche solitaire sonnait.

– Jessie ?

– Oui ?

– Je voudrais te poser une question et que tu me répondes franchement.

La soirée avait été très difficile. Il n'avait cessé de surveiller les objets du coin de l'œil.

– Si tu savais que ton père triche, chercherais-tu à l'en empêcher ?

– Cela dépend...

– De quoi ?

– Écoute, qu'est-ce que cela peut te faire ? Ce n'est pas ton problème, Sara. Cela ne te regarde pas.

– Tu te trompes. Cela me regarde. Écoute... Il y a environ deux ans, j'avais un ami, un ami à qui je tenais. Il s'appelait Peter. Nous travaillions dans le même service. Nous nous voyions beaucoup, en fait, nous avons même pensé à nous, marier. Enfin, lui tout au moins... Peu importe, maintenant. Sept mois plus tard, il s'est suicidé. Il s'occupait de documents très confidentiels. Il s'agissait d'informations concernant l'Union soviétique. Un jour, les documents ont abouti à l'ambassade soviétique. On a prétendu qu'il était responsable et qu'il avait fait cela pour de l'argent. Mais il n'avait pas d'argent et, en plus, je le connaissais bien. Il n'aurait jamais fait cela. Toutefois, il y a eu une audition à huis clos. En vue d'assurer sa défense, il a établi une liste de toutes les personnes qui avaient eu accès à ces documents. Allen Dancer était le troisième nom de cette liste.

– Cela ne prouve rien.

– Une minute, laisse-moi terminer. À cette époque, Allen s'occupait des transmissions entre Londres et Washington. Apparemment, il avait fait un marché avec Whitehall... J'ignore les détails, mais je connais les autres noms de la liste et je sais qu'une seule personne était en mesure de donner les documents : Allen.

– Mais personne n'a voulu entendre, hein ?

– Ils ont peur d'Allen Dancer. Tout le monde a peur de lui. De toute manière, Peter ne s'est pas bien débrouillé. Il était très sensible... Je suppose qu'il n'a pas pu résister à la pression. Il s'est suicidé avant la fin de l'audition...

Ils étaient arrivés dans un quartier d'immeubles en briques. Les cours, sur l'arrière, étaient pleines de matelas pourris, de morceaux de verre, de journaux mouillés. Les lampadaires étaient rares. Derrière eux, invisibles, des enfants traînaient des boîtes de conserve vides sur les pavés.

– Il est mort, dit Jessie après un long silence. Je suis désolé, cela ne signifie rien, il est mort, c'est tout. Par conséquent, n'approche pas le Magicien.

– Je ne peux pas, Jessie. Il faut mettre un terme à cette affaire.

Il se tourna vers elle.

– Écoute, Sara. Tu te lances dans une affaire telle que le Magicien et tu crois peut-être qu'il s'agit simplement de chercher des morceaux de papier. Eh bien, ce n'est pas le cas. Si tu te lances sur la piste du Magicien, il faut que tu sois prête à aller jusqu'au bout. Il faut que tu sois prête à les démolir. Parce que c'est ainsi qu'ils jouent. Pour de bon. Les gens te diront qu'ils sont prêts à aller jusqu'au bout d'une affaire. Ils te diront qu'ils sont prêts à tout démolir, s'il le faut. Mais ils ne savent pas ce que cela signifie. Ils n'en ont pas la moindre idée. Je le sais, tu peux me croire, Sara. Alors, ne me pose pas de questions sur le Magicien, parce que je ne sais pas ce que je ferais. Mais, si on en vient à cette extrémité, ce sera moche. Ce sera très moche et je ne voudrais pas que tu y sois mêlée, compris ?

Ce fut la dernière fois qu'ils parlèrent d'Allen Dancer, du Magicien et du monde des services secrets. C'était un jeudi et il pleuvait par intermittences sur Londres. Pendant le reste de la soirée, Jessie fut un peu bizarre, presque un inconnu…

Finalement, il en vint à compter sur elle comme il n'avait jamais compté sur personne. Les petits problèmes de la vie quotidienne : payer les factures, faire les courses, nettoyer, faire la cuisine, n'avaient jamais été son fort. Il était un peu comme un habitant d'une autre planète, une planète presque semblable à celle-ci, mais pas complètement similaire. Il oubliait toujours le nom des rues. Il oubliait même de prendre de l'argent. Il avait tendance à raisonner en termes d'absolus. Il attachait de l'importance à des choses qui n'étaient pas censées en avoir.

Avec le temps, il devint plus calme, moins replié sur lui-même. Il dormit la nuit et mangea à heures régulières. Il apprit à se contrôler. Pourtant, un incident rappela à Sara qu'il était différent. Cela se passa une nuit, à Chelsea. Ils s'étaient égarés dans un dédale de petites rues mal éclairées, aux murs couverts d'inscriptions à la peinture. Soudain, trois Jamaïcains surgirent d'une porte cochère. L'un d'eux voulut s'emparer du sac de Sara, mais Jessie agit très rapidement. Il fut précis et liquide. Sara avait à peine eu le temps de comprendre ce qui se passait que deux d'entre eux étaient gravement touchés.

Elle pleura, dans le taxi, sur le chemin du retour. Jessie ne dit rien. Il pleuvait et il se contenta de regarder, par la vitre, le reflet des lampadaires sur la chaussée mouillée, la bruine sur les toits. Plus tard, cette nuit-là, Sara revit les deux hommes à terre. Manifestement, Jessie leur avait cassé les côtes et, pendant de nombreuses heures, elle refusa de se laisser toucher par lui. (Des années plus tard, dans la buanderie, en compagnie de Robert Kline, elle se souvint de Jessie tel qu'il était lorsqu'il se trouvait à proximité de gens qu'il haïssait.)

Finalement, Jessie laissa son appartement et s'installa chez Sara. Elle habitait Putney, au-dessus de la Tamise, et, tous les matins, ils prenaient le métro à Putney Bridge. Le soir, des péniches passaient sous Tower Bridge, des passants déambulaient sous leurs fenêtres, dans la lumière violette. Jessie n'oublierait jamais un dimanche après-midi où Sara et lui ne firent que parler et écouter de la musique. Elle portait une ample robe blanche et, lorsqu'elle passait devant la fenêtre, il devinait la forme de son corps, derrière le tissu. Mozart emplissait la pièce et, finalement, il se rendit compte qu'il n'avait jamais été aussi heureux. C'était la période la plus heureuse de sa vie. Puis il eut peur, parce qu'il savait que le bonheur ne dure pas. Pourtant, ces instants ne disparaîtraient jamais. Il apprenait tôt ce que John avait appris tard et ce qu'Allen n'avait jamais compris...

La fin, lorsqu'elle arriva, fut aussi brutale que les précédentes. Jessie sut seulement que Sara partit un vendredi soir, en disant qu'elle se rendait à Paris pour une affaire sans importance et qu'elle serait de retour lundi. Ils vivaient ensemble depuis des mois, pourtant, elle ne lui avait jamais donné la moindre raison de supposer qu'elle était toujours sur la piste du Magicien et, pendant les heures précédant son départ, elle n'avait manifesté ni nervosité ni appréhension. Elle semblait seulement un peu impatiente.

Les derniers instants qu'ils passèrent ensemble furent détendus et heureux. Elle portait un manteau bleu et une écharpe. Le vent lui avait rougi les joues et ses yeux étaient plus brillants que jamais. Sa dernière image d'elle... Elle était debout sur la rampe et lui faisait joyeusement au revoir. (Plus tard, il comprit qu'elle devait croire sincèrement qu'elle était en mesure de gagner.)

Le dimanche matin, un homme des services spéciaux rendit visite à Jessie. Il était maigre, voûté, il avait les cheveux gris et le visage ridé. Il portait un vieux costume de tweed et un chapeau usagé. Il dit qu'il s'appelait Harry Holms, il paraissait hésitant et battait des paupières.

Il y avait les bruits du fleuve : une cloche, le ronronnement d'une péniche. Holms était assis les jambes écartées, le chapeau sur un genou. En parlant, il regardait ses mains. Il expliqua que Sara n'avait pas agi avec l'assentiment complet de ses supérieurs, bien que plusieurs membres de son service fussent au courant. Personne ne savait exactement qui avait appris qu'un employé de bureau est-allemand avait des informations à vendre, mais beaucoup croyaient que la proposition était effectivement authentique. L'opération avait échoué en raison de sa mauvaise préparation et d'une sécurité absolument déplorable.

– On ignore encore les détails, poursuivit Holms. Nous n'avons pas terminé la reconstitution des événements. Il semble qu'elle ait passé la frontière samedi, en fin d'après-midi. Le contact aurait dû avoir lieu dans la soirée, mais ils l'ont arrêtée au moment où elle descendait de l'autobus.

Jessie s'était levé et avait gagné la fenêtre. Il faisait beau, pourtant les couleurs semblaient avoir disparu... Il y avait des grues et des péniches noires, la ville et le fleuve étaient gris.

– Pourquoi me racontez-vous tout cela ? demanda-t-il finalement.

– Eh bien, je me suis laissé dire que vous étiez très proches l'un de l'autre. Alors, naturellement...

– Non. Je veux dire : pourquoi me dites-vous la vérité ? En général, vous ne dites pas la vérité aux profanes, pas vrai ?

– C'est vrai. En fait, c'est tout le problème. Vous n'êtes pas vraiment un profane, n'est-ce pas, monsieur Dancer ?

– Qu'entendez-vous par là ?

Holms se leva et alla à la fenêtre. Les deux hommes regardèrent la ville décolorée... nuages de fumée sortant des cheminées des usines, rangs d'oiseaux sur les fils du téléphone.

– J'étais également l'ami de Sara, Jessie. Nous étions assez proches, compte tenu de la différence d'âge.

– Elle ne m'a jamais parlé de vous.

– Non. Cela ne me surprend pas, mais les faits sont là : nous étions amis. En réalité, c'est principalement grâce à moi qu'elle est entrée dans ces services et vous savez ce que c'est, dans ce cas…

– Non, expliquez-moi.

– Eh bien, disons seulement que je me suis toujours intéressé de près à elle et que, par conséquent, elle avait tendance à me faire des confidences.

– Pourquoi n'en venez-vous pas au fait, Holms ?

– Très bien. Officiellement, Sara Moore s'est rendue à Berlin-Est afin d'acheter des renseignements sans importance à un employé de bureau mécontent de son sort, des informations sur l'armée, apparemment. Elle s'est mal débrouillée et a été arrêtée. Voilà la version officielle, mais ce n'est pas la vérité, n'est-ce pas ?

– Comment le saurais-je ?

– Parce que, en réalité, elle avait l'intention d'acheter des documents susceptibles de faire tomber le Magicien, et qu'Allen Dancer est votre père.

Jessie acquiesça avec brusquerie.

– Elle ne m'a pas dit où elle allait, dit-il d'une voix calme. Je croyais qu'elle avait abandonné…

– Eh bien, vous vous trompiez. Elle n'aurait pas dû rester absente plus de deux jours. Je devais aller la chercher à la gare dimanche.

Il y eut un long silence. Les deux hommes regardèrent passer les péniches.

Puis Jessie dit :

– Très bien, que voulez-vous ?

– Je veux que vous parliez à votre père. Je sais que vous n'êtes pas en bons termes avec lui. Sara m'a mis au courant. Mais il serait peut-être utile que vous lui parliez. Parce que, voyez-vous, Sara ne s'est pas mal débrouillée. Elle est tombée dans un piège. Ils ont appris ce qu'elle avait l'intention de faire et ils l'ont attirée avec cette histoire d'employé de bureau. Ensuite, ils l'ont arrêtée. Tout était très bien organisé.

– Où est-il ?

– Vous ne pourrez pas mentionner mon nom. Il faut absolument que je reste…

– Où est mon père ?

– En Suisse. Voici l'adresse.

Jessie resta debout devant la fenêtre, longtemps après le départ de Holms. Plus tard, il fit un repas qu'il ne mangea pas puis, finalement, au milieu de la nuit, il s'endormit. Il s'éveilla dans le noir, ayant oublié qu'elle l'avait quitté… Jusqu'au moment où il tendit le bras et se souvint. Il pleura, ce qui ne lui était pas arrivé depuis de très, très nombreuses années…

C'est alors que commença le déclin de Jessie. Il vécut d'un instant à l'autre, hors du temps. Il ne retourna pas à l'ambassade. Il ne prit même pas la peine de téléphoner. Il cessa simplement d'y aller. Le plus désespérant était de trouver des objets appartenant à Sara, en ouvrant les placards et les tiroirs. Les robes surtout, dans la chambre, le mettaient mal à l'aise… Il avait toujours l'impression qu'elles l'épiaient.

C'est également à cette époque que Jessie entreprit de contacter Allen Dancer. Il laissa des messages partout. Finalement, Allen téléphona de Zurich. Leur conversation fut brève. La voix d'Allen était indistincte en raison des interférences. Jessie dit seulement qu'il fallait absolument qu'ils se voient.

Allen arriva à Londres deux jours plus tard. Jessie le retrouva dans le salon du Ritz et Allen proposa qu'ils aillent prendre un verre. Jessie n'en avait pas envie. Il voulait marcher, si bien qu'ils sortirent et se promenèrent dans les rues où dérivaient des plaques de brume. Les lampadaires brillaient comme au travers de vitres cathédrale. Allen portait un costume gris foncé, un manteau de laine et des chaussures de cuir souple. Jessie avait une veste de coton et des tennis. Le bas de son jean était effiloché, il n'avait pas attaché les poignets de sa chemise. Il n'était pas rasé.

– Je sais de quoi il s'agit, commença Allen. J'ai vu les services spéciaux et on m'a parlé de la jeune femme. Je suis vraiment désolé…

– Je n'ai pas besoin de ta sympathie, j'ai besoin de ton aide.

– Tu dois être très amoureux d'elle. Si mes souvenirs sont exacts, il y a des années que tu n'as pas eu besoin de mon aide.

– Ouais, des années.

– La connais-tu depuis longtemps ?

– Assez longtemps.

Ils regardaient la rue déserte. Un néon rouge se reflétait dans les flaques d'eau. Sans préambule, Allen dit :

– Je n'ai jamais aimé Londres. Je ne sais pas comment tu fais pour supporter cette ville.

– Je me débrouille.

– Comment ? En classant des lettres ? Pourquoi ne viens-tu pas avec moi à Langley ? Je t'obtiendrais un poste aux services chargés de l'Amérique du Sud.

– Je ne veux pas de poste, je veux seulement que Sara revienne.

– Oui. Sara Moore. Tu sais ce qu'elle avait l'intention de faire, n'est-ce pas ? On m'a dit que tu n'étais pour rien dans cette affaire, mais tu étais au courant, n'est-ce pas ?

– Qu'est-ce que cela peut faire ?

– C'est très important. Mon propre fils vit avec une jeune femme qui appartient aux services secrets britanniques et ne rêve que de compromettre mon unité. Quel effet cela fait-il, à ton avis ?

– Enfin, nous parlons de sa vie ! Je me fiche de l'effet que cela fait.

– C'est de la jalousie, tu sais. Les Britanniques ont toujours été jaloux de ce que je peux obtenir. Alors, c'est tout ce qu'ils ont trouvé ? Envoyer une pauvre gamine acheter un employé de rien du tout qui prétend leur apporter le Magicien sur un plateau ? Nom de Dieu…

– Écoute, dit Jessie. Je me fiche du Magicien, je veux seulement qu'elle revienne. Est-ce que tu comprends ce que je dis ? Je suis à genoux, je te supplie. Aide-moi à la faire revenir, s'il te plaît. (Et ces derniers mots étaient aussi peu naturels dans sa bouche que dans celle de Robert Kline…)

Allen baissa la tête et regarda son reflet dans une flaque d'eau ridée par le vent.

– Je voudrais pouvoir t'aider, dit-il d'une voix unie. Je sais bien que nous n'avons jamais été en très bons termes et j'aimerais profiter de cette occasion pour te montrer que j'ai de l'affection pour toi, Jessie. Mais je ne peux rien faire. Est-ce que tu me comprends bien ? Je ne peux absolument rien faire. Elle a été condamnée à treize ans et il n'y a aucun espoir. Je suis désolé…

À l'aube, Jessie marchait toujours dans les rues. La brume s'était accumulée entre les immeubles, se mêlant à la fumée des cheminées. Il y avait des odeurs de café et de fourrure mouillée. Aucune ville ne lui avait jamais semblé aussi laide. Lorsqu'il aperçut deux phares qui grandirent, dans la brume, il eut envie de se jeter sous les pneus. Mais, au dernier moment, il en fut incapable. Au bout du compte, il se replia sur lui-même et éprouva le besoin irrépressible de casser quelque chose.

Jessie resta encore six semaines à Londres. Il passait ses journées dans la salle d'attente du ministère des Affaires étrangères. Parfois, il oubliait de se raser et ses chemises étaient toujours sales. Finalement, les employés en eurent assez de lui répéter qu'il n'y avait aucun espoir de revoir Sara Moore, puis n'osèrent plus le regarder en face.

Il était devenu gênant.

Finalement, il devint une sorte d'épave à court d'argent. Les commerçants le connaissaient parce qu'il fouillait toujours dans ses poches, à la recherche d'argent, et ne se souvenait jamais du prix des produits. Une ou deux fois, les amis de Sara frappèrent, mais il n'ouvrit pas. Les voisins l'entendaient marcher de long en large, la nuit, mais ils avaient trop peur pour se plaindre. Il les regardait avec hostilité chaque fois qu'il les croisait dans l'escalier.

Il supposa qu'il avait simplement perdu espoir. Il y eut une dernière entrevue avec Holms. Ils se retrouvèrent dans un parc. Il avait plu toute la nuit. L'air était pur et calme, des gouttes d'eau tombaient des arbres. Holms demanda à Jessie ce qu'il avait l'intention de faire. Jessie répondit qu'il ne savait pas mais, deux jours plus tard, il téléphona à un recruteur indépendant de Washington. L'homme avait rencontré Jessie au Vietnam. Il y eut un bref échange de nouvelles puis Jessie demanda s'il y avait une guerre, quelque part. Une semaine plus tard, il était en Californie et s'entretenait avec Dusty Yeats ; la semaine suivante, ils étaient en Thaïlande, organisant la résistance aux Vietnamiens installés au Cambodge. C'est à cette époque que Jessie fit remarquer à Dusty que la guerre faisait tout oublier, déclaration répétée plus tard à Humphrey Knolls, pendant le premier interrogatoire de Yeats.

C'était une guerre repliée sur elle-même, professionnelle. Presque tous les Cambodgiens recrutés par Jessie avaient été formés par des conseillers américains, pendant la guerre du Vietnam, et ils haïssaient les communistes. Jessie et Yeats les retrouvaient le soir, à environ un kilomètre de la frontière. Alors, ils s'asseyaient dans les hautes herbes, fumaient, bavardaient, remplissaient des chargeurs afin de pouvoir recharger plus rapidement. L'arme la plus répandue était l'AK-70, mais Jessie avait un M-16 et un lance-grenades M-79, coupé et équipé d'une crosse spéciale. Il y avait beaucoup travaillé et il devint un des rares objets auxquels il tenait.

Avec le temps, Jessie eut l'impression que sa vie était devenue une longue marche dans un tunnel obscur. Chaque jour passait avec la même intensité tranquille. Il aimait regarder ses hommes se déployer dans le marais, puis disparaître derrière un rideau d'arbres. À la saison des pluies, un épais brouillard blanc emplissait les vallées. Il supposait qu'il finirait par se faire tuer, parce que c'était presque inévitable. Mais la mort ne le tourmentait pas. Telle était sa vie. Sans Sara.

L'histoire aurait pu finir avant d'avoir commencé si, un soir, environ un an après son arrivée en Thaïlande, Jessie n'était pas entré dans le bar crasseux où l'attendait Robert Kline.

CHAPITRE 10

Plus de deux mois s'étaient écoulés, depuis la capture de Dusty Yeats et les événements de ce que l'on appellerait plus tard : « la phase finale de l'affaire Dancer », étaient sur le point de se produire. En tout, cette phase durerait dix-neuf jours.

Elle commença le jour où Jessie Dancer revint de Suisse où il se trouvait, en compagnie de Robert Kline, lorsque Dusty Yeats avait été arrêté. Il y était resté pendant les interrogatoires parce qu'il n'avait appris sa capture que très tard, en raison d'une procédure de contact reposant sur un système de cartes postales qui ne pouvaient être postées qu'à Zurich. Par conséquent, Jessie ne soupçonna un accroc qu'après avoir posté trois cartes restées sans réponses. Ensuite, il téléphona à des employés de Langley peu méfiants et fut mis au courant des événements. Cela eut lieu un mardi. Le lundi suivant, il quitta Zurich par le vol de nuit et les dix-neuf derniers jours commencèrent...

Il y eut un orage, la nuit du retour de Jessie, comme il y avait eu de l'orage la nuit où tout avait commencé. L'orage éclata peu après le crépuscule. D'abord, les nuages s'accumulèrent au nord. Puis le vent se leva et il se mit à pleuvoir.

En début de soirée, Allen et John mangeaient du rôti froid, sans appétit, en buvant du whisky à l'eau sous un abat-jour, autrefois rose, qui avait pris petit à petit la couleur de la poussière. Puis ils passèrent dans la bibliothèque. John se plongea dans la lecture d'un rapport corné, concernant les dissidents soviétiques ; le menton lui touchait presque la poitrine et, de temps en temps, il marmonnait. Puis, soudain, il demanda :

– Crois-tu que Jessie se souvient de sa mère ?

Cela contraria Allen.

– Qu'est-ce que cela vient faire ici ?

– Oh, j'y pensais, c'est tout.

– Eh bien, il se souvient d'elle, naturellement.

Il y avait eu de nombreuses soirées semblables, au cours des dernières semaines. Les longs silences stagnaient comme de la brume, puis John prenait soudain la parole. Ensuite, le silence s'abattait à nouveau sur eux. Allen n'avait presque rien dit à son père. Il était trop lent et, lorsqu'il s'agissait de Jessie, il devenait sentimental. Après que John eut été se coucher, Allen monta à l'étage, entra dans des pièces qui restaient parfois fermées plusieurs jours de suite. Les meubles paraissaient froids. Lorsqu'il se mit à pleuvoir, la lumière et l'eau le mirent mal à l'aise. Finalement, il s'assit près de la fenêtre de son ancienne chambre et feuilleta le compte rendu de l'interrogatoire de Yeats. Au fil des heures, l'orage devint un mur dense de vent et de pluie. Des feuilles furent arrachées. Le tonnerre faisait frémir la vieille maison.

En ce qui concerne Humphrey Knolls et dans quelle mesure il était proche de la vérité, cela constitue un mystère que les archivistes de Langley n'ont jamais pu percer. Plus tard, dans son témoignage, il prétendrait qu'il ne connaissait que des fragments noyés dans d'innombrables questions sans réponse. Le dossier, toutefois, démentait cette affirmation. Dans les derniers paragraphes de ses notes concernant l'affaire, deux thèmes s'imposaient. En premier lieu, Knolls était retourné à l'endroit d'où il était parti. La fin de ses notes regorgeait de références à Dusty Yeats. Il y avait des lambeaux de phrases prononcées par Dusty au début de l'interrogatoire. Il y avait même un croquis grossier, indistinct, du centre de détention, où des hachures serrées représentaient la forêt et de grands traits espacés figuraient les pelouses. Le second thème était encore plus proche de la vérité. Deux lignes brisées avaient été tracées en bas de la dernière page. La première était intitulée : Robert Kline, la seconde : Jessie Dancer. Leur point de rencontre s'appelait Bangkok. Sous ce dessin, il y avait deux flèches, sans doute destinées à indiquer la motivation. La première représentait Julia Dancer, la seconde était Sara Moore.

Lorsque l'orage éclata et qu'il se mit à pleuvoir, Knolls était également assis à la fenêtre. Finalement, il se leva, gagna la cuisine et se servit un verre de lait. Mais le lait était tourné, si bien qu'il but de l'eau du robinet. Puis il s'aspergea le visage, comme pour être mieux en mesure de répondre à la dernière question.

(Plus tard, après avoir déchiffré ses notes, les archivistes se poseraient également cette question : au début de la nuit où l'affaire éclata, Knolls en savait-il assez pour avertir la sécurité du retour imminent de Jessie Dancer ?)

En ce qui concerne Dusty Yeats, nous ne possédons que les dossiers médicaux. Nous savons qu'il absorba des doses importantes d'Amytal de sodium et de LSD. Il était presque continuellement à demi inconscient. Ses pensées étaient lentes et le temps plus lent encore. Au début, il avait essayé de se couper les veines avec un morceau de verre.

Puis il devint passif et, dépassant la passivité, suppliant. Il s'emparait des mains de ses bourreaux chaque fois qu'ils approchaient de son lit. Ces mains, il les embrassait. Une parole un peu dure pouvait le faire pleurer pendant des heures. On s'était vraiment bien occupé de Dusty.

Et, enfin, il y eut Jessie. Son avion atterrit juste avant l'orage et le vent du nord s'était déjà levé lorsqu'il atteignit les collines de Virginie. Il loua une Chevrolet et s'attaqua aux derniers préparatifs. Il entra par le portail principal, grâce à une fausse carte. Les gardiens ignoraient que quelqu'un pourrait tenter d'entrer illégalement, de sorte qu'ils ne lui firent pas la moindre difficulté. Puis, vêtu d'une blouse blanche semblable à celles des employés de l'hôpital, il entra dans le hall du Centre d'Expérimentation. Un gardien se souvint vaguement de l'avoir vu s'engager d'un pas assuré dans le couloir, mais il ne lui vint pas à l'idée que le jeune homme pouvait être autre chose que ce qu'il paraissait être. Ainsi, Jessie trompa sans difficulté un service de sécurité particulièrement relâché.

Un peu avant minuit, la nuit où Jessie pénétra dans le Centre d'Expérimentation, une jeune infirmière pincée, Ginger Land, était de service. Elle ne découvrit sa présence qu'au moment où il se jeta sur elle, lui plaqua la main sur la bouche et lui ordonna de le conduire au premier étage, où était détenu Dusty Yeats.

Une fois dans la chambre de Yeats, Jessie l'attacha et la bâillonna avec des morceaux de drap. Yeats, sous l'emprise de la drogue, dormait, et Jessie mit longtemps à le réveiller. Il ne reconnut pas Jessie immédiatement. Puis il cria son nom et fondit en larmes. Ensuite, Jessie et Yeats se dirigèrent vers la porte et, pendant un bref instant, Jessie regarda Ginger Land bien en face. La lumière du couloir fit briller ses yeux et elle eut l'impression que les pupilles se dilataient jusqu'à occuper tout le blanc.

On ne découvrit l'infirmière que le lendemain matin. L'alerte fut donnée et, peu après l'aube, tous les responsables se réunirent. John et Allen arrivèrent en voiture. Lyle Severson était venu. Humphrey Knolls était là, arpentant les couloirs, suivant le trajet emprunté par Jessie. Il y avait du café et des donuts sur un chariot mais personne n'y toucha, sauf Knolls.

La discussion tourna autour de deux questions. La première était : comment Jessie a-t-il retrouvé Yeats ? La réponse arriva un peu plus tard, lorsqu'on constata que la présence de Yeats au Centre d'Expérimentation figurait au tableau de service. Jessie avait tout simplement téléphoné au service de renseignement, demandé Yeats, et l'ordinateur lui avait automatiquement fourni sa position.

La seconde question concernait les mesures à envisager concernant la capture des fugitifs. La procédure normale consistait à demander l'aide de la police locale, mais Allen s'y opposa. Il voulait que le problème soit réglé de l'intérieur.

À la fin de la réunion, après le départ des Dancer, Knolls et Severson quittèrent le Centre d'Expérimentation et se promenèrent dans le quadrilatère de Langley. Les chemins étaient parsemés de feuilles et de branches. De gros nuages noirs passaient dans le ciel. Le vent était humide et froid. Knolls portait une parka bleue, sale, et un pantalon froissé. Severson avait le même manteau que le jour où l'affaire avait commencé. Les deux hommes marchèrent lentement jusqu'au milieu du parc. Puis Severson dit :

– Je présume que la solution adoptée par Allen ne vous plaît pas.

– Pourquoi dites-vous cela ?

– Allons, Humphrey. J'ai vu le regard que vous lui avez jeté. Vous étiez sarcastique. Oui, sarcastique.

Knolls haussa les épaules.

– C'est vrai, elle ne me plaît pas.

Le vent courbait l'herbe, faisait voler les feuilles.

– Est-ce parce que vous pensez qu'Allen ne les retrouvera pas ?

Soudain, Knolls prit Severson par la manche :

– Écoutez, Lyle, il faut que vous me remettiez sur cette affaire. Il faut que je sois complètement libre d'agir. Quelque chose ne va pas… Je le sens. Quelque chose ne va pas dans la solution adoptée par Allen Dancer.

– Bon sang, de quoi parlez-vous ?

– Je parle du Magicien. J'essaie de vous dire qu'Allen Dancer fera tout… non pour protéger son fils, mais pour protéger le Magicien. Et je dis bien : tout…

– Oh, pour l'amour de Dieu, Humphrey ! C'est le père de Jessie. On ne tire pas sur son propre fils.

– Alors, pourquoi limiter les recherches ? Pourquoi tient-il à utiliser uniquement ses hommes ? Je vais vous expliquer pourquoi : parce qu'il lui faut des gens qui ne soient fidèles qu'à lui. Regardez Tony Nugent. Cet homme-là a un barillet en guise de tête. On ne lance pas Tony Nugent aux trousses de quelqu'un qu'on aime.

– Avez-vous terminé, Humphrey ?

– Oui… non. Il y a encore une chose qu'il faut que vous compreniez. Jessie n'est pas un individu ordinaire. C'est un combattant exceptionnel, au sens propre. Avez-vous étudié son dossier ? Eh bien, il est un peu effrayant. Terrifiant, en fait.

– Et alors ?

– Alors, peu importe qui Allen lance aux trousses de Jessie, mis au pied du mur, il se battra et, dans ce cas, je vous assure qu'il y aura du sang. Par conséquent, essayez d'expliquer cela au directeur.

Au loin, trois jardiniers traversaient la pelouse, se dirigeant vers un rideau d'arbres, silhouettes noires, voûtées et lentes ; l'une d'elles portait un seau.

Lyle soupira.

– Très bien, Humphrey, que voulez-vous ?

– Je veux que vous me donniez carte blanche. Je veux deux ou trois agents de la sécurité. Des durs, et je veux pouvoir étudier les dossiers concernant le Magicien. En outre, je veux une table d'écoute sur le téléphone d'Allen Dancer.

Pendant quelques instants, Lyle resta parfaitement immobile. Puis il dit :

– Oh, seigneur !

– Si vous ne voulez pas me donner une autorisation écrite, je me contenterai de votre parole, mais il me la faut immédiatement.

– Si vous avez des problèmes, je ne paierai pas votre caution. Est-ce bien compris ?

– Oui.

– Et c'est seulement pour une période de dix jours. Dix jours.

– Disons vingt. De toute manière, dans vingt jours, ce sera terminé.

Comme Knolls, Jessie comprit ce matin-là que le dénouement était proche. Il avait conduit toute la nuit, tandis que Yeats dormait à l'arrière. À l'aube, ils se trouvaient en pleine campagne. Il y avait de la brume dans les vallons. En s'éveillant, Yeats constata qu'ils étaient arrêtés au bord de la route. La première image distincte de la journée fut Jessie assis sur le capot de la voiture. Il rejoignit Jessie, d'un pas mal assuré, s'appuya contre la calandre chaude.

– Depuis combien de temps suis-je sorti ?

– Sept heures, répondit Jessie.

– Sept heures, hein ? Alors, je n'ai vraiment pas le sens du temps. Tu comprends, Jess ? Chaque fois que je pense à quelque chose ou que je dis quelque chose, j'ai l'impression que c'est arrivé il y a très longtemps. C'est bizarre.

– Ça va s'arranger.

– Oui, mais pour le moment, ça va pas. Ils m'ont bourré d'un tas de saloperies et je ne sais plus du tout où j'en suis. Il faut que je me repose.

Pendant quelques instants, il n'y eut pas le moindre bruit, seulement le vent dans les arbres et quelques oiseaux dans le ciel. Jessie surveillait une voiture, sur la route, la suivait, regardait les reflets entre les arbres.

– Écoute, Dusty, c'est très important. Pendant la nuit, tu as parlé de la liste de production. Tu as dit que tu l'avais mais que tu avais été obligé de la fourrer dans un tuyau. Il faut que tu m'expliques cela.

– J'étais sous pression, Jess. Tu sais ce que c'est. Je me suis dit que j'étais mal parti, alors, je l'ai planquée. Mais j'ai trouvé une bonne cachette, mon vieux. Pas de doute. Du classique.

– Crois-tu qu'elle y est toujours ?

– Ouais. Tu sais, la première chose qu'ils m'ont demandée, c'est les papiers. Ils ne comprenaient pas pourquoi j'avais volé une vieille liste, alors ils posaient continuellement la question. Mais, tous les soirs, assis sur mon lit, je me disais qu'elle avait disparu. Complètement disparu. Qu'elle était perdue. Bientôt, j'ai fini par y croire moi-même. Je suppose que j'ai été bien inspiré.

– Te souviens-tu de l'endroit où se trouve ce tuyau ?

– Bien sûr, je m'en souviens très bien. Je ne sais peut-être plus mon nom, mais je sais où j'ai caché la liste.

Les vingt-six pages volées par Yeats aux Archives centrales concernaient treize documents transmis par le Magicien sur une période de dix-huit mois. Chaque document était répertorié, numéroté et brièvement résumé.

La liste prouvait sans l'ombre d'un doute que Valentin Servana avait trahi Moscou ; Moscou ne ferait aucune difficulté pour l'échanger contre une liste de documents similaires, fournis par Allen Dancer à Servana. Aussitôt après avoir parcouru les pages, Jessie connut la valeur exacte de ce qu'il possédait.

Cela se produisit au matin du second jour. Pendant la nuit, Jessie et Yeats étaient retournés dans le terrain vague où les documents avaient été cachés. La nuit était très noire et il faisait froid. Les rues étaient désertes et le vent y faisait voler de vieux journaux. Jessie fit deux fois le tour du quartier, ne vit personne et, quelques instants plus tard, ils récupérèrent les documents.

Puis ils repartirent dans la nuit, en direction des collines de Virginie. Yeats dormit par intermittence. Il se plaignit de migraines et d'hallucinations. Il dit qu'il avait l'impression que des rats l'épiaient dans le noir, qu'il y avait des visages dans les arbres.

Au matin, ils s'arrêtèrent au bord d'une route noire qui serpentait entre des champs. Jessie ne se sentait plus en sécurité que dans les collines et sur les grandes routes. Il étudia les documents pendant une heure tandis que Yeats somnolait sur la banquette arrière.

Puis, au moment où le soleil se levait, les deux hommes marchèrent dans l'herbe.

– Est-ce que je m'en suis bien tiré ? demanda Yeats. Est-ce que c'est ce que tu voulais ?

– Ouais, tu as été magnifique.

– Alors, ça te sera utile, hein ?

– Oui.

– Et ça va faire revenir la fille, pas vrai ?

– Oui. Elle reviendra.

– Crois-tu que tu peux me mettre au courant, maintenant ? J'aimerais bien savoir. Après tout ce temps, j'aimerais bien savoir ce qui va se passer.

Les paupières mi-closes, ils regardaient, au loin, les collines dont la lumière atteignait les sommets. Le regard de Jessie paraissait concentré sur un point précis. Finalement, il dit :

– Le Magicien est, en fait, une opération de troc. Comprends-tu ce que je veux dire ? Ils échangent des informations. Chacun en donne et en reçoit. Tout repose sur la confiance. Personne ne tient personne. Chacun travaille pour soi et pour l'autre. Les listes le prouvent. En donnant cette liste à Moscou, tu grilles l'extrémité soviétique. Avec une liste de Moscou, tu détruis l'autre côté. Et tu le détruis sur-le-champ.

Yeats regardait droit devant lui. Finalement, il parla à voix basse, avec hésitation. Il dit que, une fois l'affaire terminée, il renoncerait à travailler dans les services secrets. Jessie répondit qu'il comprenait.

Les deux jours suivants s'écoulèrent dans une ambiance tendue, étrange, et tous les acteurs la perçurent. Allen et John Dancer errèrent dans leur maison. Ils se versèrent à boire et regardèrent le jardin. John posait continuellement des questions auxquelles Allen refusait de répondre. L'après-midi, Allen prenait du valium.

Pour Knolls aussi, ces deux journées furent extrêmement tendues. Il y avait une table d'écoute sur le téléphone des Dancer et leur courrier était ouvert, mais cela ne donnait rien. L'enthousiasme du début était tombé et il était prisonnier de la routine lassante de l'espionnage. Chaque fois qu'il voyait Lyle, le vieil homme évitait son regard.

En ce qui concernait les recherches relatives à Yeats et Jessie, Tony Nugent avait consacré deux jours à contacter les motels, les hôtels, les loueurs de voitures et les stations-service de la route conduisant à Langley. Finalement, il retrouva la jeune femme qui avait loué sa première voiture à Jessie, mais elle lui apprit seulement que le jeune homme avait le regard froid et ne semblait pas particulièrement aimable.

Yeats et Jessie fuyaient. Jessie était convaincu que les aéroports seraient surveillés, aussi avait-il décidé de laisser passer un peu de temps avant de tenter de prendre un avion pour la Suisse. C'est pourquoi ils passèrent deux jours sur la route. Ils dormirent dans la voiture, mangèrent dans les restaurants pour routiers et achetèrent des fruits. Le paysage était immuable, vert et marron, mais parfois, le matin, la gelée blanche le faisait étinceler.

Yeats se plaignit continuellement du froid. Il se plaignit également de faire des cauchemars et de ne pas avoir retrouvé la notion du temps. Les secondes, disait-il, paraissaient trop longues, alors que les heures passaient sans qu'il s'en rende compte. Les événements les plus anodins l'inquiétaient plus que de raison. Lorsque la montre de Jessie s'arrêta, par exemple, il marmonna toute la journée. C'était une montre qui se remontait automatiquement et il ne comprenait pas pourquoi elle s'était arrêtée. Il affirma que c'était très mauvais, que cela ne pouvait présager que le pire. Jessie lui faisait prendre des doses importantes de vitamines, mais cela ne donnait rien.

Finalement, à New York, ils prirent l'avion pour Mexico et ce fut un vol difficile. Jessie avait choisi Mexico parce que c'était un détour. C'était, selon lui, un itinéraire facile, mais pour Dusty le voyage fut plutôt difficile. Il détestait Mexico. Depuis toujours. La police mexicaine, selon lui, était une des pires du monde. Elle était bestiale.

À Mexico, ils descendirent dans un hôtel de stuc rose dont la cour était pavée de dalles roses. On leur servit les repas dans leur chambre, Jessie mangea principalement des fruits. Ils ne quittèrent pas leur chambre. Dusty regarda une corrida à la télévision mais Jessie éteignit le poste au bout d'une heure parce que cela le bouleversait.

Le lendemain matin, ils prirent l'avion pour la Suisse. Le voyage, une nouvelle fois, fut difficile et seule la conviction qu'ils n'avaient pas la moindre chance de mourir dans un accident aérien permit à Dusty de combattre la panique. Selon lui, cela ne pouvait pas se produire, ce n'était pas dans son Karma.

Pour Jessie également, le voyage fut désagréable. Il pensa beaucoup à Sara… une fois, en fermant les yeux, il la vit distinctement, se découpant sur le ciel de Londres. Il avait souvent du mal à croire qu'il la reverrait vraiment mais, pendant quelques instants, dans l'avion, cela lui parut tout à fait possible. Puis il essaya d'imaginer ce qu'elle aurait vécu, dans le camp est-allemand. À cette idée, il serra les poings tellement fort que les veines de ses bras saillirent.

Ils passèrent la nuit dans un hôtel proche de l'aéroport de Zurich, le genre d'endroit où on ne pouvait espérer davantage que des draps propres. Les tapis étaient à motifs géométriques, il y avait, au-dessus du lit, une copie de Picasso représentant une femme géométrique et le papier peint était à rectangles. Pendant quelques instants, assis, Jessie regarda successivement tous ces angles droits. C'était mauvais, très mauvais…

Au matin, ils louèrent une voiture et entamèrent ce que Kline avait baptisé : la rentrée, procédure mise au point par le vieillard afin que leur retour se déroule dans les meilleures conditions… Tout d'abord, Jessie téléphona à une maison de la banlieue de Zurich, située à environ un kilomètre de celle de Kline. Une femme répondit, une petite femme pas très intelligente, toujours vêtue d'un gilet et chaussée de pantoufles. Kline lui donnait quelques francs par mois pour qu'elle prenne ses messages. Elle le croyait antiquaire.

Jessie appela une nouvelle fois la femme une demi-heure plus tard. C'était un appel à mot de passe et elle lui annonça que les dix-sept pendulettes Graham arriveraient par l'express du soir. Cela signifiait que tout allait bien.

L'approche finale commença alors que le soleil dépassait la cime des montagnes. Jessie suivait une étroite route de campagne qui serpentait entre les prairies. La route était bordée de grands chênes… et, avec un couteau, on avait récemment entaillé le tronc de l'un d'eux. Cette blessure d'une dizaine de centimètres indiquait qu'il fallait continuer. Les ombres longues du matin barraient la route et, finalement, Robert Kline sortit de ces ombres.

Il portait son vieux manteau gris, son pantalon de flanelle froissé et ses chaussures usées. Il s'immobilisa sous les branches et regarda Jessie approcher. Ses cheveux étaient courts et il paraissait plus frêle que jamais. Il avait les joues creuses et le regard sombre. Il faisait penser à un arbre rabougri, incapable de contrôler ses branches…

La nuit où Kline et Jessie furent réunis fut la nuit où ils entreprirent la mise au point de la phase finale. Ils travaillèrent dans le bureau de Kline qui, au-delà du jardin, donnait sur le lac. Par terre, il y avait des tas de documents et de notes. L'atmosphère de cette pièce reposait sur une vieille lampe en porcelaine, dont l'abat-jour à fleurs jetait des cercles jaunes sur le bureau et le plafond.

La liste monopolisa l'attention. Lorsque Kline l'avait vue, il l'avait mise en pleine lumière, puis il s'était laissé tomber dans son fauteuil et l'avait lue. Finalement, il était resté assis, regardant fixement le document, comme s'il avait un caractère sacré.

Cette nuit de préparation se déroula dans une ambiance presque surnaturelle. Par moments, Kline ne put s'empêcher de se considérer comme un jeune homme, comme l'homme qu'il avait été. Il rédigea ses notes sur du papier brouillon non rayé et, à la fin, il en eut neuf pages. Elles faisaient penser à une opération de guerre parfaitement préparée. Chaque étape était précisée et numérotée.

Pour l'essentiel, l'opération mise au point par Kline comportait deux parties. La première concernait un colis qui serait envoyé à Allen. Le colis contiendrait un exemplaire de la liste volée ainsi qu'une lettre lui indiquant de prendre le premier vol pour l'Allemagne, où Jessie l'attendrait avec les instructions. Il devait venir seul et ne parler à personne. S'il n'obéissait pas à la lettre, le document serait transmis à l'Est et échangé avec Moscou contre une liste de documents transmis par lui à Servana. Dans la profession, on appelait cela : brûler un agent et la raison en était évidente : Allen serait brûlé…

Le site de la rencontre entre Jessie et Allen serait la ville côtière allemande de Lübeck, retenue en raison d'une longue frontière avec l'Allemagne de l'Est, région boisée où il serait facile de faire passer Sara Moore.

La seconde étape de l'opération concernait l'échange : la jeune femme contre la liste. Selon Kline, Sara serait conduite à la frontière, où Jessie l'attendrait. Elle passerait au crépuscule, afin que Jessie puisse profiter de la lumière et de l'obscurité.

Trois jours s'écouleraient entre la communication des conditions à Allen et le passage de la jeune femme. Pendant cette période, selon Kline, Yeats, Jessie et lui-même se cacheraient dans une maison proche de la frontière. Il faudrait, expliqua-t-il, que la maison soit isolée et louée secrètement. Lorsque Kline exposa ces détails à Jessie, celui-ci se contenta d'acquiescer, mais il lui parut évident que ce n'était pas la première fois que Kline montait une telle opération.

Une fois la jeune fille entre leurs mains, toujours selon Kline, Jessie irait la cacher. Yeats et lui disparaîtraient également pendant quelque temps. En outre, il était entendu que la libération de Sara ne mettrait pas un terme à l'affaire. L'objectif était la destruction du Magicien. Kline et Jessie ne décidèrent ni comment cela se passerait ni quand cela arriverait, mais il était entendu entre eux qu'en libérant Sara, Allen Dancer ne ferait que gagner un peu de temps…

Il était onze heures du soir lorsque Kline termina d'adresser l'enveloppe qui serait envoyée à Allen Dancer. Dusty dormait au salon. Jessie, allongé par terre, fumait en buvant de la bière. Il y avait, au mur, une carte d'Europe dont les punaises jetaient des ombres sur le plâtre.

Kline dit que, pour la première fois de son existence, il sentait le succès proche, puis il ajouta que cela lui faisait peur.

– Je ne sais pas pourquoi, dit-il. Je suppose que je devrais être heureux. Mais je suis terrifié.

– Cela arrive quelquefois, marmonna Jessie. Cela ne veut rien dire.

– Mais je ne peux m'empêcher de penser qu'Allen ne viendra pas.

– Il viendra.

– Et, pourras-tu lui parler ? Lui dire en face que tu le fais chanter ?

– Aucun problème.

– Tu sais, il fera peut-être appel à tes sentiments. Il tentera certainement de minimiser la gravité de la situation. Il te dira peut-être qu'il est tout disposé à faire tout son possible pour obtenir la libération de Sara. Vois-tu où je veux en venir ? Il essaiera peut-être de jouer sur l'amour filial.

– Il essaiera peut-être de me tuer… (Jessie sourit.) On ne sait jamais.

Un peu plus tôt, Kline avait imaginé Allen ouvrant l'enveloppe. Il l'avait vu très nettement, dans sa chambre, vêtu d'un cashmere blanc et d'un pantalon gris foncé. Il froissait l'enveloppe avec une rage telle que ses phalanges blanchissaient.

Kline imagina une nouvelle fois Allen dans sa chambre, mais plus nettement... Il y avait du feu dans la cheminée, deux brosses à dos d'argent sur un bahut en chêne... Puis l'image disparut et il se tourna à nouveau vers Jessie.

– Il y a une question que j'ai toujours eu envie de te poser, dit-il d'une voix qui lui parut indifférente. C'est à propos de ta mère.

– Et alors ?

– Eh bien, je me demande si elle a jamais mentionné mon nom devant toi.

– Je vous l'ai dit, elle m'a expliqué que vous étiez un ami.

– Oui, et elle avait un médaillon, celui qu'Allen a jeté dans le lac.

– Ouais, il y avait un médaillon.

– Mais, a-t-elle dit autre chose ?

– Non.

– Rien à propos de toi et de moi ?

Jessie soupira.

– Écoutez, que voulez-vous me faire dire ? Vous voulez me faire dire que vous êtes mon vieux ? (Les mots qu'il venait de prononcer l'étonnèrent... Le fait qu'il ait fini par les dire au lieu de les penser.)

– Eh bien, cela ne te fait-il pas quelque chose, Jessie ? Un petit quelque chose ?

Les yeux de Kline étaient tellement douloureux que Jessie ne put s'empêcher de dire :

– Oui... Je suppose que cela me fait effectivement quelque chose.

Ils partirent pour Lübeck deux jours plus tard : Jessie, Kline et Dusty Yeats. Après leur arrivée, Kline mit quatre jours à trouver la maison où ils passeraient les dernières heures précédant l'échange. Pendant la préparation, Kline avait imaginé qu'il louerait une maison de campagne partiellement en bois. Il dut se contenter d'une vieille ferme croulante.

La maison était sale et humide. Elle sentait le chat et la laine mouillée. Il n'y avait pas de tapis, seulement des carreaux, et le vent passait sous la porte. Un escalier étroit conduisait à une chambre où il y avait un lit, une coiffeuse, une chaise et un miroir. Au mur de la cuisine était accrochée une vue du port de Lübeck et, sur la cheminée, il y avait sept statuettes de porcelaine. Il y avait également trois soldats prussiens, trois marins et une minuscule danseuse qui n'avait plus qu'un bras. Lorsque Jessie vit la danseuse, il se dit : Elle sera pour Sara. En général, ce genre d'idée ne lui venait pas...

Autour de la ferme s'étendait une friche couverte de hautes herbes et de buissons. Un chemin boueux passait devant un silo en briques et des étables en bois. Dans la grange, il y avait une vieille camionnette mais, dès le premier jour, Jessie avait loué une Audi, au cas où ils auraient eu besoin d'une voiture rapide.

Le jour où ils s'installèrent à la ferme, Jessie posta la lettre destinée à Allen. Dans son esprit, ce ne fut pas une étape extrêmement importante. C'était simplement la première étape... comme de préparer les chargeurs afin de pouvoir recharger plus rapidement, ou bien mettre en place une lunette à infrarouge. Cela faisait partie des tâches à accomplir avant la bataille.

Après avoir posté l'enveloppe, il n'y eut plus rien à faire, sauf écouter le vent gémir contre les volets. Le ciel, dans cette région, était immense. Yeats, plus que les autres, semblait troublé par ce pays ; il confia à Jessie que cette région donnait l'impression d'être le bout du monde.

Le jour où Allen devait arriver, Jessie se rendit à l'endroit où Sara franchirait la frontière et l'attendit. L'après-midi finissait lorsque Jessie gravit une colline afin de regarder de l'autre côté de la frontière orientale. De l'endroit où il se tenait, il vit nettement les miradors squelettiques et entendit le vent siffler dans les fils de fer barbelés, cognant les unes contre les autres les boîtes de conserve qui y étaient suspendues afin d'avertir les sentinelles. Il faisait froid et il était sur le point de regagner l'Audi lorsqu'il aperçut, au loin, la voiture d'Allen Dancer. Une Mercedes métallisée. Même maintenant, se dit Jessie. Même maintenant, il choisit ce genre de voiture.

La voiture s'arrêta sur la grande route de sorte que Jessie supposa qu'Allen l'avait vu. Ils étaient séparés par cent mètres d'herbe et de fougères. Puis, Jessie entendit le claquement étouffé de la portière et Allen resta quelques instants immobile, les yeux fixés sur le sommet de la colline.

Allen mit cinq minutes à gravir la pente et, pendant ce temps, Jessie resta parfaitement immobile. Il mâchonnait un brin d'herbe. Il avait un imperméable jeté sur les épaules et un bracelet d'argent au poignet gauche.

– Tu devais venir seul, dit-il lorsque Allen arriva.

Allen haussa les épaules.

– Je ne me sépare jamais de Nugent.

– Tu ne devais pas te faire accompagner.

– Vraiment ? Eh bien, je vais te dire une bonne chose : j'en ai assez de toi. Pour qui te prends-tu ?

Les yeux de Jessie étaient dépourvus d'expression. Ils étaient face à face, séparés par trois mètres d'herbe, et ils se trouvaient au sommet de la colline. Autour d'eux s'étendait la campagne déserte et se dressaient les miradors qui se découpaient sur le ciel sombre.

– Voici ce qui va se passer, annonça Jessie. Tu as trois jours pour contacter Servana et faire conduire la jeune femme ici.

Il tendit le bras vers la frontière, au pied de la colline.

Allen se tourna également vers la frontière, puis marmonna et secoua la tête.

– Elle sera ici à quatre heures, poursuivit Jessie. Quatre heures de l'après-midi. Son transport te regarde, mais Servana s'arrangera avec les gardiens. Cela signifie que les miradors seront vides. Je ne veux pas qu'il se contente de les empêcher de tirer. Je veux que les miradors et la région soient complètement vides, mais cela ne devrait pas lui être difficile, compte tenu de sa situation…

– Que sais-tu de sa situation ? Que sais-tu, en fait ?

– Je viendrai la chercher à quatre heures. Je n'aurai pas la liste. Kline l'aura, ou peut-être Yeats, quoi qu'il en soit, s'ils n'ont pas de mes nouvelles une demi-heure après l'heure, ils contacteront Moscou. Ils proposeront d'échanger la liste contre un échantillon de ce que tu as transmis à Servana. As-tu des questions à poser ?

– Je ne peux pas croire que tu en sois arrivé là.

Au moins, pensa Jessie, il n'a pas dit : « Mon propre fils… »

– Tu as intérêt à me prendre au sérieux, parce que c'est ainsi que cela va se passer. Tout se passera comme je l'ai dit.

– Tu es fou, est-ce que tu sais cela ? Tu es fou.

Jessie sourit, mais ce fut un sourire terrifiant, qui avait depuis longtemps perdu sa raison d'être. On aurait dit qu'il souriait à la mort.

Pendant quelques instants, il regarda Allen, puis il s'engagea sur la pente. C'est alors que, cédant à une impulsion, Allen tenta de le frapper, trébuchant et lançant le bras à l'aveuglette. C'est à peine si Jessie bougea, pour esquiver le coup mais, lorsqu'il eut terminé, Allen était à genoux, les bras crispés sur l'estomac et la bouche pleine de sang.

Quelques minutes après l'entrevue, au pied de la colline, appuyé sur le capot de la Mercedes, Allen dit à Nugent :

– Dis-moi ce que tu ferais. Tout de suite, sans réfléchir, dis-moi simplement ce que tu ferais.

– Je ne vois pas très bien où vous voulez en venir.

– Mais si, tu le sais parfaitement bien.

Le soleil disparut derrière les sapins et les pointes des barbelés parurent plus acérées. Il y avait du sang sur le capot métallisé de la Mercedes.

– Eh bien, fit Nugent, je commencerais par faire ce qu'ils exigent. J'appellerais l'Est et je leur demanderais d'envoyer la fille. C'est ce que je ferais en premier : envoyer la fille vers la frontière parce que dans ce cas, quoi qu'il arrive, je serais couvert.

– Et ensuite ?

– Ensuite, j'irais voir les Allemands. Ils nous doivent un service et je le leur demanderai.

– Quel genre de service, Tony ?

– Eh bien, je crois que nous pouvons présumer que ces gens, votre fils et les autres, opéreront dans cette région. Par conséquent, ce n'est qu'un problème de routine.

Comprenez-vous où je veux en venir ? Des étrangers à la région, louant une chambre quelque part... Il y a forcément une piste.

– Et, d'après toi, nous pouvons demander aux Allemands de la trouver ?

– Oui, bien sûr. Je connais des Allemands qui s'acquittent parfaitement de ce type de mission. Ce sont des gens très propres, si vous voyez ce que je veux dire. Ils travaillent régulièrement pour les services secrets et ils ne posent pas de questions. Ils se contentent de faire le travail, et proprement.

– Si nous ne faisons pas attention, Tony, cela va nous retomber dessus.

– Oui, j'ai bien compris. Je me rends bien compte qu'il nous faut les prendre alors qu'ils ont encore le document, et j'entends par document ce que ce Yeats a volé au fichier central.

– De la précision, Tony. Il faut que l'opération soit très bien montée.

– Oui, mais comme je vois les choses, notre marge d'erreur sera très réduite. Nous n'entreprendrons rien tant que la fille ne sera pas en route. Elle arrivera exactement comme ils l'exigent et, si quelque chose tourne mal, nous pourrons toujours la leur livrer. De sorte que, comme je l'ai dit, nous serons couverts et si nos Allemands marquent un point, tout sera parfaitement simple.

Allen parut hésiter un instant.

– Qu'est-ce qui sera simple ?

– Eh bien, il me semble que l'affaire ne sera pas terminée tant que nous n'aurons pas, euh, complètement résolu le problème... Kline, Yeats...

– Et Jessie ?

– Eh bien, euh, en fait, vous seul pouvez répondre à cette question. Je comprends que c'est, de votre point de vue, une situation plutôt difficile. Toutefois, je pense qu'il vaudrait mieux, euh, prendre des mesures maintenant, parce qu'un jour ou l'autre…

– Oui… Un jour ou l'autre.

Un silence surnaturel semblait être tombé du ciel. Les feuilles et les brins d'herbe paraissaient complètement immobiles. Les fleurs sauvages des prairies, au loin, faisaient penser à des oiseaux étranglés. Les mains d'Allen étaient crispées sur le capot de la voiture et il regardait son reflet.

– Patron ?

Allen soupira.

– Tu sais, Jessie aurait pu se faire tuer cent fois, au cours de ces dernières années. D'abord, il y a eu la guerre, puis le Cambodge. Cela aurait pu arriver n'importe quand.

– Oui, patron, c'est tout à fait exact. Et je présume qu'il va continuer de mener cette existence dangereuse, suicidaire, pourrait-on dire. En fait, compte tenu de son caractère, si ce n'est pas une chose, ce sera une autre. Enfin, il y a tout ce mode de vie bizarre. Il y a la drogue et le reste. Par conséquent, on peut dire sans se tromper que si ce n'est pas une chose, ce sera une autre…

– Comment cela se passera-t-il ? Je veux que tu me dises tout de suite comment cela se passera.

Allen eut l'impression que ces mots ne sortaient pas de sa bouche. Même pour lui, cela était difficile.

– Eh bien, comme je l'ai dit, nous commencerons par faire venir la fille… Au cas où. Ensuite, nous lancerons mes amis sur la piste. S'ils les trouvent, eh bien, ils feront leur boulot. Ils agiront juste après le départ de Jessie. Ainsi, il ne sera impliqué dans aucune affaire, de ce côté-ci de la frontière. En fait, il retrouvera la fille au moment où elle franchira la frontière, d'accord ? Cela signifie qu'il sera tout près de la ligne. Et, compte tenu des Allemands de l'Est, tout peut arriver.

– Il veut que les miradors soient complètement vides, il ne bougera pas s'il constate qu'ils ne le sont pas…

– Eh bien, nous pouvons mettre deux types au sommet de la colline.

– Et s'il ne traverse pas la frontière ? (« Il » n'était plus Jessie… Ce n'était plus qu'un pronom… un problème.)

– Eh bien, du moment qu'on le retrouve de l'autre côté… Cela ne fait qu'une différence de quelques mètres, n'est-ce pas ?

Allen n'avait pas bougé. Ses mains étaient toujours crispées sur le capot de la voiture. Il donnait l'impression d'être en cire.

– Patron ? Patron, je voudrais ajouter quelque chose. Je me rends compte que ce problème vous touche de très près, mais je voudrais dire que je crois sincèrement qu'il n'y a pas d'autre moyen d'en sortir. En fait, c'est lui qui a commencé et si nous ne… euh… si nous ne l'arrêtons pas tout de suite, il continuera jusqu'à… enfin, jusqu'au bout. En fait, patron, il faut regarder les choses en face. Votre fils représente une menace… Il peut tout détruire.

– Ce n'est pas mon fils, Tony.

– Patron, c'est vrai.

– Tu ne sais pas de quoi je parle, n'est-ce pas ?

– Pas vraiment.

– Non. Tu ne sais pas de quoi je parle.

Le vent du sud-ouest s'était levé, lorsque Jessie regagna la ferme, apportant l'odeur de l'herbe et du bétail. Yeats attendait sur le perron et Kline, dans la cuisine, faisait cuire des tranches de bacon. Il disait toujours qu'il fallait manger, dans les moments difficiles. Mais personne n'avait faim, ce soir-là, de sorte qu'ils burent du mauvais gin et grignotèrent du fromage.

Jessie mit une heure à raconter son entrevue avec Allen, non parce qu'il avait beaucoup à dire, mais parce que Kline posa de nombreuses questions. Il était surtout curieux de connaître la réaction d'Allen. Il dit qu'il aurait voulu être là. Il dit qu'il regretterait toujours de n'avoir pas vu le visage d'Allen Dancer.

Les trente heures suivantes parurent irréelles, hors du temps. Yeats semblait très nerveux. Le soir du second jour, il alla se promener dans les champs et, en revenant, parut terriblement secoué... Il expliqua qu'il avait rencontré deux fermiers allemands qui ne ressemblaient pas à des fermiers. Il s'agissait d'individus athlétiques, vêtus de blousons de nylon bleu. Il les avait vus sur un chemin proche de la ferme. Ils avaient une camionnette Volkswagen noire et cela inquiétait Yeats. Les fermiers, selon lui, n'avaient pas de camionnettes.

Yeats raconta cela à Jessie sur le perron. C'était le crépuscule. Les crépuscules étaient longs, dans cette région, l'obscurité semblait s'accumuler dans le ciel, puis descendre lentement sur l'horizon. Jessie écouta, posant quelques questions. Yeats précisa qu'un des deux fermiers avait un bec-de-lièvre. Jessie réfléchit, se dit que Yeats avait toujours des hallucinations, ou bien qu'il interprétait mal ce qu'il voyait. En outre, il était trop tard pour renoncer. Ils étaient trop près du but. Sara...

Le dernier jour et la dernière soirée furent comme le grand calme précédant la bataille. Kline, couché, resta longtemps éveillé, écoutant les écureuils, ou peut-être les rats, dans le grenier, ce qui lui rappela la prison. Avant de s'endormir, il eut l'impression étrange d'être allongé au sommet d'une colline surplombant la frontière, le regard suivant le canon de son vieux revolver, celui dont il s'était servi pendant la guerre. D'abord, il vit la lune, derrière le guidon, puis un oiseau étrange. Avant de s'endormir, il crut voir Allen. Il tira mais manqua…

Jessie se leva tôt, mais Kline et Yeats étaient déjà dans la cuisine. Yeats parlait encore des fermiers qu'il avait rencontrés. Il y avait du café sur le vieux poêle, mais il était amer. Le ciel était clair, blanc, et la respiration se condensait au contact de l'air.

Pendant les dernières heures, les trois hommes ne se quittèrent pas et parlèrent en phrases courtes, inachevées. Ils n'avaient pas faim, mais Kline fit tout de même à manger. Il fallait bien faire quelque chose. Il fit du bœuf en boîte et des œufs. Les jaunes coulèrent et Yeats dit que c'était mauvais signe.

Il y eut deux au revoir, un pour Kline et un pour Yeats. Avec Yeats, Jessie fit un tour dans le champ situé derrière l'étable. Au loin, il y avait une clôture brisée et un jardin qui avait été partiellement bêché, puis abandonné aux hautes herbes. Yeats portait un coupe-vent en nylon, Jessie son blouson de cuir noir. Ils marchèrent jusqu'au silo, regardèrent les champs déserts.

– Il faut que tu y ailles, pas vrai ? fit Yeats.

– Oui. (Jessie soupira.) Il faut que j'y aille.

– Tu es nerveux ?

– Sûr.

– Moi aussi. Je ne sais pas pourquoi. Ce n'est pas plus difficile que de traquer les Viets, mais je suis nerveux comme un chat. Cette nuit, je n'ai pas pu dormir. C'est l'attente, sans doute. Tu vas être là-bas, et je vais rester ici comme un imbécile, à me ronger les ongles.

– Cela ne durera pas longtemps, ce n'est qu'un mauvais moment à passer.

– Ouais, c'est toujours ce qu'on dit. On te coupe le bras et on te dit que ce n'est qu'un mauvais moment à passer. (Puis il rit.) Cette dame que tu vas chercher, il faut qu'elle soit chouette. Tu vois ce que je veux dire, Jess ? Il faut qu'elle soit vraiment chouette.

Peut-être auraient-ils dû se séparer à ce moment-là. Ils regardaient la campagne battue par le vent. Des feuilles mortes volaient autour d'eux. Yeats souriait toujours. Jessie allait faire demi-tour et regagner la ferme lorsque, soudain, Yeats le prit par la manche. Il semblait terrifié.

– Jessie, il faut que je te dise. Il faut que je te dise quelque chose.

– Je t'écoute.

– C'est peut-être sans importance. Je ne sais pas, j'ai comme un pressentiment…

– Ce n'est rien, Dusty. Tout se passera bien.

– Ouais, mais j'ai cette impression, Jess. Je ne peux pas l'expliquer. Mais j'ai comme un pressentiment. Un mauvais pressentiment.

– Tout se passera bien, répéta Jessie. Tout marchera bien.

Mais, lorsqu'ils se serrèrent la main, Yeats fit : bonne chance, d'une voix étranglée et des larmes coulèrent sur ses joues. Tout d'abord, il eut honte.

– Je ne sais pas ce qui me prend, ce doit être les saloperies qu'ils m'ont données, je ne me contrôle plus… Je dois avoir l'air d'un con.

– Mais non, pas du tout. Absolument pas.

Puis Yeats sourit, sans raison, et marmonna :

– Ouais, ça va… ça va, maintenant…

Il ne retourna pas à la ferme avec Jessie. Il resta au milieu du champ. Jamais il ne s'était senti aussi seul.

Comme avec Yeats, la conversation avec Kline fut en demi-teinte et marquée par la peur. Ils se retrouvèrent près de l'Audi de Jessie, dans la cour boueuse de la ferme. Jessie était appuyé contre la calandre de la voiture. Kline regardait fixement les pneus en pensant à autre chose.

Finalement, il eut un pâle sourire et dit :

– Ce serait drôle, n'est-ce pas, si elle refusait de démarrer.

– Oh, il y aurait toujours la camionnette de la grange.

– Oui, j'avais oublié la camionnette. Je suppose que tu pourrais aller la chercher avec la camionnette, s'il le fallait.

Il y eut quelques secondes de silence complet. Kline regardait la route et, au loin, le rideau de sapins, Jessie fixait, dans la direction opposée, la ferme et l'étable.

Enfin, Kline reprit :

– Tu ne te dépêcheras pas, n'est-ce pas ? Prends le temps d'examiner la situation. Tu n'es pas pressé.

– Ouais. Je prendrai le temps de voir si tout va bien.

– As-tu ton revolver ?

– Dans la voiture.

– Autrefois, j'avais l'impression d'être nu, lorsque je n'en avais pas.

– Le couteau fait moins de bruit. (C'était une vieille plaisanterie, mais ils ne rirent pas.)

Puis, une nouvelle fois, vint le dernier instant, juste avant que Jessie ne monte en voiture, où Kline aurait pu dire bonne chance et s'en tenir là. Mais, comme Yeats, il dut avoir un pressentiment.

– Il faut que je te dise quelque chose, fit-il. C'est à propos de ce qui est arrivé entre ta mère et moi. C'est à propos de… Enfin, je *suis* ton père, Jessie. Maintenant, j'en suis sûr…

Jessie regarda Kline dans les yeux.

– Oui… Il y a une ressemblance. Enfin, je vois une ressemblance.

Puis, l'absurdité de la situation les fit sourire…

Lorsque, finalement, Jessie s'en alla, Kline regarda l'Audi suivre la piste boueuse puis disparaître derrière les arbres. Ensuite, il fit demi-tour et regagna la maison. Yeats était assis à la table de la cuisine. Il y avait une bouteille de gin devant lui et il tenait un verre à la main. Il n'avait jamais caché que ce moment lui faisait peur.

Kline et lui restèrent assis, sans parler, sirotant du gin et coupant de temps en temps un morceau de fromage avec un canif en acier inoxydable. Kline, distraitement, avait pris la liste et tournait les pages. Puis il la posa sur la table, entre eux, dans sa chemise pliée au milieu. Un coin était légèrement déchiré.

Vingt minutes s'écoulèrent ainsi, dans un silence complet. Yeats n'avait même pas bougé les mains. Le vent gémissait dans les volets et le grondement d'un moteur, au loin, s'éleva.

– Jessie ? demanda Yeats.

Kline secoua la tête.

– Comment aurait-il pu faire si vite ?

– Il faut que j'aille voir.

– Prends le revolver.

– Où est-il… ?

Il y eut un bruit de bois et de verre brisés. Yeats, en se levant, avait ramassé le couteau. Deux hommes se tenaient sur le seuil, vêtus de blousons en nylon bleu. L'un d'eux avait un bec-de-lièvre ; ils pointaient des pistolets automatiques. Fabrication française, se dit vaguement Yeats, il en avait vu pendant la guerre. Puis il pensa qu'il savait depuis le début que cela se terminerait ainsi, même avant d'avoir rencontré les deux hommes, sur la route. Nous aurions dû rester en ville, se dit-il.

Il bondit, persuadé qu'il parviendrait à en poignarder un, mais les armes tirèrent et il fut projeté en arrière. Il avait hurlé le nom de Jessie, l'avait appelé…

Kline vit Jessie lorsque les canons pivotèrent, mais il tombait déjà et, lorsqu'il fut touché, il eut l'impression de regarder une ampoule allumée…

Il ne sentait plus rien, seulement une tache chaude au niveau de l'estomac, tandis que ses membres étaient glacés. Il resta longtemps immobile, écoutant les voix et les pas des tueurs. Ils étaient allemands et cela ressemblait bien à Allen Dancer d'avoir engagé deux Allemands.

Puis il les entendit partir et le moteur de leur camionnette laissa la place au silence. Il toussa et appela Dusty, mais le jeune homme était manifestement mort. Il suffisait de voir ses yeux. Et moi aussi, se dit Kline, je devrais être mort. S'ils avaient vraiment été sérieux, je serais mort. Autrefois, il vérifiait toujours les cadavres, lorsqu'il y avait le moindre doute. C'était bien d'Allen, d'engager des tueurs de second ordre, qui oubliaient de vérifier les cadavres.

De l'endroit où il se trouvait, Kline voyait, par la porte, au-delà des carreaux, un morceau de perron éclairé. Il comprit également comment les choses s'étaient passées. Les hommes d'Allen qui avaient remonté la piste jusqu'à la ferme, puis les deux équipes : une pour Yeats et lui, l'autre pour Jessie.

Puis, le visage de Jessie fut remplacé par celui d'Oskar, et Kline le revit au moment où il s'effondrait, dans le jardin. Vous êtes un vieillard, disait Luft. Nous sommes deux vieillards. Mais il faut que j'essaie, Oskar. Il faut que j'essaie de le prévenir, n'est-ce pas ?

Kline se dressa sur le coude et regarda autour de lui. Les objets paraissaient terriblement denses. Il y avait la table et une chaise renversée. Yeats était étendu dans un coin, plié en deux, mais il avait la tête en arrière et la bouche ouverte. La blessure de Kline saignait beaucoup, mais il respirait sans difficulté. Il supposa qu'il n'avait reçu qu'une balle et qu'elle s'était logée dans les tissus. Lorsqu'il eut enfin réussi à se lever et à sortir, le ciel lui parut écrasant.

Il saignait tellement, lorsqu'il arriva à la grange, qu'il se demanda s'il allait réussir. Puis il ouvrit les portes et prit quelques instants de repos, appuyé contre la camionnette. Et s'il n'y avait pas de clé ? se dit-il soudain. Mais la clé était là, sur le contact.

La camionnette était une vieille Ford bleu passé. Il y avait du fil de fer et de vieux morceaux de bois dans la benne. Kline n'avait jamais eu de chance avec les machines. Elles ne fonctionnaient jamais correctement, sauf la moto, pendant la guerre. Il aurait pu aller sur la Lune, avec cette moto.

Le moteur toussa et cala. Il fit un nouvel essai, mais il refusa de tourner. S'il vous plaît. Accordez-moi cette faveur, fit-il, mais il ne savait pas qui la lui accorderait. Puis le moteur démarra, secouant la cabine et le contenu de la benne. Il attendit en comptant. C'était exactement comme à l'époque où il comptait les centimètres, dans sa cellule. Il n'avait jamais eu l'occasion de raconter à Julia qu'il l'avait vue, endormie dans sa chambre, en comptant les millions de centimètres.

Lorsqu'il eut atteint la route étroite qui serpentait entre les champs, tout se mélangea dans l'esprit de Kline… le paysage faisait penser aux aquarelles de Julia, les couleurs étaient estompées, le ciel et la verdure semblaient se mêler. Il conduisait d'une main et appuyait l'autre sur sa blessure. Mais cela n'arrêtait pas le sang.

Puis il pensa à Jessie et le vit nettement. Il était assis au flanc de la colline surplombant la frontière. Il se vit stoppant sur l'accotement, criant. Le klaxon ne fonctionnait pas, c'était vraiment une malchance. Il aurait aimé arriver en klaxonnant.

En Espagne, les bombardiers allemands avaient des sirènes. Elles terrifiaient Allen, mais Kline les avait toujours considérées comme un artifice écœurant. Quel dommage qu'Allen ne se soit pas fait tuer en Espagne. Puis, Kline se demanda si les choses auraient été différentes s'il avait été plus poli avec Allen, le soir où ils s'étaient rencontrés, sous la pluie, au sommet de cette colline boueuse…

La route n'était plus qu'un amas de taches vertes. Il dépassa une église en ruines et se souvint vaguement qu'il ne restait plus que quelques kilomètres. Il était certain de pouvoir aller jusqu'au bout. Il était crispé sur le volant.

L'accélérateur touchait le plancher. La camionnette dansait et faisait des embardées, mais Kline ne s'en souciait pas... Il se raccrochait à l'image de Jessie.

Mais, à la fin, il cessa de voir Jessie. Il vit Julia. Le volant était devenu mou et la camionnette quitta la route, plongeant dans la verdure. Lorsqu'il mourut, il appuyait désespérément sur le klaxon. Il avait oublié qu'il ne fonctionnait pas.

Exactement comme dans l'imagination de Kline, Jessie attendait au flanc de la colline. Il était presque quatre heures, il ne restait que quelques minutes. La lumière faiblissait et le bleu du ciel tournait à l'indigo. Lorsque le vent faisait onduler l'herbe, les champs ressemblaient à la mer. Sa mère, Julia, disait que, lorsque le vent se levait, cela signifiait que Dieu envisageait l'avenir. C'était une belle idée...

Jessie attendait depuis une heure. Il n'y avait eu ni bruit ni mouvement, à l'exception du vent qui sifflait dans les fils de fer barbelés, et des boîtes de conserve qui s'entrechoquaient. Il attendait, exactement comme avant la bataille. Pendant quelques instants, il examina le paysage, remarquant que les collines n'allaient pas tout à fait jusqu'au marais, que les sapins cédaient la place aux fougères, puis à l'herbe. Il ne pensait à rien de spécial, mais l'instant avait quelque chose de définitif, comme le dernier acte d'une pièce.

Il faisait nuit et il se disait que tout ce qu'il avait vécu semblait avoir préparé cet instant, que tout conduisait à ce dénouement. Il eut l'impression d'être aussi lourd et froid qu'une statue.

Pendant les dernières minutes, Jessie eut le sentiment que le monde était devenu extrêmement fragile. Tout peut arriver, se dit-il. Tout pouvait être arrivé à Sara. Attendre sans espérer, disait John. Personne ne comprenait ce qu'il voulait dire mais, seul dans le noir, Jessie eut l'impression de comprendre. Le vent résonnait à ses oreilles puis, se superposant au vent, il perçut le grondement d'un camion.

Il scruta l'obscurité et, très loin, de l'autre côté de la frontière, apparurent deux phares qui décrivirent un grand arc de cercle. C'était un camion militaire qui contournait lentement le marécage. Jessie se mit à genoux. Le camion avait quitté la route et se dirigeait vers la frontière, cahotant dans l'herbe. À environ un kilomètre, il s'arrêta, mais le moteur continua de tourner au ralenti.

Jessie entra dans un rêve qu'il devait avoir fait un millier de fois… Tout en bas, la silhouette de la jeune femme se découpa sur les phares. C'était une petite silhouette mince, vêtue d'un long manteau, qui marchait en direction de la frontière. Il la regarda pendant quelques instants, puis il se leva et s'engagea sur la pente.

Il la vit nettement, en arrivant en bas. Elle était à moins de deux cents mètres, noire dans la lumière jaune des phares. Il la vit hésiter, puis lever le bras et, enfin, courir vers lui.

Elle était à une cinquantaine de mètres lorsqu'il l'entendit crier son nom, puis le monde vola en éclats. Il ressentit la douleur avant d'entendre le coup de feu… Il eut l'impression qu'une tige d'acier lui fouettait les côtes, puis il tomba et roula dans l'herbe. Il n'y crut pas tout à fait… Trop brusque. Mais trois nouveaux coups de feu retentirent, déchiquetant l'herbe, tandis que Sara criait dans la nuit…

Les collines paraissaient sortir d'un rêve. Le temps aussi ressemblait à un rêve et Jessie fit les gestes de ses cauchemars.

Il souleva son blouson et sa chemise, épongea le sang. Ce n'est pas grave, se dit-il, seulement une entaille à l'endroit où la balle est passée. Le sang coulait sur sa cuisse, mais la douleur était supportable. Il savait qu'à force de discipline, il est possible de contrôler presque toutes les douleurs.

Il se concentra pendant quelques secondes, puis il se mit à ramper dans l'herbe. Il respira des odeurs de feuilles pourries et de sang. Six mètres plus loin, il se leva et courut vers les fils de fer. Il glissa et trois nouveaux coups de feu retentirent, mais il plongeait déjà sous les fils de fer, démolissant à coups de pieds le muret de planches pourries.

Puis, penché, il courut en zigzag vers un rideau d'arbres. Le camion s'en allait ; il vit, au loin, ses feux rouges. Pendant quelques terribles instants, il crut que Sara était dans le camion, qu'on la ramenait.

Puis elle se dressa dans les hautes herbes et, ses cheveux flottant au vent, elle ressemblait au fantôme qu'il avait vu en rêve.

Mais elle était bien réelle lorsqu'ils tombèrent dans les bras l'un de l'autre.

Ils eurent l'impression qu'il s'était écoulé beaucoup de temps, qu'ils avaient parlé des heures et qu'il n'y avait plus rien à ajouter. Il était inutile de parler davantage. Ils étaient couchés dans les fougères, sous les sapins. Le ciel nocturne était rouge sombre. Sara avait déchiré la doublure de son manteau pour en faire des bandes. Lorsqu'elle s'était agenouillée près de lui afin de nettoyer la blessure, il avait très nettement vu son visage... Elle avait les yeux cernés et était plus maigre que dans ses souvenirs, mais c'était bien Sara et il en fut heureux.

Après avoir nettoyé la blessure, elle mit les bandes en place et lui demanda de les maintenir fermement sur la plaie. Ils avaient les mains pleines de sang, il y en avait également sur son manteau et sur l'herbe.

– Je ne sais pas combien de temps tu pourras tenir comme ça, dit-elle. Je ne peux pas arrêter le sang.

– Ça ira. Il s'arrêtera.

– Mais il faut du sparadrap, du désinfectant…

– Nous en trouverons.

Pendant quelques instants, ils restèrent immobiles… Jessie appuyé contre l'arbre, Sara enroulée dans son manteau.

Finalement, elle demanda :

– Qui sont ces gens ? Qui t'a tiré dessus ?

– Je suppose qu'ils travaillent pour Allen.

– Alors, c'en est arrivé là ? Entre toi et Allen… c'en est arrivé là ?

– Ouais. Apparemment.

– Et c'est à cause de moi ? Tout cela est arrivé à cause de moi ?

– Nous devions les griller, frapper à la source.

– Mais, ces coups de feu…

– Je sais, je suppose que nous sommes allés trop loin.

– Pouvons-nous partir ?

– J'ai une voiture, de l'autre côté des collines. Nous allons passer sous les fils de fer et suivre le rideau d'arbres.

– Et ensuite ?

– Je ne sais pas. Nous tenterons de regagner la ville.

– Et Robert ? Est-il avec toi ?

– Je crois qu'il n'est plus. Ils ont dû l'avoir. S'ils sont ici, ils ont dû avoir Dusty et lui.

– Dusty ?

– C'était un ami.

Une nouvelle fois, ils se turent. Sara regardait l'herbe sans la voir… Jessie lui avait déjà vu ce regard.

Enfin, elle dit :

– J'ai toujours su que tu me ferais libérer. La nuit, je ne dormais pas et j'imaginais comment cela se passerait et, maintenant, c'est arrivé… Enfin, c'est…

Avant de se lever, ils devinrent très graves. Jessie avait sorti le Beretta de son étui, l'avait armé et avait ouvert la sécurité, avant de le poser sur ses genoux. Puis ils se dirigèrent vers l'ouest, restant à l'abri des sapins. La douleur, sous ses côtes, semblait avoir atteint l'os. Il faisait froid mais il était content qu'il y ait du vent… Il couvrirait le bruit de leurs pas.

Au moment où ils allaient sortir des sapins, la douleur était devenue aiguë. Il savait qu'il lui fallait la contrôler, l'intégrer, mais elle contractait le muscle. Et puis, il y avait Sara ; il lui fallait également tenir compte de sa présence car il n'y avait pas de femme, à la guerre, pourtant il allait falloir agir exactement comme à la guerre.

Lorsqu'ils arrivèrent au bord de l'étendue plate, ils s'agenouillèrent dans un buisson. De l'autre côté des fils de fer barbelés se dressaient les collines d'où on avait tenté de l'abattre, mais il ne vit que les silhouettes des sapins et des chênes rabougris. La douleur avait atteint l'épaule, mais la douleur est comme l'orgueil… On peut s'en nourrir. Même lorsqu'il leur fallut ramper sous les barbelés, passant à nouveau à l'ouest, cela lui fut possible.

Ils se reposèrent dans un trou plein de plantes grimpantes et de fougères. Jessie s'allongea sur le dos, serrant de toutes ses forces le bras contre sa blessure. Sa chemise était pleine de sang, mais il avait l'esprit clair.

Quelques minutes plus tard, Sara dit :

– C'était la frontière, n'est-ce pas ? Nous venons de passer à l'ouest, n'est-ce pas ?

– Ouais, nous sommes passés.

Elle baissa la tête et rit en silence.

– Cela ne me fait pas du tout l'impression que j'escomptais. (Cela le fit sourire et il se dit : *Elle est exactement comme moi.*)

Puis le rêve revint… La masse noire des collines se découpait sur le ciel. Les coups de vent faisaient frémir les sapins, poussaient les hautes herbes les unes contre les autres, tourbillonnaient sur les sommets. Jessie se souvint de nuits semblables, sur les pistes du Mak Mun, au Cambodge, et il regretta de ne pas avoir pris son vieux M-70. Avec lui, il avait l'impression de lancer des éclairs. Un jour, il avait littéralement pulvérisé un camion.

Lorsqu'ils arrivèrent au sommet de la colline, il sentit qu'il faiblissait. Il supposa que la perte de sang en était responsable. Pourtant, il était certain qu'il tiendrait encore une heure, peut-être deux. Il se contraignit à ne pas oublier que c'était la guerre.

Il vit les hommes de main d'Allen au moment où il arriva au sommet, il les vit au bout d'un long tunnel de feuilles et d'ombres entrecroisées. Ils attendaient près de l'Audi, à une cinquantaine de mètres, dans un bosquet de sapins. Le premier était appuyé contre le capot, l'autre se tenait dans l'ombre, de sorte que Jessie ne vit que l'extrémité rouge de sa cigarette.

Il resta longtemps immobile, silencieux. Sara était à genoux près de lui et il entendait sa respiration. Très bien, se dit-il. Il faut que tu y ailles. Il dégagea la sécurité du Beretta. Avant de s'engager sur la pente, il se retourna et regarda pardessus son épaule ; il eut l'impression de la regarder pour la première fois. Ses lèvres bougèrent, mais elle ne parla pas. Elle trouva son sourire très étrange, presque désenchanté.

Puis il disparut, glissant silencieusement parmi les fougères, écartant doucement les plantes grimpantes. Il s'arrêta dans un cercle d'étranges fleurs rouges, puis il continua lorsque le vent se leva à nouveau.

Au pied de la colline, les arbres diffractaient le clair de lune. Plus loin, deux hommes attendaient. Il les voyait nettement. Il s'agissait d'individus athlétiques vêtus de blousons en nylon. L'un d'eux avait un fusil de chasse appuyé contre la hanche.

Allongé dans l'herbe, il se dit : c'est ce que tu fais le mieux. Il baissa le Beretta et tira, l'accord entre l'homme et l'arme fut parfait...

Quand ce fut terminé, il se redressa péniblement et se tourna vers Sara, qui était toujours à genoux au sommet de la colline. Dans l'obscurité, il lui apparut comme une silhouette mince et voûtée. Il appuyait un bras contre le flanc, l'autre pendait et le Beretta se balançait au bout. Il lui fit signe de la tête et elle descendit, parmi les buissons rabougris. Il était inutile de parler. Ils se comprenaient parfaitement.

Les corps étaient étendus dans les fougères, au bord de la route. Au début, Sara ne vit que des masses noires, informes mais, lorsqu'elle fut plus près, elle détourna les yeux.

Elle prit le volant, toujours sans un mot. Jessie, plié en deux, s'assit à la place du passager. Ses vêtements étaient couverts de sang et son visage était extrêmement pâle, dans la lumière blanche de la lune. Il eut l'impression qu'ils avaient déjà tenu ces rôles, qu'ils jouaient de routine.

Elle conduisit maladroitement, au début, cala avant de s'engager sur la route mais, lorsqu'ils eurent pris de la vitesse, ils eurent l'impression de revivre, d'être libres. Jessie alluma une cigarette et appuya la tête contre la vitre. Sara respira profondément et se carra sur son siège. Ils dépassèrent un bouquet de chênes plongés dans le noir, des collines obscures et monotones se dressaient sur l'horizon et des plaques de brume stagnaient au-dessus des champs. En arrivant au sommet des collines, ils découvrirent, au loin, les lumières de Lübeck. Lorsque Jessie prit le risque de fermer les yeux, il eut l'impression qu'il pourrait dormir un an.

Cinq cents mètres plus loin, Sara lui posa la main sur le front. Il bougea à peine, mais elle se dit qu'il avait la fièvre. Elle se dit également que le pire était passé, la ville n'était plus qu'à une vingtaine de kilomètres…

Puis, une camionnette noire quitta l'accotement, une centaine de mètres devant eux.

– Oh, mon Dieu, Jessie…

La camionnette s'était arrêtée en travers de la route, des ombres coururent dans la lumière des phares.

– Fais demi-tour, dit-il d'une voix blanche. Repars dans l'autre sens.

Elle freina sec et les pneus hurlèrent lorsqu'elle fit demi-tour, dérapant sur le gravier, puis ils prirent à nouveau de la vitesse, repartant d'où ils venaient, dans une longue courbe et les collines obscures…

Une deuxième camionnette sortit des arbres et, comme la première, s'arrêta en travers de la route.

Elle entendit la voix de Jessie, mais elle parut venir de très loin. Et la camionnette approchait, devenait de plus en plus grande dans les phares.

Le temps avait ralenti et elle se dit qu'elle pourrait aussi bien continuer. C'était ce que Jessie ferait. Il les heurterait de plein fouet et ce serait la fin. Mais elle ne put s'y résoudre et, dans un instant stroboscopique, elle braqua, se dirigeant vers l'obscurité et les arbres.

Dès qu'ils eurent quitté la route, le pare-brise se couvrit de feuilles et de branches cassées, puis ils plongèrent dans les fougères et, finalement, pénétrèrent dans une forêt boisée, bouleaux fantomatiques s'écartant dans la lumière des phares.

Ils s'arrêtèrent dans un buisson épais. Derrière eux, les camionnettes approchaient et quelqu'un criait. Mais Sara n'entendit que la voix de Jessie lorsqu'il la fit sortir de la voiture...

Il faisait noir et froid. Au sommet d'une pente couverte de mousse se dressaient des sapins et Jessie se dit que s'il pouvait atteindre ces arbres, il serait en bonne position pour tirer. Mais il saignait davantage. Il avait dû heurter le tableau de bord, lorsqu'ils avaient quitté la route, et il se rendit compte qu'il n'aurait pas la force de monter. Alors, il prit Sara par la main, fit quelques mètres et se laissa tomber dans les fougères. Lorsqu'elle comprit qu'il n'irait pas plus loin, elle le regarda avec étonnement, mais il secoua la tête, comme pour dire : c'est assez loin.

Puis, il n'y eut plus que les bruits de la forêt... gouttes d'eau, insectes, coups de vent. La nuit parut se refermer sur eux, brisée uniquement par le clair de lune sur les feuilles. Ils étaient calmes, presque passifs, et Jessie ne put s'empêcher de penser que Dusty avait dû ressentir la même chose lorsqu'on l'avait poursuivi, dans la forêt proche de Langley…

Il entendit des voix, sur la route, des pas dans les buissons. Un projecteur balaya les feuillages. Jessie leva son Beretta et posa le canon sur son genou. Il visait dans le noir. Maintenant, vous pouvez venir, pensa-t-il simplement. Je suis prêt.

– Jessie ?

Il y eut un froissement de feuilles, des pas, puis la même voix répéta :

– Jessie ?

– Qui est là ?

– Jessie ? Ne tirez pas. (Et un homme trapu, hésitant, sortit de l'ombre.)

– Je m'appelle Humphrey Knolls, dit-il.

Jessie Dancer et Humphrey Knolls. Ils se tenaient sous les arbres, dans l'obscurité. Il y avait d'autres silhouettes, un peu plus loin, et des pas sur le sol humide. Un projecteur éclaira les branches. Sara était assise sur une souche, les mains coincées entre les genoux.

Knolls portait un vieil imperméable déchiré aux poignets. Pendant quelques instants désagréables, il resta là, désemparé et un peu effrayé. Ses chaussures étaient couvertes de boue. Enfin, il dit :

– J'appartiens au service de Lyle Severson, j'ai conduit le premier interrogatoire de Dusty Yeats.

– Je sais qui vous êtes, dit Jessie, mais je ne sais pas ce que vous faites ici.

– Le courrier de votre père était ouvert. J'ai vu ce que vous lui avez envoyé.

– Très bien, vous m'avez pris. D'abord Dusty et, maintenant, moi.

– Ce n'est pas cela, Jessie.

– Alors, qu'est-ce que c'est ?

Sans répondre, Knolls tendit le bras et toucha doucement la manche de Jessie.

– Vous saignez, dit-il. Vous êtes blessé.

– Ils ont eu de la chance, persifla Jessie.

– Était-ce les hommes d'Allen ?

– Peut-être.

– Où sont-ils, maintenant ?

– Ils sont morts. Je les ai abattus.

– Cela est-il arrivé à la ferme ?

– Que savez-vous de la ferme ?

– Nous avons pris Tony Nugent. Il partait pour Hambourg. Je suppose…

– Et la ferme, Knolls ?

Mais Humphrey ne répondit pas, il regardait fixement les pieds de Jessie. Jessie secoua la tête et respira profondément.

– Ils les ont eus, n'est-ce pas ? Dusty et Kline…

– Oui.

– Et Allen ?

– Nous ignorons où il se trouve. Nugent ne parle pas, par conséquent nous ne savons pas encore.

Le silence reprit ses droits et il n'y eut plus que trois personnes gênées, dans une clairière. On aurait dit un tableau.

– Il y a une trousse d'urgence, dans la camionnette, dit enfin Knolls. Et nous pouvons vous trouver un médecin, à Lübeck.

– Ah ? Eh bien, si c'est tout ce que vous pouvez faire, Knolls.

– Je ne vous suis pas, Jessie.

– Je veux dire que Sara et moi, nous partirons au matin.

– Je sais.

– Et si on cherche à nous en empêcher…

– Jessie, je vous ai dit que ce n'était pas cela. Nous ne sommes pas venus à cause de vous… Nous sommes venus… tempérer votre père. Nous sommes venus à cause d'Allen. Il faut que vous me croyiez…

Jessie et Sara arrivèrent à Lübeck une heure plus tard, en compagnie de Knolls, à l'arrière de la camionnette. Sara pansa la blessure de Jessie grâce à la trousse d'urgence, tandis que Jessie regardait le paysage. Par deux fois, Knolls tenta d'engager la conversation mais ni Jessie ni Sara ne semblaient avoir quelque chose à dire. Et, en fin de compte, il se résigna au silence, regardant par la vitre ou bien observant Sara du coin de l'œil. Sa beauté le surprenait, surtout après tous ces événements.

Ils entrèrent dans Lübeck par de petites rues, traversèrent des voies de chemin de fer désertes, passèrent devant des usines et des écoles. Il y avait des odeurs de graisse et de poisson. La ville paraissait en ruines. C'était un jeudi soir, mais Jessie ne savait pas exactement quelle heure il était. Sa montre s'était arrêtée ce qui, selon Dusty, était un très mauvais présage.

Les corps de Robert Kline et de Dusty Yeats furent retrouvés le lendemain matin et Humphrey Knolls rédigea son rapport :

Allen Dancer avait obtenu le concours des services secrets allemands et, au terme de recherches intenses, était parvenu à localiser la ferme. Ensuite, il avait engagé deux assassins allemands, deux professionnels dont les noms n'étaient pas connus. Les tueurs avaient surveillé la ferme pendant neuf ou dix heures puis, après le départ de Jessie, avaient abattu Kline et Yeats.

En ce qui concernait la jeune femme, Sara Moore, sa présence s'expliquait. Tony Nugent, interrogé à Hambourg, avoua qu'elle devait servir d'appât. En fait, selon lui, elle représentait leur avantage sur Jessie. Il déclara qu'il fallait avoir un avantage, avec un homme tel que Jessie. Il déclara également qu'il admirait beaucoup Jessie, en raison de sa conduite au Vietnam.

Sara avait également des choses à raconter, mais son récit était trop fragmentaire pour avoir sa place dans les archives. Elle raconta comment deux officiers de la sécurité soviétique vinrent la chercher dans une prison est-allemande. Ils n'avaient été ni cruels ni gentils. Ils avaient voyagé en voiture et le trajet avait duré une quinzaine d'heures. Elle était restée longtemps sans savoir s'ils se dirigeaient vers l'est ou vers l'ouest, parce que les nuages cachaient le soleil. Et il y eut également un incident qui se produisit aussitôt après qu'on l'eut fait sortir de sa cellule. Là, dans un long couloir de pierre, elle avait rencontré un homme. Il venait à sa rencontre et, lorsqu'il la vit, il ordonna aux gardiens de s'arrêter. Il s'était approché lentement puis, très tendrement, lui avait pris le visage entre les mains. Il était grand et mince, il avait les cheveux blonds et la voix douce. Avant de s'en aller, il lui avait dit, en anglais, que tout irait bien. Puis il avait souri. Elle ne se rendit compte que beaucoup plus tard qu'il s'agissait de Valentin Servana et qu'il ne ressemblait pas du tout à ce qu'elle avait imaginé.

Et, enfin, il y eut le récit de Humphrey lui-même, qui racontait comment il avait quitté Langley par le vol de l'après-midi puis était arrivé à Hambourg malade parce qu'il avait bu trop de café. Il n'avait jamais aimé les voyages. À Hambourg, il avait réquisitionné deux camionnettes du consulat et était parti à toute vitesse en direction de la frontière, où il avait établi un barrage dans l'espoir d'intercepter Allen Dancer ou les autres protagonistes. Cette décision lui fut reprochée... Le barrage risquait de détériorer la route et de causer du tort à des automobilistes innocents. Dans l'esprit de Humphrey, ce fut un coup de maître.

Tels furent donc les points essentiels du rapport préliminaire de Humphrey Knolls. Plus tard, ce rapport serait révisé et un nouveau prologue rédigé. Toutefois, il y avait un élément que les rapports de Knolls ne contenaient pas, et cet élément avait trait aux liens unissant Jessie Dancer et Sara Moore.

Knolls se heurta longtemps à ce problème, se demandant ce qu'il pouvait en dire, à supposer qu'il faille en parler. Le souvenir le plus clair, qu'il conserva d'eux, datait du lendemain de l'incident de la frontière. Ils avaient passé la nuit dans un hôtel de Lübeck, dans une chambre proche de celle de Humphrey. Une lumière blanche entrait par la fenêtre, faisant ressortir les cloques de peinture des boiseries brunes. De l'autre côté de la cour sale, on apercevait un profil de femme derrière des rideaux de mousseline. Knolls et Jessie eurent un entretien d'une heure. Puis ce fut terminé et ils se dirent au revoir. Tout fut très terre à terre.

Pourtant, dans l'esprit de Humphrey, une image des amants s'inscrivit et, plusieurs jours plus tard, elle le tourmentait toujours. Ils étaient dans la chambre d'hôtel. Sara était assise sur le lit, près de la fenêtre, et se peignait, tandis que Jessie regardait son reflet dans le miroir. Tous deux étaient dans la luminosité de la lumière matinale. L'amour n'était pas le fort de Knolls, pourtant, cette image lui parut exceptionnelle. Rares étaient ceux qui avaient l'occasion de la voir, sans parler de la connaître.

ÉPILOGUE

En conclusion, Knolls écrivit : « Nous sommes arrivés au terme de l'affaire. Tout ce qui a de l'importance a été transmis à Lyle Severson et, par conséquent, vous en savez maintenant autant que moi. Je n'insisterai jamais assez sur la pertinence de l'approche historique. La première période est absolument essentielle et, surtout, il ne faut pas oublier les femmes car elles ont, apparemment, joué le rôle d'un catalyseur. En outre, il ne faut pas oublier que cette affaire constitue un tout, parce que la dernière génération est la conséquence de la première. »

Ceci fut écrit trois jours après le retour de Knolls à Langley. C'était une période incertaine. La neige avait fondu, mais il faisait encore froid et les branches étaient nues, dans la lumière hivernale. Puis, une nuit, un vent chaud se leva et, au matin, le printemps était arrivé.

Knolls resta longtemps, assis dans sa chambre, vêtu d'un vieux peignoir matelassé que sa mère lui avait offert de nombreuses années plus tôt. Il aimait regarder les platanes en fleurs, par la fenêtre. Il grignotait des céréales sèches en regardant fixement la boîte de corn-flakes. Le soir, il se rendit en ville et déambula parmi la foule. En revenant, il se brûla les cils en essayant d'allumer le four. En outre, il avait souvent envie d'appeler Jessie Dancer.

L'enquête débuta la semaine suivante et, comme Knolls l'avait prévu, rien d'important ne fut révélé. Allen parla à mots couverts des systèmes de récupération du Magicien, des mesures de sécurité et de la nature de son contact au Kremlin. Il répéta, en fait, ce qu'il avait dit trente ans plus tôt.

Lorsqu'on lui demanda de préciser ses relations avec Jessie, il hocha tristement la tête et laissa entendre que le jeune homme était gravement perturbé. Il prétendit également qu'il ne lui avait jamais voulu mal et qu'il avait seulement voulu le ramener à Langley afin de le faire soigner. C'est alors que les enquêteurs, par discrétion, cessèrent de s'intéresser à Jessie.

Ainsi, dans l'ensemble, les premiers jours de l'enquête se déroulèrent dans une ambiance détendue. Allen plaisanta avec les enquêteurs. Ceux-ci, à leur tour, plaisantèrent avec lui. Il y eut des moments de franche gaieté et, également, des moments de compassion pour un homme déshonoré par son fils. Allen portait un magnifique costume en tweed Savile Row et un bouton de rose à la boutonnière.

Cela aurait pu être la dernière scène : Allen carré dans son fauteuil, adressant un sourire aux lèvres minces à ses collègues qui riaient de bon cœur. Pourtant, cela ne fut pas la fin.

Celle-ci se produisit le troisième jour de l'enquête, lorsque Knolls téléphona à Jessie. Personne ne sut jamais ce qu'ils se dirent mais, le lendemain, Jessie revint à Langley. Knolls alla le chercher à l'aéroport et le reconnut de loin. Jessie avait toujours eu une démarche caractéristique, presque féline. Il avait une main dans la poche et l'autre posée sur la hanche. Il portait un costume de coton beige, des mocassins marron et une chemise en nylon, au col ouvert. C'était un Jessie que personne ne connaissait, à Langley, un jeune homme hésitant, un peu emprunté…

Il était onze heures du matin et le jardin de John Dancer baignait dans une brume dorée. La brise mêlait le parfum des roses à l'odeur des feuilles pourries. À l'ombre d'une haie, des champignons vénéneux avaient surgi du terreau.

Lorsque Jessie arriva, John était assis à une table de jardin bleue, devant les reliefs de son petit déjeuner. Il faisait frais, sous les saules. Jessie et le vieillard se virent de loin, lorsque le jeune homme s'engagea sur le dallage, mais ils ne parlèrent qu'une fois Jessie assis.

– J'avais l'impression que tu viendrais, dit John. Je ne sais pas pourquoi, il me semblait que tu viendrais. Prémonition, je suppose.

– Comment vas-tu ? demanda Jessie d'une voix douce.

– Oh, je ne sais pas. Mes genoux me font des ennuis, et on me dit que ma vessie ne va pas bien. À part cela, je vais bien… Et toi ? J'ai entendu dire que tu as été blessé.

– Oh, ce n'est qu'une égratignure, c'est pratiquement cicatrisé, maintenant.

Il semblait qu'il n'y eût rien à ajouter. John suçait les extrémités de sa moustache, Jessie jouait avec une petite cuiller.

– Es-tu venu seul ? demanda soudain John.

– Non. Je suis avec Humphrey Knolls. Il m'attend dans la voiture.

– Humphrey Knolls, bien sûr. Drôle de petit bonhomme… Ton père le déteste, mais j'ai toujours eu de l'affection pour lui…

– Où est-il ?

– Allen ? À l'enquête. Il rentre tard. Il part tôt. Je suis très seul, depuis quelque temps. Tu ne vas pas rester, n'est-ce pas ?

Jessie secoua la tête.

– Non. Je pars ce soir.

– Oui. Je pensais bien que tu ne resterais pas.

Nouveau silence. Le vieillard regardait, au-delà des hibiscus blancs et des roseaux, un bassin d'eau verte et calme. Son poisson rouge était mort depuis de nombreuses années et personne n'avait pensé à lui en offrir un autre… On disait que John oubliait de lui donner à manger.

Jessie reprit :

– Je suppose que tu sais pourquoi je suis venu.

John acquiesça, mais il ne quitta pas son jardin des yeux.

– Il le faut, poursuivit Jessie. C'est allé trop loin.

– Je sais. Trop loin.

– Et il faut le faire aujourd'hui. Tout de suite.

– Oui, aujourd'hui.

– Je peux demander à Knolls de téléphoner, ils nous attendront.

– Mais cela ne sera pas aussi spectaculaire, n'est-ce pas ? Je veux dire, aussi spectaculaire que si nous arrivions sans être annoncés. Nous imagines-tu arrivant comme ça ? Lazare revenu d'entre les morts, ce genre de situation…

Ils regagnèrent la vieille maison afin que John puisse se changer. La poussière flottait dans les rayons de soleil qui entraient par les volets tirés, il y avait un vase de roses fanées sur la cheminée. John mit longtemps à trouver une chemise propre.

Le témoignage de John dura sept heures, mais Jessie parla pendant une partie de ce temps. Il commença avec les événements de 1917 et se termina à Lübeck, près de la frontière allemande. Plus tard, tous les éléments du récit seraient examinés, annotés et confrontés aux dossiers. Cette opération durerait plusieurs semaines. Mais, malgré le souci du détail, il y avait, comme toujours, un vide dans les dossiers... l'ambiance de cet après-midi, l'impression produite par la voix lente, douce, de John qui regardait ses mains posées sur la table. Et puis, il y eut Jessie, qui répondit aux questions par des phrases brèves, dures, et eut une attitude tantôt menaçante, tantôt indifférente. Après son départ, certains trouvèrent qu'il était toujours un peu irréel.

Curieusement, il y a un sujet que ni Jessie ni John n'abordèrent en détail : les femmes. Personne n'y prêta attention, mais le fait est que Jessie refusa de parler de Sara et que John ne mentionna pratiquement pas Anna Servana...

On ne vit Allen qu'un début de soirée. Pendant le témoignage de John, il resta dans une pièce voisine, en compagnie de Tony Nugent et de deux agents de la sécurité. On leur apporta à manger : café, sandwiches et salade dans des bols de plastique recouverts de cellophane. Allen resta presque continuellement debout près de la fenêtre. Derrière les vitres teintées, on découvrait les pelouses ainsi que la forêt où tout avait commencé, et Allen revenait toujours à la fenêtre. Il y resta, fumant et buvant de l'eau minérale, jusqu'au moment où le ciel blanc devint noir.

Allen et Jessie ne se virent qu'à la fin de l'audience. Ils se rencontrèrent, en fait, par hasard, à la sortie du bâtiment. Allen, Nugent et les deux agents de la sécurité étaient sortis par l'arrière et contournaient la pelouse. Jessie, Knolls, Lyle

Severson et John descendaient l'escalier de l'entrée principale. Lorsque Allen et Jessie se virent, ils s'immobilisèrent. Il faisait noir et les seules lumières étaient les lampadaires et les fenêtres encore éclairées des bureaux qui les entouraient. Ils étaient séparés par une large pelouse et la brume des rampes d'arrosage. Ils se regardèrent dans les yeux mais rien n'indiqua qu'ils reconnurent quelque chose. Ou bien tout.

Il était presque neuf heures du soir lorsque Jessie et John regagnèrent la vieille maison. Ils avaient roulé en silence mais, en arrivant, Jessie descendit de voiture et accompagna John sur l'allée dallée.

L'air était chaud, humide.

John dit :

– J'ignorais tout de la jeune femme. Allen ne m'en a rien dit.

– Non. Je m'en doutais.

– Et, si j'avais été au courant, j'aurais agi.

– Je sais.

– Parce que, crois-moi si tu veux, je sais ce que c'est… Entre deux personnes, je veux dire.

– Je sais.

– Et les autres… Robert Kline, Dusty… Je n'étais pas au courant non plus.

– Eh bien, maintenant, tu sais.

– Oui, effectivement.

Jessie parut sur le point de parler, y renonça. Finalement, il dit simplement :

– Écoute, je viendrai te voir, d'accord ?

– Je l'espère.

– Sûr, je viendrai te voir.

Ils se tournèrent le dos et s'éloignèrent l'un de l'autre... John vers sa maison. Jessie vers sa voiture de louage. Mais, après quelques pas, Jessie parut se souvenir de quelque chose. Il s'arrêta, pivota sur lui-même et cria :

– Hé ! Je reviendrai bientôt !

Et, tandis que sa voix mourait, ils se regardèrent comme s'il venait de se passer entre eux quelque chose de tout à fait exceptionnel.

Pour des raisons de sécurité, aucune inculpation ne fut prononcée mais, bien entendu, le monde des services secrets fut terriblement secoué.

Allen quitta Langley un soir d'été. Il fut conduit à l'aéroport par un de ses collaborateurs, tandis que les autres se tenaient au bord de la route pour un dernier adieu. À l'automne, il accepta une situation dans une grande compagnie pétrolière. Apparemment, on voulait qu'il se charge des relations internationales car, après tout, Allen Dancer était toujours bien introduit.

En ce qui concerne Valentin Servana, une seule chose est sûre. Moins d'un an après la chute des Dancer, il prit sa retraite dans une villa de la côte de la mer Noire. Par conséquent, on suppose que Moscou ne découvrit jamais les activités réelles du Magicien. Les Soviétiques crurent probablement que l'agent de Servana avait été grillé, ce qui ne pouvait manquer d'arriver, compte tenu des risques auxquels Allen s'était exposé pour les aider.

Toutefois, on raconte que John et Valentin se rencontrèrent une dernière fois, à la frontière turque, et envisagèrent la possibilité du passage de Valentin à l'Ouest. En fait, cela était vrai, mais Valentin répéta à John ce que sa mère, Anna, lui avait dit, de nombreuses années plus tôt… Qu'ils avaient eu leur chance et ne l'avaient pas saisie.

John, bien entendu, n'admit pas qu'il avait revu son fils. Il affirma qu'il était seulement allé rendre visite à Jessie et il n'y avait, sur son passeport, d'autres tampons que ceux de l'Angleterre. Mais, selon Lyle Severson, John rapporta une photographie, de ce voyage. Elle représentait une vieille femme debout au bord d'une rivière et le paysage, derrière elle, était une plaine immense s'étendant jusqu'à l'horizon. Cela, bien entendu, n'existait pas en Angleterre…

Enfin, il y a Humphrey Knolls. Longtemps après la fin de l'affaire Dancer, il vécut dans une sorte de rêverie solitaire. Il pensait souvent à Jessie et essaya même, un jour, de lui téléphoner. Mais le numéro n'était plus attribué. Plus tard, il apprit que Jessie habitait Londres, avec Sara, mais personne ne savait exactement ce qu'il faisait.

Toutefois, indépendamment de ce que l'on racontait, aux yeux de Knolls, Jessie resterait toujours un peu irréel, un peu à l'étroit dans la réalité. Il lui était tout simplement impossible d'imaginer Jessie rentrant dans le rang. Il ne pouvait l'imaginer que marchant perpétuellement dans des villes, se déplaçant à la frontière des choses. Il était absolument convaincu que Jessie détestait le monde des services secrets et tout ce qu'il représentait mais, de toute manière, le monde des services secrets détestait Jessie.

En fin de compte, on présenta Jessie comme un tueur exceptionnellement féroce, ce qui conduisit finalement Knolls à constater que l'affaire Dancer n'appartenait en aucun cas aux historiens.

Heureusement, ils n'avaient rien compris.

À paraître dans la collection

SANG-FROID

À paraître dans la collection

SANG-FROID

Cet ouvrage a été achevé d'imprimer en février 2023
dans les ateliers de Normandie Roto Impression s.a.s.
61250 Lonrai
N° d'imprimeur : 2300672

Imprimé en France